HEYNE BÜCHER

Das Buch
Die Sankt-Laurentius-Allee ist eine idyllische, an einem See gelegene Straße mit nur drei Häusern: Das sogenannte Zimthaus erinnert mit seinem exotischen Ambiente und der kolonialen Einrichtung an die Zeit, als die Familie Asmussen noch einen internationalen Gewürzhandel betrieb. Nur ein paar Schritte entfernt liegt das Haus der Arztfamilie Denholm, das fast unmittelbar an das kleinste Haus der Allee grenzt. Hier wohnt Elliot Mortensen, der Ich-Erzähler, zusammen mit seiner Mutter, einer Krankenschwester, und seinem tauben Vater. An einem herrlichen Frühsommertag des Jahres 1959 ist das Zimthaus zu Ehren der Geburt eines neuen Familienmitglieds festlich geschmückt. Im Garten der Villa warten vier Kinder auf das freudige Ereignis: Ingeborg und Amalie, Töchter des Hauses, und die Nachbarjungen Max Denholm und Elliot Mortensen. Sie stehen im Mittelpunkt dieser heiter-melancholischen, skurril-komischen Geschichte, die das letzte Jahr einer scheinbar unbeschwerten Jugendidylle beschreibt. Als Direktor Asmussen, am Fenster der zweiten Etage stehend, stolz seinen Stammhalter präsentiert, bricht das alte Mauerwerk unter dem Fenster weg, und er stürzt zu Tode. Das Baby in seinen Armen überlebt. Mit diesem Paukenschlag beginnt Bjarne Reuters Roman, der zu den Meisterwerken der neuen skandinavischen Literatur gehört und von der Kritik ganz zu Recht mit den besten Werken des amerikanischen Erfolgsautors John Irving verglichen wurde.

Der Autor
Bjarne Reuter, Jahrgang 1950, ist einer der renommiertesten dänischen Autoren.

Inzwischen hat er über vierzig Romane geschrieben, darunter Kriminalstücke, Kinder- und Jugendbücher. Viele davon wurden für Fernsehen und Leinwand verfilmt, einige von dem bekannten Regisseur Bille August.

Sein Werk hat entsprechende Anerkennung gefunden. Bjarne Reuter hat nahezu jeden dänischen Literaturpreis gewonnen, aber auch viele internationale Auszeichnungen erhalten.

BJARNE REUTER

# DAS ZIMTHAUS

*Roman*

Aus dem Dänischen
von Knut Krüger

WILHELM HEYNE VERLAG
MÜNCHEN

HEYNE ALLGEMEINE REIHE
Nr. 01/13189

Titel der Originalausgabe
VED PROFETENS SKÆG
Die Originalausgabe erschien 1996
bei Gyldendal, Kopenhagen

*Umwelthinweis:*
Dieses Buch wurde auf
chlor- und säurefreiem Papier gedruckt.

Redaktion: Werner Heilmann

Printed in Germany 2000
Umschlaggestaltung: Parzhuber & Partner
Agentur für Marketing GmbH, München
Umschlagillustration: Achim Sperber/
Ellert & Richter Verlag, Hamburg
Druck und Bindung: Elsnerdruck, Berlin

ISBN: 3-453-17564-6

http://www.heyne.de

*Als sie ganz klein waren,*
*sahen wir sie Rinde und Harz lutschen*
*und Tee trinken, der aus Rainfarn*
*gebraut war und gut gegen*
*Heimweh, Fernweh*
*und Bandwürmer sein sollte.*

## *Erstes Kapitel*

Folgen Sie mir zur Sankt-Laurentius-Allee, an einem Sonntag im Mai, gegen Ende der größten Hitzewelle des Jahrhunderts.

Seit drei Tagen war der Himmel schwer und grau, violett und schwelend.

Der Wind trieb einen Geruch von Erde, Jod und Asche vor sich her.

Aber jetzt ist der See schwarz wie Samt, und die großen, curryfarbenen Lärchen sind von einer Unruhe befallen, die sich über das gesamte Viertel ausbreitet.

Folgen Sie mir zu diesem ersten Tag eines sonderbaren Jahres.

Sechs Monate lang haben wir auf genau diesen Augenblick gewartet.

Wir sitzen auf den ausgebleichten Liegestühlen unter der großen Eiche, die sich auf dem Rasen zwischen dem Zimthaus und dem See befindet: Ingeborg und Amalie, Max Denholm und ich.

Oben im zweiten Stock ist das Fenster leicht geöffnet. Der Vater der Mädchen, Direktor Asmussen, ist von seinem Büro in der Bredgade nach Hause gekommen. Und die Hebamme ist da und die allgegenwärtige Oda Nielsen, die schon zur Stelle war, als Ingeborg und Amalie geboren wurden. Der Vater von Max, Dr. Denholm, geht auf dem Kies vor dem Zimthaus auf und ab und raucht eine Zigarre nach der anderen, während er verstohlen auf die Uhr blickt und sein Ohr auf das offene Fenster richtet.

Ich lausche dem Wind in den Blättern, die leise rascheln, als würden sie den Namen des Kindes flüstern. Dieser Baum hat eine gewisse Berühmtheit erlangt, denn man sagt, er spräche in der Heiligen Nacht zwischen zwölf und vier. In alter Zeit sammelten sich die Menschen unter seinem Blätterdach, wo Feldsteine einen Kreis bildeten, einen sogenannten Thingplatz, an dem sich die Ältesten und Klügsten trafen und über das Heute und das Morgen, das rätselhafte Leben und den unausweichlichen Tod sprachen. Daher ist der Baum voller Weisheit. Mit seinen Tausenden von Blättern lauscht er dem Wind, dem Regen und dem Nahen des Herbstes, und mit seinen Wurzeln, die sich von Fuglevad bis nach Frederiksdal erstrecken, nährt er sich aus Quellen, die kein Brunnen erreicht und die Wasser des Schnees längst vergangener Zeiten führen.

Ingeborg hat Limonade geholt. Der Stoff der Liegestühle ist alt und verschlissen und hat dem Gewicht von Max wenig entgegenzusetzen. Die Stühle wurden während des Ersten Weltkriegs angefertigt, und man sagt, ihre Farbe passe sich der Stimmung ihrer Benutzer an. Gerade jetzt ist mein Stuhl blau.

Weit draußen auf dem Badesteg sitzen drei kleine Seeschwalben und warten auf das Abflauen des Windes. Die Flaggenleine klappert unentschlossen. Max findet, sein Vater könnte endlich die Geburt einleiten. Aus lauter Unruhe gehe ich ums Haus herum und auf die Straße.

Ich betrachte den cremefarbenen Kinderwagen, der schon auf der Veranda bereitsteht, und Otto Nielsen, den man jetzt, nachdem wir trübes Wetter bekommen haben, zum Fensterputzen verdonnert hat. Sein Großvater ist gerade damit beschäftigt, den Haupteingang mit Blumengirlanden zu dekorieren.

»Es wird Regen geben, Elliot«, sagt Otto.

Ich antworte ihm nicht und gehe zurück, an den kleinen, scheckigen Platanen entlang. Das Wetter bleibt unverändert. Wir warten alle, auch die Platanen, die Liebesbäume genannt werden und gepflanzt wurden, nachdem die Schwestern auf die Welt kamen.

Ingeborg, die Älteste, hat ihr Haar geflochten, und es sieht wie Hanf aus. Sie hat eines der altmodischen Kleider angezogen, die sie von ihrer Großmutter, genannt Grande, geerbt hat. Obwohl fraglich ist, ob man damals überhaupt Kleider getragen hat. Max sagt, Grande stamme aus dem finsteren Mittelalter; unten in der Stadt ist sie als Hexe aus dem Zimthaus bekannt.

Ingeborgs Kleid ist lang und ein bißchen zerknittert. Aus irgendeinem Grund knittern alle ihre Kleidungsstücke. Sie sagt, der Stoff habe dieselbe Farbe wie junge Muskatblüte, also scharlachrot. Vielleicht ist es die Muskatblütenfarbe, die ihre Haut so weiß erscheinen läßt. Möglicherweise ist es aber auch der Ernst des Tages. An den Füßen trägt sie ein Paar goldene Schuhe mit schiefen Absätzen. Sie sind um einige Nummern zu groß, und wer weiß – vielleicht hat sich schon Grande mit ihnen durchs Mittelalter geschleppt. Ingeborg ist nämlich die arme Prinzessin, die im Märchen von der Erbse bei strömendem Regen an das Tor des Königs klopft. Sie sitzt gerade an einer Zeichnung, die ein graues Haus mit einem kühlen Bogengang zeigt, wo ein Gecko an der Mauer klebt und auf die glänzende Fliege starrt, die über die tropfenförmige Zunge der Echse lacht. Dunkle Weintrauben hängen in den Fenstern. Man kann gerade noch eine aufrechte Frauengestalt erahnen, die mit einem Messer und einer Schüssel voller gelber Zitronen dasitzt, mit deren Saft sie sich die Haut einreibt. Auch Amalie hat zu Ehren des Kleinen die Kleider gewechselt.

Sie trägt selten etwas anderes als irgendwelche alten Klamotten oder Cordhosen mit Umschlag. Heute hat sie einen Faltenrock und ein khakifarbenes Armeehemd an. Der Rock paßt, aber das Hemd ist fünf Nummern zu groß. An den Füßen trägt sie ein Paar grobe Lederstiefel ohne Schuhbänder. Es sind keine Militärstiefel, und sie sehen auch nicht so aus. Amalie beharrt darauf, daß sie aus dem Spanischen Bürgerkrieg stammen und einem Freiheitskämpfer gehörten, der für seine Ideale in den Tod ging – mit diesen Stiefeln.

Jetzt klingelt das Telefon. Es dauert lange, bis jemand abhebt. Otto hat eine Trittleiter geholt. Er hat ein schmutziges Unterhemd angezogen. Unglaublich, wie sonnenverbrannt er bereits ist.

In diesem Augenblick öffnet sich das Fenster im zweiten Stock. Der mächtige Körper Herrn Winston Asmussens hängt vornübergebeugt über der morschen Fensterbrüstung. Endlich kommt auch Bewegung in Dr. Denholm, der die Zigarre wegwirft und ins Haus läuft. Ich schaue von Amalie zu Ingeborg, die sich erhoben hat.

Vom Dachfirst flattert eine Dohle auf. Eine fast übernatürliche Stille liegt über der Gegend. Ingeborg steht gespannt da wie eine Feder. Otto geht mit seiner Leiter zur Giebelseite des Hauses. Da zerreißt ein Schrei die Luft. Ingeborg sackt zusammen. Max sieht mich mit Kennermiene an. Es hört sich so an, als würde man die arme Frau Asmussen erschlagen. Das Echo ihrer Schreie schallt über den See. Und jetzt kommt der Zug von Norden. Gadagunkgadagunkgadagunk. Immer schneller und schneller rasen die Räder über die Schienen, die Schwellen geben ächzend nach, so daß der Schotter mit einem trockenen, malmenden Geräusch zusammengeschoben wird. Ein hoher Pfeifton erhebt sich über dem

Wald, als der Zug vorbeifährt und einen Blitz hinter sich herzieht. Eine neonfarbene Kralle schlägt über Frederiksdal ein, gefolgt von einem dumpfen Donnern, das die Scheiben in den großen Gewächshäusern erzittern läßt. Ich starre Ingeborg an, die mit einer Hand an der Eiche lehnt. Erst jetzt sehe ich, daß sie sich erbrochen hat. Sie wischt sich den Mund mit dem scharlachroten Kleid ab. Schwere Regentropfen fallen in die Baumkrone. Es hört sich zugleich dumpf und sanft an. Da öffnet sich das Fenster in der zweiten Etage vollständig. Herr Asmussen winkt seinen Mädchen zu. Amalie und Ingeborg umarmen sich.

»Alf ist geboren!« ruft der große Mann und ballt die Fäuste. »Alf ist geboren!«

Ingeborg hält sich die Hand vor den Mund, Amalie lacht und läuft hinunter zur Fahnenstange. Niemand auf der Welt ist beim Fahnehissen so schnell wie Amalie. Ihr Vater winkt glücklich und verschwindet einen kurzen Augenblick, während Ingeborg die restliche Limonade trinkt. Es regnet jetzt in Strömen. Ich betrachte Amalie, die die dänische Flagge auseinanderfaltet. Max zeigt auf das Zimthaus, wo Herr Asmussen wieder aufgetaucht ist und ein kleines, weißes Bündel in den Händen hält. »Ich habe einen Sohn!« ruft er.

Ingeborg nickt ernst und faltet die Hände. Ich schaue auf die Fensterbrüstung und den Putz unter dem Fenster und auf den alten Mörtel, der auf die Markise unter der dunklen Veranda niederrieselt. Das Licht in den Räumen schimmert so grünlich, als lägen sie unter Wasser. Winston Asmussen küßt den kahlen Kopf seines Sohnes. Eine Dohle erhebt sich vom Dachfirst. In diesem Moment gibt das Mauerwerk unter Herrn Asmussen nach. Der große Mann hebt den Blick und fixiert einen Punkt hinter Bagsværd, während er wie eine Puppe oder eine Skulptur aus dem Fenster kippt und sich, merkwürdig lautlos, in der Luft dreht. Später sagte Ingeborg, sie habe für einen winzigen Moment Blickkontakt mit ihrem Vater gehabt, in einer wunderbaren, zerspringenden Sekunde, bevor Gott ihn zu sich nahm.

Im Gegensatz zu Amalie, die immer noch mit der Leine in der einen und der Fahne in der anderen Hand dasteht, den Blick starr auf das kleine hilflose Bündel geheftet, das ihr Vater in den Armen hat.

Das Geräusch, als er den morschen Stoff der Markise durchbrach und sogleich auf dem Kies aufschlug. So schwer, als sei er vom Himmel gefallen. Amalie rennt vorbei, die wehende Fahne flattert hinter ihr her. Ihr folgt Max. Ich sehe, daß Ingeborg wie in Trance und mit etwas, das einem ungläubigen Lächeln gleicht, zu ihrem Vater geht, der jetzt von mehreren Erwachsenen umringt wird, allen voran Dr. Denholm, dann die Hebamme, Oda Nielsen und ihr Mann, der den Eingang mit Flaggen und Girlanden verziert hat.

Ich gehe hinter Ingeborg her und starre auf Dr. Denholm, der sich über Herrn Asmussen beugt, dem kein Arzt mehr helfen kann.

Nun nimmt die Hebamme das kleine Bündel von der breiten Brust des Toten und entfernt die weißen Tücher. Frau Nielsen vergräbt ihr Gesicht in der Schürze, und es kommt ein kleines, rotangelaufenes Gesicht zum Vorschein, nicht größer als die geballte Faust seines Vaters.

Ingeborg hat ihre Schwester stützend unter den Arm gefaßt. Oda Nielsen weint nun hemmungslos. Ich lasse meinen Blick zu ihrem Enkel wandern, dem vierschrötigen Otto, der einen Eimer umgedreht hat und ihn als Schemel benutzt, um sich einen besseren Überblick zu verschaffen.

»Er lebt«, flüstert die Hebamme.

Ingeborg sinkt auf dem Kies zusammen, während wir anderen Amalie anglotzen, die den Körper ihres Vaters mit dem Flaggentuch bedeckt. Die Regentropfen hämmern unbarmherzig gegen sein wächsernes Gesicht. An der Hausecke bückt sich Otto und hebt einen Stein auf, den er nach der Dohle wirft; mit heiserem und widerwilligem Schreien flattert sie auf den Badesteg hinunter. Ingeborg hat sich zu ihrem Vater gesetzt und seinen großen Kopf auf ihre schmächtigen Beine gelegt. Sie sieht uns an, als wollte sie fragen, ob sie nicht träume. Unter Herrn Asmussens Kopf hat sich eine dunkle Blutlache gebildet. Dr. Denholms Kinn zittert. Er reicht Ingeborg die Hand, doch sie nimmt sie nicht. Sie ist genauso bleich wie ihr toter Vater, aber jetzt beginnt sie zu singen, während sie seinen viel zu großen Kopf in ihren viel zu kleinen Händen wiegt. Kurz darauf stimmt Oda Nielsen ein:

»Du zeigst uns Tag und Nacht, Sonne und Sterne Richtung. Des Lebens wundervollen Schatz empfingen wir von dir. In jede Kinderseele auf Erden legst Du einen Kern, für eine Blume mit himmlischem Flor, herrlich wie ein Stern.« Dr. Denholm bewegt die Lippen, desgleichen die Hebamme. Ich hingegen nehme die dunkle, gespensterhafte Gestalt wahr, die unbeweglich im Speisezimmer verharrt, sich jetzt langsam aus dem Schatten löst und nach draußen auf die Veranda tritt. Ingeborg bettet den schweren Kopf ihres Vaters auf den Kies, erhebt sich, geht zu ihrer Großmutter und umarmt sie. Das habe ich vorher noch nie gesehen. Grande richtet den Blick unbeweglich nach vorne, so als hätte sie alles vorausgesehen. Jetzt hat sie ihren einzigen Sohn verloren. Für einen kurzen Moment scheinen ihre Blicke im Haus umherzuschweifen, als wolle sie prüfen, ob das Unglück nicht seine Spuren an den Wänden, am Stuck oder beim

Fundament hinterlassen hätte. Und vielleicht sieht das Zimthaus an diesem traurigen Tag wirklich etwas verwahrloster, eine Spur verfallener aus. Oder wir bemerken erst jetzt die Risse im Putz, die ausgebleichten Fensterläden und die abgenutzten Korbmöbel auf der Veranda.

Die Amseln geben keine Ruhe, draußen auf dem Meer hört man sie rufen.

Dr. Denholm geht mit dem Neugeborenen hinein. Die Witwe, die Denholm Grande nennt, nickt, streicht dem Neugeborenen mit einem welken Finger über die Wange und verschwindet zusammen mit Ingeborg im Dunkel.

Alf wog knapp sechs Pfund und maß 49 Zentimeter. Er wurde mit dünnem, hellrotem sogenannten Lanugohaar am gesamten Körper geboren sowie mit einem Defekt, den man laut Max als Hypodaktylie bezeichnet: Alf hatte nur neun Zehen.

## *Zweites Kapitel*

Die Sankt-Laurentius-Allee liegt am Lyngbysee, unweit der Eisenbahn und der tiefen, verhängnisvollen Sümpfe zwischen dem Møllebach und dem Furesee. Ein spezifischer Duft von Fäulnis und Leben, Entengrütze und Flieder, wilden Brombeeren und nie geschnittenem Gras erfüllt die Luft. Es ist eine mangrovenartige Wildnis mit schimmernden Pfaden, bedeckt von aprikosenfarbenen Waldschnecken und verkohlten Knochen aus unterirdischen, eisigen Regionen. Hier stößt man auf die puppenähnlichen Tannenzapfen der seltenen Libanonzeder, und im September kann man die einzige Frucht ernten, die der alte, knorrige Gravensteiner-Apfelbaum trägt; wer Ohren dafür hat, der vernimmt in dieser Gegend auch das heisere Flöten eines namenlosen Instruments. Es erhebt sich über dem See und legt sich über die Gärten, und es heißt, daß für denjenigen, der den Tönen lauscht, die Zeit stehenbleibe. Es wird sogar behauptet, es sei das mystische Flöten gewesen, daß diesen Sommer eine waschechte Kobraschlange nach Kongens Lyngby gelockt habe, geflohen von einem Marktplatz mit Schiffschaukeln, Schießbuden und einer Wahrsagerin namens Ruzanta.

In der Sankt-Laurentius-Allee wohnen nur drei Familien. Die Allee ist nicht besonders groß und mündet in einen überwachsenen Pfad, der direkt zum See hinunterführt. Daß für weitere Häuser kein Platz mehr vorhanden ist, liegt am Zimthaus, dessen riesigen Garten man als Park bezeichnen muß. Das große Haus heißt eigentlich »Winstons Gedächtnis«, wird jedoch aufgrund seiner braunen, von einem Grauschleier überzogenen Farbe nur Zimthaus genannt, und das außerdem, weil der Geruch von Nelke, Muskat, Ingwer, aber vor allem Zimt die Tapeten, Teppiche und Möbel der achtzehn Zimmer durchdrungen hat. Es legt Zeugnis ab vom unermüdlichen Globetrotter Winston Alf Asmussen, der vor hundert Jahren den Gewürzen des Ostens, des Orients und nicht zuletzt Afrikas auf der Spur war, bevor er nahe des Gipfels des Kilimandscharo verschwand. Jetzt wohnt sein Sohn im Haus, zusammen mit seiner Mutter, genannt Grande, seiner Frau, genannt Frau Asmussen, und seinen beiden Töchtern Ingeborg und Amalie.

Über das Haus kann ich noch sagen, daß es, abgesehen von seiner Farbe und seinem Geruch, auch außergewöhnlich aussieht. Am Eingang befindet sich ein unverkennbar grinsender Elefantenkopf, der schaut, als würde sich das Tier über etwas Unpassendes amüsieren. Mein Vater sagt, das Haus sei im Kolonialstil erbaut, und vielleicht haben sie ja in den Kolonien eine andere Form von Humor. Auf jeden Fall glaube ich, daß das Zimthaus für ein Klima mit viel Licht gemacht ist. Licht, vor dem man sich schützen muß, denn die Fenster sind sehr klein und alle mit soliden Läden und zum Garten hin mit schwarzen Eisenstangen versehen, wie man dies aus Pretoria in Swasiland kennt, wo die Kaffern ja sehr aufbrausend sein sollen. In den großen Zimmern mit den lackierten Böden ist es immer ziemlich dunkel, und dennoch muß man sich darüber wundern, wie verblichen alles ist. Auch die Fensterläden sind nicht mehr alle in guter Verfassung. Wegen der Herbststürme, der Feuchte und der Kälte hängen die meisten schief an ihren zu kleinen Beschlägen. Man muß sich überhaupt fragen, ob das Zimthaus gut in Schuß ist. Mein Vater hat oft gesagt, daß es nur eine Luftspiegelung sei und eines schönes Tages verschwinden werde, wie der Palast des Kalifen in dem alten Märchen. Auf der großen, zum Teil überdachten Veranda stehen die mokkabraunen Korbmöbel, die ebenso mürbe sind wie französische Waffeln; im Winter werden sie nicht hineingestellt, wie man das sonst mit Gartenmöbeln tut. Sie überwintern einfach im Freien und werden selbst bei zehn Grad minus benutzt, falls mal ein Sonnenstrahl zwischenlandet. Dann kann man die gesamte Asmussen-Familie beobachten, eingeschlagen in curryfarbene, braune oder mausgraue Decken, wie sie sich die Hände an großen Tonkrügen wärmt, deren dicke Überzüge den Kakao warmhalten sollen. Die Korbmöbel sind genauso alt wie das Haus und kamen mit einem Dampfer aus Bombay in Indien, wo der alte Winston Asmussen einmal eine Plantage besaß.

Wenn man vom Zimthaus zweiundzwanzig Schritte macht, erreicht man das Arzthaus, in dem mein Freund Max wohnt. Hier herrscht im Gegensatz dazu Ruhe und Ordnung, der Garten ist gepflegt, und im Kräuterbeet gedeihen nur Pflanzen mit dänischen Namen. Vom Weg aus kann man drinnen Dr. Denholm sitzen sehen, der in seinem weißen Kittel den Leuten gute Ratschläge erteilt, und direkt über dem großen Praxisfenster hat Max sein Zimmer, in dem man einen gestreiften Käfig ausmachen kann sowie Terrarien und zylinderförmige Aquarien mit Blindschleichen, Stabheuschrecken und Warzenkröten, die geduldig darauf warten, daß ihr Besitzer sie für seine epochemachenden Experimente auswählt, die das Leben der Menschen erleichtern und das des Forschers bereichern werden. Zu dieser Jahreszeit kann man außerdem einen Blick auf Max' schöne Mutter werfen, die eine eifrige Sonnenanbeterin ist. Normalerweise sitzt sie im Schneidersitz vor einer Ansammlung Bornholmer Steine, während sie Gott weiß was lauscht, vielleicht den heiseren Flötentönen.

Von hier aus sind es nur zwölfeinhalb Schritte bis zum kleinsten Haus der Allee, einem kleinen, zweistöckigen Gebäude, in dem man den Geräuschen einer pechschwarzen Schreibmaschine ausgesetzt ist, die Tag und Nacht klappert. Der Mann hinter der Maschine heißt Omaha, und dafür gibt es auch eine Erklärung, aber die muß warten, er arbeitet an der Übersetzung dicker Bücher über das Ägypten der Pharaos. Es gelingt ihm nicht immer, jemand zu finden, der seine Manuskripte druckt, und im Grunde interessieren ihn weder die Pharaonen noch der Gallenstein von König Ramses, denn er arbeitet daran, das Geheimnis der Pyramiden zu entschlüsseln, die Verbindung von Cheops zu den Sternen, wie er sich ausdrückt. Wenn er glaubt, ganz dicht dran zu sein, hämmert er besonders stark auf die Tasten, doch es nützt nichts zu rufen, er solle das Fenster schließen, eine Pause machen oder etwas sanfter zu Werke gehen, denn der Mann ist von Geburt an taub und heißt nebenbei bemerkt mit Nachnamen Mortensen, und dafür gibt es wohl auch eine Erklärung, aber die verrate ich nicht. Der Übersetzer bewohnt das Haus zusammen mit seiner Frau, die Nachtschwester im Kreiskrankenhaus ist, und seinem einzigen Kind, Elliot Omaha Mortensen, also mir. Eigentlich hätte ich Enrico heißen sollen, genannt nach Caruso, da ich offenbar in Italien gezeugt wurde, als sich meine Mutter und mein Vater auf einer Reise von Rom nach Mailand befanden.

Mit zu dieser Geschichte gehört auch Otto, der Enkel von Oda Nielsen, der weder eine Mutter noch einen Vater hat und als Zweijähriger einen Stein von der Größe eines Eis verschluckte, der nie wieder zum Vorschein kam. Otto hilft seiner Großmutter, die den Leuten im Zimthaus zur Hand geht, wenn er nicht gerade zu Hause im Werkzeug seines Großvaters herumstöbert, der ein Schlosser und Alleskönner ist.

Wir Kinder, mit Ingeborg an der Spitze, bildeten eine heimliche Bruderschaft, die monatelang auf das Wunder in der Sankt-Laurentius-Allee gewartet hatte, die Geburt des Prinzen. Ingeborg hatte den gesamten Winter über von nichts anderem geredet, wenn wir auf ihrem Zimmer waren und Kräutertee und andere merkwürdige Getränke zu uns nahmen, die uns vornehmer machen und vor allem unseren Charakter stärken sollten. Daß dies möglich war, wollten wir gerne glauben, nachdem wir ihren Magenbitter getrunken hatten, den sie aus Pomeranzenschalen, Ginsengwurzeln und zwei Gramm Paradiessamen zusammengemixt hatte. Eine Woche später verschwand die Warze an meinem Fuß, und Max berichtete mir unter dem Siegel der Verschwiegenheit, daß seine Eier nun wieder gleichgroß wären. Ansonsten las Ingeborg laut aus der Bibel vor, vom steinalten Abraham und seiner ebenso alten Frau Sara, die trotz allem und mit Gottes Hilfe einen Sohn bekam. Zwar waren weder Herr noch Frau Asmussen in Abrahams Alter, doch war es eine kleine Sensation oder, wie Max sagte, ein biologisches Rätsel, daß Frau Asmussen überhaupt schwanger geworden war. Schon vor langer Zeit hatte man beschlossen, daß der Sohn Alf heißen sollte, wie sein seliger Großvater, dessen Weg zur Insel Pemba am Kilimandscharo vorbeigeführt hatte, wo er, wie schon gesagt, sein Ende fand. Sein Porträt hing in der Eingangshalle des Zimthauses, und seine hellen Augen leuchteten so lebendig, als würde er selbst hinter dem Bild stehen und einen anstarren. Wie ein Abenteurer sah er nicht gerade aus, schon eher wie ein ungeduldiger, etwas ängstlicher Büroangestellter, der die Pfandfinderuniform seiner Kindheit angezogen hat.

Niemand konnte sich vorstellen, daß das Kind nicht männlich sein würde, nachdem sich Winston Asmussen mit solcher Intensität einen Sohn wünschte. So war es mit dieser Familie, und mein Vater bemerkte dazu, daß der Glaube selbstverständlich Berge versetzen könne, wie solle man sie schließlich sonst versetzen? Max Denholm, der schon längst nicht nur seinen Körper, sondern sein ganzes Leben der Wissenschaft geweiht hatte, bezeichnete so etwas als Geschwätz, stellte sich aber genau wie alle anderen in den Dienst der Hexenkunst, wie wir Jungen das nannten. Dr. Denholm nannte es Aberglaube. Und wo wir schon beim Glauben sind, muß die Rede auf Herrn und Frau Wolle kommen, die, obwohl sie nicht in der Sank-Laurentius-Allee wohnen, mit zur Geschichte gehören, nicht zuletzt, weil uns Frau Wolle hingebungsvoll Musikunterricht erteilte und ihr seltsamer Mann Gemeindepfarrer war. Dr. Denholm sagte einmal, wenn es schon keinen Gott gebe, so hätten wir in der Sankt-Laurentius-Allee zumindest Pastor Wolle.

Die Witwe Asmussen, die großgewachsene, dünne Grande, hatte schon längst verfügt, daß der zukünftige Erbe ein Junge werden solle, und sie befühlte mit ihren Händen, die sie mit einer geheimen Mixtur verschiedener Kräuter eingerieben hatte, den großen schwangeren Bauch ihrer Schwiegertochter. Grande bewohnte ein Zimmer im ersten Stock, das in der gleichen Farbe gehalten war wie die Böden der Flaschen, die zwischen den Südseeinseln umhertreiben, um niemals gefunden zu werden. Sie war ein Gespenst. Ein Gorgonenhaupt, wahrscheinlich auf Gotland geboren, jedenfalls sprach sie mit schwachem schwedischen Akzent. Niemand von uns anderen, nicht einmal Max, der ansonsten glaubte, über alles Bescheid zu wissen, konnte mit Sicherheit sagen, welche Tür zu ihrer Kammer führte, so daß wir, wollten wir Ingeborg oder Amalie besuchen, so schnell wie möglich den langen braunen Gang entlangliefen, um dem bleichen Gespenst zu entgehen, das Katzen aufschreien und Wunden heilen ließ und noch einiges mehr, von dem niemand wagte, laut zu sprechen. Über hundert braune Apothekerflaschen standen aufgereiht in Grandes Zimmer zwischen dicken, in Leder eingebundenen Büchern, die allesamt von Gewürzen, Kräutern, Elixieren und Salben handelten. Amalie behauptete außerdem, es gäbe dort Flaschen und Behälter mit gummiartigen Embryos, Salamandern in Spiritus, Fröschen in Öl, Schlangen in Terpentin und Kapseln mit dem Blut ausgestorbener Reptilien. Sowie einen portugiesischen Kanister, der die göttlichen Tropfen des ewigen Lebens enthielte.

Grandes fülliges, krauses Haar war von merkwürdiger Farbe, genau zwischen schwarz, grau und blau, und Ingeborg behauptete, ihre Großmutter hätte in jungen Jahren eine Haut wie Olivenöl und Haar wie schwarze Vanille gehabt. Das Besondere an ihr waren inzwischen ihre Augen. Die Haut war natürlich runzelig, faltig und schlapp wie bei einem Truthahn, aber ihre Augen leuchteten wie die eines zwanzigjährigen Mädchens. Sie bewegte sich lautlos, geschmeidig und würdevoll, ein bißchen wie ein Raubtier, ein bißchen wie ein Fisch. Ihre langen Kleider waren entweder schwarz oder purpurfarben, doch es geschah nicht selten, daß man sie unten bei den Gewächshäusern in zerknitterten Cordhosen und Gummistiefeln sah, wie sie gerade jätete oder pflanzte oder die sonderbaren Pflanzen und Kräuter der

Familie einfach nur beobachtete. Sie stellte ihre eigenen Wundsalben her und konnte Unkraut zum Welken und tote Feigenbäume zum Blühen bringen. Ich habe oft mit meinem Vater zusammen im Wohnzimmer gestanden und ihr zugesehen, wie sie in unserem Garten umherging und den Cox Orange-Baum abtastete oder die Erde rund um die Erdbeerbeete beschnupperte. Und wir fühlten uns wie zwei, die sich verstecken, zwei kleine Kerle mit schlechtem Gewissen. »Jetzt wirst du Äpfel sehen, Elliot«, sagte mein Vater, »zum Teufel mit den Frauen.«

»Ist das nicht übernatürlich?« fragte ich.

»Darauf kannst du Gift nehmen.«

Grande war mit anderen Worten ein Mensch, dem man versuchte, aus dem Weg zu gehen. Aber man konnte auch nicht leugnen, daß es gewisse Gemeinsamkeiten gab zwischen der alten Pulverhexe (wie meine Mutter sie nannte) und ihrer ältesten Enkelin, der sonst so durchschaubaren Ingeborg; Gemeinsamkeiten, die einem ins Auge sprangen, wenn Ingeborg ihre geheimen Messen für den Ungeborenen zelebrierte und mehr als andeutete, was für einen Prinzen wir erwarteten. Mir gegenüber sagte Max, daß Alf natürlich nur ein ganz gewöhnliches Kind sei, aber in Ingeborgs Anwesenheit traute er sich nie, dies laut auszusprechen. Ingeborg hatte wirklich eine Menge von Grandes Ausstrahlung und wußte bereits vieles über geheimnisvolle Rezepturen und heilende Salben. An Silvester, fünf Monate ehe Alf das Licht der Welt erblickte, berief Ingeborg uns alle vier zu einer Versammlung ein; wir sollten eine von Otto Nielsens selbstgebastelten Pulver- und Leuchtraketen kaufen, die wir dann um Punkt zwölf vom Badesteg aus abfeuern wollten. Mein und vor allem Max' Vertrauen in die Fertigkeiten Ottos auf den Gebieten Pulver und Kugeln war ziemlich gering, aber der merkwürdige Junge mit dem runden Bürstenkopf und den treuherzigen blauen Augen hatte Ingeborg offenbar davon überzeugt, daß er in der Lage sei, genau die Prachtrakete herzustellen, die eines Königssohns würdig wäre. Als Bezahlung bekam Otto ein altes Paddel, das dasjenige ersetzen konnte, was sein Großvater aus einem Stück Sperrholz gemacht hatte.

Um fünf vor zwölf schlichen Ingeborg, Amalie und ich hinunter zum Badesteg, wo Max schon eine alte Weinflasche aufgestellt hatte. Alle Erwachsenen waren im Speisezimmer des Zimthauses versammelt. Meine Mutter hatte sich eigens für diesen Anlaß ein Kleid nähen lassen. Als sie es anzog, bemerkte mein Vater, sie gleiche venezianischem Glas, das mit portugiesischem Madeira gefüllt sei. Man versteht nicht immer, was er sagt. Leute, die ihn nicht kennen, denken oft, er sei etwas minderbemittelt, aber meine Mutter und ich haben natürlich gelernt, seine merkwürdigen Laute zu deuten. Doch an diesem Abend konnte selbst meine Mutter das letzte Wort nicht verstehen. Er mußte es mehrere Male rufen, bevor sie verstand, was ihn sehr aufregte. »Du weißt vielleicht nicht, was Madeira ist!« rief er.

»Du kannst es ja so aussprechen, daß man es versteht«, knurrte meine Mutter, während das Lachen in ihrer Brust gluckste. Die Arme meines Vaters bewegten sich wie Windmühlenflügel: »Es gibt Frauen, die einfach nichts von Komplimenten verstehen!« rief er. »Das kommt vielleicht daher, weil sie nie in Portugal waren. Oder zu viel Umgang mit Liegewunden und Bettpfannen haben.« Meine Mutter fragte, jetzt etwas gedämpfter, was denn Portugal damit zu tun habe. Solche Gespräche konnten sehr lange dauern, besonders weil sie, wenn sie sich stritten, ihre Zeichensprache vernachlässigten. Das Ganze endete wie üblich damit, daß mein Vater traurig wurde, weil er selbst noch nirgends gewesen war, schon gar nicht in Portugal, und meine Mutter ihn tröstete, auf die Stirn küßte und sagte, er solle vorsichtig sein mit zu heftigen Bewegungen. Es sei nicht sicher, ob der Zwickel an seiner Smokingjacke hielte.

Es war eine schöne Nacht mit vielen vorzeitigen Raketen und den Lichtern in den Häusern am See. Ingeborg und Amalie trugen ihre Pelzmäntel, und Max hatte seinen neuen Anzug mit Fliege und breiten Hosenträgern angezogen. Jetzt warteten wir nur noch auf Otto Nielsen, der mit etwas, das einer Fangnetzstange glich, aus dem Schilf auftauchte. Ich weiß nicht, ob zu Hause bei der Familie Nielsen Silvester gefeiert wird. Jedenfalls war er nicht wie wir anderen gekleidet, sondern hatte sein gewöhnliches Drillichzeug an. Seine Großmutter bediente oben im Zimthaus; vielleicht waren also nur er und sein Großvater zu Hause, und so bestand wohl kein Grund, sich feine Sachen anzuziehen. Falls Otto Nielsen überhaupt feine Sachen besaß.

Die Rakete war 49 Zentimeter lang und wog, nach Aussage ihres Konstrukteurs, genau sechs Pfund.

Aus irgendeinem Grund hatte Otto sie mit hellroten Fransen und einer nur zwei Zentimeter langen Lunte versehen.

»Die wird man noch in Kullen beobachten können«, sagte er unbescheiden.

Max murmelte etwas davon, daß Otto ja wohl keinen Schimmer habe, wo Kullen liege, und zog sein Benzinfeuerzeug aus der Tasche. Nun warteten wir auf das Zwölfuhrschlagen der Uhr im Ostgiebel des Zimthauses. Alle Erwachsenen befanden sich im Speisezimmer.

Im Kamin prasselte das Feuer. Die Männer erhoben sich mit Zigarre und einem Glas in den Händen. Die meisten trugen einen Smoking, nur Herr Asmussen hatte einen Frack mit weißem Binder an. Sie standen um die Damen herum, die in ihren leuchtenden Ballkleidern dasaßen, Grande mit einem schimmernden Diadem im Haar. Ich dachte an all die Schwärmer, die mein Vater gekauft hatte, obwohl er sie nicht hören konnte. Er hatte mir in seinem alten Smoking den Rücken zugewandt, und selbst auf die große Entfernung konnte ich erkennen, daß der Zwickel am Rücken aufgegangen war.

»... hilft gegen Kater!« riefen sie oben im Haus.

Dies wurde immer dann im Chor gesagt, wenn Grande ihren Ingwer-Bitter servierte, einen Schnaps, der auf der Basis eines ganzen Liters Wodka zubereitet wurde.

Beim ersten Schlag der Rathausuhr zündete Max die Rakete, und wir anderen hielten uns die Ohren zu. Sekunden später stieg die Rakete wie eine Fackel in die Luft, bevor sie einen Bogen machte, schräg nach links abdrehte und mit einem schrecklichen Heulen auf die Erde stürzte, wo sie ein Bootshaus auf dem Nybrovej mit fünfundachtzig Kanus und neunzehn Kajaks in Brand steckte. Es brannte ab bis auf den Grund.

Durch Max wußten wir so gut wie alles über Geburten und Schwangerschaft, über die Entwicklung des Embryos und die Qualen, die die Mutter vor der Niederkunft zu erleiden hatte. Nichts an der menschlichen Anatomie war uns fremd. Max' Vater besaß eine Schautafel, die zeigte, wie alles zusammenhing, und jeden Dienstagabend, den gesamten Winter hindurch, lauschten Ingeborg, Amalie und ich den Vorträgen von Max über die Entstehung des Lebens, den Verfall des Fleisches, den Tod alles Lebendigen und die Heilung der Kranken, das Schadhafte und das Angeborene. Die dunkle Amalie mit den zusammengewachsenen Augenbrauen interessierte das nicht. Sie ähnelte ihrer großen Schwester und auch dem Rest der Asmussen-Familie nicht im geringsten, und Ingeborg hatte gesagt, in ihren Adern fließe Seeräuberblut. Es war allgemein bekannt, daß Amalie und Grande nur selten miteinander redeten und sich nicht ausstehen konnten, und Amalie war die direkte Ursache dafür, daß Frau Asmussen meistens in ihrem Bett lag oder in ihrem Zimmer saß, auch wenn sie nicht schwanger war.

An einem Novemberabend, als wir vom Arzthaus kamen, hielt Amalie mich an und deutete auf den gelben Halbmond, der sanft über dem See schaukelte. »Max denkt, er ist so klug«, sagte sie, »aber er weiß gar nichts.«

Ich antwortete friedfertig, sein Vater sei immerhin Arzt, und betrachtete das Mädchen mit den zusammengewachsenen Brauen und den pechschwarzen Augen. Sie hatte ihrer Schwester die Seite zugewandt und starrte auf die großen, gelben Lärchen, die wie Indiens Curry im blauen Mondlicht leuchteten. »Dem Geheimnis kommt man nicht durch Schautafeln oder Arztbücher auf die Spur«, entgegnete sie ernst.

Es war ein merkwürdiger Abend, mit einer Stimmung wie im Herbst und doch mild wie im August. Danach gingen wir hinauf zum Zimthaus.

Wir waren nur selten in Amalies Zimmer, das sich ganz oben unter dem Dachboden neben Ingeborgs Ballettraum befand. Es war ziemlich schmal, hatte schräge

Wände, einen leberfarbenen Boden und zwei kleine, runde Fenster. Unter dem Dachbalken hing eine grüne Eisenleuchte, die schon Kap Hoorn umrundet hatte, damals, als der Großvater der Mädchen auf seiner Reise zu den Gewürzen war, wie sie sagten. An den Wänden hingen kleine Ölgemälde unbekannter Künstler Ostafrikas und der Karibik. Die meisten stellten kunterbunte, bonbonfarbene und von Palmen umgebene Häuser an einem türkisfarbenen Meer dar. Amalies Zimmer war eine Kajüte, eine schmale, knirschende Kajüte unter den schwankenden Schatten einer grünen Eisenleuchte. Die Bodenplanken stammten von einer vor langer Zeit zerlegten Bark, die vor hundert Jahren Koreander und Gewürznelken von der Insel Sansibar transportiert hatte. Sie dufteten trocken und intensiv nach Kandis und Rosinen, Zimt und Muskat.

Als ich sie das erste Mal auf ihrem Zimmer besuchen wollte, war es April, mitten in einer Hitzewelle. Alle Büsche und Bäume blühten frühzeitig. Es rührte sich kein Lüftchen. Dreißig Grad im Schatten. Unten im Wohnzimmer war Oda Nielsen gerade mit Staubsaugen beschäftigt. Die Gartentüren waren geöffnet, und ein Lichtkeil schnitt in das dunkle Speisezimmer, in dem schwere, aus Tropenholz gefertigte Möbel in der Hitze ächzten, die sie vielleicht an die Gegend erinnerte, aus der sie kamen.

»Bist du das, Elliot?« Oda Nielsen trocknete sich die Stirn. Hinter ihr konnte ich ihren Enkel sehen, den schändlichen Otto, der in der Speisekammer kniete und gerade den Boden scheuerte. Bevor ich antworten konnte, bat mich Frau Nielsen, besonders leise zu sein. Frau Asmussen ruhe sich aus. Das hätte sie nicht zu sagen brauchen. Im Zimthaus bewegte ich mich immer auf Katzenpfoten, besonders wenn ich den Gang im ersten Stock passierte. Aber ich brauchte mir keine Sorgen zu machen. Grande war nicht zu Hause, sondern unten bei den Gewächshäusern. Als ich jedoch die Treppe fand, die zum Dachboden hinaufführte, hörte ich ein Stöhnen aus einem der Zimmer des zweiten Stocks. Die Tür stand offen; wohl, um für ein bißchen Durchzug zu sorgen. Sie lag entkleidet auf dem großen Bett. Ihre Haut war weiß. Die fetten Arme hingen schlaff über der Bettkante. Die Haare waren schweißnaß, und die kolossalen Brüste lagen schwer auf dem blauweißen Laken. Ich glotzte auf ihren Bauch, der aufragte wie die Stirn eines Riesen. Nie zuvor hatte ich einen so enormen Menschen gesehen. Langsam trat ich einen Schritt näher. Das Fenster zum Garten stand sperrangelweit offen. Von der Dachtraufe kam ein schwaches Summen. Gleichzeitig drehte sie den Kopf und sah mich direkt an. Sie stöhnte schwach, hob den linken Arm ein paar Zentimeter und bat mich, ganz hereinzukommen. Sie roch nach Hefe.

»Würdest du mir ein Glas Wasser einschenken, Elliot?« flüsterte sie und zeigte auf das Waschbecken, das ihrem Bett gegenüber an der Wand hing.

Arme, arme Frau Asmussen. Ich hielt ihren schweren Kopf, während sie in kleinen, gierigen Schlucken trank. Danach nahm sie meine Hand und sagte, ich würde der beste Freund ihres Sohnes werden. Das versprach ich, schenkte ihr ein weiteres Glas ein und ging zur Tür.

»Elliot«, flüsterte sie, »sei so nett und lies mir etwas vor, nur fünf Minuten.« Ihr schwerer Kopf fiel auf das vom Schweiß fleckige Kissen zurück.

Die Bibel lag auf dem Nachttisch.

»Aus dem Buch Hiob.«

Im Buch war ein Lesezeichen, und ich schlug die Seite 544 auf.

»›Es begab sich aber eines Tages‹«, sagte Frau Asmussen und schloß die Augen.

Ich räusperte mich und begann zu lesen: »›Es begab sich aber eines Tages, da die Gottessöhne kamen und vor den Herrn traten, daß auch der Satan unter ihnen kam und vor den Herrn trat. Der Herr aber sprach zu dem Satan: Wo kommst du her?‹«

Ich machte eine kleine Kunstpause, als eine Stimme vom Gang her antwortete: »›Ich habe die Erde hin und her durchzogen.‹« Ich zuckte zusammen und starrte auf die hohe Gestalt, die im algengrünen Schatten des Ganges stand und nun das Zimmer betrat. Grande trug wie so oft ein langes, tiefviolettes Kleid mit hochstehendem Kragen. Zusätzlich hatte sie heute noch einen dreieckigen Strohhut aufgesetzt, von der Art, wie ihn auch Ingeborg trug, die behauptete, er stamme von den Reisfeldern der alten Kaiserstadt Huê.

Grande betrachtete ihre entkleidete Schwiegertochter, die noch immer die Augen geschlossen hielt. Erst jetzt bemerkte ich, daß die Alte ein Krautbüschel in der Hand hielt, von dem Wasser, vermischt mit frischer Erde, heruntertropfte. Sie legte es auf den gewölbten, bleichen Bauch der Schwangeren, wo es aussah, als sei es mit dem angeschwollenen Körper verwachsen.

»Krötenkraut«, sagte Grande, »hilft bei geschwollenen Augen und Gliedmaßen. Krötenkraut und Katzenkraut wirken beruhigend.«

Sie klappte die Bibel zu und legte sie zurück auf den Nachttisch. Ich sah, wie sie ihre große, magere Hand mit den braunen und violetten Sommersprossen auf die milchweiße Stirn Frau Asmussens legte.

»Hast du nichts anderes zu tun, Elliot Mortensen?« Grande sah mich mit durchdringendem Blick an.

Als ich das Haus verließ, kam mir ein Morgen in den Sinn – vier Wochen, bevor Alf geboren wurde –, an dem ich gesehen hatte, wie Amalie die große Libanonzeder umarmte. Auf ihrer Spitze saß wie immer eine kleine Ansammlung von Saatkrähen, die wie böse Geister von den Drohungen des Himmels und dem Nebel unter den Brücken des Møllebachs krächzten. Im Stamm der Libanonzeder gibt es ein Loch, eine magische Aushöhlung, die sich die Menschen in den alten Tagen zunutze machten. Sie glaubten, die Aushöhlung würde von Buckligkeit oder Wahnsinn heilen, wenn man den Betroffenen dreimal in die Öffnung senkte. Solch ein Baum sollte in Dänemark eigentlich gar nicht wachsen. Aber so ist es mit vielem bei der Winston Asmussen-Familie und dem Zimthaus. Eine Tatsache ist jedenfalls, daß die streunenden Katzen der Gegend den Baum aufsuchen, wenn ihre Zeit gekommen ist. Danach werden sie von Amalie begraben. Und vielleicht erzählen sich auch die Saatkrähen davon. Auf diesem Grund kann offenbar alles gedeihen. Mein Vater sagt, die Libanonzeder sei wirklich ein Rätsel. Ihre Zapfen gleichen braunen Puppen, und es heißt, daß derjenige, der unter einer Zeder übernachte, eines Tages auf Reisen gehen und nie mehr zurückkommen werde. Ich habe oft davon geträumt, bis zur Spitze des Baumes hinaufzuklettern, aber dazu braucht es, Ingeborg zufolge, mehr als gewöhnlichen Mut. Denn von dort oben erblicke man den Großteil der Welt und sein eigenes Unglück. Ebenso rätselhaft sind die drei alten, knorrigen Olivenbäume der Familie, die sich ganz unten am Beginn des Pfads befinden. Ihre Rinde ist hellgrau und runzlig wie die Haut an Grandes Wangen oder wie die große Pappel – mein Vater behauptet, es sei eine Zitterpappel –, deren gerippeartiges Skelett mir selbst an den schönsten

Wintertagen Kälteschauer über den Rücken jagt. Ich vertrage den Geschmack von Oliven nicht, aber Amalie und Ingeborg essen sie leidenschaftlich gern. Sie sind mit solchen Eßgewohnheiten aufgewachsen und essen mittags oft Froschschenkel, Weinbergschnecken und kandierte Singvögel. Als sie ganz klein waren, sahen wir sie Rinde und Harz lutschen und Tee trinken, der aus Rainfarn gebraut war und gut gegen Heimweh, Fernweh und Bandwürmer sein sollte. Ich kenne sonst nur einen, der merkwürdige Sachen ißt, und zwar Otto Nielsen, den Jungen ohne Eltern, der mit seiner Großmutter im Zimthaus aushilft – wenn er nicht gerade abhaut, weil sein Großvater ihm, wie so oft, eine Tracht Prügel verabreichen will. Das weiß ich von seiner Großmutter, die sagt, daß man Otto an der kurzen Leine halten muß, und obwohl sie gegen körperliche Bestrafungen sei, müsse man bei dem Jungen doch eine Ausnahme machen, in seinem eigenen Interesse. Vielleicht ist Otto deswegen so oft spurlos verschwunden. Das ist ein stets wiederkehrendes Gesprächsthema. Im Moment hat sich Otto schon wieder verkrümelt. Er kann tagelang fort sein. Wo er sich dann aufhält, hat man nie herausgefunden, aber Max meint, es gäbe da ein geheimes Versteck in den Sümpfen. Man sagt, daß Otto jeden Pfad und jeden Baum zwischen Åmosen und Børnernes Hegn kenne. Einmal fand man ihn ganz oben in Ravnholm, wo er auf der Brücke bei Nymølle lag und schlief. Amalie bezeichnet Otto als sehr großzügigen Menschen. Er verschenkt einfach alles. Und er ist ein fleißiger Sammler. Unglaublich, was er auf seinen Ausflügen am Møllebach so alles findet. Max hat schon eine Axt aus Feuerstein, ein Schwanenei, eine Eulenfeder und Münzen verschiedener Länder bekommen, die Otto ihm ohne weiteres überreicht hat. Man braucht nur zu fragen, und schon bekommt man, was man will. Otto Nielsen besitzt nichts, er hat nicht einmal ein eigenes Zimmer, sondern wohnt in der Gerätekammer über der Werkstatt seines Großvaters. Otto hat nicht mal eine Mutter oder einen Vater. Das heißt, er hat sie einmal gehabt. Soviel wir wissen, machte sich sein Vater aus dem Staub, bevor Otto geboren wurde, und die Mutter reiste nach Vancouver in Kanada, wo sie einen Farbigen heiratete. Es gibt auch Leute, die behaupten, Ottos Vater sei ein deutscher Soldat gewesen, und die Mutter sei von einem Widerstandskämpfer erschossen worden. Mir gefällt die Version am besten, in der Ottos Mutter als ganz junges Mädchen in einer Sommernacht bei Mondschein den Prinzessinnenpfad entlanggeht und sich von dem mystischen Flöten tiefer und tiefer in die Sümpfe hineinlocken läßt, bis sie einem der Erdgeister gegenübersteht. Das Kind, das sie zur Welt bringt, hat natürlich stets den Drang, zurück zu seinen Wurzeln zu gelangen, zu den tiefen Sümpfen, die in einen immerwährenden feuchtwarmen Nebel gehüllt sind. Der Vorteil dieser Geschichte ist, daß man sie immer weiterspinnen kann.

Otto hat stets ein braunes Schreibheft bei sich, in das er Nummernschilder einträgt. Max sagt, gleich nach dem Sammeln von Glanzbildern seien Nummernschilder das Dümmste, was es gibt. Geschichten über Otto gibt es unendlich viele, und die meisten stammen von Ingeborg, der besten Geschichtenerzählerin der Welt. Man sagt, daß sie in einer Glasbläserei gezeugt worden sei. Jedenfalls ist sie gleichermaßen stark wie zerbrechlich, durchschaubar und trotzdem geheimnisvoll. Einen Sonnenbrand bekommt sie nie, ihre Haut wird höchstens ein bißchen ockerfarben. Wenn sie erwachsen ist, wird sie einmal Missionarin oder Ballettänzerin, vielleicht beides. Bei Ingeborg kann man gar nichts ausschließen. Sie besitzt einen rechteckigen Ballettraum auf dem Dachboden, der von einem ovalen Dachfenster erhellt wird. Wie in einem Zylinder aus Staub und Gold dreht sie sich gleich einer Ballerina in einer Spieldose. Die Musik erklingt aus einem uralten Grammophon mit cognacfarbenem Trichter, das immer dieselbe Melodie spielt, Debussys »Clair de lune«. Die Platte ist alt und verkratzt, aber wenn die Musik erklingt und sich mit dem einfallenden Licht verbindet, geschieht eine Verwandlung. Ingeborg wirbelt um ihre eigene Achse und gleitet um die verstaubten Möbel und die kopflosen Schneiderpuppen; sie ist wie ein Tropfen Quecksilber, unermüdlich, nachdem sie geruht hat, und ohne feste Form. Max und ich applaudieren, und Max konstatiert sachlich, daß bei Ingeborg schon ein Ansatz von Brüsten zu erkennen sei. Im übrigen meint er, bei Ingeborg sei eine Schraube locker, keine große, nur eine ganz kleine. Überhaupt säßen in dieser Familie die Schrauben alle ziemlich locker. Ich habe mir erlaubt, diese Frage mit meinem Vater zu erörtern, der genau die gegenteilige Theorie vertritt.

»Ingeborg ist eine Fee«, stellte er fest, und Amalie verwandle sich gerade.

Wir saßen auf meinem Zimmer, und es war November. In dieser Zeit, wenn Dunkelheit, Kälte und Hoffnungslosigkeit sich wie eine Kruste um den See herumlegen, sprechen mein Vater und ich viel vom Tod.

»Als Amalie ziemlich klein war, hielt man sie monatelang versteckt«, erklärte mein Vater. »Sie war einfach so häßlich, daß ihre Mutter sich nicht traute, sie vorzuzeigen. Aber deine Mutter durfte ins Haus. In ihrer Eigenschaft als Krankenschwester betreute sie Frau Asmussen, die abgesehen von ihrer labilen Gesundheit jetzt auch noch von sehr schwachen Nerven geplagt wurde. Dr. Denholm tat alles, um Herrn Asmussens Mutter von dem Kind fernzuhalten, aber Grande gehört nicht gerade zu denen, die sich von der medizinischen Wissenschaft einschüchtern lassen. Sie pfeift ganz einfach auf Denholm und seine Ausbildung. Es gab einen schrecklichen Streit. Glücklicherweise kam deine Mutter hinzu. Und die kluge, hübsche und mutige Frau Omaha Mortensen erklärte Frau Asmussen und der übrigen Familie, daß der kleinen Amalie absolut nichts fehle, daß ihre enorme rabenschwarze Mähne im Laufe des ersten Monats wieder verschwinden werde und daß ihre lauten und hohen Heultöne weder mit dem Mond noch mit dem Moor in Verbindung stünden, sondern auf mangelnde Ernährung zurückzuführen seien. Seitdem sind deine Mutter und Grande zwar keine Freunde geworden, aber doch miteinander ins Gespräch gekommen. So verging die Zeit, und ganz wie vorhergesagt, fielen Amalie die Haare aus, und ihr Kopf war fast zwei Jahre lang so kahl wie ein Ei. Sie aß wie ein Maurermeister und wurde auf Bandwürmer hin untersucht – ich wage nicht daran zu denken, welchen Untersuchungen ihre Großmutter sie sonst noch unterzog –, aber dem Mädchen fehlte natürlich gar nichts. Sie besaß Knochen aus Bambus und eine Haarpracht, die man einmal im Monat zu bändigen versuchte. Nicht gerade hübsch und auch nicht ausgesprochen anmutig, aber nichtsdestotrotz von Kopf bis Fuß ein Mädchen. Und jetzt, jetzt, Elliot, verwandelt sich Amalie erneut, sie gleicht der Figur in einer Zauberkugel, und an jedem Tag, der vergeht, wird sie schöner und schöner. Tiefer und tiefer mußt du suchen, wenn du die Seele hinter ihren Augen finden willst, mutiger und immer mutiger muß der werden, der ihrer Spur folgen möchte. Den Limpopo durchqueren, wie ihr seliger Großvater, und den Kilimandscharo besteigen.«

Mein Vater besitzt die Fähigkeit, sich warmzureden, und ich glaube, das hat mit seinen Händen zu tun. Könnte er reden und nicht zuletzt hören wie wir anderen, wäre er nicht so mitteilsam.

In der Woche, bevor Alf geboren wurde, standen wir alle zusammen vor dem Zimthaus, genauer gesagt, wir standen im Garten. Dr. Denholm, der gerade einen neuen Fotoapparat aus Wien erhalten hatte, wollte uns unter allen Umständen fotografieren.

Der Arzt gab uns Anweisungen, und alle waren versammelt, mit Ausnahme der Schwangeren. In der Mitte thronte natürlich Grande. Ihr zur Linken stand Amalie, zur Rechten Ingeborg. An ihrer Seite konnte man Frau Denholm mit ihrem Sohn Max sehen, auf der anderen Seite hatte man meiner Mutter und mir einen Platz zugewiesen. Hinter uns standen mein Vater, Herr Asmussen und Oda Nielsen, letztgenannte auf einem Schemel, und vor uns allen lag ihr Enkel Otto, der irgendwie aussah wie ein Hund.

Dr. Denholm hält einen kleinen Vortrag über die Erfindung des Selbstauslösers und bittet die Versammlung, genau in die Linse zu schauen. Der Arzt zählt bis drei.

Max richtet seinen Schlips, und seine Mutter macht einen kleinen, koketten Kußmund. Ich schiele zu meinem Vater hinüber, der glaubt, daß er lächelt, aber es sieht aus, als hätte er Bauchschmerzen. Wie die anderen aussehen, weiß ich nicht.

Bei drei stürmt Herr Denholm zu uns, wo er verzweifelt nach einem Platz sucht, fällt über Otto und rempelt gerade Ingeborg an, die einen Schritt nach rechts macht, als man ein metallisches Klicken hört.

Hinterher gab es Kräutertee, Limonade und Kokosmakronen.

Die dänische Fahne wehte über der Sankt-Laurentius-Allee, und irgendwo in Italien sang Caruso von etwas, daß man nicht verstehen, sondern nur erraten konnte.

Sieben Tage später kamen Leben und Tod ins Zimthaus, und das sonderbare Jahr konnte beginnen.

## *Drittes Kapitel*

Ich träume häufig denselben Traum. Auf dem Rücken eines Esels reite ich durch die Welt. Ich bin weder Mann noch Frau, Junge oder Mädchen, und vielleicht ist der Esel ein Fabeltier, jedenfalls hat er vier Ohren. Merkwürdigerweise sitze ich nicht rittlings auf dem Tier, wie man erwarten könnte, sondern liege auf der Seite, den Kopf auf eine Hand gebettet. Das Land, durch das wir reiten, erinnert an Persien; meine Kleider sind aus Seide, und an den Füßen trage ich Schnabelschuhe mit kleinen glänzenden Schellen, als wäre ich ein Fürst oder ein Schah. Über uns hängt die Sichel des Mondes, es ist weder Nacht noch Tag, doch die Sterne des Orients leuchten uns, lenken den Kopf des Esels und den Gang der Dinge.

Am Tag nach Alfs Geburt erwache ich früh. Natürlich bin ich nicht in Persien, meine Füße sind nackt, und der Sternenhimmel entpuppt sich als poröse und rissige Zimmerdecke. Meine Eltern haben in der Nacht viel geweint. Besonders mein Vater war untröstlich. Meine Mutter hatte sich zusammennehmen und zur Arbeit ins Krankenhaus gehen müssen, genau wie immer. Ich habe gerade gehört, daß sie nach Haus kam. Nun liegt sie auf dem Rücken in der Badewanne, das Gesicht unter der milchweißen Wasseroberfläche, für einen Moment abwesend, ein Mensch ohne Alter, losgelöst von Zeit und Raum, außer Reichweite. Ich gehe zu meinem Vater hinein, der im Doppelbett liegt und seinen Rücken der Tür zugewandt hat. Ich kuschele mich an ihn und bemerke, daß er wach ist. Er nimmt meine Hand, und ich drehe seinen Kopf, damit er meine Hände sehen kann, die ihm von meinen nächtlichen Abenteuern in Persien erzählen. Wir beginnen den Tag meist damit, daß wir uns von unseren Träumen berichten. Die Träume meines Vaters kann man in zwei Gruppen einteilen. Die Einteilung stammt von mir, und ich bin mir nicht sicher, ob er mit ihr einverstanden wäre. Zur ersten Gruppe gehören alle Träume, die ich gerne höre, oder besser gesagt, von denen ich mag, daß er sie träumt. Und obwohl man sich ihn nur schwer als zahmen bengalischen Elefanten vorstellen kann, der Teakholzstämme hinunter zum Ganges schleppt, ziehe ich dies doch der anderen Sorte Träume vor, in denen er Fagott in Bror Kalles Kapelle spielt. Mein Vater hat Musik unglaublich gern, und es tut mir in der Seele weh, ihn mit der Hand am Radio zu beobachten, glücklich lächelnd über die Musik, die er nicht hören kann. Dann doch lieber die Elefanten.

An diesem Morgen sind seine Augen vom Weinen gerötet, aber jetzt lächelt er, zieht mich an sich und erzählt mir von dem holländischen Kräuterschnaps, den Herr Asmussen ihm immer zu Weihnachten geschenkt habe. Er sei unter Zuhilfenahme von Sternanis, Nelke, Süßholz und einem einzigen Gramm Pomeranzenschale hergestellt worden – und, wie mein Vater hinzufügt, einem unendlichen Maß an Freundschaft.

»Eines Morgens im Winter, unten am See«, erzählt er, »sahen die Bäume wie Fischgräten aus, und zwischen dem eisblauen Himmel und der spargelgrünen Erde spannte sich ein goldener Streifen. Herr Asmussen und ich sogen diesen Februartag, es war ungefähr zu Mariä Lichtmeß, in uns auf; wir hatten den Kräuterschnaps dabei. Was für ein Geschmack. Der Mund wölbt sich zu einem Opernhaus, und die Töne bahnen sich ihren Weg zur Nase und Eustachischen Röhre (mein Vater ist Experte für das Innenohr). Bald lichten wir den Anker und nehmen mit einer holländischen Fregatte Kurs auf Polynesien.

Wir schreiben das Jahr 1658 und segeln scharf am Wind. Kapitän Asmussen und sein taubgeborener Bootsmann befinden sich auf der Reise zu Chinas Magnolie, dem Sternanisbaum.«

Mein Vater kniff die Augen zusammen und fügte hinzu: »Verflucht sei Maurermeister Jacobsen.«

Maurermeister Jacobsen war vor vielen Jahren für die Ausbesserung der Fenster des Zimthauses verantwortlich gewesen, und mein Vater gab ihm jetzt die Schuld an dem tragischen Unglück.

Später, nachdem er im Bad gewesen war, sagte er, die Winston Asmussen-Familie gehöre möglicherweise zu einem Geschlecht, das aus einem Stoff gemacht sei, der sie auf die merkwürdigsten Arten in den Tod schickte. Als hätten ihre Kenntnisse von Rauschmitteln, Kräutern und Rezepturen sie dem Rätsel des Lebens so nahegebracht, daß das Leben keine andere Wahl habe. Mein Vater macht sich eine Menge solcher Gedanken, und man kann wohl nicht ausschließen, daß man es leichter hat, sich zu konzentrieren, wenn man keinen Laut hört. Meine Mutter hingegen sagt, er solle seine Taschenphilosophien für sich behalten, anstatt den Kopf eines Minderjährigen damit zu füllen. Ich habe viel Zeit damit verbracht, mir Gedanken aus dem Kopf zu schlagen, die von meinem Vater stammen.

Ich stehe hinter der Hecke und sehe zum Zimthaus hinüber, aus dem kein Laut dringt. Vor der Gartenpforte hält ein dunkelblauer Opel, der Ingeborgs Onkel gehört, dem Kunstmaler, der aus dem entfernten Fredensborg angereist ist, um der armen Frau Asmussen zur Seite zu stehen. Ich habe Dr. Denholm hin und her gehen sehen, weiß wie ein Laken, wozu bei ihm schon einiges gehört, habe Oda Nielsen gegrüßt, die mit einem Blumenstrauß vorbeigekommen ist, und ich habe ein Auge auf ihren Enkel Otto, der mit einer Schleuder in der Gesäßtasche vor dem Haupteingang steht. Obwohl ich mich verborgen glaubte, entdeckte er mich und besaß die einmalige Frechheit, den Weg zu überqueren, um mir mitzuteilen, daß der Tote unten im Keller liege.

»So spricht man nicht von den Toten, Otto Nielsen«, sagte ich. »Man spricht überhaupt nicht von den Toten. Das verstehst du hoffentlich.«

»Warum nicht?« fragte er.

»Hast du denn überhaupt kein Benehmen, Otto Nielsen?« fragte ich und wunderte mich gleichzeitig darüber, daß es Otto immer gelang, meinem Mund solche Worte zu entlocken. In seiner Gesellschaft wurde ich erwachsen, wußte aber nicht mit Sicherheit, ob mir das etwas bedeutete. Mein Verhalten wirkte unnatürlich, widersprach meiner ganzen Natur, widersprach mir selbst. Otto Nielsen machte mich zu einem Fremden.

»Ich habe Medusa gesehen«, sagte er gutgelaunt. Er hob niemals die Stimme, sprach immer in der gleichen Tonlage und ereiferte sich selten. Wenn er lief, dann niemals über Stock und Stein, sondern in gleichmäßigem Tempo, und wenn er arbeitete, tat er das in gleicher Weise. Medusa war die Kobra, die in der ganzen Umgebung gefürchtet war. Wenn die Mütter ihre kleinen Kinder ins Bett brachten, mußten sie ihnen versichern, daß sich die teuflische Medusa nicht in der Nachbarschaft aufhielt, und wenn die Teenager auf dem Prinzessinnenpfad umherstreiften, hatten sie immer einen Stock in der Hand, ja es gab sogar welche, die an der Küchentür Schlangengift ausstreuten und an den Mülleimern elektrische Klingeln anbrachten. In der Lokalzeitung war die

Schlange jede Woche auf der Titelseite. Man behauptete, sie habe versucht, einen Säugling in Virum zu fressen, und er habe nur überlebt, weil es zwei Schnapsbrüdern gelungen sei, den Kinderwagen aus dem Maul des Monsters herauszuziehen. Niemand glaubt im Ernst an diese Geschichte. Aber es stimmt, daß die Gemeinde ihre drei Kammerjäger beauftragt hat, der Bestie den Garaus zu machen, die sich Gerüchten zufolge in Åmosen versteckt halte, wo sie sich von Entenküken und Wasserratten ernähre.

»Sie lag auf der Brücke zwischen dem Lyngby- und dem Bagsværdsee«, sagte Otto. »Und sonnte sich. Schlangen lieben Sonne und Wärme.«

»Du meinst nicht, daß du das nur geträumt hast, Otto Nielsen?« entgegnete ich.

»Nein«, antwortete er. »Medusa sah mich direkt an, streckte ihre gabelförmige Zunge heraus und lächelte. Sie war neun Meter lang und so dick wie ein Telegrafenmast.«

Ich schüttelte ratlos den Kopf und ging zu meinem Vater, der sich wieder ins Bett gelegt und unter der Decke verkrochen hatte. Meine Mutter sagte oft, daß mein Vater ein sehr weicher Mann sei, worüber wir uns nicht schämen sollten. Es geschah immer wieder, daß ihn die üble Behandlung der ägyptischen Sklaven durch ihre herzlosen Herrscher zu Tränen rührte. Ich hörte meine Mutter zu ihm sagen, daß die Zeit wohl alle Wunden heile, aber es half nichts.

Schönheit und Grausamkeit hängen untrennbar zusammen, behauptet mein Vater.

Amalie kam, kurz bevor wir zu Abend essen wollten. Sie hatte einen weißen Umschlag mit schwarzem Trauerrand dabei. Für meine Eltern. Mein Vater war gerade aufgestanden, brach aber völlig zusammen, als sie plötzlich im Zimmer stand. Es war schrecklich peinlich. Ich glaube, auch meine Mutter wurde ein bißchen hektisch und fragte sie deswegen, ob sie ein Stück Bratwurst haben wolle. Normalerweise ist meine Mutter unschlagbar im Meistern solcher Situationen. Das ist wohl etwas, das sie auf der Krankenpflegeschule lernen. Amalie war ganz sie selbst. Sie blieb nur einige Minuten, aber ehe sie ging, steckte sie mir heimlich einen Brief zu, den ich schnell in die Tasche stopfte. Ich las ihn auf meinem Zimmer, nachdem wir abgewaschen hatten. Meine Mutter war zu Dr. Denholm gegangen, um ein Beruhigungsmittel für meinen Vater zu besorgen. Im Brief stand: *An Elliot Omaha Mortensen, Sankt-Laurentius-Allee 2. Komm zu uns herüber um 21.00. Freundliche Grüße, Amalie und Ingeborg Asmussen. PS: Benutz die Küchentür! PPS: Bring das Kostbarste mit, das Du besitzt, Dein liebstes Spielzeug.*

Ich erkannte sofort Ingeborgs schöne Schrägschrift, verbrannte den Brief sicherheitshalber im Waschbecken des Badezimmers und öffnete das Fenster. Hinterher ging ich in mein Zimmer und begann nach dem Kostbarsten zu suchen, das ich besaß, jedoch ohne mir sonderlich Mühe zu geben. Wenn es sich um Ingeborg handelte, hatte ich mir abgewöhnt, Fragen zu stellen. Nach einer halben Stunde hielt ich Kaninchen Victor in den Händen, das ich zu meinem ersten Geburtstag bekommen hatte, sowie einen kleinen Modellflieger, der vorübergehend an meiner Decke gehangen hatte und jetzt in einer Schublade lagerte. Mein Vater hat irgend etwas mit seinen Fingern. Sie wollen einfach nicht so, wie er will. Dennoch sind sie sehr fleißig und haben sich im Laufe der Zeit mit manchen Projekten befaßt, die dann ihre Spuren an unserer Einrichtung hinterließen. Meine Mutter hat einmal gesagt, daß vielleicht auch seine

Hände taub seien, weil man mit ihnen nicht vernünftig reden könne. Einmal wollten mein Vater und ich einen Modellflieger von der Art bauen, wie ihn die Engländer während des Ersten Weltkriegs eingesetzt hatten. Der erste Versuch ging schief. Mein Vater hatte im Fachhandel einen besonders starken Kleber gekauft, und es dauerte fast drei Tage, bis wir die Tragflächen wieder von seinen Fingern entfernen konnten. Er sagte, er sei wohl der einzige Däne, der eine Fokker verschlissen habe. Aber wir gaben nicht auf und bastelten weiter an den Resten des Rumpfes: besonders der Verbrauch von Kleber und Reserveteilen war verblüffend. Am Ende hatten wir drei Flugzeugtypen produziert, nachdem wir beschlossen hatten, es mit der Originaltreue nicht so genau zu nehmen. Mein Vater hatte außerdem die Gebrauchsanweisung weggeschmissen, so daß wir noch freier arbeiten konnten. Das Resultat war eine graue Fokkerschmidt mit vier Tragflächen und gelbem Leitwerk. Es hatte drei Wochen gedauert, sie zu bauen, und ich war unglaublich stolz, besonders wenn ich an den Kampf dachte, den es gekostet hatte, sie zusammenzusetzen. »Das hätte die Leute in den Schützengräben ganz schön zum Staunen gebracht, wenn so eine Maschine plötzlich aufgetaucht wäre«, sagte mein Vater, als Ivanhoe (wie wir sie nannten) fertig auf dem Eßtisch stand. Darin gab ich ihm völlig recht. Ich wickelte das Flugzeug in Zeitungspapier ein, legte es vorsichtig in eine Bäckereitüte und war bereit, aufzubrechen.

Gegen Abend brachte Dr. Denholm meinem Vater etwas vorbei. Sie tranken zwei Bier, und meine Mutter erklärte Dr. Denholm, daß mein Vater und Herr Asmussen während des Krieges gemeinsam im Widerstand gewesen seien und in den Straßenbahnen illegale Flugblätter verteilt hätten. Zusammen hatten sie eine deutsche

Baracke in die Luft gesprengt und überhaupt viele lebensgefährliche Aktionen unternommen, die durch die Behinderung meines Vaters nicht gerade risikoärmer wurden. Mein Vater fügte hinzu, daß man König Christian viel zu selten im Radio sprechen gehört habe, und er wurde erneut von einer heftigen Gemütsbewegung erfaßt, weil er die dänische Nationalhymne nicht hören konnte. Dr. Denholm sagte, wir müßten stark sein, und mein Vater versprach, sich zusammenzunehmen und gab Dr. Denholm das Rezept für den holländischen Kräuterschnaps, von dem er noch eine halbe Flasche besaß. Sie füllten die Sherrygläser, die jetzt auf dem Tisch standen, bis zum Rand. Auch für meine Mutter, die als Dolmetscherin gebraucht wurde. Oben auf meinem Zimmer konnte ich hören, wie sie erregt vom Krieg, vom Handwerkerstand und von Maurermeister Jacobsen aus Virum sprachen; mein Vater schlug auf den Tisch, und Denholm hielt eine Eloge auf Herrn Asmussen, dessen medizinische Kenntnisse so groß gewesen seien, daß sie mühelos für einen Doktortitel ausgereicht hätten. Darauf stießen sie an. Eine Stunde später ging meine Mutter hinaus, um Wäsche aufzuhängen; sie wußte, daß das Gespräch einen Punkt erreicht hatte, an dem ein Dolmetscher überflüssig wurde. Das Ganze endete damit, daß mein Vater mich ins Wohnzimmer holte. Die leere Flasche stand auf dem Tisch, und beide waren sehr bewegt. Mein Vater drückte mich an sich und sagte, ich sei für ihn das wertvollste auf der Welt, und er würde mit Freuden sein Leben für mich hingeben. Das sei übrigens eine Erkenntnis, die man aus dem gewinnen könne, was der Winston Asmussen-Familie zugestoßen sei. Dr. Denholm, der mit suchenden Schritten im Zimmer umherwankte, ergänzte, es sei abgesehen von diesen wahren Worten an der Zeit, die Fensterbrüstungen der alten Häuser in der Gemeinde wieder einmal zu überprüfen. Kurz darauf ging er, nachdem er herzergreifend Abschied von meinem Vater genommen hatte.

Später am Abend, als meine Mutter sich bereitmachte, zur Arbeit zu gehen, und mein Vater die Nase wieder den Pyramiden zuwandte, wie er sich ausdrückte, ging ich auf mein Zimmer hinauf, von dem ich einen winzigen Ausschnitt des Sees sehen konnte. Die Helligkeit wollte nicht vergehen, und es gab mehrere Kanus, die von Nybro aus Bagsværd entgegenpaddelten. Von einer Villa irgendwo an den Wegen hinter der Sankt-Laurentius-Allee konnte man leise Grammophonmusik vernehmen. Es klang wie eine Oper, und ich glaubte, Carusos Stimme zu erkennen. Er hört sich nie richtig fröhlich an. Normalerweise ist man doch fröhlich, wenn man singt, aber bei Caruso kommt es mir vor, als sei er zum Singen gezwungen worden.

Mein Vater besitzt eine Zeichnung der Göttin Isis, die, als Feigenbaum verkleidet, dem toten Pharao den Nektar des ewigen Lebens gibt. Mein Vater sagt, der Tod sei wie ein langer Schlaf. Ich kann mir nur schwer vorstellen, Hunderte von Jahren zu schlafen; dann würde ich ewig auf meinem persischen Esel dahinreiten, und das könnte auf die Dauer doch etwas langweilig werden.

Um Punkt 21 Uhr klopfte ich an die Küchentür des Zimthauses. Es war Amalie, die öffnete. Sie hatte ein schwarzes Kleid angezogen, das ich nie zuvor gesehen hatte. Ansonsten sah sie aus wie immer. Zum ersten Mal fiel mir auf, daß sie einer Indianerin glich, nicht einer aus den Cowboyfilmen, sondern einer aus Südamerika, einer Inka-Indianerin: mager und dunkel, mit Knochen, die für den Rest des Körpers zu groß erschienen. Sie konnte Max beim Armdrücken besiegen und laut eigener Aussage einen Ast von der Dicke eines Fingers durchbeißen. Es war still im Haus, das plötzlich so unendlich leer wirkte. Über das Zimthaus ließe sich viel sagen, aber leer hatte es nie gewirkt.

Wir gingen zu Ingeborg hinauf. Max setzte sich auf einen Hocker an das dem Garten zugewandte Fenster; man konnte eine Amsel aus vollem Hals singen hören. Ingeborg hatte im Gegensatz zu ihrer Schwester ein cremefarbenes und ziemlich dünnes Kleid an, dessen trompetenförmiger Hals aus einem Stoff war, den sie Seiden-Organza nannte. Ingeborg besaß die verschiedenartigste Kleidung, die ausnahmslos aus Erbstücken bestand. Jedesmal, wenn sie in etwas Neuem auftauchte, nahm sie sich Zeit, zu erklären, was es war und woher sie es hatte. Um ihren rechten Oberarm herum trug sie eine schwarze Trauerbinde. Sonst benahm sie sich wie immer, obwohl ihre Angewohnheit, nie etwas Bestimmtes anzusehen, was sie gleichzeitig abwesend und hochkonzentriert erscheinen ließ, ihr jetzt zusätzlich einen Ausdruck der Verzückung verlieh. In ihrem Schoß lag ein kleines Säckchen aus Gaze. Sie dankte uns, daß wir gekommen waren, worauf Max eine heftige Armbewegung machte und irgendwas brummte. Ingeborg unterbrach ihn: »Wir sind der Meinung, daß ihr das Recht haben solltet mitzukommen«, sagte sie leise.

Max fragte, wohin wir gingen. Ingeborg erhob sich und legte ihrer Schwester eine Hand auf die Schulter: »Wir gehen hinunter zu Vater.«

Ich sah kurz Max Denholm an, dessen Blick aufflackerte. Ingeborg nickte Amalie zu, die eine Schublade öffnete und eine Fotografie in einem goldenen Rahmen hervorholte, die sie Ingeborg gab. Ich erkannte sofort den Großvater der Mädchen, den legendären W. A. Asmussen, der angeblich auf einer Expedition zum Kilimandscharo verschollen war. Auf dem Bild starrte er geradeaus in die Luft, wie ein ausgestopfter Vogel.

»Großvaters Bild soll unsere Gabe für Vater sein«, flüsterte Ingeborg und fügte einen Merkspruch hinzu, den ich sie schon bei verschiedenen Gelegenheiten hatte sagen hören. Die Mädchen bekamen Abend für Abend Gutenachtgeschichten erzählt über die Reisen ihres Großvaters in die fernsten Gegenden, ferner als dort, wo der Pfeffer wächst. Als Sechsjährige wußten sie mehr über geheime Formeln und mittelalterliche Rezepturen als die meisten Apotheker und waren als Kleinkinder daran gewöhnt, Essenzen, Branntweine und Liköre zu trinken, deren Entstehung auf die ältesten Klöster zurückging, in denen die Mönche offenbar nicht anderes zu tun gehabt hatten, als solches Gebräu in sich hineinzuschütten. Ich hatte ihren Experimenten mit Muskatnüssen, die sie unter der Achsel trugen, beigewohnt und sah sie ihre Zwergpapageien mit Ingwer füttern, um deren Zeugungsfähigkeit zu stärken. Nie werde ich den Vortrag vergessen, den Ingeborg nach einem Blockflötenkonzert in der Krypta gehalten hatte. Sie sprach von der Galangawurzel, aus der die Tataren Tee zubereiteten. Diese berge sieben Tugenden und verleihe dem Mann, der sie während des Geschlechtsverkehrs mit einer Frau kaue, ungeahnte Kräfte, die die Frau befriedigten. Von diesem Vortrag wurde noch lange gesprochen, insbesondere, weil Pastor Wolle Ingeborg für ihre interessanten Ausführungen über Kräuter gedankt und Ingeborg entgegnet hatte, daß Männer besonders großen Nutzen daraus zögen, wenn sie die Galangawurzel direkt auf ihre Geschlechtsorgane legten. In die Stille hinein, die folgte, fragte Pastor Wolle, wozu das gut sein solle, und Ingeborg hatte geantwortet, daß ein Mann nach dieser Kur zwölfmal hintereinander Geschlechtsverkehr haben könne. Danach sangen wir »Immer fröhlich, wenn Du gehst«, begleitet von den vierzehn Blockflöten.

Das Wissen über Kräuter und Salben hatten sich die Mädchen selbst angelesen oder von ihrer Großmutter erzählt bekommen, die ihnen Vorträge über die Entstehung von Rauschmitteln hielt und auch nicht abgeneigt war, ihre Ausführungen durch Eigenexperimente zu beweisen. Vor vielen Jahren hatte sie angeblich einen Wermutlikör hergestellt, der sie in die Lage versetzte, sich an ein früheres Leben als Ziegenhirte auf dem Balkan zu erinnern. Ich war damals noch nicht geboren, aber meine Mutter amüsierte sich immer noch köstlich über diese Geschichte und leugnete meines Vaters Behauptung, Grande sei in dieser Zeit ein ansehnlicher Schnauzbart von der Art gewachsen, wie ihn die albanischen Bauern trügen.

»Ora lege lege lege relege labora et invenies« (Bete, lies, lies, prüfe und lies erneut, so wirst du finden), wiederholte Amalie mit einem kleinen Seufzen.

Ingeborg sah Max und mich an: »Amalie und ich werden Alf künftig unterrichten und erziehen, so wie wir von unserem Vater unterrichtet worden sind«, sagte sie feierlich. »Er soll lernen, zwischen Engelwurz und Pomeranze zu unterscheiden, und wir werden ihm aus den alten holländischen Logbüchern vorlesen, die von Branntwein, Magenbitter und Kräuterschnaps berichten. Er soll vertraut werden mit den versiegelten Rezepten des Orients, wir werden ihm von dem heiligen Mönch erzählen, der die Zedoarwurzel in den gefährlichen

Sümpfen Bengalens entdeckte, und von den rätselhaften Muskatnüssen der Molukken, von denen es heißt, sie beeinflußten den menschlichen Willen.«

Ich blickte verstohlen zu Max hinüber, der begonnen hatte, auf seinem Hocker hin und her zu rutschen. Wie ein Sieb, das seinen Inhalt aus sich herausschütteln will.

Es wurde sehr still. Erst jetzt nahm ich wahr, wie unendlich bleich Ingeborg aussah. All ihre zarten Farben waren in etwas Graugrünes verwandelt, wie der Wald im Januar, wenn der Nebel zwischen den Friedhofsbäumen und den Skeletten der Birken hängt. Trotzdem verkroch sie sich nicht wie mein Vater unter einer Decke oder ging mit geröteten Augen und triefender Nase umher wie Dr. Denholm. Vielleicht war den Mädchen etwas von ihrer Großmutter verabreicht worden, ein Pulver oder ein Magenbitter. Vielleicht waren sie aus einem anderen Stoff gemacht als wir anderen. Ich ließ den Blick zu Amalie wandern, die mit verschränkten Armen und trotzigem Gesichtsausdruck am Türrahmen lehnte. Hatten sie geweint? Konnten sie überhaupt weinen? Natürlich konnten sie weinen. Zumindest Amalie. Ich hatte es selbst gesehen, und es war, als quetsche man Wasser aus einem Feuerstein heraus. Erst jetzt bemerkte ich die Veränderung der Mädchen. Ingeborg war um viele Jahre gealtert. Wir pflegten zu sagen, sie sei als Erwachsene auf die Welt gekommen, aber das stimmte nicht ganz. Es gab keinen besseren Spielgefährten unter der Sonne als Ingeborg. Und ihrer fahlen Gesichtsfarbe und den weißen Lippen zum Trotz hatten die Augen ihre Glut behalten, mehr als das, sie waren neu entzündet worden. Die Farbe war dieselbe, aber das Leuchten, das von innen kam, war intensiver und stärker als je zuvor. Es war, als würde ihre hohe, gewölbte Stirn »illuminiert«, wie sie sich ausdrückte, wenn sie ihre Ballettnummern vorführte. Die edle Nase, die ihr Vater einst in einer Glasbläserei hergestellt zu haben schien, hing ein bißchen hilflos in der Gegend, wie ein letzter Rest ihres alten Gesichts, ein Relikt der Vergangenheit. Es war ein Tag, der wie ein treibender Kontinent dahinsegelte. Eine immerwährende Luftspiegelung, eine Wolkenformation, die stets über unseren Köpfen hängen würde.

Ich spürte Amalies Blick auf mir und erschrak fast über die Art, wie sie mich anstarrte. Nicht nur mich, sondern auch Max. Für einen Moment sah es so aus, als hielte sie uns für schuldig an den Ereignissen. Doch sie war weder zornig noch bitter, nur verletzt, aber die Verletztheit hatte sie gleichsam stärker gemacht, und nun ließ sie uns teilhaben an ihrem Kummer, ihrem Kampf gegen den Rest des Lebens. Lud uns ein an die Front. Ich nickte ihr zögerlich zu, ohne genau zu wissen warum, ohne Farbe zu bekennen, ob ich tatsächlich bereit war, Seite an Seite mit einem Krieger ihres Formats zu kämpfen.

»Ich bin leer bis auf die letzte Träne«, flüsterte Ingeborg und hob das kleine Gazesäckchen, das sie vor ihr bleiches Gesicht gehalten hatte. »In diesem Säckchen befinden sich Santolina, Fenchel und Ziegenblatt. Wir werden die silberfarbene Santolina in seine Innentaschen legen, gegen Motten und Würmer. Getrockneten Fenchel, weil Vater sein Aroma liebte und sein Sud die Haut glatt und geschmeidig macht. Zum Schluß Ziegenblatt.«

Ingeborg schlug ein kleines, dickes Buch mit zerfledderten Ecken auf und las laut vor: »Dies ist das Kräuterbuch Gerards, eines englischen Botanikers des sechzehnten Jahrhunderts. Er schreibt: ›Blüten des Ziegenblatts, in Öl bewahrt und in die Sonne gestellt, sind eine gute Arznei bei unempfindlichen und kalten Leibern.‹«

Ingeborg klappte das Buch zu und ging zur Tür. »Habt ihr eure Gaben dabei«, fragte sie und sah von Max zu mir.

»Unsere ... Gaben«, murmelte Max. »Du meinst, das Wertvollste, das wir besitzen?«

Ingeborg nickte, und Max steckte widerwillig eine Hand in die Tasche und zog ein verhältnismäßig großes, trichterförmiges hölzernes Rohr heraus. Er sagte, es sei ein heute nicht mehr gebräuchliches gynäkologisches Sehgerät, das die Ärzte bei Unterleibsuntersuchungen benutzt hätten. Er habe es von seinem Vater bekommen, als dieser die Praxis seines Vorgängers übernahm.

Ingeborg sah mich auffordernd an.

»Ich habe ein Modellflugzeug mitgebracht«, murmelte ich, »das wir selbst gebaut haben, mein Vater und ich. Eine Nachbildung aus dem Ersten Weltkrieg.«

Ich packte Ivanhoe aus, und Max sagte, daß wir zumindest nicht an Kleber gespart hätten. Ingeborg unterbrach ihn: »Er liegt im großen Vorratsraum«, sagte sie leise und nahm eine schwarze Eisenleuchte von der Wand.

Ich blickte Max an, der sich räusperte, so als wolle er etwas sagen, aber er brachte nicht mehr als ein »okay, dann tun wir es« heraus. Ich dachte an eine Episode, die ich eigentlich versucht hatte zu vergessen, und die mir den gesamten vorigen Sommer hindurch schlechte Träume bereitet hatte. Unten am Møllebach hatten wir eine halbtote Elster gefunden. Der Vogel hatte sich einen Flügel gebrochen und war überhaupt sehr mitgenommen. Amalie hatte vorgeschlagen, einen passenden Stein zu suchen, womit wir dem Leiden des Vogels ein Ende bereiten könnten. Max sagte, das beste sei es, ihn in einem Sack zu ertränken. Aber Ingeborg hatte sich wortlos über den Vogel gebeugt und ihm mit ihrem kleinen

Taschenmesser den Hals aufgeschnitten, damit das Blut herausfließen und die Seele in den Himmel steigen könne, wie sie sagte. Danach beerdigten wir das Tier, und Ingeborg sang die erste Strophe von: »So schreiten wir zur Tat.«

Seitdem weigerte ich mich, Geflügel zu essen.

Im Gänsemarsch begaben wir uns auf den dunklen Gang im zweiten Stock, wo sieben große Seemannskisten unter sorgsam aufgereihten Aquarellen standen, die Kräuter der Südsee und des Mittelmeers zeigten. Die Kisten waren alt und brüchig und begannen angeblich bei feuchter Witterung zu knirschen und zu ächzen; auf der zweiten Etage gab es also mit anderen Worten ein ständiges Knarren und Murmeln sowie einen nicht zu unterschätzenden Gestank von Schimmel, feuchtem Holz, Zimt und verdorrtem, knochentrockenem Salbei.

Auf dem Weg die Kellertreppe hinunter zog mich Max zur Seite und flüsterte: »Total geisteskrank, der ganze Haufen. Hast du schon mal eine Leiche gesehen, Elliot?«

»Noch nie.«

»Na, dann freu dich drauf!«

Im Keller war es natürlich stockdunkel, nur das gelbe Licht der Eisenleuchte flackerte über Ingeborgs Gesicht, deren bleicher Teint jetzt etwas Fiebriges hatte. Über die weißgekalkte Wand huschten unsere Schatten, als warteten sie nur auf eine Chance, sich aus dem Staub zu machen. Der Geruch glich jetzt dem, den ich von daheim kannte, eine Mischung aus Koks und Kohle, Falläpfeln und etwas Unbekanntem und Parfürmiertem, das laut Amalie vom Gesichtswasser ihres Vaters stammte. Ingeborg öffnete die Tür zum Vorratsraum, wo Kisten mit offenem Deckel standen. Ich drückte mich eng an Max und starrte unfreiwillig den Toten an, der in seinem dunkelblauen Anzug und mit einem fremden Gesichtsausdruck dalag. Herr Asmussen glich einem Mann, der eine Sekunde vor dem Niesen eingefroren war. Als ob ihn der Tod an der Nase gepackt hätte. Der Sarg war hübsch, mit lila Seide gefüttert, und nach einer oder zwei Minuten beruhigte sich mein Herz. Ingeborg flüsterte ein Vaterunser und kramte das Gazesäckchen hervor. Ein intensiver Anisgeruch breitete sich im Raum aus. Amalie sagte, er erinnere sie an Vaters Likör und an den Tropfen in seinem Schnurrbart. Genau in dem Moment, als sie das sagte, spürte ich eine merkwürdige Bewegung irgendwo in meinem Brustkasten, als hätte sich endlich etwas losgerissen, der Tropfen eines Eiszapfens. Erst jetzt begriff ich, daß Herr Asmussen, der große, immer fröhliche, immer freundliche Mann nie mehr im Vorgarten singen oder mit meinem Vater oder sonst jemandem anstoßen würde. Und ich dachte, es sei der Tropfen des Todes gewesen, der sich in mir losgerissen hatte und nun für immer unterwegs sei und nie mehr versteckt sein würde.

Mit feuchten Ziegenblättern wurden die kalten Hände von Herrn Asmussen eingerieben, behutsam, sorgfältig, so daß nichts verlorenging. Amalie nahm die linke und Ingeborg die rechte Hand. Herr Asmussen besaß sehr große Hände und sehr schöne Nägel, die glänzten, als ob sie lackiert wären.

»Zum Schluß Santolina«, flüsterte Ingeborg, »gegen Würmer, Katzenflöhe und Motten.«

Sie schob die getrockneten Blätter in die Hosentaschen ihres Vaters, und Amalie öffnete die Jacke, um die letzten in die Innentasche zu tun.

»Er hat etwas in der Tasche«, sagte sie und zog die ziehharmonikaförmige Brieftasche ihres Vaters heraus.

Ingeborg bat Amalie, sie sofort zurückzulegen, doch

diese öffnete die Brieftasche ohne ein Wort; ein Schwarzweißfoto kam zum Vorschein. Es zeigte die Mädchen und ihre Mutter. Sie standen auf dem Rasen vor der Fahnenstange. Das war vor ein paar Jahren gewesen. Ingeborg sah sich das Bild genau an und sagte, sie könne sich an diesen Tag erinnern. Sie waren in der Grundtvigskirche gewesen und hatten gerade ihre neuen Wintermäntel genäht bekommen, die halblangen mit den Pelzkrägen. Die Mutter war barhäuptig und glich Rita Hayworth. Damals. Auf der Rückseite stand: »Alle lächeln – Mariä Lichtmeß.«

»Er hatte das Fotostativ zu Weihnachten bekommen«, murmelte Ingeborg. »Wir nannten es die Schnake.«

Jetzt sollte das Bild mit auf die letzte Reise. Ingeborg sah Amalie mit einem unbestimmbaren Lächeln an. »Vielleicht geht dieser ganze Februartag mit auf die letzte Reise. Vielleicht wird Vater für uns so bleiben wie an diesem Wintertag; immer und immer wieder wird er uns bitten zu lächeln.«

»Er meinte, die Beine des Stativs sähen aus wie meine«, sagte Amalie. »Das fand ich nicht besonders komisch. Wird er so dastehen und das immer wieder sagen?«

»Vielleicht«, flüsterte Ingeborg.

»So wird es ihm jedenfalls überdrüssig werden«, fügte Amalie hinzu.

Ingeborg sah sie ernst an: »Gedankenlosigkeit«, sagte sie und strich ihrer Schwester über die Wange. »Der Tod ist eine Erinnerung an die Gedankenlosigkeit des Lebens. Das hat Grande heute morgen gesagt. Sie hat auch gesagt, das Leben sei Vater gegenüber sehr freigebig gewesen, und nach einem Fünf-Gänge-Menü dürfe sich niemand über die Höhe der Rechnung wundern.«

In der Brieftasche befand sich außerdem ein nicht unterschriebener Kaufvertrag, eine Postkarte aus Havanna, eine Seite aus einem alten Logbuch sowie ein kleiner, flacher, rostig aussehender Stein.

Amalie wiegte den Stein von der Größe einer Briefmarke in der Hand.

»Jetzt legen wir alles zurück«, sagte Ingeborg und steckte die Postkarte mit den hübschen hellblauen Häusern und den hohen Palmen wieder in die Innentasche ihres Vaters, während Amalie eine Streichholzschachtel hervorholte. Eine Streichholzschachtel mit fünf kleinen Löchern.

»Gibt's die immer noch?« fragte Ingeborg.

Amalie nickte und öffnete die Schachtel.

»Was ist das?« flüsterte Max.

Ingeborg betrachte den großen schwarzen Käfer, der versuchte, aus der Schachtel herauszukrabbeln. »Das ist ein Mistkäfer«, sagte sie. »Ein Skarabäus.«

Ich schaute Amalie an, die die Streicholzschachtel wieder schloß und sie in die Innentasche ihres Vaters legte.

Max starrte mich an. Ich hatte einen Kloß im Hals.

Ingeborg sagte: »Der Mistkäfer schiebt die Sonne vor sich her wie eine Mottenkugel. In der Nacht überquert sie das Meer, so daß die Sonne im Osten wieder aufgehen kann. Er versinnbildlicht das Versprechen eines Wiedererwachens.«

Die Mädchen legten nun die Fotografie ihres Großvaters in das Fußende des Sargs, und ich bemerkte, wie Max sein Gesicht verzog, als er das gynäkologische Untersuchungsinstrument ziemlich lässig zwischen den Beinen Herrn Asmussens plazierte. Mir wurde zu diesem Zeitpunkt doch schwer ums Herz bei dem Gedanken, mich von Ivanhoe trennen zu müssen, und ich fand es sehr schwierig, um nicht zu sagen unmöglich, zu verstehen, welche Freude der Tote an einem Modellflieger haben sollte, der aus Ersatzteilen und Pfeifenreinigern bestand. Aber vielleicht, vielleicht war die falsche Fokker ja Herrn Asmussens zukünftiges Transportmittel, das Gewürze aus der ganzen Welt holte und möglicherweise zu Mariä Lichtmeß einen Looping über dem See drehte, wo mein Vater ein Glas in der Hand hielt, ein Glas Kräuterschnaps – im Gedenken an einen Freund, an den er sich in Zukunft mit einem Summen im Ohr und dem unverkennbaren Geschmack von Sternanis im Mund erinnern würde.

Das Flugzeug wurde niedergelegt, und nun faßte Ingeborg ihre Schwester an der Hand und bat Max und mich, dasselbe zu tun, so daß wir für einen Augenblick einen geschlossenen Kreis bildeten. Ingeborg schloß die Augen, zog dann aber eine kleine Schere aus der Tasche und schnitt ihrem Vater ein Haarbüschel ab. Ich fühlte ein Kribbeln in der Nase und einen schrecklichen Drang, mein Gesicht zu verbergen. Sie sah mich mit einem schwachen Lächeln an, als wolle sie sich für den ganzen Wirbel entschuldigen.

»Bon voyage, lieber Vater«, flüsterte sie.

Nach diesen Worten küßten beide ihren Vater auf die Stirn, und wenig später befanden wir uns alle wieder auf Ingeborgs Zimmer, wo Amalie vier bernsteinfarbene Gläser bis zum Rand mit einem rötlichen Schnaps füllte.

»Das sind«, sagte Ingeborg feierlich, »die Tränen Helenas, hergestellt aus Alant, Engelwurz, Rosmarin, Pomeranzenschale, Minze, Zitronenschale und, sofern man es beschaffen kann, drei Gramm Bibergeil. Prost, Elliot Omaha Mortensen, prost, Max Denholm, und danke, daß ihr uns begleitet habt. Das werden wir nie vergessen.«

## *Viertes Kapitel*

Am Sonntag, dem ersten Juni, machte ich ein Kreuz im Kalender, denn dies war der Tag, an dem ich zum ersten Mal Alf oder Prinz Alf, wie Ingeborg ihn getauft hatte, besuchen sollte. Eigentlich war das Kreuz im Kalender schon vorher dagewesen.

Wir sitzen am Frühstückstisch auf der Terrasse, die Sonne scheint, die Amseln singen, und von Denholms Villa schallt ein Mädchenchor herüber, der »Wir schauen einander an« singt. Herr und insbesondere Frau Denholm singen mit. Ich muß Max recht geben, daß der Drang seiner Mutter, sich als Sängerin zu entfalten, möglicherweise der Grund dafür sein könnte, daß er selbst so unmusikalisch ist. Er hat es wirklich versucht, besonders mit der Blockflöte, aber aus irgendeinem Grund hört sich bei ihm alles gleich an. Ich habe ihn im Verdacht, eigentlich ein bißchen stolz auf seine mangelnden musikalischen Fähigkeiten zu sein. Wir alle gehen zum Klavierunterricht zu Frau Wolle, der Frau des Pfarrers, die, wie sie selbst sagt, in der Welt der Musik lebt und atmet. An den Wänden hängen vergilbte Bilder von Mozart, Beethoven und Bach, und auf der Fensterbank steht eine Büste von B. S. Ingemann. Mitten auf dem Boden scheint der große Flügel wie ein schwarzes Floß dahinzutreiben, von dem aus man in den Pfarrgarten hinunterblicken kann, der von gelben und violetten Pflaumen gefleckt ist. Die Familie besitzt einen Hund, der Franzjosef heißt. Ich glaube, er ist eine Kreuzung aus Französischer Bulldogge und Foxterrier. Im Sommer schläft er immer unter den großen Pflaumenbäumen, die so viele Früchte tragen, daß der Garten einmal sogar in die Lokalzeitung kam. Das hatte dem Pfarrer viel Gerede beschert, wahrscheinlich wegen des Hundes. Herr und Frau Wolle standen Hand in Hand unter dem Blätterdach und lächelten wie zwei lichtscheue Kobolde, und an ihrer Seite saß Franzjosef mit einer unglaublichen Erektion, wie Dr. Denholm bemerkte, als er mit der Titelseite der Zeitung vorbeikam.

Frau Wolle trinkt am Beginn jeder Unterrichtsstunde einen »Stimmenfeger«, um nicht heiser zu werden. Danach singen wir: »Nun danken wir mit Gesang«, hinterher macht die Schale mit den blauen Weintrauben die Runde. Aus irgendeinem Grund sind die meisten verfault; das braune Fleisch befreit sich von der schwarzblauen Schale, so daß wir dankend ablehnen. Frau Wolle ist in ihrer Jugend etwas Bedeutendes beim Radio gewesen, wo man jeden Vormittag ihre kräftige, aber sanfte Stimme hören konnte, bevor ihre Stimmbänder den Dienst versagten. Meine Mutter meint sich erinnern zu können, daß dies beim Verlesen der Fischereinachrichten geschah. Frau Wolle ist eine kleine, schmächtige Dame mit kräftigen, schwarzgelockten Haaren. Für gewöhnlich trägt sie einen dunkelroten Umhang oder Schal und sieht immer aus, als würde sie frieren. Sie sagt, sie sei für wärmere Gefilde geschaffen, und führt gerne die zahlreichen Dias vor, die auf einer gemeinsamen Reise mit ihrem Mann nach Jerusalem entstanden sind. An der Wand hängt ein eindrucksvolles Foto von Herrn Wolle, das ihn in Israel unter einem Feigenbaum zeigt. Unter das Bild hat irgend jemand »Der Patriarch« geschrieben. Das Ganze liegt schon viele Jahre zurück, aber nachdem das Ehepaar in Israel gewesen war, hatten sie drei Landschaftsarchitekten beauftragt, den Garten umzugestalten, so daß sich jetzt ein Baum jeder Sorte in ihm befindet, ein wahres Vogelparadies.

Pastor Wolle war wirklich so stolz auf den Garten, daß er Grande einlud, die Herrlichkeit in Augenschein zu nehmen. Meinen Eltern macht es großen Spaß, etwas aufzuführen, das sie »Das Schauspiel in Wolles Garten« nennen. Mein Vater ist Grande und meine Mutter Pastor Wolle:

»Ist das vielleicht Ihre Version vom Garten Eden, Herr Wolle?« sagt mein aufgeräumter Vater, indem er versucht, dieselbe Bestimmtheit wie Grande auszustrahlen.

»Das wäre wirklich der Ehre zuviel, liebe Witwe Asmussen«, meine Mutter lächelt mit vorgeschobenem Oberkiefer à la Wolle, »aber dieser Gedanke hat auch meine sündige Seele gestreift.«

»Sie betrachten sich also als Herrgott persönlich, wenn Sie am Abend nach den Pflaumen greifen und am Komposthaufen schnüffeln.«

»Nun übertreiben Sie aber, liebe Frau Asmussen.«

»Geben Sie's nur zu, Herr Wolle.«

»Nun ja, die Gedanken sind frei, hihi ...«

»Man schütze mich vor eurem greisenhaften Gott«, ruft mein Vater aus, »man bewahre mich vor diesem geschäftigen, griesgrämigen Menschenhasser!«

An den letzten drei Wörtern hat er seine besondere Freude, und aus irgendeinem Grund amüsieren sie auch meine Mutter.

Frau Wolle spricht nie von Grande, lobt aber vor allem Ingeborg für ihr Blockflötenspiel und bittet sie immer, ihre reizenden Eltern zu grüßen.

Wir schätzen unsere Klavierlehrerin sehr, und letzte Weihnachten bedachten wir sie mit einer ganzen Flasche »Stimmenfeger«, die eine astronomische Summe kostete;

Herrn Asmussen zufolge handelte es sich um den besten Portwein, der zu haben war.

Meine Mutter fragt meinen Vater, ob er das zweite Kreuz im Kalender gemacht habe. Das hat er. Er sagt, heute sei der Geburtstag von Marilyn Monroe. Zusätzlich zu Ägypten hegt mein Vater ein Schwäche für Marilyn Monroe, und abgesehen von seinen zweifelhaften Reparaturarbeiten ist dies wohl das einzige, was meine Mutter zur Weißglut bringt. Meistens fängt es damit an, daß sie ihm vorwirft, es sei lächerlich, eine Schauspielerin als Hobby zu haben; außerdem wirke es völlig unreif, wenn ein erwachsener Mann Sammelalben mit Fotos einer im übrigen unbedeutenden Schauspielerin besitze. Darauf antwortet mein Vater, noch ziemlich gelassen, er interessiere sich zum einen für amerikanische Filmgeschichte, zum anderen sei Marilyn Monroe eine recht vielseitige Schauspielerin. An diesem Punkt betrete ich die Bühne. Warum, weiß ich nicht. Ich habe noch nie einen Film mit Marilyn Monroe gesehen, und es interessiert mich auch nicht. Nun sagt meine Mutter, mein Vater solle den Jungen (das bin ich) mit solchen Lügengeschichten verschonen. »Und wenn du dich schon so für Frauen auf hohen Absätzen mit großen Brüsten und stattlichen Hinterteilen begeisterst, warum in aller Welt hast du dann eine Nachtkrankenschwester geheiratet, die so flach wie ein Bügelbrett ist und einen Arsch wie ein Schulatlas hat? Meine Schuld ist das jedenfalls nicht, Omaha.«

»Ja um Himmels willen«, sagt mein Vater, »glaubst du wirklich, ich schaue mir diese Bilddokumente aus erotischen Gründen an? Siehst du denn nicht ihre künstlerische Ausdruckskraft, ihre Fähigkeit, mit dem Körper etwas mitzuteilen, wozu sie keine Worte braucht?«

»Am Ende behauptest du noch«, ruft meine Mutter, so daß es in der ganzen Nachbarschaft zu hören ist, »daß du sie deswegen so angaffst, weil du taub bist! Das ist ja wohl das Unglaublichste, das du dem armen Jungen einzureden versuchst.«

Jetzt fängt mein Vater Feuer. Seine Arme kreisen wie Windmühlenflügel. »Ich kann meine Sammelbände ja verbrennen, wenn es das ist, was du willst. Die Urne mit der Asche schenke ich dir.«

»Du bist doch wirklich das pathetischste, heuchlerischste Individuum, das ich kenne, Omaha.«

Mein Vater sinkt auf die Knie, er hat einen Hang zu solchen nicht immer gut gewählten Dramatisierungen, die sicher auf das Konto seiner mangelnden Fähigkeit gehen, sich mit Worten auszudrücken. Mehrere Male hat er schon seine zwei Sammelalben geholt und auf den Tisch gepfeffert.

»Laßt uns doch ein Feuer machen!« ruft er mit seiner unverständlichen Aussprache. »Laßt uns die Kunst in den Flammen des Neids aufgehen sehen!«

»Hast du Flammen des Neids gesagt? O mein Gott, du Kleingeist.«

Meine Mutter schlägt sich an die Stirn und nimmt ihm die Streichhölzer weg. »Glaubst du wirklich, ich bin neidisch auf diese kleine Kropftaube? Bleib nur bei deinen Perversionen. Ich mache mir Sorgen um den Jungen, der ein normales Verhältnis zur Sexualität entwickeln soll.«

»Er wird ja wohl keinen Schaden daran nehmen, daß sich sein Vater für etwas anderes interessiert als Tuberkulose, Beckenbodenentzündungen und Vorhautverengungen.«

»Spielst du etwa auf meine Arbeit an? Warum müssen unsere Diskussionen immer damit enden, daß du über meine Arbeit herziehst? Wenn es meine Arbeit nicht gäbe, Herr Omaha, würden wir in einer Zweizimmerwohnung in Buddinge hausen.«

»Entschuldigung, aber ich habe zwei Bücher übersetzt und arbeite am dritten.«

»Ja, über den Gallenstein von König Ramses. Wer zum Teufel liest denn so was?«

»Findest du, daß Elliot hier sitzen und seine Mutter so reden hören sollte? Ist das der Umgangston im Kreiskrankenhaus? Ist das die Gesprächsform unter Nihilisten?«

»Das wird dem Jungen wahrhaftig nicht schaden. Aber er soll auf keinen Fall ein gestörtes Verhältnis zur Sexualität bekommen, nur weil sein Vater ein Busenfetischist ist. Ein Spanner.«

»Verschone mich. Alles, was außerhalb deines Horizonts liegt, soll wohl etwas Krankhaftes sein. Eine hervorragende Schauspielerin, üppig, nun gut ...«

»Meinst du, ich hätte dich und Denholm nicht unten im Kabuff sitzen und geifern sehen?«

»Im Hobbyraum, danke.«

»Oh, heißt es jetzt Hobbyraum? Von einer falschernährten, unbegabten, kleinen ...«

»Wie kannst du hier in Lyngby, zehntausend Kilometer von Hollywood entfernt, behaupten, daß Norma Jean Baker, nur weil sie zwei gigantische Melonen hat, dümmer sei als all die andern?«

»Jetzt gibst du es zu. Jetzt gibst du es zu. Es geht um ihre Brüste. Mein Gott, du Mann. Wenn du doch nur lange genug gestillt worden wärst, dann würden einem diese kindischen Dinge erspart bleiben.«

»Die gehen jetzt in Flammen auf. Lang leben alle Bügelbretter dieser Welt ...«

»Besten Dank, du mußt dich nicht opfern, mach nur weiter mit deiner infantilen Erotik. Das würde dir gefallen, was, Omaha, ein freiwilliges Martyrium für Körbchengröße D.«

Meinem Vater gehört das letzte Wort. »Selbst Medusa würde sich für deine giftige Zunge bedanken, ungläubige Ehefrau.«

Er wendet sich plötzlich mir zu: »Elliot, was ist das erste, woran du dich erinnern kannst?«

Seine Fähigkeit, plötzlich das Thema zu wechseln, hat mich schon oft aufs Glatteis geführt.

Aber diesmal war ich vorbereitet. Nicht zuletzt, weil er mich oft dasselbe fragt. Nach meiner allerersten Erinnerung. Ich antworte wie immer, ich wisse es nicht mehr.

»Könnte es der Himmel gewesen sein? Vielleicht die Stimme deiner Mutter? Ich stelle sie mir ein bißchen schneidend vor.«

»Ich habe wirklich keine Ahnung. Hab' es wohl vergessen. Mamas Stimme ist übrigens ganz normal. Und wer kann sich schon im Ernst an das erste Bild erinnern, das er gesehen hat? Niemand.«

»Da hast du es, Elliot, da hast du es, du mußt dir nur Mühe geben. War es vielleicht das Bild von deinem Vater?«

Ich überquere den Weg und erblicke sofort Max Denholm, der an der Gartenpforte steht. Er hat sein neues Fernglas um den Hals hängen und trägt Sonntagskleidung. Weißes Hemd und Krawatte. Die Familie Denholm geht sonntags in die Kirche. Max sagt, sie täten das vor allem des Singens wegen und um Pastor Wolle und seiner tüchtigen Frau eine Freude zu machen. Von unserem Haus herüber höre ich meine Mutter rufen, daß sie nie behauptet habe, ein großer Brustumfang sei der Beweis für mindere Intelligenz.

Ich denke an das Begräbnis, das bei strömendem Regen stattfand. Ingeborg und Amalie stützten ihre Mutter, die vollkommen verhüllt, wie eine schwarze Mumie, keine Notiz von dem zu nehmen schien, was um sie herum geschah. Und ich dachte, als Pastor Wolle Erde auf den Sarg warf, daß nun der arme Winston Asmussen zum heiligen Petrus auffahre mit einem Foto seines Vaters, einer defekten Fokker und einem gynäkologischen Untersuchungsinstrument. Zur Entschädigung roch er gut. Und vielleicht gab es ja im Himmel auch Verwendung für Gynäkologen.

»Wie tapfer ihr seid«, sagte Dr. Denholm zu Ingeborg, die antwortete, sie seien nicht tapfer, sondern ausgebrannt.

Es ist ein warmer Tag, kein Wind regt sich; wir überqueren die Bahngleise wie schwarze Fliegen, allen voran Grande.

Die Erwachsenen verschwinden ins Haus, niemand spricht.

Wir anderen sitzen unter der Zeder. Max hat Salmiakstangen ausgeteilt, die er zusammengerollt in vier Milchflaschen aufbewahrt. Ingeborg und Amalie sehen einander an, als Max sagt, solch eine Salmiakstange halte mehrere Wochen, wenn man sparsam sei und sie in einer Flasche zusammenrolle. Ich finde es merkwürdig, so etwas eine Stunde nach einer Beerdigung zu äußern. Ingeborg nickt, fingert ihre Salmiakstange aus der Flasche und ißt sie mit drei entschlossenen Bissen. Amalie macht dasselbe, stopft sich aber die ganze Stange in den Mund. Danach gehen wir hinunter zum Badesteg, wo Amalie plötzlich laut auflacht. Wir starren sie an, aber das kümmert sie nicht; ihr rauhes Gelächter schallt über den See. Ingeborg sieht sie nicht an, sondern steht einfach da, als ob sie friere.

»Wollt ihr sehen, was ich damit machen kann?« Amalie hat eine Glasscherbe in der Hand. »Wollt ihr?«

Niemand sagt etwas, als sie mit einem Schnitt ihren Unterarm aufritzt.

»Amalie«, flüstert Ingeborg.

»Aber es tut gar nicht weh. Ich kann weitermachen. Sieh selbst.« Das Blut quillt jetzt hervor. »Immer weiter und weiter und weiter.« Amalie legt den Kopf zurück und lacht. Geht zu Max und fragt, ob er mit ihr um die Wette laufen wolle. Rund um den See. Max zuckt unsicher mit den Schultern.

»Ich fordere alle heraus!« ruft Amalie. Sie wirft die Schuhe weg. »Alle!«

Ingeborg geht zu ihr und streicht ihr sanft über die Wange. »Ich fordere alle heraus«, flüstert Amalie. Ingeborg nickt und drückt sie an sich.

Max und ich gehen zum Haus hinauf und setzen uns in die Korbmöbel auf der Veranda. Sehen zu ihnen hinunter. Sie stehen immer noch auf dem Steg. Als ob sie auf jemand warteten.

Über ihnen haben die Wolken endlich Fahrt aufgenommen und ziehen vorbei, als wollten sie den Himmel sauberfegen.

Das mit dem Himmel interessiert uns beide. Letztes Frühjahr waren wir zu Pastor Wolle gegangen, um über das Problem zu sprechen. Der Zeitpunkt erwies sich jedoch als schlecht gewählt, weil er gerade vom Apfelbaum gefallen war.

»Er wollte ihn gerade beschneiden, als es passierte«, erklärte seine Frau. »Ich habe ihm gesagt, er soll nicht mehr so hoch hinaufklettern.«

Wir betraten das Gartenzimmer. Pastor Wolle hatte einen Eisbeutel auf der Stirn; er sah wirklich übel zugerichtet aus, und es zeigte sich später, daß er sich einen

Finger gebrochen und den Knöchel verstaucht hatte. »Geht es um etwas sehr Eiliges, Jungs?« fragte er mit gequälter Stimme.

»Es geht um den Himmel«, sagte Max.

Frau Wolle kam mit einem schmerzstillenden Pulver und zog die Gardinen vor, damit das Sonnenlicht ihren Mann nicht störte, der etwas mürrisch fragte, was denn Max unbedingt wissen müsse über den Himmel. Max antwortete, daß wir darüber diskutiert hätten, wie der Himmel wohl aussehe.

Tatsächlich hatten wir um eine Krone gewettet.

»Das wird schwerlich jemand mit Sicherheit sagen können«, knurrte Pastor Wolle und sah seine Frau an, die damit begonnen hatte, seine Hautabschürfungen mit Wasserstoffperoxyd zu reinigen.

»Ingeborg schon«, sagte Max und machte eine entschuldigende Handbewegung. »Sie sagt, der Himmel sei eine Art Tal, durch das ein Strom fließe und wo große Schafherden zwischen Hirten und anderen Menschen weideten.«

»Das hört sich an wie die Beschreibung eines alttestamentarischen Gemäldes«, zischte Pastor Wolle. »Der Himmel ist da, wo du bist, Max Denholm, und wo du bist, Elliot. Alles andere ist Unsinn.«

Das war eine für Pastor Wolle ungewöhnlich entschiedene Äußerung, die wahrscheinlich mit dem Wasserstoffperoxyd in Verbindung stand, wie ich dachte.

»Was geschieht, wenn man stirbt?« fragte ich vorsichtig.

»Das hängt bekanntlich vom eigenen Glauben ab«, sagte Pastor Wolle und musterte seine Frau, die einen Wattebausch in eine Tasse mit Brennspiritus tauchte.

»Heißt das, es gibt verschiedene Himmel?« fragte Max.

»So ungefähr.« Wolle setzte sich ruckartig auf. Er war normalerweise ein sehr besonnener Mann. Jetzt sah er seine Frau mit einem merkwürdigen Lächeln an: »Dir macht es einfach Spaß«, flüsterte er heiser. »Du genießt es.«

»Aber mein Liebster, wie kannst du nur so etwas sagen?«

»Aber der Himmel, für den, der wirklich an Gott glaubt«, sagte ich, »was ist mit dem?«

»Der Himmel ist gleichbedeutend mit dem Reich Gottes, Elliot«, sagte Frau Wolle und betupfte den Ellbogen ihres Mannes mit Brennspiritus. Das veranlaßte ihn, sich ganz auszustrecken, so daß er für einen Moment nur auf zwei Punkten balancierte, dem Nacken und einer Ferse.

Max trat ganz dicht an ihn heran und fragte, ob man sich das Reich Gottes als ein Laboratorium vorstellen könne.

Pastor Wolle sprach durch die Zähne: »Nein, Max Denholm, das kann man nicht, ich versichere es dir.«

»Woher wissen Sie das, Pastor Wolle?«

»Das weiß ich eben«, fauchte er.

Nun sagte seine Frau, daß wir uns das Reich Gottes vielleicht als einen schönen Garten vorstellen könnten. Und vielleicht sei es auch eine gute Idee, wenn wir ein anderes Mal wiederkämen.

Ich betrachtete unwillkürlich den Pfarrgarten mit dem schnurgeraden Kiesweg und dem schönen Beet mit den gepflegten Stauden.

Als wir draußen vor der Gartenpforte standen, bemerkte Max, daß wir uns einen zweiten Besuch wirklich sparen könnten. »Pastor Wolle rätselt nur herum«, stellte er fest.

Einige Tage später holte Amalie uns ab. Aber anstatt

uns mit ins Haus zu nehmen, führte sie uns in die unten am Pfad gelegenen Gewächshäuser, wo Ingeborg mit einer Gummischürze an einem Tisch saß, auf dem ein Wasserbottich stand. Sie sagte, wir sollten unsere Hände waschen, unsere Nägel säubern und unsere Haare mit einem feinzinkigen Kamm kämmen. Mein Blick fiel auf Otto, der draußen stand. Er hatte eine Weidenrute über die Schultern gelegt. Amalie ging zu ihm nach draußen. Ingeborg suchte meine Haare nach Läusen ab. Natürlich hatte ich keine. Sie erklärte, daß Prinz Alf in seiner Kammer im zweiten Stock liege. In seiner Wiege. »Ihr habt fünf Minuten«, sagte sie. »In einer Woche verlängern wir die Zeit um weitere fünf Minuten, so daß er sich an euch gewöhnen kann.«

Amalie kam herein und sagte, Otto wolle gern mitkommen und den Kleinen sehen. Wir starrten zu ihm nach draußen. »Davon kann keine Rede sein«, entschied Ingeborg. Max schüttelte friedfertig den Kopf

»Otto hat ein Geschenk für Alf«, murmelte Amalie.

Es war ein grünlicher Buchenzweig, in den Otto den vollständigen Namen Alfs geschnitzt hatte.

Ingeborg öffnete ein Fenster und sagte zu ihm, das sei ein süßer Einfall, sie werde den Zweig mit ins Haus nehmen und dafür sorgen, daß Alf sein Geschenk erhalte, wenn die Zeit reif dafür sei.

Danach wurde das Fenster wieder geschlossen.

»Sind alle bereit?« fragte Amalie.

»Ich habe zwei gemacht«, hörte man von draußen.

Ingeborg seufzte laut auf, schloß die Augen und drehte sich dann herum, so daß sie Otto sehen konnte, der sich immer noch die Nase am Gewächshaus plattdrückte.

Wir gingen zu ihm hinaus. Er sah uns begeistert an. Vielleicht war er minderbemittelt, wie Max sagte. Vielleicht lag es an dem Stein, den er als Kleiner verschluckt hatte. Oft hatte er ein braunes Schreibheft in der Gesäßtasche, und Max sagte, er verplempere seine Kindheit mit dem Aufschreiben von Nummernschildern.

»Was hast du gesagt, Otto Nielsen?« fragte Ingeborg.

»Ich sagte, ich habe zwei gemacht. So, wie es sich gehört. Eins für den Kleinen und eins für das Moor.«

Otto besaß zwei völlig verschiedenartige Augen. Das eine leuchtete immer begeistert und freundlich, das andere war mehr nach innen gekehrt und trübsinnig und fixierte selten etwas Bestimmtes. Das habe nicht ich entdeckt, sondern Amalie, und daran war Otto selbst schuld. Aus dem einen oder anderen Grund hatte seine Großmutter dafür gesorgt, daß der Lümmel oben an der Hauptstraße bei Stella Nova fotografiert worden war. Ich gehe davon aus, daß die Familie hinterher selbst nicht wußte, was sie mit den törichten Bildern anfangen sollte, und darum hatte Otto sein Porträt Amalie verehrt: Otto auf einer römischen Sitzbank in hellgrauem Anzug mit blauer Schleife. Er hatte Amalie gefragt, ob sie finde, daß er wie ein richtiger kleiner Gentleman aussehe. Das hatte nämlich der Fotograf gesagt, nachdem die Bilder entwickelt worden waren. Ich weiß nicht, was Amalie geantwortet hat, aber bei dieser Gelegenheit fanden wir heraus, daß mit Otto Nielsen allen Ernstes etwas nicht stimmte, und es war tatsächlich das braune Foto, mit dessen Hilfe Ingeborg beweisen konnte, daß Otto seine Seele an das Moor und die Unterirdischen verkauft hatte. Es war einfach unglaublich, die Veränderung zu studieren, die sich vollzog, wenn man eine Hand über die Hälfte seines Gesichts legte. Es betraf nämlich nicht nur die Augen. Auch der Mund war schief »Er ist ein Dämon«, sagte Ingeborg, und Max erklärte, das menschliche Gehirn bestehe aus zwei Hälften, einem Klein- und einem Großhirn. Hierzu bemerkte Ingeborg, daß man in Ottos Fall nicht nach einem Fehler im Gehirn, sondern im Herzen, genauer gesagt, der Seele suchen solle. »Sitzt die etwa im Gehirn?« fragte Max, der in diesen Fragen sehr belesen war, aber Ingeborg schüttelte nur den Kopf und sagte, die Seele treibe wie das Salz in den Fluten.

Es war zu dieser Zeit, als wir begannen, ein Auge auf Otto zu werfen. Max und ich folgten ihm, wenn er gemeinsam mit seiner Großmutter nach Hause trottete. Sein Gang war eigentümlich. Er bewegte die Arme nicht. Es glückte Max, Otto in die Praxis seines Vaters zu bringen, wo man eine Untersuchung seiner Motorik durchführte, der Max und ich durch einen Privatspion von Max folgen konnten: Otto steht in Unterhosen vor Dr. Denholm, der ihn bittet, um den Schreibtisch herumzugehen. Wir beobachten besonders die Arme, die sich in der Tat nicht bewegen. Nun wird Otto gebeten zu springen, und dabei schneidet er gut ab. Es ist unglaublich, wie er springen kann, und Max' Vater muß ihn festhalten, um ihn wieder zum Stehen zu bringen. Danach soll Otto die Arme schwingen und mit den Beinen strampeln, den einen Arm wie einen Windmühlenflügel kreisen lassen und mit dem anderen einen Flügelschlag ausführen. Am Ende führt Denholm vor, wie er selbst geht und mit den Armen schwingt, leicht und rhythmisch. Der Arzt summt vor sich hin, während er in der Praxis umhergeht. Otto schaut ihn enthusiastisch an, und Denholm öffnet die Doppeltür, die zu seinem Privatraum führt, in dem seine Frau mit Gurkenscheiben im Gesicht auf dem Sofa liegt. Herr Denholm steuert direkt auf das Grammophon zu und legt eine Platte der Königlichen Leibgarde auf. Kurz darauf marschieren Dr. Denholm und Otto um das Sofa herum, auf dem die Mutter von Max völlig unbeweglich verharrt. Jetzt bewegen sich Ottos Arme wie Pendel. Fünf Minuten später entläßt ihn Dr. Denholm und klopft ihm auf die Schultern. »Du bist ein netter Junge, Otto Nielsen«, sagt er fröhlich. »Vielen Dank, Herr Doktor«, sagt Otto und latscht zum Meer hinunter, die Arme vollkommen unbeweglich, ohne etwas von der ganzen Sache begriffen zu haben.

Amalie versuchte, seine Wege in Åmosen zu kartieren, verlor sie aber bald aus dem Blick. »Er ist bei den Unterirdischen«, erklärte Ingeborg, »unten bei seinem dämonischen Vater.«

Und jetzt hatte er also zwei Zweige bearbeitet.

Max räusperte sich und wippte auf den Fußballen. Ingeborg sagte, wir müßten jetzt gehen, aber Amalie fragte, warum Otto zwei Zweige gemacht habe. Wir anderen begannen, zum Haus hinauszugehen. Ich hörte Otto sagen, es sei wichtig für Alf, daß er und das Moor ein Stück desselben Baumes bekommen hätten. Damit seien sie verwandt. »Deswegen braucht Alf auch nie Angst vor dem Moor zu haben.«

Ich betrachtete Max, der mit sich selbst beschäftigt schien und vor sich hin nickte.

Ingeborg drehte sich um und korrigierte: »Prinz Alf. Und noch etwas, Otto: Alf Winston Asmussen braucht vor nichts und niemandem Angst zu haben. Schon gar nicht vor dem Moor. Dir gebührt Dank für deine Gabe. Mehr gibt es dazu nicht zu sagen.«

Wir wollten unseren Weg zum Haus fortsetzen, als Otto plötzlich sagte: »Ich habe sie wieder gesehen – Medusa.«

Ingeborg stoppte, ohne sich umzudrehen. Max schüttelte den Kopf, aber Amalie ging zurück zu Otto, der sagte, Medusa sei so zahm wie eine indische Brillenschlange. »Woher weißt du das, Otto Nielsen?« Otto antwortete etwas verlegen, das wisse er von der Schlange selbst. Das war zuviel für Max. Er spurtete zurück und packte Otto im Nacken: »Es ist unfaßbar, was du von dir gibst, Otto!« rief er. »Und es ist unfaßbar, daß du keine Scham im Leib hast.«

»Was ist das, Scham?« nuschelte Otto.

»Ach du meine Güte.« Max warf die Arme in die Luft und verdrehte die Augen.

Ingeborg, die ihnen immer noch den Rücken zukehrte, rief nach Amalie.

»Geh nach Hause«, sagte Max, als Otto darauf hinwies, daß die Schlange sprechen könne.

Max hatte sehr gedämpft, fast mitleidig gesprochen. Wir starrten ihn an. Erst jetzt kam Ingeborg zu uns herüber: »Otto Nielsen«, sagte sie leise, »sei so gut und geh nach Hause. Wir haben andere Dinge zu tun, und die Schlangengeschichte ist nicht nur kindisch, sondern zeugt auch von schlechtem Geschmack.«

»Grüß deine Eltern«, sagte Max und wollte ihn fortschieben, weil Otto sich nicht von der Stelle bewegte. Ich nährte schon lange den Verdacht, daß der Bengel vor Max überhaupt keine Angst hatte. Jetzt fragte Amalie, fast ohne Teilnahme, was die Schlange denn gesagt habe.

»Sie sagte: ›Guten Abend, Otto‹, und zwar auf deutsch.«

Amalies Mund öffnete sich, und es dauerte eine ganze Welle, bis Max sich vor die Stirn schlug. »Das Reptil spricht also deutsch, na klar. Was wird das nächste sein? Vielleicht bietet es Kurse für Anfänger an. In Nybro. ›Guten heute, Leute.‹ Weißt du, was du bist, Otto Nielsen? Ein pathologischer Genußlügner. Das bist du. Und wir wollen dich hier nicht wieder sehen, hast du das verstanden? Es sei denn, du hast hier Arbeit zu verrichten. Freiwillig sollst du aber nicht kommen. Du hast hier nichts zu suchen.«

»Ich will dem Kleinen nur den verzierten Stock geben«, murmelte Otto.

Ingeborg trat auf ihn zu: »Und dafür danken wir dir, Otto, aber geh jetzt, wie Max gesagt hat.«

Ich wandte den Blick Amalie zu, die Otto, der zum See hinuntertrottete, nicht nachschaute. Ich sah, wie sie Max musterte, und war froh, daß nicht ich es war, den sie so ansah.

Das Kinderzimmer war groß und viereckig und verfügte über eine prachtvolle Aussicht. Das einzige Zimmer des Hauses mit einem Balkon. Im Gegensatz zu allen anderen Räumen des Zimthauses wirkte es hell und freundlich, mit leichten Gardinen und einem herrlichen Duft nach Zitrone und Vanille. Die Wiege war hellblau und hatte einen transparenten Himmel aus Tüll. Ich hatte noch nie so einen kleinen Menschen gesehen. Unter seiner dünnen, hellroten Haut sahen wir ein Delta von zarten, kleinen Blutäderchen durchscheinen, und ich mußte unwillkürlich daran denken, wie Max und ich das alte Radio seines Vaters zerlegt hatten. Um den runden Kopf saß ein hübscher Kranz hellroter Flimmerhärchen, den Ingeborg als Heiligenschein bezeichnete. Alf schlief mit ruhigen Atemzügen. Die gewölbten, bläulichen Augenlider erinnerten ein bißchen an die junger Vögel. Max flüsterte Ingeborg zu, er könne sich gut vorstellen, die neun Zehen des Prinzen anzuschauen, aber das kam nicht in Frage. »Das muß warten«, sagte Ingeborg und holte die Bibel, die auf der Kommode lag. Die Seite 682 war aufgeschlagen. Sie las jeden Tag aus dem Hohelied, damit die erhabenen Worte ungestört in der Seele des Prinzen

Wurzeln schlagen konnten. »Ich bin eine Blume in Saron«, verkündete sie, »und eine Lilie im Tal. Wie eine Lilie unter den Dornen, so ist meine Freundin unter den Mädchen. Wie ein Apfelbaum unter den wilden Bäumen, so ist mein Freund unter den Jünglingen. Unter seinem Schatten zu sitzen, begehre ich, und seine Frucht ist meinem Gaumen süß.«

Danach standen wir einfach da und schauten. Amalie sagte, die neun Zehen seien ein Zeichen, daß Alf auserwählt sei, und Max fügte hinzu, er habe in den Büchern seines Vaters einiges über Hypodaktylie gelesen. Dort hieß es, daß sie manchmal mit einem extremen Sexualtrieb einhergehe, weshalb gewisse Primaten auch abnorm große Geschlechtsorgane entwickelt hätten. Diese Enthüllungen schienen Ingeborg aus der Ruhe zu bringen, die immer noch das Hohelied in der Hand hielt, und in die entstandene Stille hinein bemerkte Amalie, daß Alf, den Rest des Körpers in Betracht gezogen, tatsächlich einen stark entwickelten Hodensack habe. Max ergänzte sehr sachlich, daß einem deutschen Forscher zufolge bestimmte neunfingrige Menschen, alle wohnhaft in Köln, Konzentrationsschwierigkeiten aufgrund ihrer sexuellen Fixierung ausgesetzt wären. Ich hätte gerne gefragt, was dies alles bedeutete, als Ingeborg die Stille durchbrach, indem sie die Bibel mit einem Schlag zuknallte.

»Seid ihr fertig?« flüsterte sie schroff. Max murmelte irgend etwas, wurde aber sofort unterbrochen.

»Du mißbrauchst unser Vertrauen, Max Denholm.«

»Aber denk zum Beispiel an Django Reinhardt«, setzte Max an.

»Geh bitte, Max Denholm.«

Ich bemerkte, daß Ingeborg Tränen in den Augen hatte und Max bis zum Hals errötete, als er folgsam aus dem Zimmer schlich. Nachdem er gegangen war, entdeckten wir, daß Alf erwacht war. Er war ein völlig anderer Mensch geworden, nachdem er seine Augen geöffnet hatte. Ich sagte, daß er ein sehr hübscher kleiner Kerl sei. Ingeborg lächelte und meinte, er sei der schönste kleine Junge unter der Sonne. Amalie entfernte die leichte Decke und schob die Hand unter seinen Körper, so daß der Kleine auf ihrem linken Unterarm lag.

»Was machst du da, Amalie?« fragte Ingeborg.

»Ich nehme ihn hoch, Ingeborg«, sagte Amalie und legte Alf an die Schulter, wo sein Kopf leicht hin und her schaukelte. »Er soll den Garten, den See und unsere große Libanonzeder sehen.«

»Seine Augen vertragen das Licht nicht.« Ingeborg trippelte hinter ihrer Schwester her, die auf dem Weg zur offenen Balkontür war.

»Ich werde ihm Schatten geben.« Amalie drehte den Jungen herum und schützte ihn mit der linken Hand vor der Sonne.

Es war wie gesagt ein herrlicher Tag, sehr ruhig, wie es sich für einen Sonntag gehörte.

»All dieses, kleiner Alf«, flüsterte Ingeborg, die ihm widerstrebend auf den Balkon gefolgt war, »all dieses gehört dir. Dein Reich, dein Wald, dein See und dein Himmel.«

In diesem Moment hörten wir das merkwürdige Flöten über dem Wald. Ein Schauer lief mir über den Rücken. Man konnte nicht bestimmen, ob es aus Frederiksdal oder Fiskebæk, Hareskoven oder Åmosen kam. Die Töne klangen gleichzeitig klar und heiser, hell und dunkel, wie ein undefinierbares Mittelding zwischen Dur und Moll. Noch niemals zuvor hatte ich etwas so Schönes gehört. Und so Geheimnisvolles. Das eigenartige war, daß ich dieses Flöten schon früher gehört hatte. Aber das war eine Erinnerung, die in das Reich zwischen Traum und Wirklichkeit gehörte. Es war eine Melodie ohne Noten, wie sie bei Frau Wolle niemals erklang.

»Mach die Türen zu«, sagte Ingeborg streng.

Ich beeilte mich, die beiden schweren Balkontüren zu schließen, und Amalie legte den Kleinen zurück in die Wiege. Ingeborg sagte, sie wolle hinuntergehen und auch die Türen zur Veranda schließen. Als sie fort war, ging Amalie zurück zu den Balkontüren und öffnete sie einen Spaltbreit. Das heisere Flöten war nun weit weg. Es entfernte sich von der Umgebung wie ein leichter Regenschauer.

»Wie geht es eurer Mutter?« fragte ich.

Amalie antwortete nicht, sondern drehte sich herum und sah mir direkt in die Augen.

»Das ist kein Vogel, der sich so anhört«, flüsterte sie.

Es dämmerte schon, als Ingeborg etwas inszenierte, das sie ein Brandopfer nannte. Die Schwestern hatten sich mit Max wieder versöhnt, und wir trafen uns am äußersten Ende des Badestegs, wo Amalie mit Hilfe von ein paar Zeitungen und einigen kleinen Ästen ein Feuer entfachte. Max berichtete von einem Artikel über Blei, den er gelesen hatte.

»Wir haben alle Blei im Körper«, sagte er, »besonders die Menschen in Glasgow. Und die in der Akkumulatorenindustrie. Selbst Ballettänzerinnen in Dänemark. In jeder Sekunde atmen wir Blei ein. Das ist eine Tatsache.«

Ingeborg sah ihn entschlossen an. »Wir werden ein Dankopfer darbringen, Prinz Alf und meinem Vater zu Ehren«, sagte sie und entzündete die Lokalzeitung mit etwas getrocknetem Piment, das die Maya Grande zufolge verwendeten, um ihre Leichen einzubalsamieren.

Ich bemerkte, daß Otto Nielsens verzierte Zweige genau in der Mitte des Feuers lagen, und während die Dunkelheit den See verwandelte und die Geräusche des Waldes verstärkte, schwärzten sich Ottos Zweige, und die Buchstaben von Alfs vollständigem Namen erglühten, bevor sie zu Asche wurden.

*In der Reflexion eines Taschenmessers*
*scheint das*
*letzte Licht des Tages auf.*

## *Fünftes Kapitel*

Das Taxi kam am Montag morgen um halb sieben. Es war der neunte Juni. Wir waren alle versammelt, auch Pastor Wolle und seine musikalische Frau, die Tulpen aus dem Garten mitgebracht hatte. Die Stimmung vor dem Zimthaus war traurig und lebhaft zugleich. Dr. Denholm hatte kleine Flaggen ausgeteilt, die Max, Cousine Meta und ich hin und her schwenkten, aber wir konnten kaum verbergen, wie niedergeschlagen wir in Wirklichkeit waren. Und als Frau Asmussen, flankiert von ihren zwei tapferen Töchtern, endlich auftauchte, alle in marineblauen Kleidern mit weißen Netzhandschuhen, wurde es für meinen Vater zuviel, obwohl er versprochen hatte, sich zusammenzunehmen. Während also Oda Nielsen laut »Wie eine reiselustige Flotte« sang, begleitete ich meinen Vater ins Wohnzimmer, wo er richtig schwierig wurde und sich wie ein kleines Kind benahm. Er mochte Frau Asmussen wirklich sehr und wollte nicht, daß sie abreiste. Von Max wußte ich, daß sich auch sein Vater »sonderbar aufführen« konnte, wie Max sich ausdrückte. Seit seiner Kindheit besaß Dr. Denholm die merkwürdige Angewohnheit, sich blutig zu schneiden oder Stricknadeln in den Oberarm zu bohren, wenn ihm etwas naheging.

So etwas hatte mein Vater jedenfalls nie gemacht.

Ich ließ ihn erst allein, als er im Bett lag und mit den Händen das Abschiedslied mitsang, das von der Straße zu ihm hereindrang: »Der stillen Nächte Schein über den Buchen öffnet das Himmelreich.«

Zehn Minuten später setzte sich der Wagen mit der

Witwe in Bewegung. Ich werde nie ihr kleines, weißes Gesicht in dem ovalen Rückfenster vergessen. Die feinen Züge hinter dem schwarzen Schleier. Die eleganten Finger in Netzhandschuhen, die vorsichtig und ernst winkten. Sie hatte Ingeborg und Amalie bei sich, die ihr bis auf den Bahnsteig 6 des Hauptbahnhofs folgten, von dem aus um 8 Uhr 20 der Zug Kurs auf Bad Schandau nehmen sollte. Bad Schandau, ein kleiner, unbedeutender Ort südlich von Dresden und nicht weit von der tschechischen Grenze entfernt, war berühmt für sein internationales Sanatorium, in dem schwache Nerven und angeborene Schwermut mittels Gebeten, Fastenkuren und Leibesübungen geheilt wurden. Ich erinnerte mich an unser einziges Gespräch nach dem Tod ihres Mannes. Sie hatte eines Morgens in ihrem silberfarbenen Kimono und mit einem Frotteehandtuch um das nasse Haar vor dem offenen Fenster ihres Zimmers gesessen. Nur vierzehn Tage nach dem Unglück. Ingeborg hatte mir anvertraut, daß ihre Mutter täglich mehrere Stunden vor diesem Fenster verbrachte, so als klammere sie sich an das letzte Bild, das sie von ihrem Mann in Erinnerung hatte. Ich war beim Bäcker gewesen. Normalerweise fragte ich vorher, ob ich Asmussens oder Denholms etwas mitbringen sollte. Gerade hatte ich die Tüte mit frischen Brötchen in die Küche des Zimthauses zu Oda Nielsen gelegt, die so gut wie fest im Zimthaus wohnte. Otto war natürlich auch da. Er rührte gerade Mörtel an. Wozu, weiß ich nicht. Ich bemerkte, daß er sich irgendein Zeichen an die Stirn gemalt hatte. Das machte er hin und wieder.

»Mittsommer«, sagte er, »Neumond.« Seine Augen lächelten, aber sein Mund blieb ernsthaft. Ich ignorierte ihn und ging mit Ingeborgs und Amalies Rosenbrötchen hinauf. Auf dem Weg nach oben kam ich an Frau Asmussens Zimmer vorbei, dessen Tür offenstand. Ich hielt unwillkürlich an und blickte hinein. Auf einem kleinen, runden Tisch stand ein Tablett mit einer Kanne Tee und einer Schale Milchbrei. Sie hatte die Hände in den Schoß gelegt, und ihr leerer Blick ging nach draußen. Vielleicht ist leer der falsche Ausdruck, es sah eher so aus, als sei sie ans Fenster gesetzt worden, weil sie etwas falsch gemacht hätte. Als sei sie von ihrer Umgebung dafür unter Hausarrest gestellt worden, daß ihr Mann, der prachtvolle, unersetzliche Herr Asmussen, auf so tragische Weise das Zeitliche gesegnet hatte. Und trotz dieser großen Ungerechtigkeit schien sie sich mit ihrem Schicksal abzufinden. Es wurde mir bewußt, wie schlecht ich sie im Grunde kannte. Wie unsichtbar sie immer gewesen war. Man war ihr stets aus dem Weg gegangen, als litte sie an einer ansteckenden Krankheit. Ich wußte nicht, welche Krankheit das hätte sein sollen, dachte aber, daß sie jetzt einen Namen bekommen hatte: Leid. Mein Vater hatte gesagt, daß niemand so einsam sei wie der, der leide. Wer wollte schon von Einsamkeit und Trauer angesteckt werden? Eilig entfernte ich mich von der Türöffnung, aber sie mußte mich auf der Treppe gehört und an meinen Schritten erkannt haben, daß ich es war. »Elliot, mein Lieber«, sagte sie leise, »komm einen Augenblick herein.«

Ich näherte mich langsam und betrachtete widerstrebend die Fensterbrüstung, die notdürftig repariert worden war. Frau Asmussen schminkte sich normalerweise stark und pflegte ihre scharfen Gesichtszüge durch einen dunkelroten Lippenstift, kräftigen Lidschatten, kreisrund aufgetragenes Rouge und nachgezeichnete Augenbrauen zu unterstreichen. Nun war sie völlig ungeschminkt. Merkwürdigerweise machte sie das zehn Jahre jünger. Oder auch alterslos. Ein ganz anderer

Mensch. Genauso glasklar und transparent wie Ingeborg, aber der Willensstärke ihrer Tochter vollständig beraubt. »Guten Morgen, Frau Asmussen«, sagte ich leise.

»Der Tag ist wie eine geschälte Frucht«, flüsterte sie. »Reich mir deine Hand, Elliot, sitz hier für einen Moment. Wie geht es deinen Eltern? Wir schätzen deine Eltern so unendlich, weißt du? Ich bin immer noch nicht fertig mit dem letzten Buch deines Vaters. Ich glaube, ich verstehe sein Interesse an Ägypten. So oft habe ich in meinem Bett gelegen, besonders morgens, den Namen von Ägyptens großem Fluß vor mich hingesagt und seine melodische, sehnsuchtsvolle Macht gespürt. Wir alle haben ein unbewältigtes Verhältnis zum Nil. Der träge durch die Geschichte fließt. Allein die Stimme des Flusses hält vielleicht die Lösung für das Rätsel des Lebens bereit. Der Nil …«

Sie drehte plötzlich den Kopf und sah mich direkt an. Ihre Augen waren tränenerfüllt. »Hast du ihn schon gesehen, Elliot, unseren kleinen Alf?«

Ich antwortete ja, ich hätte ihn ein einziges Mal gesehen. Sie nahm meine Hand und betrachtete eingehend meine Finger, einen nach dem anderen.

»Er hat nur neun Zehen«, flüsterte sie. »Aber er ähnelt seinem Großvater. Willst du sein Beschützer sein, Elliot? – Ja, das willst du. Du bist eine ebenso treue Natur wie dein Vater und genauso zuverlässig wie deine Mutter. Was würde die Welt ohne Menschen von eurem Schlag machen? Ihr seid wie der Tau auf der Wiese.« Sie ließ meine Hand los, und ich bewegte mich einen Meter zurück in Richtung Tür. Sie beugte sich nach vorne zum Fenster. »Ich habe den Kuckuck gehört, bevor du gekommen bist. Er findet immer ein Echo im Wald. Versprich mir, daß du ihn beschützt, Elliot. Es gibt so vieles da draußen, vor dem man sich in acht nehmen muß. Besonders zu dieser Jahreszeit, in der das Moor am allermeisten lockt. Ich träume so oft, daß ich auf dem Grund des Sees liege und über mir das frische Wasser betrachte. Der Himmel ist zu einem Meer geworden, und das Licht hat sich in Blasen aus Gold verwandelt. Die aus meinem Mund aufsteigen. Meine Haut ist weiß wie die Schuppen eines Fisches und meine Augen sind blank wie Perlmutt. Ich bin im Paradies.«

Ich stand mit dem Rücken zum Gang und hatte beschlossen zu gehen, doch ein letztes Mal wollte ich den Augenkontakt mit ihr noch suchen oder vielleicht winken oder etwas sagen, das mich später mit Stolz erfüllen oder zumindest froh machen und das ich vielleicht auch zu Hause erzählen konnte, als ein wohlbekannter Duft das Zimmer erfüllte. Nichts in der Welt riecht so trocken wie Zimt und so leblos wie Salbei. Ich brauchte mich gar nicht umzudrehen, weil ich wußte, daß sie direkt hinter mir stand. Hilflos klammerte ich mich an die Tüte mit den drei Rosenbrötchen, als ich Grandes Stimme vernahm: »›Bin gleich wieder da‹, hat der Junge gesagt. Mit Siebenmeilenstiefeln ist er hinaufgesprungen.«

Ich glaube, diese Worte charakterisieren Grandes Humor ziemlich gut. Auch an kleinen Späßen kann man ja bekanntlich seine Freude haben. Sie trug Arbeitskleidung, ihr dreieckiger Reisfeldhut baumelte auf ihrem Rücken. Ich wagte es, ihr direkt in die Augen zu schauen, und murmelte etwas von meinen drei armseligen Rosenbrötchen von Bäckermeister Sørensen. Mein Vater sagte einmal, niemand könne die Farbe von Grandes glimmenden Augen bestimmen. Ich muß ihm wohl recht geben. Und ich glaube, ich spürte das erste Mal in meinem Leben einen Funken der Wärme in ihrem ansonsten so steinernen Blick. Ich schlängelte mich an ihr vorbei auf den Gang. Erst jetzt sah ich, daß sie eine kleine braune Apothekerflasche in der Hand hielt. »Vielleicht möchte Omaha uns Gesellschaft leisten, Dagmar«, sagte sie leise, aber – wie ich empfand – drohend. Ohnmächtig starrte ich Frau Asmussen an, die mir ein blutleeres Lächeln schenkte. Grande lächelte auch, sofern man dies als Lächeln bezeichnen konnte. Sie kniff die Augen zusammen und schob ihre Lippen eine Winzigkeit nach oben. Mutlos begab ich mich zurück zum Fenster, wo Grande vier kleine Gläser aufstellte, die sie in der Tasche gehabt hatte. Das eine drehte sie um, so daß der Fuß nach oben zeigte. Die drei anderen füllte sie mit einer dicklichen Flüssigkeit, die sie in die immer noch niedrigen Sonnenstrahlen hielt. Ein violetter Streifen durchschnitt den Raum.

»Gut geeignet für Jungen in deinem Alter, Elliot Omaha Mortensen«, sagte sie.

Ich hatte einen Kloß im Hals und schielte auf meine neue Armbanduhr mit den selbstleuchtenden Ziffern und der kleinen Hopalong Cassidy-Figur, die aus irgendeinem Grund genauso armselig aussah wie meine drei Rosenbrötchen. »Du bekommst deine Wünsche schließlich erfüllt, Schwiegertochter«, sagte Grande und reichte Frau Asmussen ein Glas.

»Tugendwasser?« fragte Frau Asmussen mit seligem Blick.

Grande nickte. »Aus Engelwurz, Benzoe, Zitronenschale, Mastix, Gewürznelken, Rosmarin, Vanille, Wacholder und Zimt; mit Veilchenblättern gefärbt. Hat verschiedene Eigenschaften« – sie sah mich direkt an –, »sollte unter anderem kleine Jungen tugendhaft machen. Als ob die Welt Verwendung für kleine Tugendbolde hätte, na dann prost!«

Ich war nicht unerfahren im Trinken der zahlreichen

Liköre und Kräuterschnäpse, die im Zimthaus verabreicht wurden, und so kippte ich ohne zu zögern den Inhalt des Glases hinunter und stellte es mit einer Miene auf den Tisch, die, so hoffte ich, sowohl dankbar als auch abgehärtet wirkte. Der Geschmack war wirklich gar nicht so übel. Ich betrachtete Frau Asmussen, die die Augen geschlossen hielt. Auch sie hatte ihr Glas in einem Zug geleert.

»Danke, Grande«, flüsterte sie. »Danke für all deine Hilfe.«

Kurze Zeit später saß ich auf Ingeborgs Zimmer und sah sie ihre zwei Rosenbrötchen verzehren. Dann ging ich nach Hause und spürte eine unbekannte Wärme durch meinen Körper fluten. Ungefähr so, wie der Nil durch Nordafrika fließt. Ich beschloß, mein Zimmer aufzuräumen und nie wieder ein böses Wort über Grande zu verlieren. Eine Stunde später staubsaugte ich meinen durchgewebten Teppich und machte das Bett. Es würde guttun, die Zimmerdecke weiß zu streichen, aber was sollte dann aus meinen nächtlichen Reisen durch die Ebenen Persiens werden?

Das letzte, was man sieht, bevor man in Schlaf fällt, ist wohl die eigene Decke. Gleichgültig, in welchem Bett man liegt oder wo auf der Welt man sich zur Ruhe begibt. Hassan in Bagdad liegt unter einer petroleumfarbenen Wölbung mit feuchten Flecken und sieht sich selbst in einem Ozean von tausend Fischschwärmen verschwinden, zwischen den farbenprächtigen Polypen des Traumes. Ling aus Singapur schläft in einem Moskitozelt, dessen Dach, angeweht vom heißen Atem des Monsuns, hin und her schaukelt. Er träumt von den Albatrossen über dem Atlasgebirge und dem Nomaden Al Gadir, der, wenn er sich schlafen legt, nichts anderes kennt als Afrikas pechschwarzen Himmel mit seinen tausend goldenen Sternschnuppen.

»Bist du krank, Elliot?« Meine Mutter starrte mich von der Türöffnung aus an.

»Nein«, antwortete ich. »Ich bin nicht krank.«

»Was ist das, wonach du riechst?«

Jetzt kam auch mein Vater dazu. Sie rochen beide an meinem Atem.

»Nelken«, sagte mein Vater.

»Alkohol«, knurrte meine Mutter.

»Tugendwasser«, sagte ich.

Nachdem wir uns von Frau Asmussen verabschiedet hatten, sollte das Leben wieder »seinen üblichen Gang« gehen, wie es so heißt. Im Zimthaus bedeutete dies mehr Arbeit für Ingeborg und Amalie, die, unterstützt von Oda Nielsen, nun verantwortlich für den Einkauf, das Kochen und Saubermachen waren. Gleichzeitig erhielt Ingeborg auf Grandes Zimmer täglich eine Stunde Unterricht, was die Arbeit und Leitung des Gewürzimperiums betraf, das ihr Vater hinterlassen hatte. Von dem Büro in der Bredgade und dem Lagerhaus am Südhafen aus wurde natürlich das meiste gesteuert, aber es war die Sankt-Laurentius-Allee, wo die Fäden zusammenliefen und die Anweisungen gegeben wurden. Und es war in der Tat so viel zu tun – jetzt, da weder Herr noch Frau Asmussen zur Stelle waren –, daß der Onkel und die Tante der Schwestern samt ihrer Cousine Meta vorübergehend Quartier in der ersten Etage des Zimthauses bezogen hatten. Onkel Harry war Kunstmaler, Tante Kisser Näherin, und Meta eigentlich immer schlecht gelaunt. Warum Frau Asmussen ohne ihr kleines Neugeborenes verreist war, habe ich nie herausgefunden, aber vielleicht hatte meine Mutter ja recht mit ihrer Erklärung, es sei offenbar am besten, die arme Frau Asmussen würde zunächst wieder ein ganzer Mensch werden, und auch dem Kleinen sei ja nicht mit einer Mutter gedient, die so verstört war. Und mein Vater fügte hinzu, wenn Grande es für notwendig hielte, ihre Schwiegertochter fortzuschicken, dann könnten wir sicher sein, daß es für alle das beste sei. Im Vordergrund stand natürlich Alf, dessen Obhut und Pflege Amalie übertragen worden war, zumindest in den Nachmittagsstunden, was für Max und mich schon im Juni neue Pflichten mit sich brachte, denen wir uns voller Eifer widmeten. In den Tagen vor Mittsommer war es besonders Max, der aufgrund seiner heilkundlichen Kenntnisse eine Art medizinische Patenschaft für den Neugeborenen übernahm. Wie Max feststellte, ging es vor allem darum, eine Bestandsaufnahme von Alf zu machen. Amalie verstand ihn nicht ganz.

»Eine Diagnose«, sagte Max müde. »Wir können überhaupt nichts unternehmen, ohne vorher eine Diagnose gestellt zu haben.«

Wir befanden uns auf seinem Zimmer. Alf lag in seiner hellblauen Tragetasche und war den Erwachsenen zufolge das unkomplizierteste Kind der Welt, was bedeutete, daß er immer schlief. Und wenn er nicht schlief, lag er einfach da und schaute, als ob er schon über sein Leben nachdachte, dessen tragischer Beginn selbst einen Neugeborenen zum Grübeln bringen konnte.

Es gab mit anderen Worten viele gute Gründe, das Baby zu untersuchen.

Amalie wollte wissen, ob Max Alf für krank hielte. Die Frage war an sich ganz vernünftig und dennoch naturwidrig, denn Max hatte nie an »den gesunden Menschen« geglaubt.

Er fragte: »Wer kann sich mit Fug und Recht als gesunder Mensch bezeichnen? Wer von uns? Das ist dasselbe, als würde man den ersten Stein werfen.«

Cousine Meta war ebenfalls anwesend, und ich glaube, Max hatte sich darauf vorbereitet, ihr gegenüber ein für allemal seine Position zu markieren. Meta war immer so angezogen, als wolle sie den Tivoli oder eine Goldene Hochzeit besuchen. An diesem Nachmittag hatte sie ein zartgelbes Kleid mit kleinen, fast unsichtbaren weißen Blumen angezogen und saß wie ein empfindlicher Pudding auf einer Stuhlkante zwischen Max' Aquarien und Terrarien, voller Angst, sie könne mit irgend etwas in Berührung kommen. Durch Metas Augen gesehen kann man die Welt am besten als schmutzig oder ansteckend bezeichnen; ich glaube, sie wird ihre Tage einmal in einem sterilen Raum unter einem Moskitonetz beenden, die Hände auf der Brust gefaltet und mit einem schwachen Summen im Ohr, das von der Mücke herrührt, die sich gerade in ihren Oberschenkel hineinbohrt.

»Der gesunde Mensch«, stellte Max fest, der begonnen hatte, im Zimmer auf und ab zu gehen, während er sich mit einem Lineal in die Handfläche schlug, »ist eine Abstraktion.« Ich kannte Max gut genug, um zu wissen, daß er solche Sätze auswendig lernte. Er kannte so viele Fremdwörter, daß man sich manchmal dumm vorkam, wenn man mit ihm in einem Zimmer war. Manche von ihnen waren nicht einmal in Wörterbüchern zu finden. Und viele von ihnen sagte er sogar auf lateinisch, griechisch oder hebräisch. Nie werde ich einen Tag vergessen, an dem er bei uns zu Abend aß (Falschen Hasen). Nach dem Essen setzten wir uns in das Arbeitszimmer meines Vaters, um ein bißchen zu plaudern. Mein Vater war überzeugt davon, daß Max es eines Tages weit bringen und dann meines Vaters ganzen Stolz vorführen werde: einen teilweise ausgestopften Hamster, der auf einem lackierten Brett hockte. Er hatte ihn seiner Mutter zum fünfzigsten Geburtstag geschenkt. Mein Vater erzählte gern von der großen Arbeit, die er sich als Zwölfjähriger gemacht hatte, indem er das Tier zunächst reinigte und anschließend mit Holzwolle und Kapok ausstopfte. Nach diesen Ausführungen bedankte sich Max für das Essen, blickte schräg nach oben in die Luft und sagte: »Omne animal post coitum triste est osso buco.«

Wir standen am Eingang, und es war Januar. Max hatte den umgearbeiteten Wintermantel seines Vaters mit dazugehörigen Fausthandschuhen an. Wir waren natürlich sprachlos. Max kontrollierte sogar meine Mutter, als sie den Satz auf der Rückseite des Gemeindeblattes aufschrieb, nachdem sie ihn nicht in Gebärdensprache hatte übersetzen können.

»Toller Bursche«, sagte mein Vater bewundernd, nachdem Max gegangen war.

Am nächsten Tag wurde ich in die Bibliothek geschickt, um ein lateinisches Wörterbuch auszuleihen. Es gab uns darüber Auskunft, daß Max gesagt hatte, nach der Paarung seien alle Tiere traurig. Was das mit einer Kalbshaxe zu tun hatte, die man im Topf mit Bouillon und Wein zubereitete, haben wir nie herausgefunden. Meine Mutter war der Meinung, Max habe doch noch eine Menge Latein zu lernen, doch mein Vater sagte, der junge Denholm sei ein Genie, und der Prophet gelte bekanntlich nichts in seinem Vaterland.

Ich blickte von Max zu Amalie, die anscheinend ihr Interesse am Vortrag verloren hatte und statt dessen versuchte, Augenkontakt mit einer Kröte herzustellen, die mit offenem Maul eine eingegangene Fliege in einer Miniaturnachbildung von Åmosen anglotzte. Max fragte uns, ob wir wüßten, was eine Abstraktion sei, und Meta, die sonst nie ein Wort verlor, konnte uns darüber aufklären, daß ihr Vater Kunstmaler sei und tatsächlich abstrakt male. In vielen Farben.

»Abstrakt«, sagte Max, der sich geschwind auf die Zehenspitzen stellte, »nennt man etwas, das nicht existiert.«

»Aha, die Bilder meines Vater sind also etwas, das nicht existiert«, äffte Meta ihn nach. »Ich kann dir versichern, Max Denholm, daß sie existieren.« Max schloß die Augen, atmete tief ein und wiederholte, daß es hier nicht um Kunst, sondern um Leiden gehe und ausschließlich darum, die Art einer Krankheit zu bestimmen. Es müsse eine Diagnose gestellt werden, um so schnell wie möglich mit einer zielgerichteten Behandlung beginnen zu können.

Ich schaute in die Tragetasche, in der Alf mit einem frommen Lächeln auf den Lippen schlief, und mich streifte der Gedanke, daß Alf, obwohl er von seiner Mutter nur vierzehn Tage gestillt worden war, auf diesem Weg auch so viel Tugendwasser bekommen hatte, daß er, so klein er war, wenn schon nicht als gesund, so doch als tugendhaft gelten konnte.

Amalie fragte direkt, was Max vorhatte.

Alf müsse untersucht werden. Von A bis Z.

Es erschien uns logisch, am nächsten Tag mit den Sinneswahrnehmungen anzufangen. Die Untersuchungen, für die Max, Amalie, Meta und ich verantwortlich waren, fanden in Alfs überaus lieblichem und zartem Kinderzimmer statt. Max hatte die alte Arzttasche seines Großvaters dabei, die viele praktische Instrumente enthielt, obwohl der Großvater Gynäkologe gewesen war. Es war vermutlich dieselbe, aus der Max das gynäkologische Untersuchungsinstrument genommen hatte, das sich jetzt in Herrn Asmussens Besitz auf dem Weg ins Himmelreich befand.

»Können wir mit Bestimmtheit sagen, daß der Patient nicht taub ist?« begann Max.

Ich dachte sofort an meinen Vater, und so war es nur natürlich, daß mir die Aufgabe zufiel, die insgesamt vierzehn Stimmgabeln anzuschlagen, die Max dabei hatte. Die anderen beobachteten, wie Alf auf die Töne reagierte. Nach zehn Minuten konstatierte Max, daß wir es möglicherweise mit einem schwerhörigen Kind zu tun hatten. Meta erschrak, aber Amalie blieb die Ruhe selbst.

»Ich werde versuchen, einen Oszillograph zu beschaffen«, sagte Max.

»Das ist nur, weil er schläft«, wandte Amalie ein. »Es ist unnormal, daß er nicht aufwacht«, sagte Max. »Wir müssen uns die Augen ansehen.«

Amalie weckte den Kleinen und legte ihn an die Schulter. Er sah ziemlich schlaftrunken aus, lächelte uns aber, wie er das zu tun pflegte, fromm und ausgesprochen tugendhaft an. Ein kleiner Sabberfaden verließ den einen Mundwinkel; gleich darauf gab Alf einen Laut von sich und spuckte einen Viertelliter Buttermilch auf Amalies Rücken. Das ließ Meta entsetzt in die Ecke springen, wo sie sagte, sie habe noch nie etwas so Unappetitliches gesehen. Amalie entgegnete ruhig, Babys könnten nichts dafür, daß sie spuckten, das sei ganz normal.

Meta erwiderte, sie hätte jedenfalls nie gespuckt, und Amalie sagte, daran könne sie sich wohl kaum erinnern, worauf Meta sagte, doch, das könne sie. Ich hingegen beobachtete Max, der sich von hinten mit zwei großen Topfdeckeln näherte, die er gegeneinander schmetterte.

Ich will nicht behaupten, Alfs Haare hätten zu Berge gestanden, vor allem, weil er noch glatzköpfig war, aber er wies doch alle Symptome eines Schocks auf und war eine Stunde lang einfach nicht zu beruhigen; Max machte jedoch zu unserer Erleichterung auf dem Untersuchungsbogen ein rotes Kreuz bei »normales Gehör«.

Am nächsten Tag widmeten wir uns Alfs Sehkraft. Wir befanden uns erneut in seinem Zimmer, das so gut wie möglich verdunkelt war. Max gab Anweisungen und bat uns, Alfs Pupillen genau zu beobachten.

»Die Pupillen sind der Spiegel der Seele«, sagte Meta, die in Ausgehkleidung war und einen kleinen zylinderförmigen Hut trug. Zur Feier des Tages hatte sie sich einen schwarzen Schönheitsfleck auf die Wange gemalt und sah ziemlich gut aus.

»Die Pupillen sind Löcher.« Max wickelte das Kabel eines Projektors auseinander, den er von seinem Vater, der alte Filmrequisiten sammelte, ausgeliehen hatte. Ich hatte einen linierten Block mitgebracht, um ein möglichst genaues Protokoll anfertigen zu können und alles niederzuschreiben, was in Verbindung mit der optischen Diagnose gesagt würde.

Zu Beginn der Untersuchung war Alf wach. Er hatte gerade gegessen und war Amalie zufolge guter Dinge. Max rollte den Projektor ans Bett und bat Meta, an der Steckdose Aufstellung zu nehmen. »Laßt die Pupillen nicht aus den Augen, die sich sofort zusammenziehen müssen, bis sie nur noch aus zwei kleinen schwarzen Punkten bestehen. Wenn das Zimmer ganz dunkel ist, sollten die Pupillen des Patienten weit geöffnet sein, ansonsten haben wir es mit einem Defekt zu tun. Bist du bereit, Meta?«

Max plazierte den Projektor zehn Zentimeter vor Alfs kleinem Gesicht und sagte: »Los!«

Die Auswirkungen waren erstaunlich. Abgesehen davon, daß die Stromversorgung im Rest des Hauses zusammenbrach, konnten wir hinterher feststellen, daß Alfs Pupillen, was das Optische betraf, völlig normal reagiert hatten. Die verbleibende Zeit des Nachmittags schob ihn Amalie in seinem Kinderwagen spazieren, wo er nach einer Stunde in einen langen, unruhigen Schlaf fiel, was nicht zu seinen sonstigen Schlafgewohnheiten paßte. Ich werde nie seinen panischen Gesichtsausdruck und die großen, angsterfüllten Augen vergessen, ganz zu schweigen von den völlig eingeschrumpelten Pupillen in seinem kreidebleichen Gesicht. Daß seine Arme und Beine unmittelbar nach dem Versuch genauso steif waren wie bei einer toten Krähe, war völlig normal für einen Zustand, den man »optische Verblüffung« nannte und der bis zum Abend anhielt.

Wir wandten uns dann dem Geruchssinn zu, dem vielleicht wichtigsten von allen im Gewürzimperium, in dem Alf eines Tages mit seiner Nase über das Schicksal seiner Dynastie entscheiden würde. Diesmal gingen wir theoretischer ans Werk, und Max zahlte Otto Nielsen fünfundsiebzig Öre dafür, daß er sich eine Stunde lang im Sprechzimmer seines Vaters zur Verfügung stellte. Die Eltern waren zu einer Silbernen Hochzeit nach Fyn gefahren. Max hatte einen weißen Kittel angezogen und für die Anwesenden Stühle bereitgestellt, damit alle sehen konnten, was vor sich ging. Außer mir, Ingeborg, Amalie und Meta hatte Max noch die zwei Enkelkinder von Pastor Wolle einberufen. An der Wand hing eine Tafel mit einem Querschnitt der Nase, und auf Dr. Denholms Schreibtisch standen zwölf kleine Gläser mit verschiedenem Inhalt.

Max nahm vor uns Aufstellung.

»Bevor die Versuchsperson hereinkommt«, begann er,

»möchte ich gerne etwas über die Flimmerhärchen sagen. Was sind eigentlich Flimmerhärchen? höre ich jemanden fragen. Es handelt sich um unzählige kleine … nennen wir sie mal Membranen, die das aufnehmen und identifizieren, was wir riechen. Auf der Tafel sehen wir die Nasenhöhle, den unteren Nasengang, die obere Nasenmuschel, einen Teil der Stirnhöhle und ganz hinten die Eustachische Röhre.«

Max öffnete die Tür zum Wartezimmer, und herein trottete Otto Nielsen, der ebenfalls weiß gekleidet war. Seine Arme waren auf den Rücken gebunden, und auf dem Kopf trug er eine Art Käppchen, das sein Haar ganz verbarg. Vor seinen Augen saß eine kleine schwarze Plastikbrille, die zu Frau Denholms Höhensonne gehörte. Er wurde auf einen Stuhl mit zwei runden Nackenstützen gesetzt, so daß die Zeugen im Auditorium ausreichend Gelegenheit hatten, ihm in die Nase hineinzuschauen. Um die Studien zu erleichtern, stellte Max direkt unter Ottos Nasenlöcher eine kleine, aber effektive Stablampe, die praktisch seine gesamte Nasenhöhle ausleuchtete. Dann fixierte Max in Ottos Mund eine größere Stablampe, um das Licht möglichst vom hintersten Teil der Mundhöhle bis in die Nasenhöhle hinaufstrahlen zu lassen.

»Wie kann die Wissenschaft feststellen, ob eine Versuchsperson über einen normalen Geruchssinn verfügt?« Max legte Otto die Hand auf die Schulter. »Nun, zu diesem Zweck stehen eine Reihe verschiedener sogenannter Provokationen bereit, die Auskunft darüber erteilen sollen, ob wir es mit einem normalen oder einem retardierten Wahrnehmungsapparat zu tun haben. Drücke ich mich verständlich aus?«

Alle bejahten. Auch die Enkel von Pastor Wolle, die beide im Vorschulalter sowie Mitglieder der Inneren

Mission waren und über einen selten aufgeweckten Gesichtsausdruck verfügten.

»In diesem Fall«, sagte Max und schaute Otto eindringlich an, »können wir kaum erwarten, etwas anderes als einen retardierten Apparat vorzufinden, vielleicht in extremem Grad. Ich hoffe, das Auditorium ist auf das Schlimmste gefaßt.«

Otto Nielsen fragte interessiert, was darunter zu verstehen sei, und Max antwortete bereitwillig, es gebe eine Reihe von äußeren Indikationen.

»Das Abnorme und das Retardierte schlagen sich oft in den Gesichtszügen des Patienten nieder«, stellte Max fest, indem er Otto den Rücken zuwandte und seinen Blick vielsagend über die Zuhörer schweifen ließ.

Amalie bat, diese Ausführungen zu vertiefen, und Max holte sofort einen Zeigestock und wies auf Ottos Stirn.

»Wir sehen hier Züge, wie wir sie nur bei niedrigerstehenden Primaten wiederfinden. Die breiten Backenknochen, der kräftig gewölbte Übergang zwischen Nase und Oberlippe und der unnatürlich dicke Hals. Zusammen mit einer mangelhaften persönlichen Körperpflege deutet alles auf eine niedrige Intelligenz.«

Nach dieser nachdenklich stimmenden Tirade nahm Max Otto die Brille ab. Dieser blinzelte leicht und nickte jedem von uns freundlich zu.

Ingeborg fragte, was das alles mit Alf zu tun habe, und Max sagte, er habe, da er den Kronprinzen nicht einer Untersuchung dieser Art aussetzen wolle, für den praktischen Teil eine Versuchsperson angeheuert. Eine Vorgehensweise, die er fortzusetzen gedenke. Otto erkundigte sich bescheiden und nicht ohne eine gewisse Hoffnung, ob der Stundenlohn derselbe bliebe, und Max sagte, daß er sich in dieser Hinsicht keine Sorgen zu machen brauche. Dann begann er mit der Untersuchung.

»Genau wie bei einem Hörtest können wir mittels dieser Gerüche bestimmen, ob die Versuchsperson über einen vollständigen Geruchssinn verfügt. Nehmen wir jetzt Beispiel eins: Was ist das?«

Max hielt Otto ein kleines Glas unter die Nase.

»Ich kann helfen, indem ich sage, daß es sich um ein Naturprodukt handelt.«

»Das ist Rinde von einer Warzen-Birke«, sagte Otto.

Max räusperte sich und stellte das Glas weg. »Korrekt«, murmelte er. »Aber was ist das?« Otto sog den Geruch kräftig ein und sagte: »Das riecht wie eine Mischung aus Dachpappe und Zelluloid.«

Max starrte ihn wie gelähmt an.

»Nächstes Präparat«, knurrte er. »Was ist das?«

Otto nahm sich viel Zeit, sagte dann aber: »Banane, mit Vanille bestreut.«

»Alte Banane«, korrigierte Max und hielt Otto das vierte Glas unter die Nase.

»Das riecht wie ... wie eine Vogelfeder«, nuschelte Otto.

»Wir würden gerne den Namen des Vogels erfahren«, sagte Max und wippte ungeduldig auf den Zehenspitzen.

Ich sah, wie Amalie sich in ihrem Stuhl vorbeugte und die Enkel Pastor Wolles sich anschauten, als ob sie sich gerade begegnet wären und über ihre Ähnlichkeit wunderten.

»Ein Entenvogel«, murmelte Otto.

»Danke«, brummte Max, »das ist ein Bläßhuhn, vielen Dank, ich nehme an, du weißt, was ein Bläßhuhn ist. Hier ist die letzte Probe, wir überspringen die anderen.«

Otto schnüffelte und sagte: »Das riecht nach Aceton …«

»Ist aber Nagellackentferner«, schnauzte Max ihn an, »und damit machen wir Schluß für heute. Du kannst gehen, Otto Nielsen.«

Otto nickte, verbeugte sich und nahm sein Schreibheft auf, in dem angeblich über fünfhundert Autonummern notiert waren.

Nachdem er gegangen war, wandte Max sich uns anderen zu und sagte, er hoffe, der kleine Alf habe einen normaleren Geruchssinn als die Versuchsperson. Der eine von Pastor Wolles Enkeln wies darauf hin, daß es in ihrer Sonntagsschule immer nach dem Alten Testament rieche. Das sei so ähnlich wie Achselnässe.

## *Sechstes Kapitel*

Meine Mutter bindet die Fliege meines Vaters. Sie erzählt ihm, sie könne den lauten Dieselmotor draußen auf dem Weg hören. Ich bemerke, wie das Kinn meines Vaters zu zittern anfängt. Meine Mutter sieht ihn mit sanfter Mißbilligung an. »Nicht jetzt, Omaha«, sagt sie, »nicht jetzt.«

»Ich kann meine Regungen nicht kontrollieren«, sagt er hitzig, putzt sich heftig die Nase und küßt sie hart auf die Stirn.

Um Punkt acht erscheint Ottos Großvater, der große Schlosser, mit dem gewaschenen und polierten hellgrünen Lastwagen der Firma Asmussen, der betörend nach Gummi, Benzin und dem Curry des Ostens duftet.

Wie immer, wenn wir uns in Schale geworfen haben, um zu einer großen oder wichtigen Veranstaltung zu gehen, stehen wir eine halbe Minute vor dem Spiegel im Eingangsbereich. Ich stehe zwischen ihnen und tue, was meine Mutter sagt, atme nämlich dreimal tief ein. Das geschieht vor allem meinem Vater zuliebe, denn diese Atemübung hat eine beruhigende Wirkung. Dann halten wir seine Hände. »Ich bin ein glücklicher Mann«, flüstert er. Meine Mutter gibt ihm recht, und beide küssen mein Haar, dessen akkurater Scheitel aussieht wie eine Ackerfurche. Bevor wir aus der Tür gehen, dreht sich mein Vater um und sieht uns mit einem brennenden Untergangsblick an. »Nicht jetzt, Omaha«, bittet meine Mutter. »Sei so gut. Die anderen warten.«

»Immer«, stöhnt er, »immer sage ich zu mir selbst, es könnte das letzte Mal sein. Das unwiderruflich letzte

Mal. Meine beiden Liebsten, laßt uns in Gottes Namen diesen Tag auskosten, laßt ihn uns nicht vergeuden.«

»Aber mein Liebster, das tun wir doch nie.«

»Sieh nur, wie es dem armen Herrn Asmussen ergangen ist, wie schnell Glück in Trauer umschlagen kann. Wir bekommen nur diese eine Chance, Elliot. Denk daran. Denk daran.«

Mittsommer feiern wir im Haus »Sansibar« an der Spitze von Korshage, nordwestlich von Rørvig. Der alte Winston Asmussen hatte es einst mit seinen eigenen Händen erbaut und danach das gesamte Umland erworben, so daß es im kilometerweiten Umkreis das einzige geblieben ist. Sonst gibt es nur ein paar Ziegen, fünf Schafe, das Kattegat und die Lerchen. Aber erst mal müssen wir abreisen, und das geschieht nach einem bestimmten Muster. Am Abend vor dem großen Tag bügelt meine Mutter die weißen Hemden von mir und meinem Vater, der seinen alten Strohhut hervorkramt, den er wie Dr. Denholm und Onkel Harry aus Fredensborg immer aufsetzt, wenn wir Mittsommer feiern. Letztes Jahr hatte natürlich auch Herr Asmussen seinen getragen, und der Gedanke daran verstimmte meinen Vater ganz fürchterlich. Ansonsten hatte er alle Hände voll zu tun gehabt, seine Wildschweinpastete und seinen berühmten Sommersalat herzustellen. Normalerweise war es so, daß das Zimthaus den obligatorischen einjährigen Myrtenschnaps beschaffte sowie zwei frischgebackene Brote, die mit Lagerbier gemacht wurden, samt einem Lastauto. Oda Nielsen hatte Salami und Schweineroulade dabei, während Denholms sich der Nachspeisen annahmen, die in der Regel aus Schokoladetrüffeln bestanden und immer völlig ungenießbar waren, weil sich Frau Denholm nichts aus Kochen machte. Zur Entschädigung bereiteten Onkel Harry und Tante Kisser immer etwas Exotisches zu, im letzten Jahr eine chilenische Linsensuppe, die meine Mutter schwindlig machte und Oda Nielsen übersinnliche Fähigkeiten verlieh. Zwei Stunden redete sie mit ihrem toten Bruder, der eigentlich in Kalmar begraben liegt, während wir anderen den Nachmittagskaffee zu uns nahmen.

Aber es ließ sich nicht verbergen, daß dies das erste Jahr ohne Herrn und Frau Asmussen war. Ingeborg und Amalie hatten einen langen Brief von ihrer Mutter erhalten, die jetzt in Bad Schandau saß, besser gesagt stand, denn dem Brief zufolge machten sie dort eine Menge gymnastischer Übungen, zu denen ein Potpourri von Schlachtgesängen angestimmt wurde, deren Sprache sie nicht verstand. Im Briefumschlag hatte auch ein hübsches Aquarell gelegen, das die kleine und äußerst spartanische Bahnstation von Bad Schandau zeigte, wo die arme Frau Asmussen mit ihren beiden Koffern abgesetzt und später von einem »Quasimodo in einem übelriechenden Landauer« aufgelesen worden war. Auf dem Bahnsteig hatte Frau Asmussen sich selbst gemalt, mutterseelenallein, und über ihrem Kopf schwebten Ingeborg und Amalie wie zwei Grazien mit dem splitternackten Alf zwischen sich. Das Ganze war einerseits sehr expressionistisch und gleichzeitig äußerst präzise, denn sie hatte sogar daran gedacht, ihrem Sohn nur neun Zehen zu malen.

Mein Vater setzt den Strohhut auf und sagt, meine Mutter sei die schönste Frau der Welt. Sie hat ihr nagelneues taubenblaues Kostüm an und sieht aus wie eine Frau aus der Zigarettenreklame einer Familienzeitschrift. Endlich können wir zu den anderen hinausgehen, die hurra rufen, als Grande mit Herrn Asmussens Strohhut aus der Gartenpforte tritt. Ich blicke ängstlich zu meinem Vater, der etwas abseits steht und gerade zehn tiefe Atemzüge macht. Ingeborg hat Alf auf dem Arm. Ihr Kleid, das sie immer zu Mittsommer anzieht, ist aus einer verblichenen dänischen Fahne genäht. Auch Alf trägt ein Kleid; warum, weiß ich nicht. Das Wetter ist heiter, klar und ein bißchen kalt, aber es verspricht, ein richtiger dänischer Sommertag zu werden, wie Dr. Denholm sagt, als er meine Eltern begrüßt. Meta erklärt, daß sie friere, und bekommt eine Jacke um die Schultern. Max kommt zu mir. Er hat seinen pepitakarierten Anzug an und flüstert mir vertraulich zu, daß sein Vater ihm versprochen habe, im nächsten Jahr dürfe auch er einen Mittsommer-Strohhut tragen. Wir pflegen genau um halb neun abzufahren, und einige Erwachsene haben bereits damit begonnen, ihre Uhren zu synchronisieren.

Jetzt wartet man nur noch auf Otto Nielsen, der zehn Minuten später auf einem Lastenfahrrad mit einem Träger Wiibroe-Pilsener und einem kleinen Kasten rotem Mineralwasser, die sein Großvater vergessen hatte, dahergeradelt kommt. Otto trägt ebenfalls ein weißes Hemd und einen Schlips mit Gummiband. »Alle an Bord!« ruft Onkel Harry und winkt mit seinem Strohhut.

Der Lastwagen ist zu diesem Anlaß mit zwei langen Bänken versehen worden, so daß wir uns alle in Reih und Glied gegenübersitzen, mit Ausnahme von Herrn und Frau Nielsen, die ins Führerhaus hinaufspringen. So ist es immer gewesen, und so sitzen wir auch in diesem Jahr. Wir haben feste Plätze. Mein Vater und ich sitzen steuerbord, meine Mutter neben Denholms, und uns gegenüber sitzen Harry, Meta und Tante Kisser neben Grande, Ingeborg, Amalie und Otto. Herr Nielsen zieht die helle Plane über unseren Köpfen nach unten, denn es ist polizeilich verboten, sich während der Fahrt auf der Ladefläche aufzuhalten, und das ist ein Teil des Spaßes auf dieser Tour. Der Motor startet. Es kitzelt im Magen. Ich zwinkere Max zu, der ernst zurücknickt. Mein Vater drückt meine Hand, und schon sind wir unterwegs. Auf der Straße nach Roskilde. Es ist Alfs erster Ausflug, worüber sich die Erwachsenen eine Zeitlang unterhalten. Aber mit gedämpften Stimmen. Jedesmal, wenn wir vor einer roten Ampel halten, sind wir mucksmäuschenstill, und wenn Herr Nielsen ein Polizeiauto sieht, klopft seine Frau dreimal gegen die kleine Scheibe zur Ladefläche, und wir halten die Luft an, während Dr. Denholm Grimassen schneidet, um die Kinder zum Lächeln zu bringen. Exakt wenn wir in Glostrup um die Ecke biegen und auch sonst freie Bahn haben, singen wir: »Die Tage sind jetzt voll Gesang«, das heißt, wir singen nicht, sondern flüstern alle fünf Strophen, was das Ganze noch schöner macht. Mein Vater, der ja nicht singen kann wie wir anderen, dirigiert den Chor, und bei der letzten Strophe: »Gib mir ein Vergißmeinnicht / bevor das Spiel ist aus / und mit der Krauseminze / ziehn fröhlich wir nach Haus« singt Frau Denholm die zweite Stimme.

So ist alles, wie es sein soll, und danach sind wir schon etwas entspannter. Onkel Harry zündet sich eine Zigarre an, Grande macht ein Nickerchen, und Meta, der vom Fahren immer übel wird, legt sich zwischen ihren Eltern nieder. Beim Elverdam-Wirtshaus in Tølløse, das ungefähr auf der Hälfte der Strecke liegt, machen wir eine kleine Pause, und die Erwachsenen bekommen ein Pils. Das Wetter ist immer noch heiter, und Meta, die sagt, ihr sei schwindlig, fächelt sich mit dem Strohhut. Meine Mutter steht mit Frau Denholm und Tante Kisser zusammen; ich glaube, sie sprechen über ihr neues Kostüm. Mein Vater hat Dr. Denholm den Arm um die Schultern gelegt und sagt in seiner merkwürdigen Zeichensprache, er sei für ihn wie ein Bruder. Grande sitzt für sich allein; sie ist die einzige, die ein Porter trinkt. Sie sitzt auf dem Trittbrett des Lasters und schaut starr in die Luft. Ich glaube, sie betrachtet Otto, der aus welchem Grund auch immer gelernt hat, auf den Händen zu gehen.

Ingeborg ist bei Alf, dem man die Windeln gewechselt hat. Amalie und Herr Nielsen schauen in den Motorraum des Lasters, wo das Kühlwasser erneuert wurde. Eine halbe Stunde später befinden wir uns wieder auf der Landstraße, und wie immer, wenn wir durch Vig rollen, sagt Tante Kisser, jetzt gäbe es keine Kuckucke mehr, worauf Grande leise, aber bestimmt antwortet, ein Kuckuck sei etwas, das in einer Schweizer Uhr säße, der Vogel heiße gøg. Es ist das Besondere an Tante Kisser, daß sie selten über etwas anderes spricht als Krankheit und Tod. Eine prachtvolle Frau, wie mein Vater sagt, nur mit der Dosierung müsse man vorsichtig umgehen. Letztes Jahr brannte ich mich an einer Feuerqualle und bekam einige schlimme rote Streifen an den Armen. Es tat fürchterlich weh, bis Grande in ihrer alten Küche eine Salbe fand, die ihr verstorbener Mann zusammengemischt hatte und die gegen Bienenstiche, Sonnenbrand und eben Feuerquallen half, aber zuvor hatte Tante Kisser meiner Mutter erzählt, ein Mädchen aus Süd-Omme sei an dem Gift dieser Qualle zugrunde gegangen und die Ärzte im Krankenhaus seien völlig hilflos gewesen. Und ausgerechnet meine Mutter, die doch im Kreiskrankenhaus arbeitet und in allen Lebenslagen widerstandsfähig und robust ist, reagiert extrem empfindlich, wenn es sich um die Anzeichen von Krankheiten dreht. Sie blättert am Abend oft im medizinischen Wörterbuch und tastet ihren Körper daraufhin ab, ob sich nicht doch das Anzeichen einer Krankheit finde. Tante Kisser hat diesen Einfluß auf Menschen, und als mein Vater vor Jahren einen Abszeß an der Wange bekam (den Dr. Denholm mit einem Skalpell punktierte), schrieb sie meiner Mutter einen Brief, in dem sie auf einen berühmten Diabetiker aus Smørum hinwies, dessen Leben in einer Gummizelle auf Ebberødgard geendet und dessen Geisteskrankheit mit einem Abszeß begonnen habe. Die einzige, die sich traut, neben Tante Kisser zu sitzen, ist Amalie.

Nach zwei Stunden sind wir in Korshage angekommen. Als der Lastwagen beginnt, auf dem unebenen Schotterweg heftig hin und her zu schaukeln, ruft Dr. Denholm, jetzt könne er das Meer riechen, und schon brüllen wir hurra. Onkel Harry schlägt die Plane zur Seite, und wie immer springen Max und Otto aus dem Wagen, um das letzte Stück zu laufen. Mein Vater und ich halten die Augen geschlossen. Das tun wir immer, denn wir beide sind große Genießer des salzigen Geruchs des Kattegats und freuen uns darauf, die Augen für das großartige Panorama zu öffnen.

Der Laster hat angehalten. Einer nach dem anderen springen wir heraus. Mein Vater zeichnet die Konturen einer Lerche auf meinen Rücken, und das ist wohl das einzige, von dem ich wünschte, er würde es sein lassen. Kein Mensch kann ihm in Gebärdensprache erzählen, wie sie singen.

»Sansibar« ist ein geräumiges, solides, algengrünes Holzhaus mit kirschfarbenen Fensterläden, und bevor Grande die Türen öffnet, rufen wir ein dreifaches Hoch auf den Sommer, Korshage und Winston Asmussen. Das machen wir jedes Jahr, doch diesmal geschieht etwas Merkwürdiges, jedenfalls etwas, das sonst nicht vorkommt. Nachdem die Hurrarufe verklungen sind, sagt Grande nämlich: »Danke, ich danke euch allen«, und es entsteht eine plötzliche Stille, in der selbst die Erwachsenen mit merkwürdig leeren Händen unter dem unendlichen blauen Himmel stehen, der so sorglos ist, daß man einfach unter ihm verschwindet. Jetzt nimmt Grande den kleinen Alf auf den Arm. Es ist das erste Mal, daß ich sie ihn tragen sehe, vielleicht überhaupt das erste Mal, daß ich ihr Interesse an ihm beobachte. Die Tür ist aufgeschlossen, und Grande hält den Kleinen, als würde sie sich für immer von ihm verabschieden. »Willkommen zu Hause, kleiner Alf«, flüstert sie, »willkommen zu Hause.« Eine einzige klitzekleine, glasklare Träne rinnt ihre zerfurchte Wange hinab und fällt auf Alfs weiße Lippen.

Selbst die Dünung und die munteren Lerchen schweigen jetzt. Amalie, die immer als erste das Haus betreten darf, geht an Grande vorbei. In der Hand hält sie den großen, glänzenden Schlüssel, um die Standuhr aufzuziehen. Noch bevor der erste Uhrenschlag verklungen ist, vernimmt man einen schnarrenden, trockenen, beinahe widerwilligen Laut. Nun atmet »Sansibar«, und Ingeborg geht zu ihrer Großmutter und legt ihren Arm um die Hüfte der Alten.

»Jaja«, sagt Grande mit ihrer gewohnten Stimme, »jaja.«

Max und ich stürmen hinunter zum Steinstrand, an den Jahrtausende hindurch Steine an Land gespült wurden. In der Regel sammeln wir ausgehöhlte Steine, Zaubersteine, Koboldmützen und Versteinerungen. Hier war es gewesen, wo Otto als Kleinkind einen Stein von der Größe eines Eis verschluckt hatte, der nie wieder zum Vorschein gekommen war. Dort unten können wir uns stundenlang aufhalten, und noch vor dem Essen tauchen wir das erstemal unter. An den Oberschenkeln fühlt sich das Wasser immer eiskalt an. Das Salz duftet und brennt in der Nase, und das Glitzern des Meeres blendet die Augen. Wir zählen bis zehn und tauchen. Unter Wasser existiert die Welt nicht, die Zeit steht still. Ich bin in Persien, und mein Fabeltier hat sich in ein Seepferdchen verwandelt. Die Haare von Max und Otto schlängeln sich wie Seegras, ihre Gesichter haben die Farbe von Kardamomkernen. Ingeborg und Amalie sind phantastische Schwimmerinnen, und Amalie träumt davon, quer über den Øresund zu schwimmen. Meta badet nicht, sondern sitzt mit einem kleinen orangefarbenen Sonnenschirm an der Rasenkante. Sie hat eine Sonnenbrille mit herzförmigen Gläsern auf, und Max sagt, vielleicht würden sie eines Tages heiraten. Das Schwimmen werde er ihr schon beibringen. Um halb eins ertönt der Gong, und wir laufen um die Wette. Amalie und Otto sind am schnellsten. Max sagt, es sei für Otto offensichtlich von großer Bedeutung, solche inferioren Wettkämpfe für sich zu entscheiden. Feodora Denholm trällert wie immer die Speisenfolge. Niemand ist in der Lage, das äu in »geräucherter Hering« so zu intonieren wie sie. Außerdem essen wir eingelegten Hering, Hering in Curry, gesalzenen Hering, Frau Nielsens Schweineroulade und den Sommersalat meines Vaters. Onkel Harry hat in diesem Jahr eine Überraschung zubereitet, die er »Onkel Toms Jambalaya« nennt, ein warmes Eintopfgericht mit Cajungewürzen, das in der Nase brennt und bei meiner Mutter einen regelrechten Hitzschlag auslöst. Jetzt ist die Zeit für die Reden gekommen; Dr. Denholm ist der erste. Seine Reden sind immer sehr ernst, sehr lang und sehr gewählt. Danach ist Onkel Harry an der Reihe. Er spricht über die Kunst und seinen täglichen Kampf mit der Palette. Zum Schluß erhebt sich mein Vater, steht lange da mit erhobenem Glas und sagt am Ende einfach prost; das liegt nicht daran, daß meine Mutter etwa nicht übersetzen will, sondern weil mein Vater selbst in Gebärdensprache nicht fähig ist, seinen Gefühlen Ausdruck zu verleihen. Das verstehen alle, und im letzten Jahr sagte Grande merkwürdigerweise, mein Vater sei der mit Abstand beste Redner an diesem Tisch. Ich erinnere mich, wie er meine Mutter fragte, ob Grande meine, daß er trotz allem dem einen oder anderen Ausdruck gegeben habe, oder ob Grande, dieser kluge Mensch, auf einen generellen Wesenszug von ihm hindeute.

Max, Amalie und ich gehen hinunter zur Schonung. Wir hören die Erwachsenen »Dänemark, nun erwacht die helle Nacht« singen, und die Worte vermischen sich mit dem Blöken der Schafe auf der Weide. Max und Amalie diskutieren meistens über Vögel, heute geht es um den Regen-Brachvogel und den Strandläufer. Ich denke an Ingeborg, die mir, während wir Käse essen, Alf reicht. Ich habe noch nie in meinem Leben einen Säugling auf dem Arm gehabt, aber man verneint schließlich nicht, wenn es sich um ihn dreht. Ich stehe stocksteif da, und er ist sehr viel leichter, als man ahnt. Er ist in weiße Baumwolle eingepackt, trägt ein Papstkäppchen auf seinem Kopf, gibt keinen Laut von sich und sieht mir direkt in die Augen. Die Erwachsenen sagen, daß er zwar nicht sonderlich zugenommen habe, sich ansonsten aber ganz normal entwickle, von einigen nächtlichen Schreianfällen abgesehen, die vielleicht durch Alpträume hervorgerufen würden. Ich weiß nicht, wovon so kleine Kinder träumen, aber Ingeborg sagt, daß Babys sich natürlich an ihre Zeit als Embryo zurückerinnerten, und Amalie, die viel Zeit mit Oda Nielsen verbringt, mutmaßt, Alf träume vielleicht von einem früheren Leben. Frau Nielsen, die so groß ist wie eine Volksschule und so schwer wie ein Taufbecken, spricht fast nie. Sie besitzt meiner Mutter zufolge die größten Hände der Welt und gehöre einer aussterbenden Rasse von Riesenweibern mit einem Sechzehnstundentag an. Aber das ist nicht die ganze Geschichte. Denn Frau Nielsen ist abergläubisch und felsenfest davon überzeugt, wir alle hätten schon früher einmal gelebt, sie selbst sei vor Hunderten von Jahren am kaiserlichen Hof in Wien gewesen, wo sie Perlen in die Kleider der Prinzessin eingenäht habe.

Leicht widerstrebend erwidere ich Alfs offenen Blick. Meine Kenntnis solch kleiner Kinder ist, wie gesagt, begrenzt. Ich kann im Moment nicht einmal sagen, ob ich überhaupt schon einmal andere Säuglinge als ihn gesehen habe. Daher bin ich mir auch nicht sicher, ob es normal ist, daß sie einen so anglotzen. Er war erst vier Wochen alt, wog bloß sechs Pfund und maß nur einen halben Meter, und dennoch betrachtete er mich mit einem Blick, als verstünde er alles. Als ob er sagen wolle: Elliot, mein Freund, trotz meiner jungen Jahre und meiner bescheidenen Größe verstehe und verzeihe ich dir deine Unsicherheit. Und mehr noch. Ich weiß genau, wer ich bin, welchem Geschlecht ich angehöre und welches Blut durch meine Adern fließt. Ich bin Alf Winston Asmussen, und ich habe den Gipfel des Kilimandscharo gesehen, den Gipfel, den mein seliger Großvater nie erreichte. Ich kenne die Namen aller Gewürze des Orients, kann die Anweisungen aus I. C. Simons Handbuch für Schnapsbrenner und Destillateure von 1799 zitieren und auch die aus Wallis' Textbook of Pharmacognosy aus dem Jahr 1955, und ich habe wahrhaftig Natürliche Zauberkünste in Stuttgart studiert, von 1745–47. Nichts von diesen Dingen ist mir fremd. Ich weiß, daß der Himmel mir gehört, sofern er aus angemaltem Furnier besteht – ich habe Stifte in meinem Bett –, und ich weiß, was man von mir, dem einzigen Sohn der Asmussen-Dynastie, erwartet. Ich verspreche dir, Elliot Omaha Mortensen, Sohn der Stationskrankenschwester Birthe Mortensen und dem Übersetzer Omaha Mortensen, daß du immer einen Platz in meinem Herzen haben und unter meiner Schwingen Schutz stehen wirst, denn ich habe von Beginn an Leben und Tod gesehen, habe die letzte Wärme von der Brust meines Vaters empfangen, bin wie ein Vogel geflogen und habe mich aus der Asche von meines Vaters Grab erhoben. Lieber Elliot, fürchte dich nicht, denn du bist mein wahrer Freund und Beschützer, ich bin dir auf ewig dankbar, denn mehr kann ein Mensch von einundfünfzig Zentimetern nicht verlangen.

Wir sammeln Zapfen in der Schonung, Amalie klettert in die hohen Kiefern hinauf, und Max, dem man erlaubt hat, vom Myrtenschnaps zu probieren, ist etwas schläfrig geworden. Wir suchen uns einen Platz im Schatten, von dem aus nur das Rauschen in den Baumkronen zu hören ist. Ich schließe die Augen und freue mich bereits auf die Heimreise. Dr. Denholm kennt eine Unzahl von Geschichten und Witzen, und Onkel Harry, der immer sehr müde und leicht berauscht ist, liegt dann im Schoß seiner Frau und sagt unanständige Worte auf russisch, die wir anderen leider nicht verstehen können.

Amalie schnüffelt an einem Harzklumpen, und Max sticht mit seinem Fahrtenmesser in einen Ameisenhaufen, als sich über dem Wald plötzlich ein hohes, klares Flöten erhebt, sich trillernd überschlägt und zu einer Melodie wird, die wir wiedererkennen. Es hört sich so an, als spiele ein Flötist mit der Melodie. Amalie sieht mich an.

»Kann das ein Instrument sein?« flüstere ich.

Sie schüttelt den Kopf.

»Das ist etwas Atmosphärisches«, sagt Max, »ein Geräusch, das entsteht, wenn die Luft in bestimmte Schwingungen versetzt wird.«

Wir machen uns auf den Rückweg, immer am Strand entlang, wo Ingeborg und Meta nach Bernstein suchen.

Der Horizont ist klarer geworden, und die Farben sind intensiver. Die Mädchen haben ihre Kleider nach oben gerafft und gehen an der Wasserkante entlang, deren flimmerndes Licht auf ihren Gesichtern tanzt.

Zu Hause halten Dr. Denholm und mein Vater Mittagsschlaf. Onkel Harry arbeitet an seiner kleinen Staffelei, während meine Mutter bei Oda Nielsen sitzt, die ausgestreckt auf einer Bank liegt und sich eine Hand auf die schwitzige Stirn gelegt hat. Frau Denholm beklagt sich, es sei der cajunische Eintopf gewesen, den Frau Nielsen nicht vertragen habe. Und Oda Nielsen sieht wirklich leidend aus. Glücklicherweise ist sie wieder auf den Beinen, als wir einige Stunden später alle zusammen zu dem schönen, langen Sandstrand hinuntergehen, wo die Leute in kleinen Gruppen um die Lagerfeuer herumstehen. Es ist kalt geworden, so daß wir dichter heranrücken. Max hat sein Fernglas dabei und beobachtet einen Kutter, der nach Westen in Richtung Odden dahintuckert. Das Licht will nicht verschwinden, sondern bleibt am Horizont hängen. Ingeborg hat den schlafenden Alf auf dem Arm; sie steht neben meiner Mutter, mit der sie sich beim Tragen des kleinen Kerls mit den merkwürdigen Augen abwechselt. Meta ist in eine Wolldecke eingewickelt und sagt zu ihrer Mutter, daß sie wirklich ziemlich stark friere. Die Erwachsenen halten kleine

Gläser in ihren Händen, und Grande schenkt ihren Mittsommernachtsaquavit ein, der natürlich auf Zimt basiert. Er heißt Krambambuli, besteht aus einem Gramm Zimt, Zimtblüte, Muskatblüte, Kardamom und Weinstein und ist deshalb ausgewählt worden, weil seine Farbe genauso glüht und lodert wie die Lagerfeuer an diesem Abend.

Ich erinnere mich nur selten an die Heimreise, abgesehen von den Geräuschen des Dieselmotors und Onkel Harrys russischen Vokabeln. Unter der Bank steht sein kleines viereckiges Gemälde, das immer noch nicht ganz trocken und Meta zufolge abstrakt ist. Es heißt »Chaos im Himmel mit Apfelsinen«.

Aber ich erwache immer, wenn mich mein Vater nach oben ins Bett trägt. Das heißt, ich tue so, als ob ich schliefe. Er zieht mir die Sachen aus und den Pyjama an. An allen anderen Abenden des Jahres zieht er den Vorhang vor, aber am Heiligen Abend und an Mittsommernacht läßt er es bleiben.

Als er mich zudeckt, schlage ich die Augen auf. Er lächelt.

»War es ein schöner Tag, Elliot?«

»Ja«, sage ich, »ein schöner Tag, genau wie immer an Mittsommer.«

Er nimmt meine Hand und sagt, daß er immer noch meine Mutter in ihrem neuen Kostüm im Schatten des Elverdam-Wirtshauses vor sich sehe.

»Merkwürdig«, fügt er hinzu, »daß in diesem Jahr niemand einen Fotoapparat dabeihatte. Also liegt es an uns, sich an alles zu erinnern. Minute für Minute.« Er geht ans Fenster, bleibt dort eine Weile stehen und schaut nach draußen. Sagt, er sei eigentlich froh darüber, sich kein blödes Foto von Grande anschauen zu müssen, wie sie mit Alf das Haus betritt. »Solche Erlebnisse sollte man nicht in einem eingefrorenen Bild festhalten.«

»Papa, bekomme ich im nächsten Jahr auch einen Strohhut, so wie Max?«

»Vielleicht«, sagt er und geht zur Tür.

Die helle Nacht steht im Zimmer wie ein Geist.

»Ich durfte Alf halten«, sage ich. »Er sieht so erwachsen aus. In den Augen. Sah ich auch so aus, als ich klein war?«

»Nein«, sagt mein Vater, »nicht im geringsten.«

»Das dachte ich mir.«

Er kommt ans Bett.

»Alle Kinder sind verschieden«, sagt er. »Keines gleicht dem anderen. Aber du warst das schönste, das ich je gesehen habe.«

»Ich dachte, daß Alf ...« Ich sehe ihn an.

»Was dachtest du, Elliot?« fragt er.

»Ich dachte, Alf sei früher schon einmal hier gewesen.«

»Wo? In der Sankt-Laurentius-Allee?«

»Nein, aber ... daß er früher schon mal gelebt hat. Ich glaube, er weiß alles und versteht alles.«

Mein Vater sieht lächelnd an die Decke. »Hast du wieder mit Oda Nielsen geredet?«

»Nein, das ist es nicht. Aber ich glaube wirklich, Alf ist eine Wiedergeburt. Das Leben ist doch so kurz, sagt man.«

»Das Leben, Elliot, ist nur kurz für den, der sich nicht erinnert. Für uns andere, die nichts vergessen, fehlen nur wenige Minuten bis zur Ewigkeit.«

»Was ist mit dem Leben nach dem Tod?«

»Es ist das Leben vor dem Tod, um das du dich kümmern mußt.«

Er sieht mich eingehend an, so als wolle er untersuchen, ob Nase, Mund, Augen und Stirn noch an ihrem alten Platz säßen oder ob etwas Neues hinzugekommen wäre.

»Wiedergeburten«, sagt er ernst und küßt mich auf die Wange, »Wiedergeburten gibt es nicht. Wir sind nur das eine Mal hier. Das ist es, was das Leben so großartig macht. Denk daran, Elliot.«

## *Siebentes Kapitel*

Ingeborg hat ihr puderfarbenes Trikot angezogen, das sie von ihrer Mutter geerbt hat. Es ist zusammengeschustert, rissig und an einer Stelle mit einem Pflaster aus der Sowjetunion geflickt. Sie ist eine Fata Morgana, eine Ballerina in einer Spieldose, und merkwürdigerweise macht das alte, krause und narbige Trikot ihre Kunst nur um so größer. Ich verstehe weder etwas von Debussy noch vom Ballett, und Max sagt, Ingeborg besitze, um die Wahrheit zu sagen, vielleicht nicht das allergrößte Talent, aber der Zauber hat auch nichts mit ihren Schritten zu tun, sondern mit ihrem Ausdruck, ihrer Art, die Arme zu halten, die zum Ernst ihres Gesichts paßt, genauso, als öffne man eine kleine Spielschachtel mit rissigem Lack und schiefen Scharnieren, in der man eine zarte, sonderbar rostige Melodie und eine einbeinige Ballerina findet, die Wind und Wetter, Feuchtigkeit und rücksichtsloser Behandlung zum Trotz ihre Stellung und ihren unermüdlichen Stolz behalten hat.

Wir sitzen in ihrem Ballettraum ganz oben im Zimthaus, wo sie zu der Debussy-Platte getanzt hat, während die Blitze am Himmel zuckten und die Scheiben unter einem so furchteinflößenden Donner erzitterten, daß wir am Ende das Grammophon abstellten und sämtliche Lichter löschten.

Max sagte, seinetwegen könne es jetzt gerne regnen. Wir legten uns in das runde Fenster und schauten über den Prinzessinnenpfad, Åmosen und den großen grauen See, wo sich ein vereinzeltes Kanu seinen Weg durch den Sturm bahnte und vom Volkspark direkt auf uns zukam. Normalerweise riß ich mich nicht gerade darum, mich auf dem Dachboden des Zimthauses aufzuhalten, vor allem nicht allein. Der Raum hatte etwas Verschwiegenes, außerdem wurde man von ausgestopften Köpfen angeglotzt, einige von ihnen aus Afrika, einer Thomsongazelle, einem Reh und einem Wildschweineber, den der alte Winston Asmussen selbst erlegt hatte. An der Tür hing sein braunes, teilweise verblichenes Foto, das ihn mitten in der Savanne verewigte, mit dem einen Fuß auf einem Granitblock und dem anderen auf dem Nacken eines Büffels. In der Hand hielt er seine doppelläufige Büchse, die jetzt im Wohnzimmer über dem Kamin hing und die Grande an runden Geburtstagen abfeuerte. Keines der vielen ausgestopften Tiere, die ihre Köpfe in der Eingangshalle und auf dem Treppenabsatz vorstreckten, waren mit diesem Gewehr erlegt worden, dessen Geschosse die Größe von Tannenzapfen hatten und deren zerstörende Wirkung der Arbeit eines Konservators keine Chance gab. Dr. Denholm erzählte gern die Geschichte von Grandes sechzigstem Geburtstag, den man mit einem Empfang für mehr als hundert Leute, darunter der populäre Bürgermeister von Lyngby-Taarbæk, natürlich groß gefeiert hatte. Das Wetter war schön, und eine leichte Brise überbrachte eine erste Visitenkarte des kommenden Winters. Den Himmel über dem See passiert eine Schar rastloser Vögel, und der Bürgermeister hat soeben in einer improvisierten Rede gesagt, die einzigartige Asmussen-Familie und das Zimthaus würden jeder Gemeinde zur Ehre gereichen. Die einzige, die die freundlichen Worte nicht hört, ist Grande, die ins Wohnzimmer verschwunden ist. Nun ruft sie – den alten Baden Powell-Hut ihres Mannes auf dem Kopf und das enorme Gewehr in den Händen – die Leute auf der Terrasse zusammen. Die Waffe wiegt Gerüchten zufolge mehr als fünfzehn Kilo, und daher war es schon eine Leistung, daß Grande sie mit ausgestrecktem Arm halten konnte. Es war Oktober, und unten auf dem Badesteg saß eine einzige Heringsmöwe, die zu dieser Jahreszeit ihre Reise ans Mittelmeer vorbereitete. Man kann auch nicht ausschließen, daß Teile von ihr das Ziel erreichten. Denn nachdem Grande ohne besondere Vorwarnung die Kanone zweimal abgefeuert hatte, war nicht nur die Möwe verschwunden, sondern auch die vier Meter lange Bank und das Geländer sowie eine losgerissene Jolle, die ungefähr auf der Mitte des Sees vor sich hingedümpelt hatte. Der Rückstoß schleuderte die Schützin drei Meter zurück, und Grande landete mit einem schlaftrunkenen und zufriedenen Gesichtsausdruck in dem Stuhl einer indischen Königin, während die übrigen Gäste in der Gegend herumliefen, einige von ihnen mit bleibendem Gehörschaden, Tante Kisser mit einem Schock. Der einzige, der in der Lage war, sich um die Geschädigten zu kümmern, war mein Vater und etwas später auch meine Mutter, die sich in der Küche befunden hatte und nun in dem Glauben herbeieilte, jemand sei auf eine Landmine getreten. Das Gras zwischen dem Haus und dem Badesteg war in zwei gleichmäßigen Streifen, die immer noch rauchten, versengt worden; und was die Heringsmöwe betraf, so entdeckte Onkel Harry, der sich als einziger die Ohren hatte zuhalten können, als das Geburtstagskind abdrückte, ihren weißen Kopf. Er baumelte trostlos an der Spitze der Libanonzeder hin und her, während die kleinen schwarzen Augen einen höchst verwunderten Ausdruck zeigten.

Ich sah nach hinten zu der ängstlich dreinschauenden Thomsongazelle und konnte mir sehr gut ihre Angst beim Anblick des kleinen Winston Asmussen mit seiner doppelläufigen Büchse vorstellen, in der Aussicht, nicht ihre Asche, sondern ihre irdischen Reste über den Großteil Swasilands verteilt zu sehen.

Als der Regen endlich kam, kam er mit tropischer Stärke. Wie ein langer, graugrüner Vorhang fegte er über die Gegend hinweg und verschleierte die Sicht auf den See und das einsame Kanu, das gerade die Insel erreicht hatte, wo es der Paddler an Land zog. Max holte sein Zulu-Fernglas und stellte fest, daß es sich da draußen um Otto handelte. Das Fernglas war »einäugig« und trug die Initialen »Sir T«. Als Amalie und Ingeborg klein waren, las ihre Mutter ihnen in einem Ohrensessel, der sich damals in einer Ecke des Dachbodens befand, oft vor. Man hatte ihn nach dem Krieg hinausgeworfen, weil ein deutscher Offizier während einer Hausdurchsuchung gewagt hatte, sich in ihm niederzulassen. Wenn die Mädchen etwas vorgelesen bekamen, handelte es sich immer um Geschichten, die mit Gewürzen zu tun hatten, und in der Regel spielten sie in Afrika. An der Wand hing eine vergilbte Afrikakarte, die sie abwechselnd durch dieses Fernglas studierten – eine Trophäe, die Grande zufolge ihre eigene Geschichte hatte: Ihr Mann, der reiselustige Winston senior, hatte nach einem dreiwöchigen Aufenthalt an der Ostküste Afrikas eine Expedition auf dem berühmten Limpopo unternommen. Er erreichte Swasiland, wo er bei einem Stamm von Kaffern lebte, als ein Tumult zwischen ihnen und dem Kommandanten von Pretoria ausbrach. Dieser war laut Grande der Auslöser für einen kleineren Bürgerkrieg zwischen den Kaffern auf der einen und den Briten auf der anderen Seite, und inmitten der Schußlinie stand der arme Alf Winston Asmussen mitsamt seinem Dolmetscher, seinem Winkeladvokaten und seiner doppelläufigen Büchse. In ihrem

Lager hörten sie dann, einige Zulus hätten den Kommandanten und seine Frau in der Stadt eines Nachbarlandes gefangengenommen, wo sie sofort gelyncht werden sollten. Die Zulus hatten in der Zwischenzeit jedoch die Tatsache außer acht gelassen, daß sich Winston in der Nähe befand, und als er erfuhr, in welcher Hütte sich die Briten befanden, rückte der Globetrotter aus. Wer genau die doppelläufige Büchse abgefeuert hatte, fand man nie heraus. Die Hinrichtung jedenfalls wurde verhindert, teils, weil die Kaffern Hals über Kopf die Flucht ergriffen, teils, weil es nach dem Volltreffer niemand mehr hinzurichten gab. Rein symbolisch begrub man die Stiefel des Kommandanten und das, was man für seinen linken Fuß hielt. Nach der Zeremonie wurde Winston Asmussen von der Witwe ein britisches Fernglas überreicht. Dasselbe Fernglas, durch das ich Otto Nielsen jetzt pinkeln sehen konnte, während er im Regen so etwas wie einen Kriegstanz aufführte.

Nun erschien Amalie mit Alf, der gerade eine schreckliche »Magenexpedition«, wie Oda Nielsen es nannte, überstanden hatte. Das bedeutete ganz einfach, daß Alf in einer Tour geschissen hatte – tatsächlich waren es fünf Tage nacheinander gewesen –, bis Max und Amalie zugaben, ein Pulver in den Milchbrei des Kindes gestreut zu haben, das sich als »Ettmüllers Infusum polychrestrum Laxativum« (Ettmüllers abführender Universalextrakt) erwies und das sie unglücklicherweise mit einem Schlafmittel von der Insel Pemba verwechselt hatten. Dieses Ereignis bereitete den Experimenten von Max mit Alf ein zwischenzeitliches Ende. Im Gegenzug sparten wir, um Otto bezahlen zu können, der im Laufe des Juli bei verschiedenen Experimenten als Versuchsperson dienen sollte. Wir hatten gerade das letzte beendet, das eines der interessanteren gewesen war und nichts mit

Alf zu tun hatte, sondern mit der Tatsache, daß Otto keine Eltern besaß und Gerüchten zufolge nicht nach derselben Methode hergestellt worden war wie wir anderen. Daß er sich fast die ganze Zeit über in den Sümpfen Åmosens aufhielt, war mehr als ein Indiz für seine familiären Verbindungen mit den Unterirdischen. Und eine Woche nach Mittsommer glückte es Ingeborg, ein altes deutsches Schriftstück von 1584 aufzutreiben, das die Wasserprobe bei Hexenprozessen empfahl. Seinerzeit diente sie als Versuch, bei dem die Schuldige unterging, die Unschuldige aber auf der Wasseroberfläche trieb. Das Ganze setzte voraus, daß Otto fünf Liter sogenanntes Weihwasser trank, und so nahmen wir ihn eines nachmittags mit nach unten an den See, wo wir einen geeigneten Platz im Schilf fanden, an dem wir in Ruhe arbeiten konnten. Max hatte den Kanister mit der Flüssigkeit auf einem kleinen Leiterwagen, und Ingeborg bat Otto, so weit in den See hinauszuwaten, daß nur noch sein Kopf aus dem Wasser ragte. Er sollte das Weihwasser durch einen vier Meter langen Gummischlauch trinken. Wir anderen standen am Ufer, und Meta hatte sogar einen Korkgürtel angelegt, da sie zum einen wasserscheu und zum anderen in bezug auf Otto nahezu hysterisch war. »Das Ganze muß runter, Otto Nielsen«, rief Max, »sonst nützt es nichts!« Otto sog wie ein Verrückter. Das Weihwasser bestand hauptsächlich aus gewöhnlichem Leitungswasser, dem während des Kochens zerstoßener Pfeffer von der Malabarküste zugesetzt wurde, samt Fenchel, den man im Mittelalter gegen Hexerei anwandte (und außerdem gegen Gallenschmerzen, was in diesem Fall, wie Max sagte, nur ein gleichgültiger Nebeneffekt war), und schließlich das Gewürz *coriandrum sativum,* das unangenehm nach Bettwanzen roch, aber nachweisbar die Fähigkeit besaß, unsterblich zu machen. Insgesamt bildete diese Mischung eine heilige Flüssigkeit, die ein für allemal klären konnte, ob Otto Nielsen ein Mensch oder ein Dämon war.

Nach zwei Litern sank er erkennbar in den Morast ein, und Meta stieß einen kleinen Schrei aus. Amalie, die Alf trug, sah ängstlich zu Ingeborg hinüber, die aufrecht neben Max stand, der sagte, das Ganze müsse runter, sonst wäre der Stundenlohn futsch. Aber bevor der letzte Deziliter im Gummischlauch verschwunden war, ging Otto im limonengrünen Algenwasser des Sees unter, und er versank mit einem Gesichtsausdruck, den ich nie vergessen werde. In seinen großen, wasserblauen Augen waren weder Verdruß, Reue, Angst oder Unruhe zu erkennen, nur dieser ungläubige und dennoch vertrauensvolle Blick, den man bei gering entwickelten Tierarten sehen kann, dann schlug das Wasser über seinen hellen Locken zusammen.

Max sah rasch zu Ingeborg hinüber, die sagte, nun sei es also bewiesen: Otto Nielsen habe die Wasserprobe nicht bestanden. Er war schuldig. Im selben Augenblick warf mir Amalie ihren kleinen Bruder in die Arme und watete in den See hinaus. Meta schrie, was bei Max einen Anflug von Panik erzeugte, der rief, daß Otto für alles selbst verantwortlich sei. Ich sah Amalie um die Stelle, an der Otto verschwunden war, herumschwimmen und tauchen, bevor sie mit Entengrütze verschmiert und nach Luft schnappend wieder auftauchte. Zu diesem Zeitpunkt mußte sich Ingeborg ihrer Cousine annehmen, die einen kleineren krampfartigen Anfall bekommen hatte.

»Er ist weg«, sagte Amalie. »Verdammt noch mal, er ist weg. Was machen wir jetzt, Ingeborg?«

»Das Moor hat ihn genommen«, jammerte Meta. »Otto Nielsen ist tot.« Es entstand augenblicklich Stille, bevor Max sagte, daß es in vieler Hinsicht so aussehen könnte, würde es sich um eine normale Versuchsperson handeln. Da es hier jedoch um den Bastard Otto Nielsen mit seinem ganz speziellen Hintergrund ginge, könne man sicher sein, daß die Probe nur seinen natürlichen Wohnsitz geklärt habe, nämlich bei den Unterirdischen in den Sümpfen.

»Heißt das, er ist nicht tot?« schluchzte Meta, und Max sagte, die spontane Diagnose deute eher auf eine Art Winterschlaf hin, und wenn wir ihn das nächste Mal träfen, müßten wir seine Lungen untersuchen, um nicht zu sagen seine Kiemen. Meta schneuzte kräftig in ihr kleines dünnes Taschentuch und konnte sich jetzt an einen furchterregenden Film erinnern, den sie in einem Drive-in-Kino gesehen und der von einem Ungeheuer in einer Lagune gehandelt hatte, das halb Mensch, halb Salamander gewesen war, fleischfressend wohlgemerkt. Diese häßliche Amphibie habe Schuppen am ganzen Körper, Schwimmhäute zwischen den Fingern und eine Zunge wie eine Kröte gehabt, und Max fügte sachlich hinzu, viele amerikanische Filme seien zwar übertrieben und kindisch, Ottos Zunge sei jedoch wirklich sehr lang gewesen. Amalie meinte, wir könnten nicht einfach weggehen und so tun, als sei nichts geschehen. »Wir müssen doch nach ihm suchen.«

»Aber wo?« fragte Ingeborg. »Wo willst du nach ihm suchen? Willst du selbst hinunter zu den Unterirdischen?«

Die Frage blieb in der Luft hängen.

Später am Tag nahmen wir Max' Kanu und paddelten in den nächstliegenden Kanal hinein. Wir, das waren ich und Max, Amalie und Meta. Ingeborg war zu Hause geblieben, um auf Alf aufzupassen.

»Ihr findet ihn nie«, sagte Meta, deren Stimme unter dem dichten Blätterdach widerhallte.

Zwei Stunden lang stakten wir durch immer schmalere Kanäle, und mehr als einmal wanderten meine Gedanken zurück zu Asmussen seniors Reise auf dem Limpopo Anno 1913, bis Max sagte, daß er wirklich keine Ahnung habe, wo wir uns befänden. In diesem Moment liefen wir passenderweise auf Grund. Das Kanu saß im Schlamm fest, und wir einigten uns, es zu einem breiteren Kanal zu tragen, der Amalie zufolge ein Stück entfernt lag. Aber vorher machten wir eine Pause und besprachen die Lage. Ich hatte bemerkt, daß Max seiner Sache nicht mehr so sicher war. Er war der Ansicht, wir sollten das mit der Wasserprobe lieber für uns behalten. Das ginge die Erwachsenen nichts an. Er sagte das mit Nachdruck mehrere Male zu Meta.

»Otto wohnt praktisch hier unten in den Sümpfen«, sagte er. »Er ist oft tagelang verschwunden, frühestens übermorgen wird man also beginnen, sich zu wundern.« Ich blickte verstohlen zu Amalie hinüber, die geschwiegen hatte, bis wir uns einig gewesen waren, weiterzugehen, und die jetzt in aller Ruhe feststellte, daß sie so lange suchen werde, bis sie ihn gefunden habe. »Und wenn ich zweimal die Unterwelt durchqueren müßte.«

Meta hatte dem trüben Moorwasser ihren Rücken zugekehrt, während Max schon das Kanu gepackt hatte. Das, was dann geschah, entzieht sich nahezu jeder Beschreibung. Wenn ich nicht von meinem wilden Ritt über die Ebenen Persiens träume, habe ich manchmal einen kurzen, aber schrecklichen Alptraum von einem Monster, das im Schrank unter der Kellertreppe wohnt. Ich will nach unten, um den Kasten mit der Schuhcreme zu holen, und wenn ich die Schranktür öffne, steht plötzlich das Ungetüm da. Es ergreift meine Hand und will mich zu sich ziehen; ich kämpfe und schreie, kämpfe und schreie, aber mein Vater hört mich natürlich nicht, und der Kampf geht weiter, bis ich schweißgebadet aufwache. Aber seit jenem Tag in Åmosen habe ich keinen einzigen Alptraum dieser unschuldigen Sorte mehr gehabt. Denn hinter Metas Rücken erhob sich ein schwarzgrünes Ungeheuer mit häßlichem roten Mund, zwei leblosen weißen Augen und einem unbeschreiblichen Gestank nach Fäulnis. Ich sah Max das Kanu loslassen, das auf den Waldboden klatschte, und ich sah Meta sich umdrehen und das Sumpfmonster anstarren, das ihr direkt in die Augen blickte. Was Amalie tat, weiß ich nicht. Metas Gesicht öffnete sich, der Mund weitete sich zu einem lautlosen Schrei, bevor sie willenlos in Ohnmacht fiel und ihre schönen blauen Sandalen und die hübschen Söckchen im schwarzen Moorwasser landeten.

Die Zeit steht still. Die Geschichten, Abenteuer und Legenden von den Unterirdischen und ihren nächtlichen Festen tief in den Sümpfen, bei denen sie fortgelaufene Hunde fressen und dem Schlammkönig uneheliche Kinder opfern, sind nirgends nachzulesen. Sie gingen von Mund zu Mund, von Bettkante zu Bettkante, von Kind zu Kind und von Generation zu Generation. Erwachsene Menschen, die mit beiden Beinen fest auf der Erde stehen, haben sie sich zugeflüstert, und nicht zuletzt im Zimthaus haben sie eine Gestalt angenommen, die sich nach dem Verlauf des Jahres richtet und die vielen mystischen Vorkommnisse erklärt: Geräusche in der Nacht, Schreie in der Dämmerung, Rauchsäulen im Oktober, Knochen auf den Pfaden zu Mariä Lichtmeß und die unzähligen Fahndungen nach normalerweise anhänglichen Tieren, die den Sommer hindurch die Lokalzeitung füllen. Doch in meinem Kopf waren das bis zu diesem

Augenblick Gerüchte gewesen. Bis zu dieser Stunde der Wahrheit. Ein wirrer Strom flüchtiger Bilder rauschte durch mein Gehirn, alle die Stunden, die wir Dr. Denholms Vorträgen über das Natürliche in der Natur gelauscht hatten und den gereizten Zurechtweisungen meiner Mutter, wenn jemand von den Unterirdischen redete. Aber in diesen Sekunden kamen mir nur das Schweigen von Grande in den Sinn und der ewige Refrain meines Vaters, daß wir Menschen so wenig verstünden, und Oda Nielsens düsterer Aberglaube. All dieses war an das Viertel geknüpft, in dem wir wohnten. Und nicht zuletzt das Wüten Medusas.

»Ich bin es nur.«

Es dauerte einen Moment, bis Amalie als erste etwas sagte. Und das einzige, das sie sagte, war sein voller Name. Wie in aller Welt es ihm geglückt war, nicht nur die Wasserprobe zu überleben, sondern auch uns zu folgen, unter Wasser, konnte nur »okkultistisch« erklärt werden, wie Max feststellte.

Wir haben dem Biest natürlich nie verziehen, und die Gerüchte über seine Herkunft erhielten von nun an neue Nahrung. Otto Nielsen war ein Sumpfdämon, und machte er mit Medusa schon nicht gemeinsame Sache, so bestand doch irgendeine Verbindung. Der Gedanke, er und die Kobra seien ein und dasselbe Wesen, wurde zum ersten Mal von Meta ausgesprochen, während ihr Vater und Dr. Denholm sie am selben Abend ins Zimthaus trugen.

Und auf der langen Liste seiner geschmacklosen, unmenschlichen Taten konnte Otto Medusa Nielsen jetzt auch eine wochenlange Bettruhe der armen Cousine Meta vermerken, die nach eigener Aussage nie wieder dasselbe glückliche Mädchen sein würde wie zuvor.

Ich packe meine Sachen. Das geschieht nach einem festgelegten Muster. Aber zuerst schließe ich die Tür zum Flur, um mir nicht die Diskussion unten im Wohnzimmer anhören zu müssen, wo meine Mutter sagt, daß der Riß im Foto von Marilyn Monroe, das über der Kellertreppe hängt, von allein entstanden sein müsse, und daß sie das Weibsstück ohnehin keines Blickes würdige.

Es ist später Nachmittag. Ich öffne das Fenster und blicke in Denholms rechteckigen Garten hinunter, wo Frau Denholm in einem blauen Liegestuhl liegt und einen zitronengelben Bikini trägt. Auf dem Kopf hat sie einen schwarzen Strohhut und vor den Augen eine grüne Sonnenbrille mit herzförmigen Gläsern. Sie ist braun wie Josephine Baker. Aus der offenen Gartentür schallt wie immer die knisternde Stimme Enrico Carusos, der das beliebte Granada singt, soviel ich hören kann, durch einen Trichter. Und obwohl Caruso sehr erregt klingt, paßt das Lied gut zu der entspannten und abgeklärten Frau Denholm, die damit begonnen hat, ihre Zehennägel zu lackieren. Ich rolle meinen Schlafsack zusammen und fange an, Socken, wollene Unterhemden, die Taschenlampe und mein kleines Pfadfinderbeil in den Rucksack zu werfen. Meinen Eltern habe ich immer noch nichts von der Expedition erzählt. Ich will sie damit überraschen. Wenn man schon alles gepackt hat und reisefertig dasteht, ist es schwieriger für sie, nein zu sagen. Von der Treppe aus kann ich sie hören. »Ich werde dir sagen, was sie ist. Sie ist vulgär. Du hast einen vulgären Geschmack, Omaha. Es würde mich wirklich nicht wundern, wenn deine Leidenschaft für das Altertum auch einen perversen Hintergrund hätte.«

Ich ziehe in Erwägung, einen Erste-Hilfe-Kasten zu packen, gehe aber davon aus, daß Max das Notwendige dabeihat. Vor gar nicht langer Zeit vertraute er mir an, wenn es soweit käme, sei er in der Lage, eigenhändig eine Blinddarmoperation durchzuführen, jetzt, da er gelernt habe, den Äther auf das Milligramm genau zu dosieren. Ich werde mich immer an den Nachmittag erinnern, an dem ich ihm auf seinem Zimmer assistierte. Es ging um einen älteren Hamster, den er einem Klassenkameraden für wenig Geld abgekauft hatte, das Tier sollte wegen Verstopfung eingeschläfert werden. Wir trugen Gummischürzen und hatten Plastiktüten auf den Köpfen. Der Hamster lag auf Max' Schreibtisch unter seiner Architektenlampe, die aus gegebenem Anlaß mit einer 100-Watt-Birne ausgestattet worden war. Das Tier wurde nun mit Äther betäubt, mit Rasiercreme eingerieben und mit Herrn Denholms Rasiermesser geschoren. Max öffnete den Bauch mit einem Skalpell. Die Därme quollen heraus. »Das nenne ich eine Verstopfung!« rief er begeistert und drückte den Inhalt des Darmes blitzschnell über einem Stück Papier aus. Danach nähte er das Ganze wieder zusammen, und obwohl es etwas unbeholfen aussah, stellte er sich doch ganz geschickt mit dem grünen Draht an. Nach einer Viertelstunde hatte der Hamster alle viere von sich gestreckt und eine zwei Zentimeter lange Naht auf dem Bauch. Nach einer weiteren Stunde stellte Max seinen Tod fest und wiederholte, was er bereits früher über die Dosierung des Äthers gesagt hatte.

Sicherheitshalber nehme ich das Mückenöl und eine kleine Feldflasche mit. Obwohl die Insel mitten auf dem See und nur wenige hundert Meter vom Prinzessinnenpfad entfernt liegt, ist es eine richtige Expedition. Wir werden im neuen Vierpersonenzelt von Max übernachten, das über ein doppeltes Dach und einen festen Boden verfügt, und es kommt mir mehr als einmal in den Sinn, daß die Behörden Medusa nicht gefunden haben, die schreckliche Kobra, die immer noch im Gebiet zwischen Virum und Vangede ihr Unwesen treibt. Im Juli werden die Gerüchte über die Anzahl ihrer Opfer stärker und intensiver. So fahndet man den achten Tag nach einem pensionierten Oberlehrer, der zuletzt auf der Hauptstraße in Buddinge gesehen wurde, wo er mit Hut und Anzug bekleidet den Weg in Richtung Lyngby-Hauptstraße nahm. Auf der Titelseite der Lokalzeitung brachte man in der letzten Woche ein Foto des Verschwundenen in Verbindung mit seinem fünfundsiebzigsten Geburtstag. Die Überschrift lautete: »Ist Niels Andersen Medusa begegnet?«

Ich lege mein Taschenmesser in den Rucksack und gehe zur Fensterbank hinüber, von der aus ich sehen kann, wie Pastor Wolle den Mischling Franzjosef spazierenführt, der ungeniert an die Hecke der Asmussens pinkelt. Drüben bei Denholms ist die Platte mit Caruso zu Ende, und so kann ich Pastor Wolle leise ein Lied singen hören, das ich gut kenne. Und genau in dem Moment, in dem er mit seiner schwachen, aber klaren Stimme singt: »Es fahren immer Schiffe nach Dänemark zurück«, öffnet sich die Tür zu meinem Zimmer. Meine Mutter sieht nicht mich an und schon gar nicht Wolle, sondern meinen Vater, der mit einem durchgerissenen Foto dasteht, während sie ausruft: »Große, ordinäre Brüste sind das einzige, woran du denkst, Omaha, und ein Knallarsch, an dem du dich aufgeilen kannst!«

Mit einer hastigen Bewegung nimmt sie meinen Wäschekorb und knallt die Tür hinter sich zu. Ich schaue nach unten zu Pastor Wolle, der zu unserem Fenster hochstarrt. Sein Mund steht offen, und seine Arme hängen irgendwie anders als zuvor. Es ist so vieles an Pastor Wolle, das an ein Schaf erinnert, und ich sage das nicht, um mir auf seine Kosten einen Spaß zu machen. Ich glaube, es hat etwas mit Unschuld zu tun und mit den weißen Locken an den Schläfen. Gott sei Dank hat er einen sehr ungeduldigen Hund, der ihn von unserem Haus fortzieht. Und obwohl es so aussieht, als würde Pastor Wolle sich nur schwer losreißen können, sind sie doch schnell in Richtung Pfad verschwunden.

Wir essen schweigend. Ich spüre, daß sie keine Lust mehr haben, über das Thema zu reden, das, wie meine Mutter so oft sagt, ausdiskutiert sei. Nun folgt eine halbe Stunde völliger Stille, die von einem enormen Interesse an mir abgelöst wird. Darauf wartete ich schon, denn an diesem Abend habe ich Verwendung dafür. Mein Vater trägt die Teller mit Kaltschale hinaus und küßt mich auf den Kopf, als er an meinem Stuhl vorbeikommt. Das pflegt ein Zeichen dafür zu sein, daß wir uns Phase zwei nähern. Meine Mutter stellt die Kaffeetassen auf den Tisch und fragt, ob sie und ich eine Partie Dame und Mühle spielen sollen.

»Es ist an der Zeit, dir das Schachspielen beizubringen«, sagt mein Vater.

»Aber du möchtest vielleicht lieber mit hinunter nach Nybro und ein Eis essen«, lächelt meine Mutter.

»Als Junge war ich Schulmeister im Schach.« Mein Vater rückt seinen Stuhl dichter an meinen heran. »Das ist ein Spiel fürs Hirn, das Erinnerungsvermögen und strategisches Denken voraussetzt. Ein Kampf auf Leben und Tod.«

Meine Mutter lächelt zuckersüß: »Dein Vater kann sich kaum die Regeln von ›Mensch ärgere dich nicht‹ merken. Wenn du die Fahrräder rausstellst, können wir am See entlangfahren, Elliot. Mir ist jetzt danach, sofort ein Eis zu essen.«

»Jedes Jahr spielten wir gegen die Nachbarschule. Die hatte ein paar blitzgescheite Jungs, die an Turnieren teilnahmen, beinhart und eiskalt akzeptierten sie nie ein Remis, nur der Sieg zählte für die. Während des Finales war es totenstill in der Turnhalle. Auf der Tafel stand: Svend Erik Møller gegen Omaha Mortensen.«

»Wir haben darüber gesprochen, auf der Insel zu übernachten. Ich, Max, Ingeborg und Amalie.«

Sie starren mich an. Ich weiß, daß es jetzt darauf ankommt zu warten. Einer von beiden wird schließlich anfangen, wie beim Whist. Wenn meine Mutter das tut und ja sagt, sagt mein Vater sofort nein. Und umgekehrt. So ist es längst nicht immer, aber so ist es, wenn sie über ihr Lieblingsthema diskutiert haben. Doch es ist die umgekehrte Situation, die ich fürchte. Ein Nein meiner Mutter ist immer gleichbedeutend mit einem endgültigen Nein. Ich sehe, wie sie zögern und darauf warten, daß der andere beginnt.

»Ich zog weiß«, murmelte mein Vater, »und eröffnete mit dem Bauern. Eine traditionelle Eröffnung, doch ich hatte einen Plan.«

»Hat Max sich das ausgedacht?« Meine Mutter rührt im Kaffee.

Ich lege meine Worte auf die Goldwaage.

»Nein, das war Ingeborgs Vorschlag. Sie und Amalie haben es sicher nötig, ein bißchen aus dem Haus zu kommen.«

»Svend Erik war ein ausgebuffter Typ und schlug sofort zu.« Mein Vater lehnt sich erregt über den Tisch. »Das war eine Frage der Ehre, der Stolz der gesamten Lindevangschule hing von Omaha Mortensen ab. Dem Zorro des Schachspiels.«

Meine Mutter gafft ihn sprachlos an. Es ist ihm oft gelungen, sie inmitten des Grabenkriegs zum Lachen zu bringen, und das ist wirklich das Schlimmste, was passieren kann. Dann bekommt sie eine Stinkwut sowohl auf ihn als auch auf sich selbst, doch mein Vater weiß jetzt, daß er den entscheidenden Vorteil hat, und so ist es nicht mehr weit bis zur Versöhnung. Und in meiner Situation gleicht eine Versöhnung einer Katastrophe.

»Vielleicht hattet ihr wirklich Halbmasken auf«, murmelt meine Mutter, ohne die Zeichensprache zu benutzen.

»Der Zweikampf des Jahrhunderts ist im Gang.« Mein Vater steht geduckt da.

»Die Mädchen tun mir leid.« Meine Mutter schüttelt den Kopf und legt ihre Hand auf meine, als mein Vater, plötzlich, meinen anderen Arm packt: »Der weiße Springer geht zum Angriff über.«

Meine Mutter kneift die Augen zusammen und starrt ihn an. Ich beobachte meinen Vater. Ihre Verteidigung wackelt, und mein Vater, der am besten kalkuliert hat, sieht natürlich die Gelegenheit, den alles entscheidenden Stoß zu führen.

Der Zorro des Schachspiels. So etwas habe ich noch nie gehört.

»Omaha sitzt aufrecht auf seinem Stuhl und fixiert seinen durch und durch belanglosen Gegner Svend Erik. Der schwitzt und schielt verstohlen seine edlen Gegenspieler an. Omaha achtet nicht auf die zahlreichen Zuschauer, unter ihnen viele Mädchen der Nachbarschule, die atemlos ...«

»Nun brauchen wir ein bißchen frische Luft, Elliot.«

Ich nicke und sage: »Max hat ein neues Zelt bekommen mit fester Unterlage und doppeltem Dach.«

Jetzt sieht meine Mutter nur mich. Der Zorro des Schachspiels ist vollkommen unsichtbar geworden.

»Die ganze Verantwortung liegt jetzt auf euren Schultern. Ingeborg sieht von Tag zu Tag blasser aus.«

Ich spiele meine Taktik voll aus: »Ich habe gesehen, wie sich Frau Denholm ihre Zehennägel lackiert hat. Ihre Füße sind nicht halb so schön wie deine.«

»Elliot, mein Schatz.«

Mein Vater steht jetzt vor dem Tisch, und zwar mit einem Blumenstiel, den er schwingt wie einen Degen, während seine Hände heftig gestikulieren. »Da verschwand sein Läufer, jetzt machte ich mich zu einer Rochade bereit. Ein Überraschungsangriff ...«

»Ich dachte, Mama, daß du mir beim Packen helfen könntest. Damit ich die richtigen Sachen mitnehme.«

»Es wird kalt heute nacht, Schatz.«

»Wollene Unterhemden und Socken, solche Dinge, an die ich wahrscheinlich selbst keinen Gedanken verschwenden würde.«

Ich sehe Zorro an, daß er weiß, das Spiel ist beendet. Er spricht mit den fiebrigen Händen der Verzweiflung. »Ihr hättet sein Gesicht sehen sollen. Die Zuschauer jubelten. Die Lehrer geboten ihnen zu schweigen. Ich war kalt wie Eis. Im Takt wurde immer wieder Omahas Name gerufen, so daß man es bis nach draußen auf den Dalgas Boulevard hören konnte.«

Meine Mutter geht murmelnd in die Küche: »Niemand war da als dein Vater und der andere Strohkopf, der heute bei der Staatsbahn angestellt ist.«

Ich lächle meinen Vater an, der mit der Hand flach auf den Tisch schlägt: »Schachmatt! Der Sieg war mein.«

»Gut gemacht, Papa. So hast du also die Meisterschaft gewonnen.«

Er setzt sich langsam neben mich mit einem völlig anderen Ausdruck, jetzt, da meine Mutter verschwunden ist. Sein Gesicht wird konzentriert und ernst. Angeekelt schaut er mich an: »Du kleines, widerliches, berechnendes Luder.«

Ich mache ein freundliches Gesicht, suche die letzten Sachen zusammen und gehe zur Küchentür, wo ich mich umdrehe und ihm direkt in die Augen sehe: »Adios, Zorro«, winken meine Hände.

Als Max und ich Ingeborg und Amalie abholten, war es schon nach acht. Max saß mit seinen zwei neuen Paddeln, die er zum Geburtstag bekommen hatte, in einem der alten Korbstühle. Auf dem Kopf hatte er einen weißen Safarihelm, und um seinen Hals hing ein Kompaß, was ein bißchen übertrieben wirkte. Wie immer mußten wir eine ganze Weile länger warten, als verabredet war, bevor sie kamen. Ingeborg öffnete die Terrassentür. Sie trug eine kurze Wildlederjacke, die aussah, als wäre sie aus Ponyleder, und einen langen Rock aus Waschleder. Ihre Füße waren nackt. Doch es waren die Augen, die einem zuerst auffielen, denn Ingeborg hatte sich geschminkt, ja, nicht nur geschminkt, sie hatte sich um ihre hellen Augen herum pechschwarz angemalt und sah eigentlich ziemlich unheimlich aus. Hinter ihr kam Amalie, die einen großen grauen Rucksack und zwei Schlafsäcke schleppte. Ingeborg schaute in die Luft und murmelte irgend etwas über das trockene Wetter, das wir erwarten könnten. Dann holte sie Alf. Er saß in einer Art Fellsack, den Ingeborg vor dem Bauch trug. Max fragte geradeheraus, ob sie wirklich im Ernst vorhabe, den Kleinen mitzunehmen. Ingeborg ging an ihm vorbei, ohne zu antworten, und zehn Minuten später schob ich das Kanu ins ruhige Wasser. Amalie saß als diejenige, die am besten mit einem Paddel umgehen konnte, ganz hinten. Wir hielten direkt auf die Insel zu und legten zehn Minuten später an, nachdem wir uns zunächst einen Überblick über das Unbekannte verschafft hatten, wie Max es formulierte. Ingeborg erhob sich, fand die Balance in dem kleinen Fahrzeug und sagte sodann: »Während die Schatten länger werden und unsere Gesichter sich röten von der westlichen Sonne, errichten wir unser Tipi auf den Gebeinen unserer Vorfahren.«

Max und ich hatten das Zelt in ziemlich kurzer Zeit aufgebaut. Währenddessen ging Amalie mit Alf umher und zeigte ihm den See, den Wald, die Sonne und was weiß ich nicht alles. Ingeborg hatte ein großes, nach Schimmel riechendes Mückennetz ins Zelt geworfen und bat uns, es unter der Decke auszuspannen. Danach war sie auf die größte Trauerweide der Insel geklettert, wo sie sang: »Du alter, du freier, du felshoher Norden, du stiller, du freudenvoll schöner!«

Max sah mich an, während wir die Schlafsäcke auseinanderrollten.

»Bist du schon mal auf die Idee gekommen, Elliot, daß die vielleicht nicht ganz dicht sind?«

»Denkst du an Ingeborg und Amalie?«

Er schob sein Gesicht ganz nah an mich heran.

»Ich denke an alle, die ganze Familie.«

In diesem Moment kam Amalie mit Alf herein, der gewickelt werden sollte. Zum Glück war sein Magen wieder in Ordnung. Ich konnte es nicht lassen, Amalie dafür zu bewundern, wie sie mit ihm umging. Wie schnell es ging, und wie geschickt sie die Windel faltete.

»Große Eier«, murmelte Max, der ihre Arbeit mit genauso großem Interesse verfolgte wie ich. Amalie sah ihn fragend an.

»Alf hat große Hoden«, sagte Max unsicher. »Im Verhältnis zum Körper.«

Draußen im Baum sang Ingeborg: »Im Norden will ich leben, will ich sterben.«

»Alf sieht so aus, wie er aussieht«, sagte Amalie und legte den Kleinen zurück in seinen gefütterten Sack. Ich blickte ihn verstohlen an, während Max nach draußen ging, um nach den Zeltleinen zu schauen. Amalie sagte, sie wolle etwas Brennholz sammeln. »Du kannst inzwischen hierbleiben, Elliot«, sagte sie, »und auf Alf aufpassen.«

Ich hätte am liebsten protestiert, aber irgend etwas hielt mich zurück; vielleicht war es der Kleine, der hellwach dalag und mich mit seinen merkwürdigen Augen anglotzte. Seinen sehr erfahrenen, um nicht zu sagen alten Augen. Ich wurde von einer merkwürdigen Idee gepackt, während ich Max sagen hörte, er wolle das Kanu ganz an Land ziehen; Amalie antwortete mit einer Stimme, die sich vom Zelt entfernte. Ich beugte mich über Alf, der mich abwartend ansah. Er roch herrlich, seine Wangen waren rund und mit einem ganz feinen Flaum bewachsen. Er sah gesund aus. Blitzschnell küßte ich ihn auf die Wange. Er bewegte sich nicht, sondern sah mich unverwandt an. »Ich bin es, Elliot«, flüsterte ich, »dein treuer Freund und Beschützer. Du brauchst nichts zu sagen, ich sehe, daß du jedes einzelne Wort verstehst.« Vorsichtig öffnete ich seine Faust und steckte meinen kleinen Finger zwischen seine Fingerchen, die sich rasch um ihre Beute schlossen. Der Ausdruck in seinen großen, jetzt ganz dunklen Augen wurde verschlossener. Und plötzlich zuckte es in seinem Arm. Bevor ich es verhindern konnte, saugte er an meinem kleinen Finger. Er hatte einen unglaublichen Zug. »Verflixt noch mal, Alf«, flüsterte ich, »verflixt noch mal.« Ich entzog ihm meine Hand und legte mich an seine Seite, so daß wir Nasenspitze an Nasenspitze lagen. Ich hatte bemerkt, daß er fast nie blinzelte. Und so bekam ich diesen Einfall, diese merkwürdige Idee. »Alf?« fragte ich und sah ihm mitten ins Gesicht, »Alf, ich weiß, daß du weißt, wer du bist. Ich kann es dir ansehen. Antworte mir, wenn du kannst, bist du schon mal in Afrika gewesen? Auf dem Gipfel des Kilimandscharo?«

Ohne seinen Ausdruck zu verändern oder die Blickrichtung zu wechseln, spuckte er mir eine molkeartige Flüssigkeit ins Gesicht, die nach saurer Buttermilch roch. Ich sprang auf und wischte mir mit meinem Taschentuch die Sauerei aus dem Gesicht, als mir plötzlich klar wurde, daß Alf ja auf die Art geantwortet hatte, die ihm zur Verfügung stand. Ich beugte mich über ihn und sah, wie seine Augen sich abdunkelten. »Alf«, flüsterte ich, »Alf ...«

Er schlief tief und fest.

Später teilte Ingeborg ihre kleinen Gläser aus, die sie mit braunem Curaçao füllte (Pomeranzenschale, Zimt, Muskatblüte und Zucker läßt man vierzehn Tage lang in einem Liter Wodka ziehen). Amalie war immer noch draußen, um Brennholz zu sammeln, und Ingeborg sagte, daß sie heute morgen einen Brief von ihrer Mutter aus Bad Schandau bekommen hätten, in dem sie ihre Töchter bat, den lieben Elliot und seine Eltern zu grüßen. Kein Wort von Max.

»Grande besucht sie im August.« Ingeborg öffnete den grauen Rucksack und holte die Bibel hervor, als der Zeltvorhang zur Seite geschlagen wurde. Amalie sah mit brennendem Blick zu uns herein. Alle Farbe war aus ihrem gegerbten Gesicht gewichen.

»Ich sammelte gerade Brennholz«, sagte sie heiser, »drüben auf der anderen Seite der Insel ...«

»Ja«, sagte Max und schob seine Beine in den Schlafsack.

Amalie blickte jetzt nicht mehr Ingeborg, sondern mich an. Sie sah aus wie Geronimo.

»Da fand ich das hier.« Sie warf etwas ins Zelt hinein, das ich zuerst für einen Streifen Pergament hielt, das aber bei näherem Hinsehen mit einem feinen graugelben Muster versehen war. Das Licht im Zelt kam von der schwarzen Eisenleuchte an der Decke und den letzten Strahlen der Sonne, aber es war wohl die Reaktion von Max, die mich am meisten beunruhigte. Nachdem er das, was wir für Papier hielten, berührt hatte, sprang er ganz in seinen Schlafsack hinein. Ingeborg nahm die Leuchte vom Haken und betrachtete ruhig ihre Schwester, die nur ein Wort sagte: »Häutung.«

Die Wahrheit kam tröpfchenweise zu mir, doch bevor sie sich zu einem Wort sammeln konnte, sagte Ingeborg: »Medusa!« Damit war der Groschen gefallen.

Eine ganze Welle war es vollkommen still im Zelt, bevor Max aus seinem Schlafsack heraus sagte, daß die Schlange also auf der Insel wäre. Das sei nicht sicher, entgegnete Amalie. Es wäre schließlich möglich, daß sie nur auf die Insel gekommen sei, um sich zu häuten und dann wieder zum Festland zurückzukehren. Ingeborg befühlte die Schlangenhaut, die fast ausschließlich aus großen Schuppen bestand. »Ein ganz schöner Brocken«, sagte sie, »mindestens zwanzig Zentimeter Umfang.«

»Es besteht noch eine andere Möglichkeit«, sagte Max und machte den Reißverschluß seines Schlafsacks bis zum Hals zu.

Wir schauten ihn fragend an.

»Daß nämlich ... äh, daß ... nämlich ...«

»Daß was, Max Denholm?« fragte Ingeborg.

Max öffnete und schloß den Mund wie ein Fisch auf

dem Trockenen und machte Stielaugen. Er tat mir unwillkürlich leid, als Amalie ihm wie aus heiterem Himmel eine knallte. Das veränderte ihn vollkommen. Zuerst sah er sie mit rasendem Blick an, dann entspannte er sich völlig und faßte sich an die Wange. Ingeborg wiederholte ruhig ihre Frage, und Max antwortete, jetzt ganz ohne zu stottern: »Daß sie vielleicht Eier gelegt hat.«

Amalie nickte und murmelte, das wäre schließlich eine Möglichkeit. Ingeborg hingegen sagte, ihre Großmutter, Grande, habe ihr erzählt, daß längst nicht alle Schlangen schwimmen könnten, und so große Schlangen wie Medusa würden sich genausowenig im Wasser bewegen wie sie hören könnten. Es ging nämlich das Gerücht um, Medusa werde vom Weinen der Säuglinge angelockt. »Völliger Quatsch«, hatte Grande festgestellt, Schlangen seien schließlich taub.

»Aber wenn Medusa nicht schwimmen kann, wie ist sie dann hierher gekommen?« fragte Max.

Ich betrachtete Ingeborg, deren schwarzumrandete Augen plötzlich etwas Träumerisches und Abwesendes angenommen hatten. Amalie fragte, ob etwas nicht in Ordnung sei, und Ingeborg antwortete, daß wir nicht mehr zu suchen brauchten. Max fragte, was zum Teufel das heißen solle.

Ingeborg bat ihre Schwester, den Zeltvorhang zu schließen, und stellte die Eisenlampe zwischen uns. »Habt ihr vergessen, was heute schon passiert ist? Habt ihr vergessen, daß ihr meiner Tanzstunde beigewohnt habt?«

Wir antworteten, das hätten wir nicht vergessen.

»Der Tag begann mit drückender Hitze«, sagte sie leise, während sie mit halbgeschlossenen Augen ihre Schwester ansah, »wie im Lande Siam, wo die Papayas und die Mangos wachsen und wo puderfarbene Pelikane umherwandern zwischen ...«

»Ingeborg!« unterbrach Amalie ihre Schwester, die bestätigend nickte und fortfuhr: »Wir waren auf dem Dachboden, Elliot, Max und ich, als ein fürchterliches Unwetter losbrach. Es regnete eine halbe Stunde lang. Wir lagen beim runden Fenster mit Großvaters ausziehbarem Fernglas, du weißt doch, das, was er in Swasiland von Sir Theobald bekommen hat.«

»Und weiter?« rief Max.

Ingeborg sah ihn mit mildem Tadel an: »Würdest du so nett sein und etwas leiser sprechen?« flüsterte sie. »Alf schläft.«

In diesem Moment ging mir ein Licht auf

»Otto«, sagte ich. »Otto Nielsen.«

Ingeborg nickte und klopfte mir sanft auf die Schultern. Max hingegen starrte vor sich hin. »Zum Teufel«, stöhnte er. »Zum Teufel noch mal.«

Jetzt stemmte Amalie die Hände in die Hüften. »Einen Moment«, sagte sie. »Ihr habt also Otto gesehen?«

»Er war hier draußen«, sagte Max, »hier auf der Insel, während es in Strömen regnete. Und was glaubst du, was er gemacht hat?«

»Erzähl es mir, Max Denholm«, sagte Amalie und blickte ihre Schwester an, die ohne die Stimme zu heben sagte, daß Otto selbstverständlich auf der Insel war, um sich zu häuten.

Zwei Tage später hatte ich einen sonderbaren Traum, der nichts, wie man hätte erwarten können, mit Schlangen, Halbmenschen oder Häutungen zu tun hatte. Auf eine seltsame Weise vielleicht doch mit dem letzteren.

Ich gehe früh ins Bett, nicht weil ich müde bin, sondern weil ich es gern habe, einfach dazuliegen und die von der Sonne und durchs Waschen ausgebleichten Sommergardinen zu betrachten. Früher einmal waren sie leuchtend gelb mit kleinen roten Blumen, doch jetzt sind sie hell wie Pudding mit kleinen klatschmohnfarbenen Flecken. Das Fenster steht offen, es ist neun Uhr, der Abend ist hell, und ich weiß ganz genau, wie der See jetzt aussieht. Es duftet nach frischgemähtem Gras, und ich habe meinem Vater genau in dem Moment Gute Nacht gesagt (meine Mutter ist bei der Arbeit), als Dr. Denholm den Rasen im Garten fertiggemäht hatte. Seine Frau sang ein Duett mit Aksel Schiøtz im Badezimmer des ersten Stocks: »Ich schau dir in die Augen / sie werden warm und weich / dann ruhe ich in ihrem Sinn / in ihrer warmen Arme Reich / Prinzessin Tove von Dänemark.« Jetzt ist es endlich ruhig, und die Amsel kann es sich auf dem Dach des Zimthauses bequem machen, um die untergehende Sonne zu besingen. Es duftet nach Kaffee und gebratener Scholle mit Petersilie. Alles ist in bester Ordnung. Rasch wird der Amselgesang vom regelmäßigen Klappern der Schreibmaschine meines Vaters abgelöst, das mich in den Schlaf hämmern wird, als läge ich in meinem Schlafwagen auf dem Weg nach Isfahan, mit dem Ohr an der harten Matratze und dem rhythmischen Hämmern der Räder über den staubigen Schwellen des Orients. Ich schließe die Augen und denke kurz an meine Mutter, die in ihren weißen Holzschuhen umgeben ist von dem Geruch abgeschnittener, verfaulter Blumen und einem ewigen Winter in den säuerlich miefenden Waschräumen. Mein Vater dagegen befindet sich in Kairo und raucht eine Zigarette mit grünem Tabak, der eingewickelt ist in graues Papier. Die Glut schwelt in der Dunkelheit. Schwarz wie ein Loch ist die Nacht in Arabien. Der Traum beginnt mit einer Gardine, einer leichten Gardine, die in der Brise tanzt, der

Brise, die vom Meer herüberkommt. Ich schlage die Augen auf, atme tief ein und merke, wie das Blut in meinen Adern pulsiert. Alles ist von einer bestimmten Farbe, in der ich die Farbe einer Zeltplane wiedererkenne. Mit anderen Worten – ich liege in dem Zelt von Max, unter einem Mückennetz von der Form eines Spinnengewebes. Bis jetzt ist alles gut. Bis ein großes Gesicht über die Plane gleitet. Wie der Schatten eines Eisbergs. Erst die mächtige Stirn, dann die dunklen Brauen und zum Schluß alles andere. Die Lippen formen einen Namen, aber der Laut muß weite Ebenen und brausende Ozeane überqueren, sich über alle Berge erstrecken. Ein Name. Der große Mund flüstert einen Namen. Ist es meiner? Ich sitze auf den Schultern des Riesen. Wir pflügen durch die Wellen, über das Meer und durch die Brandung, aber das Wasser reicht dem Riesen nur bis zu den Hüften, und auf einem großen, flachen, trockenen und vor allem warmen Kontinent gehen wir an Land und erreichen einen kolossalen Berg von der Form eines Kegels, mit ewigem Schnee auf dem Gipfel. Es geht bergauf, wird wärmer und wärmer, bevor wir auf dem Gipfel stehen, wo der Mund endlich die Stimme findet, die einen Namen ausspricht: »Alf ... Alf ... Alf ... mein Sohn ...«

Ich versuche zu sprechen, merke aber, daß dies unmöglich ist. Jetzt sitze ich dem Riesen auf der Brust, der seinen großen Mund öffnet und lacht. Wir lachen beide, doch nur der Wind ist zu hören, der Wind und der Rasenmäher. Und plötzlich kippen wir. Die Welt kentert. Wir treiben. Nein, wir fallen. Der Himmel dreht sich im offenen Blick des Riesen, bevor wir mit einem dröhnenden Geräusch, das Afrikas Erdkruste erzittern läßt, landen.

Ich liege auf dem Bauch in meinem Bett. Der Tag ist

zurückgekehrt. Aber ein Teil des Lichts ist verschwunden. Unter mir hallen die Schwellen wie zuvor, und am Fenster sind die Gardinen zur Ruhe gekommen. Ich stehe auf, gehe dorthin und schaue zum Zimthaus hinüber, wo alle Fenster geschlossen sind.

Aber vielleicht sind die zum Garten geöffnet, auch das Fenster des kleinen Alf. Er, der mir den bösen Traum bescherte. Und ich, der ihn auf sich genommen hat. Vielleicht kann ich ihm eines Tages zu einem sorglosen Fabeltier verhelfen, dessen einzige Aufgabe es ist, auf den Ebenen Persiens Staubwolken aufzuwirbeln, während sein Reiter mit der Hand unter dem Kopf wie hingegossen daliegt und glücklich das blasse Segel des Mondes anlächelt.

## *Achtes Kapitel*

Max ist in die Ferien gefahren. Nach Wien. Ich habe eine Postkarte von ihm bekommen mit einem großen Riesenrad, das sich irgendwo in einem Garten befindet, den man Prater nennt. »Jeden Tag gehen wir im Wienerwald spazieren und erweitern unseren Horizont.« Er fügt hinzu, daß er sein ganzes Feriengeld für ein Instrument zur Untersuchung des Mastdarms ausgegeben hat. Mir graut ein bißchen vor seiner Rückkehr. Wir sitzen unten bei Frau Wolle; Amalie, Ingeborg und ich. Dienstags und donnerstags gehen wir hierher zum Klavierunterricht, und am Dienstag sitzen wir eine halbe Stunde lang da und lauschen den Tönen, die aus ihrem alten Plattenspieler erklingen. Das Licht im Unterrichtszimmer ist braun wie Sirup, wir kleben an den Stühlen und blicken in den trockenen Rachen des Flügels, und ich hoffe, ich werde eines Tages den Mut finden, ihn mal richtig zuzuknallen. Nur ein einziges Mal, mit einem ordentlichen Krachen, das die Luft reinigt. Draußen vor den Fenstern hat der Sommer sich sattgegessen und döst schwer und unbeweglich vor sich hin. Als sei all das Grün zu schwer für seine Hülle geworden. Der Sommer scheint dieses Jahr nicht zu Ende zu gehen. Bei Frau Wolle duftet es süßlich nach »Stimmenfeger« und nicht gerade wenig nach Franzjosef, der vorne und hinten gleich riecht. Ich weiß nicht, was sie ihm zu essen geben. Es kommt vor, daß Frau Wolle und Ingeborg einen Walzer tanzen. Vom Brief aus Wien inspiriert, sausen sie mit steifen Nacken und gehobenen Ellbogen über das abgenutzte Parkett. Man kann sie nur bewundern. Amalie, glaube ich, interessiert das nicht; sie sitzt da und starrt Pastor Wolle an, der gerade Pflaumen pflückt. Er hat eine neue Leiter bekommen. Wir gehen nur jeden zweiten Sonntag in die Kirche, teils, weil mein Vater nicht versteht, was gesagt wird, teils, weil meine Mutter sonntags ausschlafen will. Manchmal holen Ingeborg und Amalie mich ab. Dann radeln wir mit Frau Denholm hinunter in die Stadt, wo wir uns mit Oda Nielsen treffen. Ihren Mann, den Schmied, hat sie nie dabei. Und auch nicht Otto. Frau Nielsen hat Pastor Wolle sehr gern und sagt, daß er mehr und mehr Gott gleiche. »Das kann auch daran liegen, daß er genauso ungeschickt ist«, sagt Feodora Denholm.

»Heute«, sagt Frau Wolle, »werden wir uns eine Oper anhören. Ich habe die Schallplatte von meiner Schwester in Slangerup ausgeliehen. ›Rigoletto‹. Guiseppe Verdi wurde 1813 irgendwo in Italien geboren. Ist schon mal jemand von euch auf der Insel Capri gewesen? Nein? Oh, das ist der romantischste Ort auf Erden. Laßt uns Rigoletto hören und dabei Dias anschauen.«

Wir kennen schon sämtliche Dias der Familie Wolle, auch die von der Konfirmation der Tochter, bei der Pastor Wolle an Krücken ging, nachdem er auf der Kanzel gestolpert war. Ich rolle das Verlängerungskabel auseinander, während Amalie die Leinwand aufstellt. Unterdessen setzen die Trompeten und Pauken zur dramatischen Ouvertüre an.

Auf der genoppten Wand erscheint das erste Bild von Frau Wolle im Hafen von Sorrento. In der Hand hat sie einen Sonnenschirm. Sie trägt einen geblümten Rock und dieselben Sandalen wie ihr Mann.

Beim Tenor stellt sie lauter. Ingeborg schließt die Augen, während Amalie mich in die Seite piekst. Ich folge heimlich ihrem Blick, der sich auf Pastor Wolle richtet, der unbeholfen in dem hohen Pflaumenbaum hängt. Er liebt seinen Garten wirklich, und vor allem seine Obstbäume. Zunächst könnte man glauben, er wolle eine Frucht mit den Füßen pflücken, aber wenn ich es mir näher betrachte, dann hängt er doch ungeschickter da, als es seine Absicht sein könnte. Warum sollte er das Obst auch mit den Füßen pflücken?

»Jetzt singt der Herzog«, sagt Frau Wolle und wechselt das Dia. Ein überbelichtetes Panaroma, das wir schon oft gesehen haben, vermutlich von einem Olivenhain. Pastor Wolle steht unter einem kleinen Baum. Sind es Zitronen, die an seinen Ästen hängen? Er gleicht einem glücklichen Mann.

Wir sehen auch ein Bild von Frau Wolle im Radiosender. Es stammt aus der Zeit, in der sie das Land mit ihrer goldenen Stimme verzauberte. Ingeborg hat einmal die Tonbandaufzeichnung eines Vormittagsprogramms gehört und kann Frau Wolles Stimme wortgetreu wiedergeben: »Neun, null, null und die Null. Und hier die Fischereinotizen: Kabeljau, acht ...«

Durch das Fenster sehe ich, daß es ihrem Mann geglückt ist, sich näher an den Stamm heranzuhangeln, dafür hängt er jetzt mit dem Kopf nach unten.

Seine Frau nimmt einen Schluck »Stimmenfeger« direkt aus der Flasche, summt die Musik mit, wechselt ein Dia und ergreift Ingeborgs Hand. Ich denke an Max in Österreich und seine viel zu kleine Lederhose, als sie zum Flughafen fuhren. Max war vorher schon dreimal geflogen. Zweimal im Inland und einmal nach Stockholm. Er sagt, die Landung sei das schlimmste. Mein Vater sagt, wenn wir eines Tages nach Kairo oder Luxor reisen, dann wird es mit dem Flugzeug sein. Meine Mutter fragt, ob wir sie in diesem Fall nicht am Gardasee absetzen könnten. »Der Nil, meine Geliebte ...«, sagt mein

Vater und küßt ihre Hand, »Tor nach Afrika, das Tal der Könige, die Cheopspyramide, Elliot mit einem Fes. Das Geheimnis des Sternenhimmels, Omahas epochemachende Entdeckung. Die Erleuchtung von Cheops.«

»Mir wäre es lieber, dein Kleber würde endlich eintrocknen, und mit deinen Einkünften, Omaha Mortensen, können wir uns kaum die Fähre von Hundested nach Grenå leisten.«

Pastor Wolle gleitet die Leiter aus der Hand, die einen Augenblick in der Luft steht, bevor sie langsam unter ihm verschwindet.

»Anacapri«, sagt Frau Wolle mit einem Lächeln, als es ihrem Mann gelingt, sich mit dem rechten Absatz an einem etwas dickeren Zweig festzuhaken. Er hängt wie ein Zirkusartist an den Kniekehlen und rudert gewaltig, aber rhythmisch mit den Armen. Das sieht eindrucksvoll aus, würde aber vielleicht die Wirkung der Zirkusnummer beeinträchtigen.

»Die Gräfin Ceprano«, sagt Frau Wolle und lächelt entrückt. Amalie schaut auf ihre große, klotzige Armbanduhr, die ein Erbstück ihres Großvaters ist. »Wir sollen nach Hause kommen, um uns malen zu lassen«, flüstert sie mir zu, »von Onkel Harry. Bevor Grande abreist. Ich hasse es.«

»Porträts?« frage ich.

Sie nickt. »In roten, violetten und weißen Tönen. Genau wie bei Wolle.«

Ich sehe in den Garten hinaus, wo der Anblick Pastor Wolles tatsächlich genau diese Farbzusammenstellung bietet. Unter ihm, im Schatten, hat sich sein Hund niedergelassen, der merkwürdige Franzjosef, der ohne Vorwarnung manchmal zu beißen anfängt, nicht nur den Briefträger, sondern auch Freunde des Hauses. Pastor Wolle zufolge, den die Manieren des Hundes natürlich beunruhigen, sind es vor allem die Pfadfinder, auf die er es abgesehen hat. Im letzten Herbst richtete er einen Trommler übel zu. Die Lokalzeitung veröffentlichte anschließend die Narben des Jungen samt einem Foto des Hundes in Lebensgröße. Ärgerlich für Pastor Wolle, und eine Schande für den Pfarrhof. Jetzt sitzt er unter dem Baum und kratzt sich. Tatsächlich sieht es so aus, als würde Wolle erregt auf ihn einreden. Aber es ist fraglich, ob sich die Bestie darum schert.

Unterdessen singt seine Frau Gildas berühmte Arie mit und tanzt entrückt einen Walzer, die Flasche mit dem »Stimmenfeger« an ihre Wange geschmiegt. Ich frage Amalie, für wie alt sie Wolle hält. Sie schätzt ihn auf siebzig. Ingeborg flüstert der Pfarrersfrau etwas zu, die ihre Lieblingsschülerin lächelnd auf die Stirn küßt und die Platte vom Grammophon nimmt. Und das inmitten von Gildas höchsten Tönen, die sich wie Rufe anhören. Frau Wolle sieht sich verwundert die Grammophonnadel an und hält ihr Ohr an den Lautsprecher: »Ich kann immer noch Gildas hohe Stimme vernehmen«, sagt sie. »Es hört sich wirklich so an, als käme sie aus dem Garten. Wie merkwürdig.«

Ingeborg steckt ihre und Amalies Blockflöte ins Futteral. Wir danken, und Frau Wolle bittet uns, Max Denholm zu grüßen. Ingeborg sagt, sie und Amalie hätten es ein bißchen eilig. Wir hasten in Richtung Pfad.

Immer, wenn wir die Schienen überqueren, reden wir vom Gespensterzug. Ingeborg ist die einzige, die ihn gesehen hat. Die Geschichte stammt von Tante Kisser, die sie von ihrer Mutter erzählt bekam. Aber Oda Nielsen, Ottos Großmutter, kennt die Geschichte auch. Sie sollte also einiges hergeben. Der Gespensterzug richtet sich natürlich nach keinem Fahrplan. Nach keinem, den wir kennen. Zum Glück fährt er nur sehr selten. Er ist blau wie Zigarrenrauch und hält niemals an den bekannten Stationen. Kurz vor dem Morgengrauen kann man ihn sehen, und der Unglückliche, der sich zu dieser Zeit an den Bahnschienen aufhält, muß sich in sein Schicksal ergeben. Der Zug hält dann an, und eine kleine blaue Treppe mit drei Stufen streckt sich den Füßen entgegen. Man hat keine Wahl. Man ist gezwungen einzusteigen, um niemals zurückzukehren. Es wird behauptet, der Gespensterzug verursache ein eigentümliches Geräusch, ein heiseres Flöten, das einem durch Mark und Bein fährt. Aus diesem Grund hasten wir immer über die Schienen, auch wenn es spät am Nachmittag ist. Tante Kisser kennt viele Geschichten dieser Art. Ansonsten spricht sie nicht viel, abgesehen von dem, was wir »Steigerung« nennen. Bekanntlich kann man ja gewisse Wörter steigern, in drei verschiedenen Graden. Tante Kisser hat ihre eigenen Steigerungen, und die bestehen bei ihr aus ganzen Sätzen, die laut Ingeborg ihre Lebensphilosphie ausmachen. Besonders wenn die Rede auf den Lauf des Lebens und die Unvorhersehbarkeit des Schicksals kommt: »Das ging ja noch mal gut« ist ein fast alltäglicher Kommentar und der erste Grad des etwas geheimnisvolleren »Dazu sage ich nichts«, was oft nur ein Vorläufer ist für das absolute »Da hört sich doch alles auf«. Man sagt, daß sie Gelegenheit zu allen drei Kommentaren hatte, als sie Alf das erste Mal zu Gesicht bekam.

Wir laufen den See in Richtung Åmosen entlang, und eine Viertelstunde später verschwinden die Mädchen in der grünen Wildnis, die zu dieser Jahreszeit den Großteil des Zimthauses verdeckt. Jetzt sollen sie in Rot, Lila und Weiß verewigt werden. Ich sehe Pastor Wolle vor mir, den Kopf nach unten.

Imponierende Stärke. Wir essen Frikadellen mit Weißkohl. Ich vermisse Max immer, wenn er in den Ferien ist. Um die Wahrheit zu sagen, vermisse ich am meisten den Alltag, die Routine und den täglichen Trott. Wir fahren nie in die Ferien, zum Ausgleich unternimmt mein Vater mit mir Fahrradtouren in die Sumpfgebiete von Utterslev und Vaserne, und im August wollen wir auf den Tierparkhügel. Im letzten Jahr konnten wir uns sogar einen Ausflug mit der Fähre Grenå-Hundested leisten. Wir saßen an Deck und aßen Eis. Auf der Hin- und Rückfahrt. »Stell dir vor, wir sind auf dem Weg nach Havanna«, sagte mein Vater. Und das taten wir. Ich weiß nicht, ob ich mich malen lassen würde. Zum einen muß man ja stillsitzen, sogar ziemlich lange. Und zum anderen ist nicht gesagt, daß das Bild einem auch gleicht. Drüben im Zimthaus hängen zwei Gemälde, die Onkel Harry gemalt hat. Das eine zeigt Frau Asmussen und heißt »Pfiffiger Badesteg mit Tulpen«. Frau Asmussens Nase ist mit den Tulpen verwachsen, und ein Auge befindet sich auf ihrem Finger. Onkel Harry sagt, das sähe nicht aus wie seine Schwägerin, das *sei* sie.

Das andere ist ein großformatiges Ölgemälde von Grande, die an der Nordseite des Hauses steht und irgend etwas anstarrt, das sich außerhalb des Bildes befindet. Dieses Bild ist genauso merkwürdig, aber man erkennt doch, daß sie es ist. Vor allem an den Händen, die riesengroß sind und aussehen wie Flüsse, auf denen kleine Raddampfer hin und her schaukeln. Grandes Haare sind grün wie die Fensterläden des Hauses und füllen fast das ganze Bild aus. Ein Urwald mit Pinseläffchen und limonenfarbenen Geckos, Wellensittichen und gemusterten Schlangen. Das Gemälde hängt an einer bestimmten Wand im Eßzimmer. Meist liegt es im Dunkel des Zimmers verborgen, und Ingeborg behauptet, es käme am besten im Februar zur Geltung, etwa um Mariä Lichtmeß, wenn der Winter seinem Ende entgegengeht und die Sonne ziemlich tief steht. Dann fließt das Wasser mit den Raddampfern, ihre Haare beginnen zu wachsen, und in den Gummibäumen leuchten die Geckos wie Limonen und die Schnecken wie Aprikosen.

Nachdem wir abgewaschen hatten, winkte ich meiner Mutter zum Abschied und ging ins Zimthaus hinüber. Es ist ein ganz schön weiter Weg von der Sankt-Laurentius-Allee bis zum Kreiskrankenhaus von Gentofte, wenn man wie sie mit einem Fahrrad ohne Gangschaltung fährt.

Grande saß in dem Thronsessel, die Mädchen standen zu beiden Seiten neben ihr. Ich verhielt mich mucksmäuschenstill, um sie nicht zu stören. Aber Grande sagte: »Komm rein, mein Junge, und sieh, wie wir verschwinden.«

Man versteht nicht immer, was sie meint. Amalie trug ein rotes, hochgeschlossenes Kleid und Ingeborg ein cremefarbenes mit Spitzen. Grande hatte ein dunkelviolettes, sehr enganliegendes Ballkleid angezogen; am Hals hing ein großer Edelstein. Im Haar saß ein schimmerndes Diadem. Ich lächelte ihr unterwürfig zu, bekam aber nur einen geringschätzigen Blick zurück. Onkel Harry trug eine Schürze. Und seine Malerkappe mit der orangefarbenen Troddel. Auch Meta war anwesend. Sie las eine Frauenzeitschrift und war im Morgenrock. Aus der Küche konnte ich Oda Nielsen und Tante Kisser über den schrecklichen Keuchhusten reden hören. Tante Kisser sagte, in diesem Jahr werde er viele Kinder das Leben kosten. Auf Onkel Harrys Leinwand waren nur eine Menge Striche zu sehen. Er arbeitete in großer Erregung und mit enormem Tempo, als sei er wütend auf seine Farben. Ich wußte, daß er sich mit Ottos Großvater zerstritten hatte, der normalerweise sehr schweigsam war. Aber Harry hat ihn beinahe gezwungen, etwas über sein letztes abstraktes Gemälde von Mittsommer zu äußern, das »Chaos im Himmel mit Apfelsinen« hieß. Ottos Großvater hatte gesagt, er verstehe nichts von Malerei, aber Harry war an der aufrichtigen Meinung des einfachen Mannes interessiert gewesen, und zum Schluß hatte der Schmied gesagt, daß er so einen Scheiß nicht mehr gesehen hätte, seit man die Gefängnisinsassen die Mauern in Vridsløse habe ausschmücken lassen.

Modell zu sitzen erfordert Zeit. Viele Tage. Nach einer Stunde bekamen Ingeborg und Amalie frei. Wir gingen hinunter zum Badesteg.

»Dieser Sommer«, sagte ich, »hört nicht auf. Nicht vor Oktober.« Es war nun so spät im Juli, daß die meisten Mücken verschwunden waren. Ingeborg sah Amalie eindringlich an und fragte ihre Schwester, ob sie es mir erzählen sollten. Ich ahnte nicht, wovon die Rede war. Sie sagten, daß Grande zu ihrer Mutter nach Bad Schandau reisen wollte. Das wußte ich bereits. »Es geschieht ja nicht oft, daß Großmutter wegfährt«, fuhr Amalie fort, »aber immer wenn sie es tut, ereignen sich merkwürdige Dinge. In den Tagen zuvor.«

Ich wollte gerade sagen, daß, soweit ich zurückdenken konnte – und das galt sicher auch für meine Eltern –, stets merkwürdige Dinge im Zimthaus vorgefallen waren. Dennoch glückte es ihnen immer wieder, einen zu verblüffen. So auch diesmal.

»Jedesmal, wenn Großmutter ins Ausland reisen will, kehrt mein Großvater zurück«, seufzte Ingeborg.

Ich starrte sie an. Sie zuckte bedauernd mit den Schultern. »Das hat einen ganz schönen Wirbel gegeben. Tante

Kisser hat sich eingeschlossen, und Meta ist natürlich völlig durcheinander, aber ich glaube, am schlimmsten ist es für Grande.«

»Warum das?« fragte ich und beobachtete die letzten Strahlen der Sonne, die einen Kajak beleuchteten, der mit ruhigem Tempo auf Bagsværd zusteuerte.

Amalie antwortete: »Die meiste Zeit ihres gemeinsamen Lebens war Großvater auf Reisen. Er war es auch, als sie unseren Vater bekam. Die Welt ist schließlich voll von Gewürzen. Und als er schließlich nach Hause zurückkehrte, starb er kurze Zeit darauf. Und nun zeigt er sich, sobald Grande nur nach Malmö fährt.«

Ich fragte, ob das so zu verstehen sei, daß der alte Winston sich praktisch die ganze Zeit über im Zimthaus aufhielte und nur zum Vorschein käme, sobald seine Frau aus der Tür sei.

Ingeborg sah mich freundlich lächelnd an: »Großvater ist immer da«, flüsterte sie. »Er hat uns nie verlassen. Und eines Tages wird auch Vater zurückkommen. Da bin ich ganz sicher.«

Ich fragte so gleichgültig wie möglich, ob jemand von ihnen den Zurückgekehrten schon einmal gesehen habe. Ingeborg antwortete, das hätten sie beide. Mehrere Male.

Ich nickte, als sei das das Natürlichste auf der Welt. Ingeborg faltete die Hände und legte ihren Kopf etwas zur Seite: »Das erstemal war ich so glücklich. Ich war wohl nicht älter als fünf Jahre. Es war im Winter, und wir hatten Fliedertee getrunken. Ich stand auf, um zur Toilette zu gehen. Er kniete auf dem Treppenabsatz und war dabei, die letzte Stufe abzuschleifen, die sich mehr gehoben hatte als die anderen. Ich erkannte ihn sofort. Er sah wie auf den Bildern aus. Genau so. Ein anderes

Mal war er in seinem Zimmer, saß an dem runden Tisch und las in den alten Logbüchern. Es war bitterkalt, und er hatte fingerlose Handschuhe an. Ich glaube, es war kurz vor Weihnachten. – ›Großvater‹, sagte ich, aber er setzte einfach seine Arbeit fort.«

»Heißt das etwa, daß euer Großvater immer noch ein Zimmer bei euch im Haus hat?«

»Hinter der Küche befinden sich eine kleine Anrichte und eine Dienstbotentreppe, die zur ersten Etage hinaufführt. Großvaters Zimmer ist eins der kleinsten im Haus. Es hat keine Fenster, aber zwei Bullaugen, die nach Osten hinausgehen. Grande sucht es sehr selten auf und dann auch nur, um das Tintenfaß aufzufüllen.«

Ich fragte mit steigendem Mißtrauen, warum in aller Welt sie das Tintenfaß auffülle.

»Sonst hätte er doch nichts, womit er schreiben kann«, antwortete Ingeborg. »Amalie hat ihn nur ein einziges Mal gesehen, nicht wahr, Amalie?«

»Ich begegnete ihm vor zwei Jahren in diesem Zimmer. Er saß auf Grandes drei Koffern und stützte das Kinn auf seinen Stock. Ich glaube, er wollte am liebsten allein sein.«

Ich ließ meinen Blick von der einen zur anderen wandern, und Ingeborg sagte, sie wolle zum See hinunter, um nach rotem Johanniskraut zu suchen. Ich wollte eigentlich mitkommen, aber Amalie hielt mich zurück.

»Willst du ihn sehen?« fragte sie.

»Wen sehen?« murmelte ich in der Hoffnung, sie meinte irgend jemand anderen als ihren mausetoten Großvater.

»Heute nacht will er bestimmt bei uns sein«, sagte sie. »Grande reist doch morgen ab.«

»Ich erklärte, daß ich ihn natürlich sehr gern kennenlernen würde, aber doch auch ein wenig müde sei. Es, war ein langer und anstrengender Tag gewesen. Tatsächlich hatte ich selbst die Frikadellen zubereitet.

»Du kannst bei uns schlafen. Ich werde dich wecken, wenn wir wissen, wo er sich aufhält.«

»Ich bin wirklich kaum wachzubekommen, wenn ich erst einmal eingeschlafen bin«, sagte ich. »Vielleicht sollten wir auf eine andere Gelegenheit warten.«

»Wir können natürlich ganz darauf verzichten zu schlafen.«

Ich antwortete, an diese Möglichkeit hätte ich zwar auch schon gedacht, aber der Weißkohl mache mich immer so unpäßlich. Ich könnte mich kaum bis zu den Neun-Uhr-Nachrichten im Radio wachhalten.

»Du brauchst keine Angst zu haben, Elliot.« Sie sah mich freundlich an, ohne jede Spur eines Vorwurfs oder Spotts. Ich wußte wirklich nicht, was ich sagen sollte.

»Aber Elliot.«

Amalie kniff die Lippen zusammen, legte mir die Hand auf die Schulter und sah mir tief in die Augen: »Das muß unter uns bleiben.«

»Jaja, natürlich.«

»Großvater sieht sicherlich unverändert aus, wie Ingeborg sagte, aber etwas ist doch anders an ihm. Etwas, über das wir sonst nicht reden. Wir, die ihn gesehen haben. Es ist kein Geheimnis, daß er zurückgekehrt ist. Das haben wir nie verschwiegen. Aber wir sind die einzigen, die das mit der Hautfarbe wissen.«

»Du meinst, seine Haut ist ziemlich … weiß? Wie die einer …«

Amalie sah zu ihrer Schwester hinunter, die ein Bund Johanniskraut in der Hand hielt. Ich wußte, daß sie aus den roten Beeren einen Aquavit herstellten. »Ganz im Gegenteil«, sagte sie. »Er ist braun.«

»Braun?«

»Ja, braun, genau wie ein Kaffer.«

Zwei Stunden später saß ich in ihrem Zimmer, der langen Kajüte mit dem kräftigen Geruch, deren Deckenlaterne die Schatten von Steuerbord nach Backbord tanzen ließ. Ich war drüben bei meinem Vater gewesen und hatte optimistisch gefragt, ob ich im Zimthaus übernachten dürfe, was er für eine vorzügliche Idee hielt. »Sag einfach nein, wenn es dir nicht paßt«, schlug ich vor. Mir war seltsam bei dem Gedanken zumute, daß der alte Winston Asmussen senior als Kaffer oder als Zulu zurückkehrte. Amalie hatte erklärt, daß abgesehen von der Hautfarbe auch seine Nase eine Spur breiter und seine Lippen etwas dicker geworden seien, doch ansonsten sähe er aus wie immer.

Ich trug einen Pyjama und einen Bademantel, und auf dem Boden lagen eine Luftmatratze und mein Schlafsack.

Es war schon nach elf. Amalie sagte, wir sollten bis ein Uhr warten. Ingeborg schlief bei ihrer Großmutter. Das tat sie immer in der Nacht, bevor Grande abreiste. Im Zimthaus war es still.

»Laß uns ein Gläschen von seinem alten Schnaps trinken«, schlug Amalie vor und holte eine bauchige Flasche mit einer mahagonibraunen Flüssigkeit. Auf der Flasche stand mit weißer Tinte: Juglans Regia.

»Walnußschnaps«, sagte Amalie, »merkwürdigerweise mochte er den am liebsten.« Der Mann, der von Durban nach Ceylon gereist war, bevorzugte die Nuß eines Baumes, der direkt vor der Tür stand. »Sollen wir den Merkspruch aufsagen?« Mit Merkspruch meinte sie einen Vers, den sie immer sprachen, bevor sie den Walnußschnaps tranken, und den wir anderen mit der Zeit auswendig gelernt hatten:

So ist die Walnuß des vorigen Jahres
wechselhaft wie die Jahreszeiten.
Sie gleitet durch einen wie die Tage durchs Leben,
schmeckt etwas nach Sonne,
etwas nach Regen,
etwas nach Tau und etwas nach Brot,
erinnert ans Leben,
handelt vom Tod.

Der Schnaps schmeckte mit einem Mal rund und scharf wie alter Cognac, und ich sagte, man könne wohl nicht ausschließen, daß der alte Junge heute nacht nicht mehr zu uns herüberkäme. Amalie schüttelte den Kopf und streckte ihren Zeigefinger in die Luft. Unter uns im Eßzimmer schlug die Standuhr zwölf. Amalie nickte vor sich hin. Aus einer alten Truhe nahm sie zwei Safarihemden mit Schulterklappen und Brusttaschen. Sie rochen schrecklich nach Schimmel. »Die ziehen wir jetzt an«, sagte sie. »Das waren seine.«

»Muß das unbedingt sein?«

»Und dann machen wir die Runde. Wir können nicht verlangen, daß der alte Mann zu uns kommt.«

»Nein, das versteht sich von selbst«, murmelte ich und streifte das braune Hemd mit dem unerfreulichen Geruch über. Amalie zog außerdem ein paar schwarze Stiefel an, die ihre dünnen Beine noch dünner machten. »Elliot«, sagte sie, »wenn er auftaucht, dann sage und tue einfach gar nichts. Sei ganz passiv.«

Ich versicherte, in dieser Hinsicht könne sie sich ganz auf mich verlassen.

»Man weiß nie, woher er kommt. Plötzlich steht er hinter einem.«

»Wirklich?«

»Man kann ihn in den dunklen Zimmern auch leicht

übersehen, besonders weil er ja diese ziemlich dunkle Hautfarbe hat.«

Ich sagte, daß es wirklich nicht so schlimm sei, wenn wir in dieser Nacht kein Glück hätten.

»Glücklicherweise sind seine Augen immer sehr hell, sie sehen völlig unnatürlich aus in dem kaffeebraunen Gesicht.«

»Du meinst, er ist kaum zu übersehen?«

»Elliot, reich mir deine Hand.«

Ich reichte ihr meine Hand, die eiskalt war.

»Denkst du manchmal an den Tod, Elliot?«

Ich antwortete, daß das vorkäme und daß ich manchmal einen merkwürdigen Traum von einem Gesicht unter einer Eisscholle habe. Amalie unterbrach mich.

»Der Tod«, sagte sie, »ist der Ballonverkäufer auf dem Tivoli.«

Ich starrte sie an. Sie nickte ernst.

»Ingeborg und mir ist das letztes Jahr klargeworden. Du hast doch den Alten gesehen, der beim Freilichttheater Luftballons verkauft, nicht wahr?«

»Ja, aber …«

»Das hört sich vielleicht merkwürdig an, aber so ist das eben. Und warum sollte er nicht das Recht haben, Luftballons zu verkaufen? Hast du schon mal gesehen, wie ein kleines Kind einen Luftballon verliert?«

Ich antwortete, daß ich vor einigen Jahren selbst versucht habe, einen fliegen zu lassen.

Amalie nickte: »Immer höher und höher stieg dein geliebter Ballon in die Luft, und du wußtest, daß du ihn nie wiedersehen würdest. Daß du ihn für immer verloren hattest. Er war nicht abgenutzt oder kaputtgegangen. An irgendeinem Platz hielt er sich auf und würde für immer dort bleiben. Ich sage nicht, daß etwas damit nicht in Ordnung ist, auf dem Tivoli einen Ballon zu kaufen, da müssen wir alle durch. Aber jetzt, finde ich, sollten wir ein Nickerchen machen. Was meinst du, Elliot Omaha Mortensen, bist du nicht müde?«

Ich glaube, ich fiel in Schlaf. Die ersten zehn, zwanzig Minuten sagte ich zu mir selbst, daß ich in dieser Nacht kein Auge zumachen würde, aber dennoch erwachte ich, als Amalie mich sanft in die Brust piekste.

»Elliot! Wach auf, Elliot!«

Ich war sofort wach. »Hörst du etwas?«

Sie lächelte verschmitzt.

Erst jetzt hörte ich den Gesang, der mir durch Mark und Bein ging. Es hörte sich so an, als käme er direkt vom Gang herüber, aber damit nicht genug, er kam näher und näher. Und nun erkannte ich auch die Stimme. Es war die von Grande.

»Selbst alle Könige der Welt / mit aller Macht und allem Prunk / vermögen nicht auch nur ein Blatt / zu setzen auf den Strunk.«

»Grande«, flüsterte ich heiser.

»Nix da«, sagte Amalie. »Ingeborg.« Sie kann Großmutters Stimme imitieren.

»Aber warum in aller Welt rennt sie nachts herum und singt?«

»Um es Großvater leichter und angenehmer zu machen. Damit er sich sicher und willkommen fühlt.«

»Ach so.«

Kurz darauf passierte sie unsere Tür.

»Was soll ich sagen, wenn ...«

Amalie setzte sich neben mich, als die Stimme verklungen war. »Ingeborg, Grande und ich waren einmal tief in den Sümpfen von Åmosen, wo genau, weiß ich nicht, aber wir waren sehr weit gegangen. Wir hatten einen Nachtigallenausflug unternommen, und es begann gerade zu dämmern. Die Nacht ging in den Tag über, der Dunst hing über der Erde, das Moor dampfte. Da sahen wir sie.«

»Wen?« fragte ich.

»Die Könige.«

Sie schob ihr Gesicht ganz nah an mich heran, und ihr heißer Atem roch immer noch leicht nach Walnußschnaps. Hinter ihr türmte sich ihr Schatten auf wie ein schwarzer Dämon.

»Die Könige?«

»Ich glaube, es waren so um die zwanzig. Alle mit alten, grünspanbesetzten Kronen und Umhängen mit großen rotweißen Figuren drauf. Häßlich und schmutzig, müde und ramponiert, uralt wie das Moor selbst, aber auch stolz und stark. Ihre Haut war faltig und ihre Hände voller Stockflecken, aber sie gaben nicht auf. Ihre Ausstattung raschelte, sonst war es ganz still. Jeder von ihnen versuchte, seine alte Macht und Herrlichkeit auszustrahlen, aber es glückte ihnen nicht. Sie waren in ihrer Ohnmacht befangen.«

Ich starrte sie an, als sie ihre Augen aufsperrte. Es war an der Zeit, das Zimmer zu verlassen. Und sich auf die Jagd nach dem toten Kaffer zu begeben.

Amalie ging mit einem Kerzenleuchter voran. Ich hielt mich dicht an sie und versuchte möglichst auf nichts anderes als ihren Rücken zu schauen. War das Zimthaus schon am Tage dunkel und verschwiegen, so war es nachts wirklich unheimlich. Ein Schiff, ja ein Schiff. Man fühlte keinen festen Grund unter den Füßen; um einen herum knarrten und knirschten die feuchten Truhen, raunten die Eckschränke und ächzte die Holztäfelung. Die schwarzen Augen der ausgestopften Tiere über dem Treppenabsatz wurden plötzlich lebendig und folgten unserem Weg die Treppe hinunter in die Vorhalle, wo

Amalie stehenblieb, um sich zu orientieren und zu lauschen. Wir schlichen in die Küche und danach weiter ins Eßzimmer, in das der Mond in kleinen Vierecken hereinschien. Amalie ging ins Wohnzimmer, blieb einen Augenblick stehen und biß sich in die Unterlippe. In mir begann eine schwache Hoffnung zu wachsen. Im Grunde begann ich so langsam, mich darauf zu freuen, Max von dieser Nacht zu erzählen, von unserer mutigen Suche nach einem kaffeebraunen Gespenst. Max würde mir zwar kaum glauben, aber der Zweifel würde doch an ihm nagen. Und ich sah keinen Grund, bei den Details zu untertreiben.

Amalie fuhr herum und sah mir direkt in die Augen: »Er ist oben in seinem Zimmer«, sagte sie bestimmt. »Wir nehmen die Dienstbotentreppe.«

Ich schluckte und vergaß das mit Max, dem Glückspilz, der wie ein Murmeltier im Wienerwald schlief. Von der Küche gingen wir durch eine kleine blaue Anrichte, in der es nach saurer Milch und frischem Spargel roch. Amalie öffnete eine schmale Tür, deren Klinke man gegen einen kleinen, unansehnlichen Knauf ausgetauscht hatte. Eine steile Treppe mit abgestoßenen Stufen führte in den ersten Stock hinauf. Ich hatte keine Ahnung, wo im Haus ich mich befand, konnte mir aber natürlich ausrechnen, daß wir auf der Ostseite sein mußten. Kurz darauf standen wir auf dem Flur und konnten die Treppe zum zweiten Stock und etwas vom Treppenabsatz sehen. Amalie zeigte auf einen dunklen Vorhang mit einem purpurfarbenen Muster, das ein Sternbild darstellte, das ich nicht kannte. »Weißt du, was das hier ist?« flüsterte sie. Ich schüttelte den Kopf. »Das bezeichnet man als Portiere, dahinter ist eine Tür.«

»Und das Sternbild?« fragte ich, ohne den Blick von den gelben Punkten auf dem marineblauen Hintergrund abzuwenden. Sie antwortete, das sei das Sternbild über der Südsee, das wir nie zu Gesicht bekommen und dem wir nur im Traum begegnen würden. »Solange man nicht hinfährt«, flüsterte ich. Sie lächelte mich sanft an und hob die Augenbrauen: »Natürlich, aber du doch nicht, Elliot, du mußt dich mit dem Traum begnügen.«

Ich war ihr nicht böse, ganz im Gegenteil. »Ich träume oft davon, auf einem Fabeltier über die Ebenen Persiens zu reiten. Der Wind wirbelt den Sand auf, der Mond ist blutrot, und in der dünnen Luft liegen Silberstreifen, genau wie das Engelshaar, das wir zu Weihnachten an den Baum hängen.«

»Da hast du's.«

Sie schob den Vorhang beiseite, und der Blick fiel auf eine grüngestrichene Tür, die genauso aussah wie die anderen des Hauses. »Großvaters Arbeitszimmer. Bist du bereit, Elliot? Bist du vorbereitet?«

»Eigentlich nicht.«

Sie kräuselte die Brauen, und ich erklärte, ich hätte das Gefühl, mich aufzudrängen. Gerade freute ich mich, diese Worte gefunden zu haben, als sie mich plötzlich hart auf den Mund küßte. Das war, als würde man einen Badeball küssen, gleichzeitig fest und weich, zurechtweisend und aufmunternd. Sie fragte, ob das mein erster Mädchenkuß gewesen sei, und ich sagte, das sei praktisch der Fall. Sie kam ganz nah an mich heran, ihr Atem war leicht und frisch, und das machte mich merkwürdig willenlos. »Der erste Kuß wird bis zuletzt auf deinen Lippen haften bleiben«, sagte sie leise. »Bis zum allerletzten Kuß, bevor du stirbst. Erst dann wirst du seine Bedeutung verstehen und den Sinn deines Lebens begreifen.«

»Kann man das ablesen?« fragte ich heiser. »Von den Lippen?«

»Von deinen Augen. Du bist ein guter Mensch, Elliot. Ein guter Mensch. Deine Eltern auch. Ich schätze euch sehr.«

»Vielen Dank.«

»Und du drängst dich nicht auf. Betrachte es als Anerkennung. Nicht jedem wird diese Möglichkeit zuteil.«

Ich sah sie die Klinke ergreifen und vorsichtig die Tür öffnen. Ein merkwürdiger Geruch drang auf den Flur heraus, wie altes Papier, aber dieser war vermischt mit dem Geruch von Lagerbier. So seltsam sich das auch anhört – ich kniff unwillkürlich die Augen zusammen und verstand plötzlich eine so oft lächerlich gemachte Eigenart im Verhalten eines Straußes. Die vier Wände waren vom Boden bis zur Decke mit Regalen bedeckt, in denen die Bücher dicht an dicht standen. Doch in einem Regal waren einige Bücher entfernt worden; aus der Lücke strömte durch zwei Bullaugen ein bläuliches Licht herein. Mitten im Zimmer standen ein kleinerer Schreibtisch und ein brauner Globus. Zu meiner großen Erleichterung saß niemand dahinter. Amalie ging zu dem braunen Globus hinüber. »Ich weiß auch nicht, wo er ist«, seufzte sie.

Ich hob meine Arme, wie um zu signalisieren, daß ich ihr in dieser Angelegenheit nichts vorzuwerfen hatte, als eine Stimme sagte:

»Guten Abend, ihr beiden.«

Ich spürte bei Gott, daß mir die Haare zu Berge standen. Ein überwältigendes Gefühl, das möglicherweise den praktischen Zweck erfüllte, meine Beine am Einknicken zu hindern.

»Guten Abend«, sagte Amalie, die sich plötzlich etwas verlegen anhörte. Ich hatte der betreffenden Person meinen Rücken zugekehrt, die sich lautlos genähert hatte und mir eine Sekunde darauf ihre Hand auf die Schulter legte. Ich glaube, ich öffnete den Mund, aber kein Laut drang aus ihm. Dafür spürte ich eine Hand. Sie gehörte natürlich Grande.

Ich hätte nicht geglaubt, mich jemals so darüber zu freuen, sie zu sehen, aber als sie die sirupfarbene Stehlampe anknipste und sich in den Schreibtischstuhl setzte, schaute ich sie sowohl dankbar als auch erleichtert an.

»Großvater ist vor einer Stunde in meinem Zimmer gewesen«, sagte sie und zuckte mit den Schultern.« Sie sah Amalie an und schüttelte den Kopf. »Die Toten«, sagte sie, »müssen mit dem Leben abschließen. Damit tut er sich schwer. Dickköpfig ist er schon immer gewesen. Sag mir, habt ihr etwa Walnußschnaps getrunken?«

Amalie sagte, wir hätten ein einziges kleines Glas zu uns genommen. Grande nickte.

»Ich dachte, wir könnten uns vielleicht ein Brot mit Salami und Schmalz machen. Was meinst du, Elliot Omaha Mortensen? Du könntest ein bißchen Farbe im Gesicht vertragen, mein Junge.«

Zehn Minuten später saßen wir in der Küche, Grande, Amalie und ich. Alles Unheimliche war verschwunden, und auf dem Tisch standen Roggenbrotstullen mit Wurst, Schmalz und gestocktem Bratensaft. Grande trank ein Porter, und Amalie und ich teilten uns ein Malzbier. Ich aß schweigend, nicht daran gewöhnt, zu dieser Zeit etwas zu essen zu bekommen. Darauf gingen wir auf die Veranda hinaus, und Grande holte für jeden von uns eine Decke. Es war nur eine Stunde vor Sonnenaufgang, und der nahende Tag war bereits zu spüren. Drinnen im Haus schliefen alle, Onkel Harry, Tante Kisser, Cousine Meta, Ingeborg, Alf und der alte Winston, der nach seinem Tod zum Zulu geworden war. Merkwürdigerweise wurde ich plötzlich von Heimweh erfaßt. Als sei mein Körper von einer großen Einsamkeit befallen. Aber ich wohnte ja nur gegenüber auf der anderen Straßenseite, wo mein stocktauber Vater sich längst mit der Gewißheit zur Ruhe begeben hatte, daß sein einziger Sohn in diesem Moment seine Kindheit voll auskostete. Meine arme Mutter würde in wenigen Stunden vom Frühdienst abgelöst werden. Sie sprach so oft von den herrlichen Fahrradtouren durch Gentofte, hinunter zum Bäcker am Smakkegårdsvej, wo sie warme Hörnchen und süße Rosenbrötchen kaufte. Helle Sommernächte. Die Unendlichkeit des Lebens. Und da saß man hier und wurde schwermütig. Irgend etwas Fremdes hatte jedenfalls begonnen, sich meiner zu bemächtigen. Meiner Laune. Meines leeren, schläfrigen, wehrlosen Kopfes. Etwas, das nicht aus Worten bestand, aber dafür sorgte, daß ich mich leer und einsam, eher niedergeschlagen fühlte. Nein, beides. Vielleicht, weil ich bis ins Allerheiligste vorgedrungen war, ins Innerste des Zimthauses – und nichts gefunden hatte. Ich spürte Grandes Blick auf mir. Sie sah müde aus. Amalie schlief tief und fest. Ich hätte mich ebensogut auf einer Veranda in Indochina befinden können. Zusammen mit zwei wildfremden Menschen, die mir eine unglaubliche Gastfreundschaft erwiesen hatten, die ich niemals, niemals auch nur annähernd würde erwidern können. Arme, kleine, tapfere Amalie, die im Safarihemd und in den Stiefeln ihres Großvaters schlief. Das war alles, was sie von ihm zurückbehalten hatte. Und ich dachte an ihre Schwester, die stolze Ingeborg, die jetzt im Bett ihrer Mutter schlief. In der Bettwäsche, die nach ihrer Mutter roch, dem Abdruck ihres Kopfes im Kissen. Mit ihrem Weinen im Zimmer. Kein Vater und keine Mutter. Es war ihre Einsamkeit, die ich fühlte, und die Kälte verursachte mein Heimweh.

Sie waren nicht unverwundbar. Das Zimthaus war keine Festung.

Grande legte ihre große, kalte Hand auf meine. Ich fürchtete, sie könnte in mir lesen, so wie man in einer Zeitung liest.

»In der Chalongbucht zwischen Siam und Malaysia«, sagte sie, »ist der Mond rot.«

Ich nickte und murmelte irgend etwas davon, wie wunderbar das aussehen müsse. Aber ich glaube, sie hörte mich nicht. Sie betrachtete den See, als ob er es wäre, zu dem sie spräche:

»Selbst alle Könige der Welt …«

Am Tag darauf war sie verschwunden. Und zwei Tage später berichtete der Lokalanzeiger von der traurigen Neuigkeit, daß Pastor Wolle sich das Schlüsselbein gebrochen und das Handgelenk verstaucht hatte.

## *Neuntes Kapitel*

Der August hat etwas Merkwürdiges an sich, sagt mein Vater. Er kann kaum arbeiten, weil die Menschen jetzt so geschäftig sind, hier, wo der Sommer zur Neige geht.

»Kein Feld und kein Grabenrand, an dem nicht ein Mann mit einer Sense steht. Das geht mir auf die Nerven.«

Ich überlegte, ob ich ihm vom Ballonverkäufer im Tivoli erzählen solle, ließ es aber bleiben.

»Hast du Angst davor zu sterben?« hörte ich mich fragen.

»Der Tod, Elliot«, sagt er wenig später, »ist nur dazu da, uns an die Großartigkeit des Lebens zu erinnern. Glaubst du nicht? Warum frage ich dich überhaupt so was? Warum werde ich von so unwichtigen Dingen gequält? Es gibt nur eine Antwort: der August.«

Wir liegen unter der Eiche, Ingeborg und ich. Es ist nachmittags, und die Fliegen summen. Die Welt ist weit weg, man kann sie hören wie die Stimmen hinter einer Wand. Oben auf der Terrasse sitzt Ottos Großmutter mit Alf, der den Experten zufolge das einfachste Kind der Welt ist. Niemals ein Jammern oder nächtliches Schreien, nicht einmal Bauchschmerzen. Jeden Nachmittag geht Ingeborg mit ihm spazieren. Sie macht ihn bekannt mit dem Prinzessinnenpfad, der Gegend um Nybro und den Hügeln bei Frederiksdal. Dies ist sein Land. Hier wird er einmal König sein. Von hier nimmt seine Welt ihren Anfang, wie Ingeborg sagt. Sie steht mit ihm auf dem

Badesteg. Der Wind bauscht ihr helles Kleid, die Beine sind braun, und der Zopf auf ihrem Rücken ist so dick wie der Tampen, dessen doppelten Schifferknoten man eines Tages lösen wird, damit Winston der Dritte zu ebenso gefahrvollen und erfolgreichen Seefahrten auslaufen kann wie seine Vorfahren. Amalie sieht Alf in Zukunft zwar nicht nach Kräutern und Gewürzen fahnden, aber eines Tages mit einer Pflanze heimkommen, einem Samenkorn oder einer Frucht, die es vermag, die Leiden der Menschen zu lindern und ihr Leben zu verlängern. Diese Aussicht steht dem Jungen bereits im Gesicht geschrieben, dessen gedankenschwerer Blick auf einem ruht, sich aber viel zu schnell sattsieht, um darauf in die Ferne zu schweifen, als wäre der Lyngbysee der salzige Ozean und der Møllebach der Amazonas. Ich ertrage es nicht, mit ihm allein zu sein, und befürchte, er könnte sich plötzlich zu erkennen geben. Unvermittelt zu sprechen anfangen und mich in sein Geheimnis und sein Schicksal einweihen. Ich habe schon mehrere Visionen dieser Art gehabt, Alpträume am hellichten Tag, in denen ich, ihm allein überlassen, seinem wissenden Blick begegne. Ruhig setzt er sich auf in dem alten Bambusbett, das die Wiege des Säuglings abgelöst hat. Starr vor Entsetzen sehe ich ihn an, als er nickt, sich räuspert und entschuldigend die Hände hebt, während er mit sanfter Stimme verkündet, daß ich nichts zu befürchten habe und für immer unter seinem Schutz stehen würde. Sprachlos lausche ich diesem halben Meter, diesem zehn Wochen alten Individuum, das in seinen eigenen Ausscheidungen sitzt, mit einem Atem, der nach Muttermilchersatz und Babybrei riecht und einem Zahnfleisch, das noch nicht einmal den Ansatz zu einem Milchzahn aufweist, und mir dennoch seinen Schutz anbietet. Es soll sich nicht undankbar anhören, aber es provoziert mich. Und erschreckt mich. Alf redet in diesen Träumen, die ich lieber Halluzinationen (ich habe das Wort nachgeschlagen) nennen möchte, ungefähr im Stil des Papstes in Rom. Ich habe den Papst natürlich noch nie sprechen gehört, mir aber oft vorgestellt, wie es ist, wenn er, von dickbäuchigen Kardinälen umgeben, seinen Anordnungen, Begnadigungen und seiner Hoffnung für die Menschheit Ausdruck verleiht.

Es liegt merkwürdigerweise immer eine Art parfümierter Mief über diesen Zusammenkünften, der mir schleierhaft ist. Und gleichzeitig eine Ruhe. Die Ruhe einer Schale mit Weintrauben, die langsam zu verfaulen beginnen. Pastor Wolle kann besonders im Winter diese Ruhe ausstrahlen. Ich erinnere mich an einen Abend im Januar, an dem er uns vor seinem Kamin versammelte, um von einer Reise nach Thorshavn auf den Färöern zu erzählen. Abgesehen davon, daß Wolle vor lauter Begeisterung über seine Begegnung mit der Natur nicht merkte, wie seine Hausschuhe Feuer fingen, war das Erlebnis auch sonst so eindrucksvoll, daß ich kein Wort, das gesagt wurde, vergessen habe. Alf spricht mit demselben Gewicht, derselben Natürlichkeit zu mir. Ein anderes Mal kann ich schweißgebadet erwachen, mir kaum bewußt, ob ich schon wach oder noch in der Gewalt meiner Träume bin, und mich an den kleinen Alf erinnern, der im Tropenhelm und mit Kniebundhosen seine Zukunftspläne vor mir ausbreitet. Natürlich kann er nicht sprechen, genauso wenig wie er gehen kann; und er scheißt, wie Max sagt, genauso oft in die Hose wie alle anderen Kinder im gleichen Alter, aber dennoch gehe ich ihm aus dem Weg. Ich werde nie vergessen, wie ich zum erstenmal seine kleinen hellroten Füße sah. Der rechte war ganz normal, mit fünf gleichgroßen Zehen und perlmuttfarbenen Nägeln. Der linke hingegen hatte nur vier Zehen, die merkwürdig am Fuß verteilt waren. Hypodaktylie. Ich dachte unwillkürlich darüber nach, wo der letzte Zeh wohl geblieben sein mochte. Befand er sich immer noch in Frau Asmussens Leib, oder war er zusammen mit dem Mutterkuchen ausgestoßen worden? Und welcher Zeh fehlte dem Kind eigentlich? Allen Menschen mit Hypodaktylie war laut Max folgendes gemeinsam: zum einen neigten sie zur Kleptomanie, und was die Männer beträfe, so zeichneten sie sich durch eine unglaubliche Virilität aus. So stand in einem älteren medizinischen Wörterbuch, ein Mann aus Delhi in Indien, der nur mit sieben Fingern zur Welt gekommen war, habe nicht weniger als dreiundzwanzig Kinder mit vier verschiedenen Frauen gezeugt. Der Inder war nackt abgebildet und hatte etwas zwischen den Beinen, das wir zuerst für eine Fahrradpumpe und zwei Kokosnüsse hielten. Wie bereits erwähnt, hatte Alf einen enorm großen Hodensack, und hatte er erst einmal eine Halskette oder eine Krawatte zu fassen bekommen, hielt er sie mit seinen kleinen, ich möchte fast sagen kleptomanen Fingern krampfhaft fest.

»Stell ihn dir als Erwachsenen vor«, hatte Max gesagt, »als professionellen Dieb, ein Fassadenkletterer mit kürbisgroßen Eiern.«

Ich lasse meinen Blick vom linken Fuß des Kleinen nach oben wandern und begegne seinem nachdenklichen, einverstandenen Blick. Als sagte er: »Du weißt, Elliot, du weißt.«

Seine Schwestern lesen ihm etwas vor – Ingeborg aus dem Alten Testament und Amalie aus dem Lexikon. Sie ist beim Buchstaben C angekommen. Ich habe mich nicht erdreistet zu fragen, ob sie wirklich daran glauben, der Kleine würde auch nur einen Schimmer des Ganzen begreifen. Sie sagen, er lausche, und die Sprache setze sich in kleinen, feinen Ringen fest, ähnlich denen, die auf der Veranda des Hauses klimpern und aus Muschelschalen bestehen, dem Instrument des südlichen Windes. Auch die Briefe der Mutter lesen sie ihm vor. Was Frau Asmussen angeht, hört man mal das eine und mal das andere. An einem Tag heißt es, sie sei auf dem Weg nach Hause, und am anderen, sie bleibe bis Weihnachten in Bad Schandau. Was genau ihr fehlt, weiß ich nicht, aber Max hatte, bevor er in die Ferien fuhr, wiederholt, daß seine Diagnose »Sprung in der Schüssel« doch ziemlich wahrscheinlich sei.

Ingeborg summt die Melodie eines Liedes, das wir seit kurzem bei Frau Wolle einstudieren. »Die Sonne des Herbstes wir kaum erreichen / die Vogelbeeren rot leuchten / die Linden beginnen zu verbleichen / gegen des Wilden Weines Glut.« Frau Wolle sagt, wir sollten es lernen, bevor es wirklich Herbst wird. Bis zum Herbstkonzert. Ingeborg wird als Solistin auftreten. Wir reden gerade darüber, ins Freilichtmuseum zu gehen, als Max plötzlich auftaucht. Er ist nur drei Wochen fort gewesen, und dennoch ist er wie verwandelt. Vielleicht liegt das an der großen schwarzen Sonnenbrille, seiner sonnenverbrannten Haut und der Art, wie er dasteht, die eine Hand in der Hosentasche – anstatt uns entgegenzulaufen. Ich stehe auf und gehe zu ihm. Er streckt die Hand aus. Es wirkt gelinde gesagt sonderbar, so dazustehen und sich die Hand zu geben, aber wir tun es. Danach nimmt er die Brille ab und putzt sie, während er seufzt und über den großen, fruchtbaren Garten des Zimthauses schaut. »Wie merkwürdig, dich wiederzusehen, Elliot«, murmelt er und setzt die Brille wieder auf. »Merkwürdig, das alles hier wiederzusehen. Trotz allem.«

Ich frage, ob er es schön gehabt habe und denke an

seine Postkarte, auf der stand, daß er jeden Abend im Hotel im Wienerwald vor dem Spiegel säße und die Veränderungen studiere.

Er macht sich auf den Weg zu Ingeborg, die immer noch unter der Eiche sitzt, in einem der alten Liegestühle, deren verschlissener Stoff sich der Stimmung ihres Benutzers anpaßt. Max bleibt vor ihr stehen. »Ich weiß nicht, wie ich es sagen soll«, beginnt er und nimmt seine Brille ab. Er tut dies mit weitausholender Bewegung, und ich sehe einen Funken der Bitterkeit in seinen hellen Augen. Ingeborg summt weiterhin die sanfte Herbstmelodie. Max sagt, alles sei wie früher und trotzdem ganz verändert. Sprach er mit einem Hauch von Akzent, so als bildeten sich die Wörter auf merkwürdige Weise direkt hinter den Zähnen? War dies wirklich mein bester Freund, oder wurde man so, wenn man sich im Wienerwald aufhielt? Wir sehen ihn an, und er meint, mehr könne er nicht sagen. Danach geht er. Ein durch und durch sonderbares Erlebnis. Ich berichte meinen Eltern davon, während wir zu Abend essen: Hornhecht in Petersiliensoße. Ich bin enttäuscht, daß sie es so leichtnehmen. Später am Abend klingelt das Telefon. Er ist es, Max. Meine Mutter reicht mir den Hörer: »Da ist einer, der sagt, er heiße Max Denholm«, sagt sie trocken.

»Komm in einer Stunde, mein Freund.« Seine Stimme klingt tief und ein bißchen besorgt. Bevor ich antworten kann, legt er auf. Ich sehe zu meinem Vater hinein, der ein Geschirrtuch um den Hals hat. Ihm sollen die Haare geschnitten werden, und zwar von meiner Mutter selbst; die ganze Szene ist einfach die Hölle. Sie beginnt damit, daß er sagt, seine Haare seien so schrecklich dünn geworden. Meine Mutter hält die Schere und die kleine, leichte Zange für die Nackenhaare in der Hand. »Du hast wunderbares Haar, Omaha.«

»Ich bin auf dem Weg zur Glatze«, sagt mein Vater und strampelt energisch mit den Beinen. »Bald wirst du einen Glatzkopf haben, einen alten Knacker, ein Ei. Das hat so eine hübsche Frau nicht verdient. Und außerdem bin ich taub. Mein eigener Vater hat mit fünfundzwanzig eine Glatze bekommen. Ein schwerer Schlag für einen so eitlen Mann. Mit Pudelmütze wurde er beigesetzt.«

»Sitz still. Im übrigen würde ich dich auch lieben, wenn du blind, taub und impotent wärst.«

»Bin ich das? Bin ich jetzt auch noch auf dem Weg, impotent zu werden?«

»Nein«, ruft meine Mutter und klappert mit der Schere, »du bist alles andere als impotent! Du hast die wohlgeformtesten Hoden, die ich je gesehen habe.«

Ich schaue nach draußen auf die Straße, wo Pastor Wolle mit Franzjosef Gassi geht. Er hat einen Strohhut auf und seinen Spazierstock unter den Arm geklemmt. Seine dunkelgrüne Fliege sitzt ein bißchen schief. Er schaut in unser Haus hinein. Es ist schön, ihn ohne Gips und Bandagen zu sehen. Vergeblich versucht er, den Hund in den Rinnstein zu manövrieren, aber Franzjosef will sein Geschäft unbedingt mitten auf dem Bürgersteig verrichten, wo kurz darauf ein Haufen in Form einer Trompetenschnecke liegt, den der Köter mit Stolz betrachtet. Wie ich diesen Hund verabscheue. Die Amsel, die in der Warzenbirke vor sich hinträllert, läßt das kalt. Zwischendurch blinzelt sie mißmutig in Richtung See, was wohl mit den Scharen unmusikalischer Dohlen zu tun hat, die sich gegen Abend in der großen Libanonzeder niederlassen. Ich weiß nicht, worauf sie warten, und oft habe ich Grande und Amalie Steine nach ihnen werfen sehen. Mit leichten, elastischen Bewegungen flattern die Vögel auf, kehren aber bald darauf zurück. Sie erinnern mich an die Menschen, die auf den Bänken bei der Klovtoftekreuzung sitzen, wo der Statistik zufolge die meisten Unfälle geschehen. Läßt man sich mit den Dohlen auf so etwas ein, wird man sie nie wieder los.

Vom Zimthaus dringt gedämpfter Jazz auf der Gitarre zu uns herüber. Django Reinhardt. Ich glaube, die Platte wurde in einer verrauchten Kneipe in Algier eingespielt. Die Tische sind rund, und es sind nur Männer anwesend. Alle tragen einen dunkelroten Fes, einige rauchen Wasserpfeife. Mitten im Lokal sitzt der Hypodaktyliker Django in einem hellbraunen Anzug. Im Mundwinkel klebt eine Zigarette, aber der Rauch macht ihm nichts aus. Er wippt schwach mit dem einen Fuß und kommt auf schwindelerregende Tonfolgen, die auf der Haut prickeln wie das Salz im Wasser. Die Musik kann Frauen dazu bringen, entweder Porzellan oder auch ihre Hemmungen über Bord zu werfen. Onkel Harry hört diese Platte immer beim Arbeiten. Um Rhythmus und Farben zu finden, sagt er. Mein Vater behauptet, Onkel Harry sei ein sehr moderner Mensch und seiner Zeit voraus. Harry bezeichnet sich als durch und durch genügsames, hart arbeitendes Individuum, das die Kunst, die es hervorbringe, selbst nicht verstehe. Er nennt sie ein Mysterium.

»Ich bin nur ein Werkzeug«, sagt er bescheiden, »macht um Himmels willen nicht so viel Aufhebens davon. Wir werden doch wohl ein anderes Gesprächsthema finden als meine Werke.«

»Sie sind ein Picasso, Onkel Harry«, sagt mein Vater, und obwohl Harry die Gebärdensprache nicht beherrscht, versteht er doch, daß es sich um ein Kompliment handelt. Er ist alles andere als streitlustig, und seine Demut geht meinem Vater einfach zu weit. Ich weiß nicht warum, aber aus dem ein oder anderen Grund reizt das meine Mutter. Das hat sie zwar nicht direkt gesagt, aber man spürt, daß sie sich um Onkel Harry nicht schert. Zu ihrem Unglück muß sie ja immer zur Stelle sein, wenn mein Vater und er ihre ganz speziellen Gespräche über Kunst im allgemeinen und die bildende Kunst im besonderen führen; Gespräche, die immer mit einer Beurteilung von Harrys Stellenwert enden.

Mein Vater: »Vor ein paar Tagen habe ich drei kleine Postkarten mit Motiven von Cézanne gekauft. Wie ähnlich ihr euch doch seid.«

Onkel Harry: »Das kann nicht Ihr Ernst sein, Omaha. Ich reiche dem großen Cézanne nicht zu den Knöcheln, nicht einmal bis zur Hornhaut seiner Fußballen. Ich bin nicht wert, die Erde zu küssen, auf der er geht.«

Mein Vater: »Ist er nicht tot?«

Onkel Harry (lachend): »Jedenfalls haben sie ihn begraben.«

Mein Vater: »Ihr Gemälde ›Straßenbahn in Flammen mit Fasanen‹ könnte ebensogut von Cézanne stammen. Die Farbgebung, einfach alles.«

Onkel Harry: »Lieber Omaha, wenn ich Sie an Cézanne erinnere, dann liegt das daran, daß Sie eine Ähnlichkeit sehen wollen. Ich bin nur ein jämmerlicher Schüler, wirklich.«

Mein Vater: »Das Gelb und auch das Olivgrün. Genau dasselbe.«

Onkel Harry: »Ich muß schon sagen, Omaha, Sie haben einen genauen Blick, ich will nicht bestreiten, daß es da einige wenige Gemeinsamkeiten in der Farbgebung gibt, aber ...«

Mein Vater: »Der Pinselstrich, die Komposition!«

Onkel Harry (lachend): »Ach nein, obwohl auch schon andere das gesagt haben, muß ich es doch zurückweisen.«

Mein Vater: »Das Talent ist das gleiche.«

Onkel Harry: »Das ist allzu freundlich. Selbst denke ich nie in diesen Bahnen, aber wenn mich Kenner mit Tatsachen konfrontieren, komme ich doch nicht umhin, eine gewisse Verwandtschaft einzugestehen. Ich möchte das aber nicht vertiefen. Lassen Sie uns von etwas anderem sprechen als von mir.«

Mein Vater: »Ich will Sie nicht in Verlegenheit bringen. Haben Sie schon einmal die Linsensuppe meiner Frau probiert?«

Onkel Harry: »Ich würde höchstens sagen, daß wir, was den Kubismus betrifft, miteinander verwandt sind.«

Mein Vater: »Ein italienisches Rezept. Es würde mich freuen, wenn ...«

Onkel Harry: »Komisch, daß Sie ausgerechnet heute Cézanne erwähnen, schon an der Staffelei hatte ich so ein Gefühl.«

Mein Vater: »Ihr seid Brüder im Geiste. Und eines Tages werden Sie dem Meister vollkommen ebenbürtig sein. Was die Linsensuppe angeht, so ...«

Onkel Harry: »Seltsamerweise hat unser französischer Freund einige Schwächen. Die ich in aller Bescheidenheit versuche, aus meiner Kunst zu eliminieren. Ob das glückt, müssen andere beurteilen.«

Nach einem solchen Meinungsaustausch sagt mein Vater, er sei ein sehr glücklicher Mann, und es sei eine Ehre, einen Künstler wie Onkel Harry zu kennen, und meine Mutter antwortet, »wie schön für dich, Omaha«.

Ich sehe sie an und bin mir nicht sicher, zu wem ich halte. Da beginnt mein Vater, sich mit meinen ersten Erinnerungen zu beschäftigen.

»Laß den Jungen doch jetzt in Frieden, Omaha«, sagt meine Mutter.

»Sag mir, Elliot, was ist das erste, an das du dich erinnerst?«

Ich gehe hinauf in mein Zimmer.

»Mein Freund.« Max hatte diese deutschen Wörter mit freundlicher Stimme ausgesprochen. Ich wußte genau, was sie bedeuteten, besaß ich doch einige Comics über den Zweiten Weltkrieg, in denen deutsche Soldaten unentwegt riefen: »Schnell, Schulz« oder »Zum Teufel« oder »Verdammt«. Aber manchmal gab es da auch jemanden, der sagte: »Du bist schon tot, mein englischer Freund«, und ich wußte auch, was das bedeutete. Ich ging in das Schlafzimmer meiner Eltern, wo die Sonnenbrille meines Vaters in der Schublade lag. Sie war braun mit grünen Gläsern und viel zu groß. Unten im Eßzimmer sagte meine Mutter: »Glaubst du wirklich, ich würde einen glatzköpfigen Mann nicht lieben? Was hat echte Liebe mit der Frisur zu tun?«

Die Haare von Max waren streng zurückgekämmt. So als habe er Pomade verwendet. Ich ging ins Badezimmer und hielt den Kopf unter den Wasserhahn. Aber mein Haar war zu kurz, um anzuliegen. Vielleicht würde auch ich eines Tages eine Glatze haben. Mit fünfundzwanzig. Und mit einer Pudelmütze enden. Die Erinnerung an Ruzanta ergriff von mir Besitz wie der Schatten einer Dohle.

Gehen wir vierzehn Tage zurück. Es ist Mitte Juli:

Ich befinde mich wieder im ersten Stock, mein Vater sitzt an der Schreibmaschine, meine Mutter pflückt Erbsen. Im Haus ist es still. Auf dem Fensterbrett kann man den Todeskampf einer Schmeißfliege studieren. Sie liegt auf dem Rücken und hat die Beine in die Luft gestreckt. Ein Zittern geht durch sie, und das Leben ist beendet. Eigentlich ist sie hübsch im Moment des Todes, tief violett und glänzend schwarz. Wie Grandes sämtliche Kleider Hitzschlag. Ich öffne die Schublade der Kommode, stecke meine Hand zwischen die Socken meines Vaters und nehme die Kassette mit Zeitungsausschnitten von Marilyn Monroe heraus. Unter dem kleinen privaten Stapel, der nicht mehr als ein paar Millimeter hoch ist, liegen seine vier Weisheitszähne. Warum mein Vater sie versteckt hat, ahne ich nicht. Aber ich weiß, daß er sie nie mehr benötigen und auch kaum vermissen wird. Dennoch nehme ich einen Tausch vor. Und lege meine Milchzähne statt der Weisheitszähne in das Kästchen. Danach gehe ich zu Amalie hinüber und leihe mir den großen Mörser aus. Gemeinsam zerstoßen wir die vier Zähne. Ich sage nichts davon, daß sie sich einmal im Mund meines Vaters befunden haben, und ich verrate auch nichts über meine Absichten. Meine Hände zittern, als ich mit dem Pulver nach Hause gehe, und es verstreichen insgesamt fünf Tage, bis ich den Mut finde, mit dem Fahrrad nach Lyngby zu fahren und den Marktplatz bei der Wassermühle aufzusuchen, um mir in dem cremefarbenen Campingwagen von Ruzanta – auf falscher Grundlage – die Zukunft vorhersagen zu lassen.

Bei mir habe ich elf Kronen, eine Vanillestange aus Madagaskar und die pulverisierten Weisheitszähne meines Vaters.

Ruzanta war eine Wahrsagerin von kleiner Gestalt, sonnenverbrannt, mit der Haut einer Rosinenschale und einer Stimme so rostig und tief, daß man ihr die Fähigkeit, in die Zukunft zu schauen, ohne weiteres abnahm. Sie sah mich grimmig an, als ich mich vorsichtig auf dem geblümten Sofa mit den vielen bronzefarbenen Kissen niederließ. Ruzanta hustete gewaltig, entzündete eine Zigarette in einer bernsteinfarbenen Spitze und fragte, wieviel Geld ich heute dabeihätte. Es war nämlich unser drittes Treffen. Eine Sitzung kostete normalerweise fünfundzwanzig Kronen.

Und während Ruzanta eine Platte auf ihr türkisfarbenes Reisegrammophon legte, streute ich das Pulver der vier zerstoßenen Weisheitszähne auf den gekachelten Tisch mit den schönen Etiketten Tausender von Bierflaschen des Orients. Ruzanta starrte das Pulver an und fragte, was zum Teufel das sei. Ich antwortete, ich selbst hätte die Zähne eine Sekunde vor Sonnenaufgang – den Illustrierten zufolge war dies ein schicksalsschwangerer Moment – in einem Mörser zerstoßen. Ruzanta inhalierte den Rauch der braunen Zigarette, was bei mir für einen Augenblick zu Atembeschwerden führte. Mit dünner Stimme sagte ich, mir wäre bekannt, daß echte Wahrsagerinnen das Schicksal der Leute immer aus zerstoßenen Milchzähnen herauslesen würden.

»Das Geld auf den Tisch«, flüsterte die Hellseherin.

Ich legte die elf Kronen neben die zerstoßenen Zähne und log murmelnd, daß ich ein ganzes Jahr lang gespart hätte. Nun ließ Ruzanta ihre magere Hand über den Münzen kreisen, bevor sie sie mit einer schnellen, furchteinflößenden Bewegung einsammelte und in eine Schublade schleuderte. Danach schaute sie harsch in die Luft und sagte, es erfordere Nerven aus Stahl, seiner Zukunft von Angesicht zu Angesicht gegenüberzustehen und plötzlich den Grund des Brunnens zu erreichen, auf dem das eigene vorherbestimmte Schicksal zu sehen wäre.

»Die Tropfen der Wahrheit hallen dumpf in der algengrünen Tiefe, dort, wohin sich nur die wenigsten hinabziehen lassen«, knurrte Ruzanta und entzündete einige Kerzenstummel, deren tanzende Flammen wie ängstlich wispernde Stimmen flackerten und sich in den goldenen

Kordeln des Vorhangs und der Kissen spiegelten. Zusammen mit der Stimme von Marlene Dietrich, die knisternd aus dem Trichter des Grammophons erklang, verbreitete dies eine übernatürliche, traumartige Stimmung im Campingwagen.

Ich schluckte und ließ als mildernden Umstand die schwarze Vanillestange den pulverisierten Milchzähnen folgen. Ruzanta ignorierte mich und begann mit dem langen, messerscharfen Nagel ihres kleinen Fingers in dem Pulver herumzufahren.

»In der Liebe«, wisperte sie heiser, »kannst du einen Kampf erwarten, ein Heulen und Zähneklappern, aber keine Gnade. Doch für den, der geduldig ist, wird immer eine Hoffnung bestehen. Reichtum wird dein Leben nie versüßen, und bis ans Ende deiner Tage wird dich deine elende Gesundheit plagen, an Gliederschmerzen und Verstopfung wirst du leiden, und um auch für den Spott nicht sorgen zu müssen, kannst du dich auf einen frühen Verlust deiner Haare einstellen. So, Omaha, offenbart sich dein Schicksal.«

»Sie hätten nicht vielleicht ein Glas Wasser?«

»So sieht dein miserables Leben aus.« Ruzanta sank erschöpft in den Stuhl zurück.

In der Pause, die folgte, hörten wir nur Marlene Dietrich, doch als sie endlich schwieg, fragte ich vorsichtig, wie es in der Zukunft mit dem Gehör bestellt sei.

»Warme Ohren kannst du gratis haben!« kreischte Ruzanta.

Ich schlängelte mich zum Eingang, bei dem ich mich höflich verneigte: »Danke, liebe Wahrsagerin«, murmelte ich, »den Lohn wirst du empfangen, wenn deine Zeit um ist.«

»Laß dich ja nicht wieder blicken, Omaha Mortensen!« rief Ruzanta.

Ich öffnete die Tür nach draußen. Mein Gewissen war schwärzer als die schwärzeste Vanille

»Die Zähne gehörten einmal meinem Vater«, sagte ich wahrheitsgetreu. »Es waren seine Weisheitszähne, und er hat wirklich nur noch sehr wenig Haare. Zum Ausgleich ist er stocktaub.«

»Zum Teufel mit dir, du Rotzlöffel!« schrie die Wahrsagerin und machte sich daran, mit den Kissen zu werfen. »Wer Unfug mit seinem Schicksal treibt, ist für sein Unglück selbst verantwortlich.«

Ich stürzte auf den Platz hinaus, wo das Gras vor Trockenheit grau war. Der Himmel war inzwischen so blau wie die Blutadern auf dem Handrücken einer alten Dame. Ich legte den Kopf zurück, als mir der erste Regentropfen auf die Nase fiel. Unmittelbar darauf prasselte es auch schon los.

Ich lief zum See hinunter und nach Hause in die Sankt-Laurentius-Allee, wo ich mich mit dem Geheimnis um das Schicksal meines Vaters und im Bewußtsein meiner eigenen Verdammnis auf der Toilette einschloß.

Max schloß das Fenster zum Garten, in dem die Eltern mit ihren Freunden zusammen gerade das Dessert aßen. Dem Programm zufolge sollte Frau Denholm den Abend mit Gesang einleiten, wenn es neun Uhr schlug.

»Elliot«, sagte er bedeutungsvoll, »wir müssen miteinander reden. Wir müssen unseren Worten Taten folgen lassen. Bevor es zu spät ist. Wenn man wie ich gereist ist, verstehst du, wenn man wie ich für längere Zeit aus Dänemark fort war, so wirkt alles wie verkleinert. Als betrachte man die Welt aus dem Fenster eines Flugzeugs.«

Er wandte mir den Rücken zu.

»Winston senior ist als Kaffer zurückgekehrt«, sagte

ich in der Hoffnung, das würde aus Max wieder den alten machen.

Er drehte sich um und sah mir direkt in die Augen: »Das kann so nicht weitergehen«, sagte er, »das ist empörend.«

Ich antwortete, daß es mir selbst absonderlich vorgekommen wäre, aber Herr Asmussen habe sich ja schließlich ziemlich lange in Afrika aufgehalten, und darin würde wohl auch die Erklärung liegen.

»Ich spreche nicht von den Narren im Zimthaus«, knurrte er plötzlich, »ich spreche von Medusa. Und von Otto Nielsen.«

Unten im Garten begann Frau Denholm zu singen: »Sah ein Knab ein Röslein stehn, Röslein auf der Heide …«

»Wir waren auch in Italien«, fuhr Max, jetzt ruhiger geworden, fort. »In einer Stadt, die Bolzano heißt.« Er öffnete seinen kleinen braunen Teakholzschrank mit den Rolltüren und holte eine Flasche mit rotbrauner Flüssigkeit hervor. »Auf dem Marktplatz stand eine Statue oder Figur, die ein Pferd mit einem großen Männerkopf darstellte.«

Max goß die rotbraune Flüssigkeit in zwei kleine Gläser.

»Ein sogenannter Zentaur. Weißt du, was das hier ist?« Er reichte mir ein Glas.

Ich schnupperte daran. Es roch säuerlich und süßlich zugleich. Ich schüttelte den Kopf

»Du mußt es schnell trinken, Elliot. Sonst zerbröckeln deine Zähne. Runter damit.«

Ich zögerte. Er sah mich verständnisvoll an und nickte: »In Bolzano bekam ich eine ganze Flasche und war vierundzwanzig Stunden lang wach. Mehr als wach, Elliot. Hellwach. Ich konnte hören, was auf der anderen Seite des Großglockner geredet wurde.«

»Was ist das?« flüsterte ich

»Es heißt Coca-Cola und kommt aus den amerikanischen Südstaaten. Mein Vater tut Rum hinein. Um es zu verdünnen. Ich glaube, es enthält Kokain. Das ist auch die Erklärung dafür, warum die amerikanischen Mädchen so spitze Brüste haben und die Neger einen größeren Penis als die Weißen. Sie baden ihn in Coca-Cola. Prost!«

Ich schüttete die Flüssigkeit in mich hinein und war mir später nicht sicher, ob ich mir aus dem Geschmack etwas machte oder nicht. Aus irgendeinem Grund sah ich Herrn Asmussen als Zulu vor mir stehen.

Max zog die Hose runter. Ich schrak zusammen. Er hatte Haare zwischen den Beinen bekommen. Nicht viele, aber ein paar, die sich über seinem Pimmel kräuselten.

»Coca-Cola«, stellte er fest und zog die Hose wieder hoch.

»Phantastisch, Max«, flüsterte ich.

Er nickte sachlich und hüpfte mit einem kleinen, koketten Sprung auf die Fensterbank.

»Ein Zentaur«, sagte er und sah aus dem Fenster. Draußen senkte sich langsam die Dunkelheit über Åmosen und den See. »Jetzt treibt er sein Unwesen. Jetzt jagt er. Und die einzigen, die sein Geheimnis kennen, sind wir. Mit anderen Worten tragen wir die Verantwortung dafür, daß etwas geschieht.«

»Aber die Gemeinde«, wandte ich ein.

»Die Gemeinde«, grummelte er, »hat nicht den Hauch einer Chance. Er ist halb Mensch, halb Kobra. Was soll die Gemeinde da machen?«

»Ein Verkäufer aus Mørkhøy ist im Juli verschwunden«, sagte ich heiser. »Das hat im Lokalanzeiger gestanden. Mein Vater meinte, jetzt sei wirklich die Sauregurkenzeit gekommen, aber im Artikel stand, der Mann sei zuletzt bei Nybro gesehen worden. Auf einem Motorroller.«

»Müssen wir noch mehr wissen, Elliot?«

»Der Motorroller war auch verschwunden. Hört sich das nicht unwahrscheinlich an, wenn die Schlange auch ...«

»Häng dich nicht an Bagatellen auf. Der Verkäufer interessiert mich nicht die Bohne. Wir wissen, was wir gesehen haben. Wir hielten doch seine Haut in unseren Händen, zum Teufel. Ich habe ihn durchschaut: Otto, der seinen Vater nie gekannt hat. Vielleicht nicht einmal seine Mutter. Wo kommt er her? Was hat es mit ihm auf sich? Was notiert er in seinen braunen Schreibheften? Mir ist ein Licht aufgegangen, und zwar in Bolzano, während ich zwei Flaschen Coca-Cola getrunken habe. Wir schnappen ihn morgen nacht.«

»Ihn schnappen? Wir?«

»Er ist in Åmosen. Wir spüren ihn auf und schlagen zu. Ich weiß, was er im Schilde führt. Ich kenne seinen Plan. Wo begann denn das alles mit Medusa? Denk nach, Elliot, denk gut nach.«

Ich grübelte wie ein Verrückter und kam zu dem Ergebnis, daß eigentlich alles Anfang Mai begonnen hatte.

»Teils richtig, teils falsch. Es begann mit Alfs Geburt.«

»Du meinst, da besteht ein Zusammenhang?«

Er lächelte mich an. »Du liest meine Gedanken, Omaha. Wir kennen uns schon lange. Natürlich besteht ein Zusammenhang. Das Ungeheuer hat es auf Alf abgesehen.«

Ich setzte das Glas ab. Max senkte den Blick und begann mit dem Taschenmesser seine Nägel zu reinigen. »Kannst du dich erinnern, wie wir als Kinder Pastor Wolle besuchten?«

Ich antwortete, ich könne mich gut erinnern. Jedenfalls in groben Zügen.

»Kannst du dich auch erinnern, daß wir ihn im Kreiskrankenhaus besucht haben, damals, als er sich das Bein gebrochen hatte? Denk zurück, Elliot. Wir sitzen an seinem Bett, du und ich, Ingeborg und Amalie, wir hatten Blumen und Schokolade dabei, Wolle putzt sich die Nase, trocknet seine Augen und erzählt uns vom Paradies. Von Adam und Eva. Und von der Schlange im Baum der Erkenntnis. Erinnerst du dich?«

»Ich erinnere mich, daß Amalie fragte, wie es sein könne, daß Gott, der alles erschaffen hatte, den Himmel, die Meere und nicht zuletzt den Garten Eden, auch die ekelhafte Schlange gemacht hatte.«

»Was hat Wolle geantwortet?«

Max zeigte mit einer zur Pistole geformten Hand auf mich. Ich mußte ihm die Antwort schuldig bleiben. Es lag doch schon einige Jahre zurück.

»Er antwortete …«, Max begann in seinem Zimmer umherzugehen und warf sich schließlich rücklings mit hinter dem Nacken gehaltenen Händen auf sein Bett, »… er antwortete, daß mit dem Guten auch das Böse gekommen sei. Muß ich es wiederholen, Elliot? Begreifst du jetzt? Für mich ist das alles sonnenklar.«

»Verflucht, Max, verflucht noch mal.«

»Komm, ich zeig dir was.«

Wir gingen ins Wohnzimmer und von da aus in die Waschküche, in der eine lange, viereckige Holzkiste stand. Max erklärte, in dieser Kiste sei eine Skulptur, die sich seine Eltern aus Salzburg hatten kommen lassen: ein Springbrunnen für den Garten. Max interessierte sich nicht für die Skulptur, sondern für die Kiste.

Ich sah in den Garten hinaus, in dem Dr. Denholm mit einer grauen Trachtenhose und grünem Filzhut samt Gamsbart am Grill stand. Er sah sehr vergnügt aus.

»Dieser Käfig«, sagte Max, »gehört mir. Den werden wir benutzen. Bist du dabei oder nicht, Elliot?«

»Hättest du noch ein bißchen Cola für mich?« fragte ich.

Am folgenden Tag gingen wir zum Zimthaus hinüber. Amalie mähte gerade den Rasen. Max hatte die Paddel und noch eine ganze Menge anderer Dinge für die große Expedition dabei. Es war ein warmer, beinahe schwüler Tag. Amalie trank Wasser aus einer großen Feldflasche. Max erklärte, wir seien auf dem Weg, um Otto Nielsen, genannt Medusa, aufzuspüren und gefangenzunehmen.

»Wir werden möglicherweise den ganzen Tag und die ganze Nacht unterwegs sein.« Er setzte die Sonnenbrille ab und wieder auf.

Auf Amalie schien das keinen Eindruck zu machen, zerstreut fummelte sie am Scherblatt des Rasenmähers herum. »Er ist gerade gegangen«, sagte sie.

Wir stierten sie an. »Wer ist gerade gegangen?«

»Otto. Er hatte ein Geschenk für uns dabei. Besser gesagt für Alf. Er war in der letzten Zeit ein bißchen schlapp – ich spreche von Alf. Wir haben ihm ein Kalmuspulver verabreicht, bestehend aus geriebener Kalmuswurzel und einer Idee Engelwurz, was zusammen mit einem halben Liter Rum angesetzt wird. Grande hatte dies Rezept aus Viborg von 1922. Hervorragend bei Bronchitis … Kalmus«, sprach sie weiter, »galt im antiken Rom als Aphrodisiacum. In Himmerland, ungefähr um 1800, nannte man es ›Knabenspitz‹.«

Wir glotzten sie an. Sie zuckte mit den Schultern. Und sah müde aus. Müde und tapfer.

Max sandte mir einen vernichtenden Blick und fragte, was für ein Geschenk Otto denn mitgebracht habe.

»Irgendso ein Eisending mit einer Leitung. Etwas Selbstgemachtes.«

»Eine Bombe«, murmelte Max.

Amalie sah ihn an und begann, sich mit dem Rasenmäher zu entfernen: »Dein Hosenstall steht offen, Max Denholm.«

Max drehte sich schnell um und knöpfte seine Hose zu. Ich lief Amalie nach, die sagte, daß Ingeborg drinnen im Haus sei. Sie passe auf Alf auf. Vielleicht seien sie auf dem Dachboden in ihrem Ballettraum.

»Und die Bombe?« fragte ich.

»Welche Bombe, Elliot? Wovon redet ihr?«

»Wir reden von Medusa!« rief Max.

Eine Minute später standen wir in der Eingangshalle des Zimthauses, von wo aus wir sehen konnten, wie Onkel Harry mit seiner Frau zu der Musik von Django Reinhardt tanzte. Auch er ein Hypodaktyliker, dem mehrere Finger fehlten. Auf der Gitarre war er trotzdem ziemlich schnell. Wir stiefelten die Treppen hinauf, und Reinhardts Zigeunergeklimper wurde abgelöst von Debussys »Clair de lune«. Max öffnete die Tür. Ich zuckte zusammen. Der Dachboden war verdunkelt, aber an den Wänden und auf den Balken erblickte man den gesamten Sternenhimmel: Kassiopeia, Fuhrmann und der große Bär, alle waren sie da und leuchteten gelb an den bläulich kühlen Wänden. Mir wurde für einen Moment ganz schwindlig. Als ob ich kurz die Erdhaftung, auf jeden Fall die Balance verloren hätte. Ich fühlte mich schwerelos. Langsam gingen wir den Boden entlang und sahen jetzt den Südlichen Sternenhimmel an der gegenüberliegenden Wand. In der Mitte des Raumes saß Ingeborg mit Alf. Beide hatten Narrenkappen auf.

Warum, weiß ich nicht. Die zweifarbigen, gelbgrünen Kappen waren aus Filz gefertigt und hatten kleine Schellen an der Spitze. Vielleicht wieder einer von Otto Nielsens Einfällen.

»Willkommen im Universum«, sagte Ingeborg und nahm die Platte vom Grammophon.

Jetzt sah ich, woher die Sternbilder kamen, nämlich von einem zylinderförmigen Eisenbehälter, in dem sich eine Fassung und eine gelbe Glühbirne befanden.

»Ich bringe Alf gerade alles über die Sterne bei.« Ingeborg hielt den Kleinen in die Höhe, so daß er das glitzernde Firmament besser studieren konnte. Das Kind glotzte gebannt den Nördlichen Sternenhimmel an, hatte aber offenbar Schwierigkeiten, den Kopf zu halten, der entweder nach vorne oder nach hinten kippte. Das sah sonderbar aus, weil sein Blick und der gesamte Ausdruck so konzentriert wirkten. Besonders als seine Schwester ihn an die Schulter legte, wo er wie ein Schiffbrüchiger hing und Max und mich mit dem üblichen Ausdruck unverhüllter Neugierde fixierte. Max, der ja eine Vielzahl nützlicher Ausdrücke beherrscht, sowohl auf dänisch als auch auf lateinisch, hatte vor seiner Abreise gesagt, er finde Alf regelrecht indiskret. Dazu sagte Ingeborg, die sich mit ihrer Tante und Oda Nielsen im Aufpassen, Füttern und Wickeln abwechselte, daß Alf schließlich dabei sei, die Welt zu erobern, und daß es wichtig sei, ihm entgegenkommend und ohne Kälte zu begegnen.

Max ging langsam zu ihr und betrachtete das Eisending. »Und das … das habt ihr von Otto bekommen?«

»Er sagte, es sei für einen zukünftigen Entdeckungsreisenden wie Alf doch wichtig zu lernen, seinen Kurs nach den Sternen zu richten, und damit mag er wohl recht haben. Er hat den Himmel selbst angefertigt. Ich spreche von Otto.«

Max setzte sich hin und nahm die Leitung hoch, als handelte es sich um eine Lunte. »Sieh mal einer an, Otto Medusa Nielsen hat also den Himmel selbst angefertigt, na, wenn's weiter nichts ist.«

»Jedenfalls den Sternenhimmel«, sagte Ingeborg und lächelte ihren kleinen Bruder an.

Max setzte den Fuß auf den Zylinder: »Das ist doch der reine Schwindel«, flüsterte er.

»Schwindel, Max?« Ingeborg gab Alf einen Kuß, und der Kleine starrte mich unwissentlich an, als wollte er sagen: »Schau, Elliot, wieviel Mühe sich meine Umwelt macht. Als ob ich nicht bereits alles wüßte: Neun Monate habe ich inmitten unseres Planeten gelegen, inmitten von Mutter Erde. Wenn ich mich erbrach, ergoß es sich aus dem Ätna, und wenn ich rülpste, erzitterten die Palmen in Florida. Ein einiger Furz, und sofort entstand ein Riß in der Erdkruste auf Hokkaido. Und ich sollte den Sternenhimmel nicht kennen? Also wirklich!«

Ingeborg sagte, sie habe Otto zum Dank für sein Geschenk ein Glas Orangenlimonade und eine Waffel gegeben.

Durch Max ging ein Ruck. »Du hast ihn belohnt?«

»Otto hat so etwas Poetisches an sich.«

»Er ist Medusa.«

»Vielleicht deswegen. Schau, Alf, dort ist der Südliche Himmel, und über der Tür befindet sich ein Sternbild, das man sonst nur von Australien aus sehen kann.«

Wir betrachteten alle das gelbe Sternenmuster, dessen Form mir unbekannt war.

»Wie heißt das?« fragte ich leise.

Ingeborg hatte sich zum Grammophon begeben. »Es heißt Zentaur«, sagte sie freundlich.

*Wir laufen mit dem Himmel um die Wette,*
*der blau und herausfordernd ist,*
*weit und leer, wie das Loch in unseren Herzen.*

## *Zehntes Kapitel*

Am Sonntag, dem vierten September, ging die Sonne um halb sieben auf. Im Schlafzimmer war meine Mutter gerade damit beschäftigt, die Hose meines Vaters zu bügeln. Es brodelte dumpf, wenn meine Mutter das Bügeleisen auf das feuchte Geschirrtuch setzte. Im Radio sang Aksel Schiøtz »So schwer ist mir ums Herz«. Meine Mutter findet, er klinge wehleidig, während mein Vater in der Regel in Tränen ausbricht. Es ist immer ein bißchen rätselhaft, warum ein tauber Mann von einem Lied so bewegt wird, das er nicht hören kann. Ich weiß, daß er den Text auswendig kennt, vielleicht liegt es also daran. Selbst sagt er, es sei die Stimmung.

Ich saß auf dem Bett und sah ihn an; er stand in Unterhose und Unterhemd am Fenster und starrte nach draußen. Meine Mutter ging zu ihm.

»Jetzt nimmst du dich zusammen, Omaha«, sagte sie und reichte ihm die Hose. »Und du, Elliot, gehst ins Bad. In zwanzig Minuten fahren wir.«

Manchmal denke ich an meinen Großvater, den ich nie kennengelernt habe, weil er einen Monat, bevor ich geboren wurde, starb. Er verließ seine Heimatstadt, Marslev auf Fünen, und erzählte allen, die es hören wollten, er würde nach Nebraska reisen, um sein Glück zu machen und einen Haufen Gold zu finden, vielleicht auch umgekehrt. Jedenfalls kam er nicht weiter als bis nach Tappernøje, wo er meine Großmutter heiratete. Er kehrte nie wieder nach Marslev zurück und erzählte keiner Seele, daß er nie Amerika erreicht hatte. Dafür gab er seinem Sohn den Namen der Stadt Omaha am Missouri, und noch immer hat mein Vater über dem Schlafzimmerspiegel drei Fotos aus einer Touristenbroschüre hängen, die einen Omaha-Indianer mit einer heiligen Muschelschale zeigen, deren Kraft der Rothaut einhundertzweiundvierzig glückliche Jahre beschert hatte; dann eine Zeichnung der berühmten Calamity Jane, die in den 1870er Jahren ihr Unwesen trieb, und schließlich eine glänzende Postkarte von den Rocky Mountains. Zweimal im Jahr verlangt meine Mutter, diese Bilder sollten weggeschmissen werden, aber mein Vater hält daran fest, daß sie ein Teil des Erbes seiner Väter seien, ein Bestandteil seiner Wurzeln und daher ebenso heilig wie die Muschelschale aus dem Indianerreservat.

»Wie können denn diese verblichenen Touristenbildchen etwas mit dir und deiner Kindheit in Tappernøje zu tun haben?« fragt meine Mutter, worauf mein Vater, zumeist mit sehr würdevoller Miene, antwortet, daß er den Traum seines Vaters teile und oft, wenn auch nur im Geiste, durch die Steppen Nebraskas reite und an einer Muschelschale sauge. Solche Bemerkungen können meine Mutter schier um den Verstand bringen, und ich glaube, das ist meinem Vater sehr recht.

Jetzt atmete er tief ein und schloß die Augen. Ich versuchte mich an ihm vorbeizuschleichen, aber er war zu schnell, zog mich zu sich und hielt mich fest, während er seine Wange auf meinen Kopf legte. Das dauert meist nur ungefähr eine Minute, aber heute war es länger. Es war auch ein besonderer Tag, denn heute sollten Grande und Frau Asmussen aus Bad Schandau nach Hause zurückkehren. Die ganze Sankt-Laurentius-Allee samt der merkwürdigen alten Frau Wolle hatte vor, sie vom Hauptbahnhof abzuholen. Wir wollten den Firmenlastwagen nehmen, den wir auch an Mittsommer benutzt hatten. Das Auto mit Ottos Großvater hinter dem Lenkrad stand schon draußen auf dem Weg. Ich hörte ihn die Tür des Führerhauses zuschlagen. Ein Geräusch schweren Metalls, vermischt mit dem Geruch nach Benzin, Curry und Myrtenschnaps, nichts weiter. Ich liebte den Wagen. Herr Nielsen trug seinen dunkelblauen Anzug. Die Hose war etwas zu kurz, und sein weicher Hut stand ihm nicht. Er hatte ihn offensichtlich eine Nummer zu groß gekauft, oder aber sein Kopf war eingeschrumpft. Er lehnte an der Kühlerhaube und rauchte einen Zigarillo. Ich überlegte, ob Otto wohl mitkommen würde. Max und ich hatten ihn seit vierzehn Tagen nicht gesehen und wußten auch genau warum. Er versteckte sich. In Åmosen. Lauerte im Sumpf auf ein neues Opfer. Tat er das wirklich? Das Ganze war doch etwas verwirrend. Max schien mir verändert, aber vielleicht war ich es selbst auch. Ich hatte mit Amalie darüber gesprochen, als wir in der Libanonzeder herumkletterten. Ein sonderbarer Tag mitten im Juli. Das gesamte Viertel war wie ausgestorben. Die Leute waren in den Ferien. Zurückgeblieben war nur dieser merkwürdige Tag, der keinen Morgen, Mittag oder Abend kannte. Die Zeit stand still. Wir ritzten unsere Namen in die Zedernrinde und fanden noch andere Einritzungen, unter anderem welche, die von ihrem Vater stammten. Insgesamt drei Herzen, je eines für jedes seiner Mädchen.

Amalies lange, sonnenverbrannte Finger berührten die Buchstaben, die jedes Jahr größer und größer werden. Die Handschrift des Vaters lebt in der Rinde, und eines Tages wird man die Namen über den ganzen See hinweg sehen können.

Der Tag ist wie gesagt etwas unheimlich, und ein hartnäckiger Geruch kommenden Regens hat sich über der Gegend ausgebreitet. Süß, grün und flüsternd. Kann ein

Geruch flüstern? Ja, er flüstert von Tropfen, die das Schilf hinabgleiten, und von den Schaumkronen, wenn der Regen das Wasser aufwirbelt. Und von der Stille zuvor. Amalie trägt den alten Strohhut ihres Vaters. Und seinen verwaschenen Overall. Sie ist braun wie ein Neger, und ich muß an das Kaffern-Gespenst denken, als wir uns plötzlich ansehen. Der Laut kommt aus dem Wald heraus, besser gesagt, er schallt über den Wald hinweg. Zuerst glaubte ich, er käme aus dem Stamm. Als hätten das Harz und die Feuchtigkeit einen geheimen Verbindungsgang geschaffen, der dies kühle Echo und diese dumpfe Melodie ermöglichte. Es klingt wie ein hohles Bambusrohr oder eine südamerikanische Panflöte, aber wir wissen beide, woher es kommt. Ich erzähle ihr von Max' Idee, Otto alias Medusa zu fangen. Sie sitzt mit dem Rücken zu mir und kaut auf einem Stück Süßholz. Als ich von der Holzkiste berichte, die wir als Käfig benutzen wollen, dreht sie sich plötzlich herum:

»Schlangen«, sagt sie leise, »Schlangen erzeugen nicht solche Flötentöne. Und Max kann nicht einmal Blindschleichen, Regenwürmer oder Stubenfliegen fangen.«

Sie schaut über den See in die Richtung, aus der die Töne kommen. Niemals finden sie zu einer Melodie zusammen, aber sie passen zum Wind und zum Regen, der ziemlich unauffällig von Süden her kommt und sich über der Gegend ausbreitet wie ein Sari. Er trommelt leise gegen die Nadeln der Zeder. Ich lehne den Nacken gegen den Stamm und denke an die tote Siamkatze, die wir im Juli fanden, und an das Gerücht, Katzen aus dem ganzen nördlichen Seeland würden diesen Baum aufsuchen, wenn ihre Zeit gekommen sei. Und daß es wohl das ist, worüber sich die Dohlen immer amüsieren. Amalie sagt, derjenige, der unter den Zweigen des Baumes übernachte, werde eines Tages auf Reisen gehen und nie mehr zurückkehren. Wenn ich das Ohr an den Stamm lege, höre ich nichts. Vielleicht habe ich einen Teil der Taubheit meines Vaters geerbt. Vielleicht ist das nur eine Stimmung. Amalie sagt nämlich auch, sie könne die Wurzeln und das Grundwasser hören, wenn sie über das kurze Leben des Regenwurmes sprachen. Plötzlich schlingt sie die Arme um mich und hält mich fest. Für ein Mädchen ist Amalie unheimlich stark. Sie fragt, ob ich mich befreien könne. Unsere Wangen berühren sich. Ich spüre ihren Atem an meinem Rücken. Ich sage, ich könne mich nicht befreien. Langsam löst sie ihren Griff. Ich habe ihr immer noch den Rücken zugekehrt.

»Bist du manchmal allein, Elliot?«

»Allein«, sage ich, »wie allein? Manchmal bin ich allein zu Hause, wenn du das meinst.«

Sie antwortet nicht sofort, dann sagt sie: »Das habe ich nicht gemeint.«

Ich drehe den Kopf, aber das möchte sie nicht. Sie möchte, daß ich so sitzen bleibe und ihr weiter den Rücken zukehre. »Allein«, sagt sie leise. »Allein mit dir selbst. In dir selbst. Bist du das manchmal?«

Ich antworte, ich könne mich nicht erinnern. Vielleicht. Vielleicht verstehe ich nicht ganz, was sie meint. Das rede ich mir jedenfalls ein, aber im Grunde weiß ich sehr genau, wovon sie spricht. Kurz darauf gehe ich. Zum Haus und zum Weg hinauf. Sie sitzt immer noch dort unten im Baum, eine Silhouette oder ein Zweig, ein verwachsener Teil der großen Zeder. Als ich mich auf dem Weg nach Hause befinde, springt sie plötzlich auf die Erde hinab. Wie ein Tier, ein Affe oder eine Katze. Doch anstatt sich aufzurichten, verharrt sie in der Hocke, die Arme zwischen den Knien, genau wie ein

Gibbon. Will sie etwas von mir? Ja, sie will etwas von mir. Sie winkt mir zu, gibt mir mit einer heftigen, fast aggressiven Handbewegung ein Zeichen. Ich gehe zurück und beginne zu laufen, als ihre Bewegungen immer ungeduldiger werden.

»Was ist los?«

Sie sieht zu mir auf. Wahrhaftig, sie ist ein Tier. Die Augen sind pechschwarz und die Ohren spitz. Sie ist ein Zwischending aus Panther, Echse und Pavian. Mit kleinen, geschmeidigen Bewegungen springt sie zu dem alten Gravensteiner, wo an einem Seil eine moosüberwachsene Schaukel hängt, die nur mehr ein Rotkehlchen oder eine Kohlmeise tragen kann. Der Apfelbaum ist vielleicht das Harmonischste am ganzen Grundstück, aber wenn er berühmt geworden ist, dann deshalb, weil er nie mehr als eine einzige Frucht trägt. Der Apfel hängt über meinem Kopf, gelb mit rotem Überzug und jetzt vom Tau umhüllt, der ihm in dieser Beleuchtung einen silbrigen Schimmer verleiht.

»Wir teilen ihn uns«, spricht das Tier auf dem Boden.

Ich lächle versuchsweise: »Müssen wir? Ich meine, das kommt doch aufs gleiche hinaus.«

»Pflück ihn, pflück ihn für mich!«

»Warum machst du das nicht selbst, Amalie?«

»Ich kann ihn nicht erreichen.«

Ich stelle mich auf die Zehenspitzen und greife nach der Frucht, die kalt wie Eis ist.

»Worauf wartest du, Elliot?«

»Eigentlich habe ich gar keine Lust auf den Apfel. Wenn du ihn haben willst, dann nimm ihn dir doch selbst.«

Sie steht auf und tritt ganz nah an mich heran: »Begreifst du nicht, daß ich ihn mit dir teilen will? Begreifst du das nicht, Elliot?«

Ich schweige, weil ich nicht weiß, was ich sagen soll. Sie ist so sonderbar. So andersartig und trotzdem ganz sie selbst.

»Jetzt ist er reif«, höre ich mich sagen. Mein Arm streckt sich erneut nach dem Apfel, den ich aus dem Zweig herausdrehe. Er löst sich sofort. Gutwillig.

In der Reflexion eines Taschenmessers scheint das letzte Licht des Tages auf.

Mit geschickten Fingern schneidet sie die Frucht mittendurch. »Wohl bekomm's«, flüstert sie.

Der Apfel schmeckt säuerlich und süß. Ich trockne mir mit dem Handrücken die Lippen. »Ich muß jetzt gehen, nach Hause.« Sie nickt und lehnt den Nacken an den Stamm. Ist jetzt eine ganz andere Amalie. Vor allem viel älter. Die zuvor so großen schwarzen Augen sind immer noch schwarz, aber halb geschlossen. »Wir sehen uns wieder«, sagt sie. »Jetzt sind wir nie mehr allein, Elliot.«

Ich drehe mich um, als ich im Schatten der Veranda mit den waffelfarbenen Korbmöbeln stehe. Dort hält eine Schale mit Zitronen flüsternd Zwiesprache mit der Dämmerung. Das Licht in den dunklen Zimmern hat die Farbe blauer Weintrauben. An der Mauer sitzt eine Eidechse und glotzt einen Nachtfalter an. Der Tag hat sich losgelöst von allen anderen Tagen; dies ist ein ganz besonderer, und er verschwindet erst dann, wenn es ihm paßt. Und wenn er schließlich fort ist, kehrt er nie wieder. Es gilt, mit anderen Worten, sich an ihn zu erinnern: Stunde für Stunde, Minute für Minute, und herauszufinden, welchem Zweck er diente. Ich glaube, es wird noch lange dauern, bis ich es begreifen werde, also verplempere ich jetzt nicht länger meine Zeit mit Grübeln, sondern schaue ein letztes Mal zu Amalie hinunter, die nun vollkommen verschmolzen ist mit dem Baum, an dem

Ingeborg frühmorgens gesessen und an einer Zeichnung gearbeitet hatte, die sie »Toscana 1423« nannte.

Mein Vater zog Hemd und Krawatte an und öffnete das Fenster. Onkel Harry rief irgend etwas. Er war glänzender Laune. Es klang wie »Guten Morgen, Omaha!« und mein Vater antwortete mit brüchiger Stimme: »Guten Morgen, Onkel Harry!« Meine Mutter bat ihn, das Fenster zu schließen und an sein Taschentuch zu denken. Zehn Minuten später stand ich mit Max vor dem Zimthaus. Max trug seinen neuen dunkelblauen Anzug und eine riesige Sonnenbrille. Er sah sehr fremdländisch aus, und ich kam mir in meiner kurzen grauen Hose und dem grauen Pullover regelrecht dumm vor. Die karierten Kniestrümpfe kratzten, und ich haßte den Gedanken an meinen schnurgeraden Scheitel, der mich aussehen ließ wie die einfältigen Enkel von Pastor Wolle. Jetzt kamen Herr und Frau Denholm hinzu; sie trug einen großen schwarzen Strohhut, der schräg über ihrem sonnenverbrannten Gesicht saß. Ihr kanariengelbes Kostüm leuchtete wie eine Neonreklame.

Sie redeten mit Onkel Harry und Herrn Nielsen. Über das Wetter und die Freude, Frau Asmussen wiederzusehen. Onkel Harry wippte energisch auf seinen Zehen. Jetzt näherten sich Amalie und Ingeborg. Amalie hatte eine große Flagge dabei und Ingeborg einen Blumenstrauß. Zum Schluß kam Oda Nielsen mit Alf, der bald getauft werden sollte. Zu meiner großen Erleichterung schlief er fest. Meta war auch gekommen. Sie stand neben ihrer Mutter, die sorgenvoll die Hände rang, auf die Uhr schaute und Metas Kleidung zurechtzupfte. Wir krabbelten auf die Ladefläche, und Max sagte trocken, daß uns jedenfalls Otto erspart bliebe. Ich glaube, die meisten verspürten ein komisches Gefühl in der Magengrube. Nicht zuletzt mein Vater, der stocksteif neben meiner Mutter saß, die sich mit Frau Wolle über Franzjosef unterhielt, der die ganze Nacht nicht nach Hause gekommen war. Er streife viel herum, käme aber doch immer nach Hause, wenn es dunkel wurde. »Vielleicht hat er sich eine Freundin zugelegt«, sagte meine Mutter. Das brachte Frau Wolle sehr zum Lachen, bis Max sagte, es bestehe ja auch die Möglichkeit, daß Medusa ihn gefressen habe. Dr. Denholm wies ihn sofort zurecht und beruhigte Frau Wolle, die kreidebleich bei dem Gedanken geworden war, ihr geliebter Köter habe möglicherweise im Rachen der großen Kobra sein Ende gefunden. »Hören Sie nicht auf das ganze Geschwätz über die Schlange, Frau Wolle«, sagte Herr Denholm und sah seinen Sohn zornig an. Meine Mutter stimmte ihm zu, aber Onkel Harry sagte, Aberglaube sei schließlich auch ein Glaube, und so endete das Ganze trotzdem damit, daß Ingeborg und Frau Denholm »Der gesegnete Tag« anstimmten. Alf wachte auf und sah mir direkt in die Augen, als wollte er sagen: »Sing mit, Elliot, sing einfach mit, halte dich nicht zurück, mein Freund. Fürchte dich nicht, auch wenn du mit deinem Schicksal Schabernack getrieben und dir aus den pulverisierten Weisheitszähnen deines Vaters hast weissagen lassen. Erhebe deine Stimme, mische dich in den Chor, schau nicht so traurig, ich bin ja bei dir.«

Elender Kleptomane.

Nachdem wir beim Hauptbahnhof angekommen waren, reihten wir uns zu einer Art Prozession auf – Amalie schritt mit der dänischen Fahne voran, gefolgt von Ingeborg mit dem Blumenstrauß und Oda Nielsen mit Alf. Ihnen folgte Meta mit ihren Eltern, und zum Schluß kamen mein Vater und ich. Er hatte darauf bestanden, mich an der Hand zu nehmen, was ich als schlechtes Zeichen betrachtete. Kurz darauf standen wir auf dem Bahnsteig 6 und verglichen unsere Uhren mit denen des Bahnhofs.

Drei Minuten, nur drei Minuten. Ich schaute auf den Sekundenzeiger und bemerkte, wie meine Mutter an mir herumzupfte. Onkel Harry fragte, ob ein zehnfaches Hurra angebracht sei, wenn die Damen dem Coupé entstiegen, und Dr. Denholm antwortete, das ginge ohne weiteres. Ich schielte zu meinem Vater, der sich abgewandt hatte. Mit zusammengebissenen Zähnen. Ein leidender Mann. Meine Mutter schüttelte leicht den Kopf, als ein schriller Pfiff durch den Bahnhof gellte, worauf eine große schwarze Dampflokomotive auf dem Gleis heranbrauste. Es quietschte und heulte, ächzte und prustete, bevor sie mit einem Seufzen und einem rostigen Aufheulen zum Stehen kam. Die Leute hingen aus den Fenstern und winkten ihren Angehörigen.

Wir eilten Amalie hinterher, die auf dem Weg zum Schlafwagen war, dessen Türen man bereits geöffnet hatte.

»Wir bilden einen Kreis um die Fahne«, rief Onkel Harry, »faßt euch an den Händen!«

Spontan begann Frau Denholm »Wie eine reiselustige Flotte« zu singen, es klang ein bißchen grell und ging schnell im Stimmengewirr, in Rufen und Gelächter unter. Es gab ein schlimmes Durcheinander, und mitten im Tumult erspähte ich meinen Vater, der seine großen Handflächen gegen die Augen drückte und mit den Tränen kämpfte. Die Leute strömten auf den Bahnsteig, aber noch immer hatte niemand Frau Asmussen oder Grande ausfindig gemacht. Ich stand zwischen meiner Mutter und Dr. Denholm, der ehrerbietig seinen Hut abgenommen hatte.

»Wo bleiben sie denn nur?« fragte Metas Mutter besorgt. »Jaja, kommt Zeit, kommt Rat«, murmelte Onkel Harry und warf einen verstohlenen Blick in den Wagen. In diesem Moment rief Amalie: »Da ist Grande!«

Ingeborg trat mit dem Blumenstrauß zwei Schritte vor, und Onkel Harry hob den Arm, um das Zeichen für die zehn Hurrarufe zu geben, als Grande auftauchte. Mit ihrem schwarzen Mantel und dem großen braunen Hut sah sie phantastisch aus. Stolz nahm sie die Huldigung der Familie entgegen. Ich wandte meinem Vater den Rücken zu, der sich auf einer Bank zusammenkrümmte, und hörte, wie Grande sich für den Empfang bedankte. Es sei merkwürdig, wieder in Dänemark zu sein, wie sie bemerkte. »Aber laßt mich gleich sagen, wie es ist: Ich habe meine Schwägerin, die Mutter der Kinder, nicht mit dabei.«

Wir standen wie versteinert, und ich sah den Blumenstrauß in Ingeborgs Händen sinken.

»Ihre physische und psychische Verfassung ließ das nicht zu, aber man bemerkt dennoch einen täglichen Fortschritt, über den wir uns alle freuen sollten.«

Ingeborg überreichte die Blumen ihrer Großmutter, die sie mit leichtem Kopfnicken entgegennahm.

Obwohl ich Ingeborg nur von hinten sehen konnte und Grande wie immer der Spitze eines weißen Granitfelsens glich, nahm ich doch den kurzen Augenblick – wie der Punkt hinter einer Note – wahr, in dem sie einander ansahen, als seien sie unter sich. Ingeborg wurde klein und durchsichtig, ein flaschengrüner Tropfen der Enttäuschung hatte sich losgerissen, doch bevor er die Erde erreichte, hatte Grande ihn schon aufgefangen und zurück in die Flasche befördert.

Onkel Harry streckte die Hand aus, um ihr die Treppe hinunterzuhelfen, aber Grande lehnte ab und bat erneut um Ruhe: »Meine Schwägerin habe ich also nicht nach Dänemark mitnehmen können, aber dennoch bin ich nicht allein aus Bad Schandau abgereist.«

Es wurde totenstill auf dem Bahnsteig. Onkel Harry hatte sich eine dicke Zigarre in den Mundwinkel gesteckt und ein Streichholz entzündet, das er einen Zentimeter von der Zigarre entfernt hielt, bevor er es durch ein leichtes Schütteln der Hand wieder erlöschen ließ.

Grande streckte ihre Hand nach hinten aus. Es verging ein Augenblick, in dem alle wie versteinert dastanden. Ich schaute zu Max hinüber, der mit den Schultern zuckte, als neben Grande ein Mann zum Vorschein kam. Er war um mindestens einen Kopf kleiner als sie, ungefähr sechzig Jahre alt, mit dem Körper eines Babys und einem großen, fast kahlen Kopf, auf dem vereinzelt bürstenartige graue Haare wuchsen. Seine runde Brille war schwarz und das Gestell sehr solide, um die zolldicken Gläser halten zu können, die seine Augen in zwei pflaumenfarbene, unnatürlich starrende Glasmurmeln verwandelten. Die Nase war groß und fleischig und zu gewaltig für das bleiche Mondgesicht. Das Gesicht hatte scheinbar kein Nasenbein und ging von der Stirn bis zum Vollbart hinunter, der ihm ein trollartiges, mürrisches Aussehen verlieh. Er glotzte uns mit einer Mischung aus Ungläubigkeit und Widerwillen an. Hinter mir hörte ich Onkel Harry murmeln: »Was zum Teufel soll denn das bedeuten?«

Genau wie wir anderen starrte Onkel Harry dieses Männlein an, das Grande noch dazu an der Hand hielt, so daß er einem Kind glich, oder, noch schlimmer, einem Spielzeugmännchen oder Geisteskranken. Er trug einen blankgescheuerten zerknitterten Anzug, ein Paar schwarzbraune Stiefel mit weißlich abgestoßenen Spitzen und ein Hemd mit braunen Flecken, als wäre es unter dem Bügeleisen verbrannt worden.

»Erlaubt mir«, sagte Grande mit hoher, gebieterischer Stimme, »euch Misja vorzustellen.«

Sie legte dem Mann sanft die Hand auf den Rücken. Er nickte, zwinkerte mit den Augen, nahm die Brille ab und putzte sie mit einem alles andere als sauberen Taschentuch. Dann betrachtete er sie eingehend und hauchte entrückt auf beide Gläser, bevor er sie in aller Ruhe, gerade so, als wäre er mutterseelenallein, wieder auf die Nase setzte.

In der Zwischenzeit war eine seltsame Stille entstanden. Onkel Harry blickte so vorwurfsvoll auf seine Zigarre, als gäbe er ihr die Schuld an dem Vorfall.

Wir alle hielten den Atem an; niemand wußte genau, was von ihm erwartet wurde, als Grande hinzufügte: »Misja ist mein Freund.« War es vorher schon ruhig gewesen, so herrschte jetzt Grabesstille. Man konnte fast hören, wie Onkel Harry die Zigarre aus dem Mund nahm und Meta nach Luft schnappte.

Ingeborg war die erste, die ihre Fassung wiedergewann. Jedenfalls holte sie Alf von Frau Nielsen und reichte ihn Grande, die eine Stufe hinabstieg, den Kleinen vor dem fremden Mann in die Höhe hob und sagte: »Das ist Alf, mein jüngstes Enkelkind.«

»Ah, der Junge, der aus dem Fenster gefallen ist«, murmelte der Mann und schaute Alf uninteressiert an.

»Genau«, sagte Grande, »und das Mädchen ist mein ältestes Enkelkind, Ingeborg. Komm herauf, mein Schatz, und begrüße Misja.«

Ingeborg trat auf die Stufe und streckte ihre zarte weiße Hand aus, worauf der Mann mit beiden Händen ihr Gesicht ergriff und ihr einen Kuß auf jede Wange drückte.

Ingeborg biß die Zähne zusammen und fixierte Amalie, die sich an die Fahne klammerte. »Ich heiße Amalie«, sagte sie tonlos, rührte sich aber nicht von der Stelle.

»Die übrigen«, sagte Grande, »gehören zur Familie und sind gute Freunde, Nachbarn und Mitbewohner der Sankt-Laurentius-Allee, deinem neuen Zuhause, Misja.«

Nachdem sie das gesagt hatte, schaute ich sofort verstohlen im Kreis herum, vielleicht, um einen Gesichtsausdruck zu finden, den ich nachahmen könnte. Dr. Denholm hatte die Augen leicht zusammengekniffen und ein feines Lächeln auf den Lippen. So sah er häufig aus, wenn er im Zimthaus war. Neben ihm stand seine elegante Frau und machte große Augen. Sie hatte ihre knallroten Lippen zu einem Kußmund geformt und verharrte in dieser Pose, als ob sie gerade verewigt würde. Onkel Harry hingegen starrte finster und unruhig auf einen Punkt, der sich hinter Grande befand. Man konnte geradezu sehen, wie das Ganze in ihm arbeitete und zerrte. Meine Mutter sah aus, als dächte sie an den Hausputz oder das Abendessen, während mein Vater diesen Misja als einziger entgegenkommend und ein bißchen töricht anlächelte, seine Augen trocknete, sich die Nase putzte, glücklich auf den Fußballen wippte und den Arm um Herrn Denholm legte, der sich vor Lachen den Bauch hielt. Amalie war nichts anzusehen, und als ich den Mut faßte, Alf anzuschauen, blickte er mir natürlich direkt in die Augen: »Wie du siehst, Elliot, hat das Leben gerade erst begonnen. Mach dir keine Sorgen, alles ist so, wie es sein soll. Denk nicht mehr an die Weisheitszähne deines Vaters oder deinen schändlichen Schwindel mit der Vorsehung, das alles ist dir vergeben. Im übrigen ist dein ganzes Geschlecht verloren; denke nur an deinen Großvater, der nie weiter als bis nach Tappernøje gekommen ist, aber ein ganzes Dorf hinters

Licht führte. Amerika hat er niemals erreicht, genau wie dein geliebter Vater nie den Nil und die Pyramiden wird sehen können, genausowenig wie du auf dem Rücken eines Fabeltiers mit vier Ohren nach Samarkand gelangen wirst. Ich persönlich könnte es gar nicht besser haben und träume nur von drei Dingen: nämlich sauber zu werden, laufen zu lernen und bis zum Mittag unter unserer Libanonzeder zu schlafen, in sie hinaufzuschauen und alles ganz zu vergessen.«

Ich wandte meinen Blick ab und war kurz versucht, die Zunge herauszustrecken. So eine Frechheit.

Unterdessen glotzte Misja von einem zum anderen, räusperte sich und kratzte sich ungeniert in der linken Armhöhle.

Grande sah ihn begeistert an und sagte, es sei jetzt an der Zeit, die Füße auf dänischen Boden zu setzen.

»Guten Tag, Frau Wolle. Guten Tag, Frau Denholm.« Grande nickte jedem von uns zu und überließ Alf der sicheren Umarmung Oda Nielsens.

Ich schaute zum armen Onkel Harry hinüber, der mit offenem Mund in die Luft starrte. Er sah aus wie ein Mensch, der seinem Schicksal von Angesicht zu Angesicht gegenübersteht und noch nicht weiß, ob er lachen oder weinen soll.

Kurz darauf gingen wir mit Grande an der Spitze zum frischgewaschenen Lastwagen der Firma, wo sie uns alle namentlich vorstellte. Ich betrachtete den Mann, der Misja hieß und offenbar eine Mischung aus Schwedisch, Deutsch und Dänisch sprach, und ich schaute auf Max, der mit überkreuzten Armen merkwürdig verkrampft dasaß und versuchte, nirgends hinzusehen. Ich dachte daran, wie traurig es für Ingeborg und Amalie war, ihre Mutter nicht wiederbekommen zu haben, und daß sie alles wie immer sehr gefaßt hinnahmen. Ingeborg saß neben ihrer Großmutter, und Amalie saß ihnen mit zusammengerollter Fahne und einem nachdenklichen Ausdruck in ihren dunklen Augen gegenüber.

Was niemand wirklich geglaubt, aber viele befürchtet hatten, geschah. Der merkwürdige Misja sollte dauerhaft im Zimthaus einquartiert werden, in dem er für den Anfang ein verwaistes Dienstmädchenzimmer bekam, das Frau Nielsen bis dahin als Aufbewahrungsraum für Schrubber und braune Seife benutzt hatte.

In der ersten Woche bekamen wir weder ihn noch Grande oft zu Gesicht, aber eines Abends kam Onkel Harry zu Besuch, gemeinsam mit Dr. Denholm, der noch einen Rest vom holländischen Kräuterschnaps hatte, den sie mit meinem Vater teilen wollten. Meine Mutter war gerade zur Arbeit gefahren, so daß ich ins Wohnzimmer gerufen wurde, um als Dolmetscher zu fungieren, besonders für Harry, der, wie er sagte, seinem Herzen Luft machen müsse. Er sprach schnell und erregt; ich hatte Mühe, mit ihm Schritt zu halten. »Niemand außerhalb des Zimthauses kann sich vorstellen, was wir erdulden müssen«, sagte er mit zornbebender Stimme. »Meine Frau sagt, er gleiche einer Kellerassel, aber ich finde das zu mild. Er ist eine Zecke.«

Dr. Denholm, der sich aus irgendeinem Grund königlich zu amüsieren schien, sagte kryptisch, was er in der Praxis nicht gesehen habe, sei für ihn durch die Familie Asmussen kompensiert worden. Harry nickte zustimmend und fuhr fort: »Morgens, mittags und abends müssen wir die sonderbaren Angwohnheiten dieses Männleins ertragen, sein Schmatzen bei Tisch, seine schrullige Griesgrämigkeit, seine generelle Mißbilligung. Dieser Misja hat den Begriff der Demut aus seiner Vorstellung verbannt, und moderne Malerei ist auf seiner Landkarte ein einziger weißer Fleck.«

Mein Vater fragte, wo aus aller Welt Misja herkäme, und fügte, ohne rot zu werden, hinzu, daß sich seine Vorfahren nach Nebraska zurückverfolgen ließen, wo sie Goldgräber gewesen seien.

Onkel Harry leerte sein Glas, trocknete sich die Stirn mit einem getupften Taschentuch und ließ sich schwer in einen Sessel fallen: »Er kommt wohl aus Böhmen. Seine Mutter hat ihr Geld mit Abtreibungen verdient. Ist das nicht beispiellos?«

Dr. Denholm bot Zigarren an und mahnte zu Ruhe und Besonnenheit, aber schon am folgenden Tag wurde die ganze Straße zum Essen und zu einem Vortrag eingeladen. Um Punkt sechs waren alle versammelt, Herr Nielsen und sein ruchloser Enkel ausgenommen. Wir wurden um den großen ovalen Eßtisch herum plaziert, Ingeborg und Amalie halfen Oda Nielsen beim Auftragen. Es gab Zwiebelsuppe, einen Braten und Rumpudding.

Onkel Harry hatte langsam, aber sicher den Platz am Tischende, an dem Winston immer gesessen hatte, eingenommen, und so saß er jeden Abend von Angesicht zu Angesicht Misja gegenüber, der mit allen Anzeichen des Ekels zuerst die Suppe, dann den Braten und zum Schluß den zitternden Pudding entgegennahm. Was Harry aufregte, war Misjas Appetit. Ganz gleich wie laut er auch seufzte beim Anblick der Käseplatte, unabhängig davon, wie oft er ärgerlich die Augen rollen ließ, wenn er seine riesige Schnauze in die Lauchsuppe tauchte – an Appetit fehlte es ihm nicht. Frau Nielsen richtete sich natürlich auf die Gegebenheiten ein und verdoppelte die Rationen. Schließlich nahm die sonst so redefreudige Familie die Mahlzeiten in völliger Stille zu sich, ungläubig den kleinen Mann anstarrend, der sich mit der Unerbittlichkeit eines Fließbands eine Portion nach der anderen einverleibte. Sein Appetit wurde von einer Reihe eigenartiger Tischmanieren begleitet. Misja aß nämlich am liebsten mit den Fingern, was ihn nicht daran hinderte, an dem in seinen Augen minderwertigen Alltagsbesteck herumzunörgeln. Man entschuldigte sein Schmatzen mit möglichen Gebißproblemen. Weitaus schwieriger war es, eine Erklärung für sein lautes Schlürfen zu finden, wenn er seine vier Portionen Suppe zu sich nahm, die zum Teil in seinem Bart landeten, sowie für sein langes, tiefes Rülpsen nach jedem Gang. Mit am Tisch hatte er einen Eisensplitter, den er als Zahnstocher benutzte. Geradezu etwas Gewaltsames hatte seine Art, den Rachen so weit aufzusperren, daß jeder die Möglichkeit bekam, nicht nur seine Zahnstellung, sondern auch die Mandeln, das Zäpfchen und das Gaumensegel zu begutachten. All dieses trug besonders zu Onkel Harrys Anspannung bei. Max und ich kamen mit großen Erwartungen zum Essen. Sie wurden vollständig erfüllt. Allerdings glaube ich nicht, daß meine Mutter viel zu essen erhielt; Frau Denholm bekam jedenfalls keine Suppe ab, nachdem Misja drei Portionen in sich hineingeschüttet hatte und die Terrine mit nicht mehr als zwei Zwiebelringen Max' Mutter erreichte.

Amalie trug die Teller hinaus, während Onkel Harry irgend etwas über das Wetter äußerte. Dr. Denholm antwortete, es sei merkwürdig, daß der Herbst gekommen wäre, bevor es zu regnen begonnen hätte, wurde aber vollständig von Misjas langgestrecktem Rülpsen übertönt, das meine Mutter später als tierisch bezeichnete. Ich bin natürlich nie auf Neuguinea gewesen, habe aber einmal einen Film des staatlichen Filmverleihs gesehen, der zeigt, wie Kannibalen essen. Daran erinnerte ich mich, als Misja nach der Fleischplatte langte und mit kaum verborgener Enttäuschung die drei größten Brocken verschlang, während er meckerte, die dänische Landwirtschaft habe eine falsche Auffassung von animalischer Produktion. Niemand widersprach ihm, Onkel Harry aber hob mit grimmigem Lächeln sein Rotweinglas, lobte seine Nichten für ihre Kochkunst und gab seiner Freude über den allgemeinen Appetit Ausdruck, worauf der Neuankömmling erneut zulangte. Nach dem Hauptgericht gab es wie gesagt Pudding, und als die Schüssel vor Grande und Onkel Harry auf den Tisch gestellt wurde, stand Misja auf, lehnte sich ungeniert über Frau Denholm hinweg und schaufelte den Rumpudding auf seinen Teller hinüber. Jetzt herrschte Totenstille. Alle waren wie gelähmt, nur wenn man genauer hinschaute, bemerkte man, daß Dr. Denholm meine Mutter schwach anlächelte und daß sie Ingeborg aufmunternd zublinzelte, die sich, mit einem Gesicht aus Porzellan, wie immer vollkommen perfekt benahm.

Am Ende kam die Nummer mit dem Eisensplitter, die dafür sorgte, daß mein Vater eine ganze Welle dümmlich vor sich hinstarrte. Ein Ausdruck, der sich erst löste, als die Erwachsenen ihren Cognac im Herrenzimmer bekamen, wo der Vortrag stattfinden sollte. Wovon er handelte, wußte niemand. Aber das Thema war vielleicht auch nicht überraschend, drehte es sich doch um Misjas Lebensumstände. Eigentlich war es Grande, die das Wort führte. Sie stand neben ihrem Gefährten, der im besten Stuhl des Hauses Platz genommen hatte und nach den letzten Fleischresten in seinen Backenzähnen suchte.

»Misjas Mutter wurde in Böhmen geboren«, begann Grande. »Sein Vater stammte aus Prag. Ein Uhrmacher, nicht besonders wohlhabend. Die Mutter befaßte sich mit Abtreibungen. Misja war Meldegänger während des

Ersten Weltkriegs und desertierte fünfmal. Ein ungewöhnlicher Mensch, in Wahrheit ein phantastischer Mann mit einem unglaublichen Gedächtnis.«

»Und einer unfaßbaren Verdauung«, ergänzte Onkel Harry.

Grande überhörte ihn, legte Misja die Hand auf die Schulter und fuhr fort: »Nach der Schule wurde er Angestellter bei einer Zeitschrift mit dem Namen ›Die Tiere der Welt‹, was ihm ein bescheidenes Gehalt sowie zwei Liter Bier am Tag sicherte.«

Als Misja das Wort »Bier« hörte, bat er Frau Nielsen, ihm ein Pils zu bringen.

»Unglücklicherweise«, fuhr Grande fort, »wurde er schnell wieder verabschiedet, weil der Redakteur keine wissenschaftlichen Beweise für all die verblüffenden und epochemachenden Artikel über seltsame Tierarten liefern konnte, die man laut Misja in fernen Kontinenten entdeckt hatte. Misja heiratete 1912 Ludmilla, die eine Nähstube besaß. Bereits so frühzeitig erkannte er seine große dichterische Begabung. Bis zum Weltkrieg gab er fünf Gedichtsammlungen heraus, allesamt epochal innerhalb der tschechischen Lyrik.«

»Der europäischen Lyrik«, meckerte Misja und nahm das Bier entgegen, das er mit allen Zeichen des Widerwillens hinunterstürzte.

»Er wurde zwischenzeitlich als Soldat zur österreichischen Fahne gerufen und lief nach einem Monat zu den Russen über. Kurz gesagt, er wollte gegen Österreich-Ungarn kämpfen. Nach Kriegsende wurde er Beamter in der neuerrichteten Tschechoslowakischen Republik.«

Misja rülpste lauthals und setzte den Vortrag in einer Kombination aus Dänisch und Schwedisch fort.

»Ich gehörte dem 91. Regiment an, das in Most bei Litava-Kiralhida lag, wo wir eine militärische Theorie auf die Probe stellten, die davon ausging, das beste Mittel gegen Degeneration sei die Vergewaltigung von Mädchen anderer Nationen.«

»Müssen wir uns das anhören?« stieß Onkel Harry indigniert hervor.

»Das wurde sowohl von den Spaniern als auch von den Schweden während des Dreißgjährigen Krieges sowie von den Franzosen unter Napoleon praktiziert. Du hast keinen Sinn für die Größe der Geschichte«, sagte Misja und ließ ungeniert einen fahren, während er mit dem Finger auf Onkel Harry zeigte. »Es handelt sich um einen einfachen Austausch: Der tschechische Soldat schläft mit dem ungarischen Mädchen, und das tschechische Mädchen schläft mit dem ungarischen Honvéd, und in dreihundert Jahren begreift eine Gruppe schwachsinniger Anthropologen einfach nicht, warum die Leute in dieser Gegend so hervorstehende Wangenknochen haben.«

»Nachdenkenswerte Theorie«, murmelte Dr. Denholm und schielte unsicher zu seiner Frau.

»Mit Theorie hat das nicht zu tun«, korrigierte Misja. »Ich habe in der Praxis selbst meinen Beitrag geleistet.«

»Etwas Ähnliches ist mir noch nie zu Ohren gekommen«, bellte Onkel Harry und ging ans Fenster, wo er mit den Händen auf dem Rücken ungeduldig auf den Fußballen wippte.

Misja war in verblüffend kurzer Zeit bei ihm.

»Wer zum Beispiel erinnert sich an die Hussitenkriege des sechzehnten Jahrhunderts?« Misja ließ seinen Blick inquisitorisch von Onkel Harrys zurückweichendem Blick zu Frau Denholms runden Waden schweifen.

»Was zum Teufel hat das mit der Sache zu tun!« rief Onkel Harry und sah sich in der Runde nach Unterstützung um.

»Der moderne Mensch«, sagte Misja einschmeichelnd,

indem er seinen Zeigefinger vor Harrys Nase hin und her bewegte, »weiß nicht, wer er ist. Seine Geschichte, seine Wurzeln und sein Ursprung sind durch ihn hindurchgegangen wie ein Einlauf, deswegen begreift er« – Misja zeigte energisch auf Onkel Harry – »auch nicht die Spur von der Gegenwart, sondern glotzt mit offenem Mund und leerem Herzen die Welt an wie ein norwegischer Gebirgshund seinen gefrorenen Kot.«

»Muß ich hier anwesend sein?« keuchte Onkel Harry und floh um den Tisch, gefolgt von dem geifernden Misja, der Harry schnell in eine Ecke drängte, wo er ihn am Jackenaufschlag packte: »Ich hingegen bin ein direkter Nachfahre der Taboriten*, der ersten Sozialisten und Kommunisten Europas. Meine Spuren finden sich auf dem gesamten Kontinent.«

»Daran zweifle ich nicht«, stöhnte Onkel Harry und machte sich frei.

Grande betrachtete ihren Freund mit Stolz und fuhr fort: »Misja wurde zum Leiter der Organisations- und Aufklärungsabteilung der 5. Armee. Seine Augenzeugenberichte wurden im Zentralorgan der Kommunistischen Partei ›Rudé Právo‹ gedruckt, und dann ging er nach Moskau, wo er Petruschka heiratete.«

»Was ist mit der anderen?« fragte Onkel Harry, der sich hinter Denholm verschanzt hatte.

»Tuberkulose«, sagte Misja mit einem teuflischen Blick in den Augen. »Petruschka war ein großgewachsenes, kräftiges Mädel mit Händen wie Klodeckel, breiten Hüften und Titten wie Marilyn Monroe.«

Meine Mutter, die den Großteil des Vortrags loyal übersetzt hatte, stockte einen Moment, bevor sie mei-

* Ein radikaler Flügel der Anhänger von Jan Hus, die in Tabor in Südböhmen eine Kolonie gründeten, in der alles geteilt wurde.

nem Vater widerwillig die letzten Worte überbrachte, die ihn kurzzeitig so aussehen ließen, als habe er einen Schock erlitten.

Wovon der Rest des Vortrags handelte, weiß ich nicht. Max und ich gingen mit Amalie zusammen zum See hinunter und waren alle der Meinung, daß Alf von Glück sagen konnte, über so einen gesunden Schlaf zu verfügen, und daß die Menschen in Böhmen und auf Neuguinea doch vieles gemeinsam hatten. Endlich hatte es aufgehört zu regnen. Die Sterne kämpften sich langsam durch die dünne Wolkendecke. Max sagte irgend etwas auf deutsch, als Amalie plöztlich stehenblieb und in die große Zeder hinaufzeigte. Ich folgte der Richtung ihres Fingers und wich unwillkürlich einen Schritt zurück. Ungefähr in zwanzig Meter Höhe hatte sich eine gelbliche Kobra um einen Ast gewickelt und schaute auf uns herunter. Sie züngelte fröhlich, um ihren Mund lag ein zufriedenes Lächeln.

»Was machen wir jetzt?« murmelte Max und gab selbst die Antwort: »Wir holen Grandes doppelläufiges Gewehr.«

»Wir machen gar nichts«, flüsterte Amalie, ohne den Blick von der imposanten Amphibie zu nehmen. »Medusa ist das letzte Mal gekommen.«

»Wovon redest du?« Max griff nach ihr.

»Du befindest dich auf dem Grundstück des Zimthauses, Max Denholm«, sagte Amalie ruhig, »und Medusa wirst du nie wiedersehen. Denn wer unter der großen Libanonzeder übernachtet, wird auf Reisen gehen und nie mehr zurückkehren. Vergiß das nicht.«

»Aber glaubst du, die Schlange weiß das auch?« fragte ich leise.

Amalie blickte auf: »Sie weiß alles«, sagte sie entschieden.

Auf dem Rücken eines Esels reite ich durch die Welt. Das Land, durch das wir reiten, erinnert an Persien; meine Kleider sind aus Seide, und an den Füßen trage ich Schnabelschuhe mit kleinen glänzenden Schellen, als wäre ich ein Fürst oder ein Schah. Über uns hängt die Sichel des Mondes, es ist weder Nacht noch Tag, doch die Sterne des Orients leuchten uns, lenken den Kopf des Esels und den Gang der Dinge. Ich bin weder Mann noch Frau, Junge oder Mädchen, und vielleicht ist der Esel ein Fabeltier, jedenfalls hat er vier Ohren. Merkwürdigerweise sitze ich nicht rittlings auf dem Tier, wie man erwarten könnte, sondern liege auf der Seite, den Kopf auf eine Hand gebettet. Einst glaubte ich, daß ich nur zum Vergnügen ritte und daß die Reise des Fabeltiers und des Reiters kein Ziel hätte. Das erweist sich als falsch. In der Ferne machen wir eine Oase mit Palmen aus sowie ein großes, viereckiges Beduinenzelt in roten und purpurnen Farben und mit Streifen aus reinstem Gold. Über uns leuchtet der rote Mond des Orients, allwissend und grausam wie eine Sichel. Wir reiten mitten ins Zelt hinein, in dem der Hufschlag des Fabeltiers von den dicken, blutroten Teppichen gedämpft wird, in deren blauen und schwarzen Mustern man Lianen, Palmblätter, Mangroven und sinnig dahinströmende Flüsse mit kleinen weißen Dampfern erkennen kann, genau wie diejenigen, die ziellos in den Kugelschreibern der ganzen Welt hin und her treiben. Im Innersten des Zeltes befindet sich ein Mann mit einem Turban. Er sitzt auf einem runden marokkanischen Kissen und raucht eine Wasserpfeife. Er lächelt mich an und lenkt meine Aufmerksamkeit auf einen großen, ellipsenförmigen, geflochtenen Korb, den er mitten auf den Boden stellt. Jetzt erkenne ich in ihm meinen Vater, der mit normaler Stimme zu mir spricht. Ich flüstere seinen Namen und entdecke, daß er hören kann. Daß er gesund geworden ist. Das Fabeltier wiehert und stellt sich auf die Hinterbeine; mein Vater lacht, hebt den Deckel des Korbs und zieht eine große schwarze Flöte aus seinem Seidengewand. Ich erkenne den Ton, bevor er aus dem Instrument dringt. Das dunkle Flöten, das die Menschen einerseits beruhigt und andererseits so ruhelos macht. Aus dem Korb steigt jetzt der lächelnde Kopf der Schlange empor. Ihre senkrechten, schmalen Pupillen erfüllen mich mit Wärme. Sie tanzt zur Musik und bekommt plötzlich zwei Arme, die sich graziös wie Seegras hin und her bewegen. Ein Bein schwingt über den Rand des Korbs hinaus. Die Schlange hat eine seidendünne Pumphose an und tanzt lautlos und elegant um mich und den Flötenspieler herum. Über uns erkenne ich alle Sterne des Orients, und damit nicht genug, ich sehe alle Milchstraßen des Universums, sämtliche Monde und Planeten, und jetzt fügen sich die Töne wirklich zu einer Melodie, natürlich ist es Debussys »Clair de lune«. Die wunderbar tanzende Kobra gleitet wie ein Lufthauch an mir vorbei, erhebt sich vom Boden und steigt in die Höhe wie ein Engel. Fährt durch ein Loch in der Decke des Zeltes; zuletzt verschwinden die pummeligen Zehen. Insgesamt zähle ich neun.

## *Elftes Kapitel*

Der erste Tag der Kartoffelferien begann mit einer Sturmwarnung in den Rundfunknachrichten. Wir saßen im Eßzimmer und spähten aus dem Fenster. Es regte sich kein Lüftchen. Meine Eltern hatten nicht miteinander gesprochen. Schon lange hatte mein Vater davon geredet, ein Gemälde von Onkel Harry zu kaufen. Vor allem, um dem Künstler eine Freunde zu machen. Und die Preise seiner Bilder waren sicherlich erschwinglich. Zum Schluß hatte meine Mutter sich einverstanden erklärt, »irgend etwas« zu kaufen, das im Wohnzimmer hängen sollte. Mein Vater holte das Gemälde, das er ausgewählt hatte, eigenhändig ab. Es hing über dem Sprossensofa, als meine Mutter von der Arbeit nach Hause kam. Zuerst sagte sie nichts – dann sah sie lange meinen Vater an, der mit glücklichem Mund und großen, verletzlichen Hundeaugen dastand. »Hast du das Motiv selbst ausgewählt, Omaha?« fragte sie leise; es klang wie die Stille vor dem Sturm. Mein Vater verneinte.

»Also genau das soll es jetzt sein«, sagte meine Mutter und begann auf einem Fuß zu wippen.

Mein Vater erklärte, die Farbgebung habe ihn bestochen, und fügte hinzu: »faktisch«. Wer ihn kennt, weiß, was dieses kleine Wort bedeutet. Faktisch. Es ist ein Zwischending aus »ehrlich gesagt« und »jetzt wißt ihr es« und tritt immer dann in Erscheinung, wenn er ein schlechtes Gewissen hat. Ich weiß nicht, warum, aber mein Vater wird häufig von schlechtem Gewissen geplagt; man kann es an ihm ablesen, genau wie der Gasmann den Zählerstand abliest. Er ist vom Pech verfolgt, und leider macht dies einen erheblichen Teil des gemeinsamen Lebens mit meiner Mutter aus. Manchmal frage ich mich, ob sie es nicht vermissen würden. Worüber sollten sie sprechen, was würde sie in Rage bringen, gäbe es nicht die merkwürdigen Einfälle meines Vaters, zum Beispiel wenn es sich um etwas dreht, das er mit seinen ungeschickten Wurstfingern selbst angefertigt hat. (Als er das letztemal den Dampfkochtopf reparierte, schoß das Pfeifventil aus dem Fenster und traf einen pensionierten Zollbeamten auf dem Klampenborgvej. Im Lokalanzeiger erschien ein Foto von ihm und seinem Kanarienvogel; man war davon überzeugt, er sei von einem Ufo gerammt worden.) Oder wenn es um die behauptete Herkunft seines Vaters aus Nebraska ging. Ein Thema, das sie gerne aufgreifen, wenn sie nichts anderes zum Streiten haben.

Ich habe meinen Vater gefragt, ob er an Gott glaube. Die Antwort kam wie aus der Pistole geschossen: »Ja, das tue ich, Elliot. Das tue ich faktisch.«

Man weiß also, wie man das zu verstehen hat. Er glaubt nicht die Spur an Gott, aber er würde es gerne. So geht er regelmäßig in die Kirche und schmeichelt sich bei Pastor Wolle ein, der schrecklich gerührt davon ist, einen Mann zu sehen, der kein Wort versteht. Mein Vater sagte einmal zu Dr. Denholm, er ginge so oft in die Kirche, weil er hoffe, je mehr er ginge, desto größer sei auch die Chance, Gott werde ihm vergeben, daß er nicht an ihn glaube.

»Sie sind ein einzigartiger Mensch, Omaha Mortensen, und ein großer Philosoph.«

»Wollen Sie mich auf den Arm nehmen, Dr. Denholm?« Mein Vater lächelt den Arzt glücklich an.

»Das würde mir nie in den Sinn kommen.«

Sie gingen zum Arzthaus hinüber, wo man Dr. Denholm sagen hörte, er habe versuchsweise damit begonnen, seinem Kräuterschnaps mehr Lakritzenwurzel beizumischen. Dazu meinte mein Vater, er wolle nicht ausschließen, daß er im Grunde seines Herzens Buddhist sei.

»Vielleicht ist Gott taub, Pastor Wolle.«

Ich übersetzte die Bemerkung für Pastor Wolle, den der Gedanke verwirrte, der Allmächtige könne womöglich derart gehandikapt sein. Aber anstatt näher auf diese Problematik einzugehen, erzählte er meinem Vater von den Blinden bei Jericho, die mit Jesus' Hilfe ihr Augenlicht wiedergewannen.

»Gott sehen und hören zu können, Omaha Mortensen, hat im Grunde nichts mit den Sinneswahrnehmungen zu tun«, sagte Pastor Wolle. »Das Reich Gottes steht jedem offen. Darauf können Sie sicher vertrauen.«

Hinterher schüttelte mein Vater Pastor Wolle lange die Hand und sagte, daran habe er auch nie gezweifelt. Sein eigener Vater habe jeden Sonntag in der kleinen Dorfkirche von Nebraska gesessen, eine Tatsache, die Pastor Wolle sehr ermutigte.

Meine Mutter und ich starren ihn den gesamten Heimweg über an.

Meine Mutter, die eine realistischere Sicht der Dinge hat, sagt, mein Vater sei ein großer Heuchler und ein ganz gewöhnlicher Hochstapler. Er entgegnet, das sei eine allzu oberflächliche Betrachtungsweise. Darüber können sie sich den ganzen Abend auseinandersetzen, aber gerade wenn man glaubt, sie würden sich förmlich die Köpfe einschlagen, höre ich, wie sie herzlich lachen, meine Mutter ihn ausschimpft und hinter ihm herjagt, vom Wohnzimmer in die Küche und wieder zurück.

Aber so geht es nicht immer. Und jetzt drehte es sich also um das Gemälde von Onkel Harry, das mein Vater ihm abgekauft hatte, weil er so viel von der Farbgebung hielt. Darauf fiel meine Mutter natürlich nicht herein.

»Die Farbgebung? Hörst du, was dein Vater da sagt, Elliot? Glaubst du, der Junge hat keine Augen im Kopf, Omaha? Ich habe nichts gegen den nackten menschlichen Körper, glaub das nur nicht, aber das hier ...«

»Eine herrliche und üppige Frau«, sagte mein Vater und schnappte nach meiner Mutter, die einen Meter zurücksprang.

»Oh, ihr seid wirklich so durchschaubar. Jetzt haben wir also fünfhundert Kronen für diese vulgäre Schmiererei bezahlt.«

»Schmiererei? Hast du Schmiererei gesagt? Das ist Kunst. Willst du die Kuppel der Peterskirche einreißen, weil die Engel keine Uniformen anhaben? Mein Vater besaß eine Briefmarke der nackten Maja.«

»Ach ja, der pervertierte Philatelist.«

»Ich finde, wir sollten meinen Vater aus dem Spiel lassen.«

»Glaubst du, ich bin blind, Omaha? Glaubst du etwa, ich sehe nicht, wer das ist?«

»Deine unbegründete Eifersucht macht dich blind. Nimm meine Hand.«

»Rühr mich nicht an, du hinterhältiger Kerl.«

»Aber Liebste.«

Am Tag danach wurde das Gemälde abgenommen, doch eine Woche später hing es wieder an seinem alten Platz. Jetzt hatte die hellrote Dame mit den wallenden blonden Haaren ein weißes Kleid an. Ich hörte meine Mutter rufen, jetzt hätten der gute Onkel Harry und sein perverser Kunde endlich erreicht, was sie wollten, nicht einfach Nacktheit, sondern noch dazu Prostitution. »Ein durchsichtiges Kleid, Omaha, an dem du dich mit Denholm und Harry aufgeilen kannst, wenn ihr euren Kräuterschnaps trinkt. Was bist du nur für ein Mensch!«

»Vielleicht ist das ein Rückfall in den Buddhismus. Ich fühle mich so orientalisch.«

»Und mit so was ist man verheiratet.«

Wir sind mit Blumen auf dem Weg zum Friedhof, als der Wind auffrischt. Ingeborg schiebt den Kinderwagen vor sich her, auf dem ein Strauß mit Gerbera liegt, die in allen Farben des Korallenmeeres leuchten. Amalie trägt eine Harke. Max sagt, in den USA gebe man den Taifunen Namen – wenn sie die Küsten Floridas verwüsteten. Als wir uns der Grabstelle nähern, kommt richtig Leben in die Tujen und Pappeln.

Wir einigen uns auf den Namen Gudrun. Der Orkan soll Gudrun heißen.

Ich denke an das Kornfeld bei Frederiksdal. Es war nachmittags. Wir laufen durch die rotgoldenen Ähren, die von derselben Farbe sind wie Ingeborgs Haar im August; und wir laufen mit dem Himmel um die Wette, der blau und herausfordernd ist, weit und leer, wie das Loch in unseren Herzen.

»Vater ist mit Großvater zusammen«, sagt Ingeborg und versucht die Blumen so hinzulegen, daß sie sich nicht bewegen. »Sie spielen L'hombre und reden vom Kräuterschnaps. Ich höre Vater sagen, hätten sie nur etwas Myrrhe, zehn Gramm Johannisbrot und ein Blatt Bitterklee, dann könnten sie sich die Kälte mit einem ›boonekamp‹ vom Leib halten, der nach den Schiffsplanken der Bark durftet, die von Sansibar nach Kopenhagen segelte.«

Inzwischen ist es schwierig geworden, sich auf den Beinen zu halten. Gudrun gewinnt an Stärke. Über uns jagen drei Möwen über den See. Bei einem Geräteschuppen kippt ein Schubkarren um. »Leb wohl, Vater«, sagt Ingeborg und läuft Amalie hinterher, die den Kinderwagen vor sich herschiebt und am Grab ihres Vaters nie etwas sagt.

Alf ist aufgewacht. Widerstrebend sehe ich ihn an. Max fragt Amalie, ob Alf immer noch das hellrote Lanugohaar am Körper hat, und Amalie antwortet, es sei nur noch etwas an der Wirbelsäule und um den Mund herum zurückgeblieben. Max bleibt stehen und beugt sich zu Alf hinunter.

»Dein kleiner Bruder hat einen Bart bekommen«, grinst Max und zwinkert mir zu.

Ich blicke verstohlen in den Wagen. Alf schaut mir direkt in die Augen. »Hallo, Elliot, guck nicht so erschrocken, mein Freund. Es stimmt, daß ich einen Bart bekommen habe. Im Gegensatz zu den Haaren auf meinem Rücken, die langsam verschwinden, wächst er nun Tag für Tag. Ich weiß, daß du nachschaust, ob du nicht selbst bald Haare unter den Achseln und zwischen den Beinen hast. In dieser Hinsicht sind wir so verschieden. Das kommt schon noch, verlaß dich drauf. Ich persönlich kümmere mich nicht um solche Äußerlichkeiten, und es bereitet mir keine Sorgen, daß mir bereits ein ansehnlicher Vollbart gewachsen ist, bevor ich sauber geworden bin. Ich gehe davon aus, daß er mir mit drei Jahren bis auf die Brust reichen wird. Zu diesem Zeitpunkt werde ich die dänische Sprache vollkommen beherrschen, und die Leute werden meinen Rat und Beistand suchen, genau wie du. Na gut, du tust es also nicht. Du schaust mich nur an. Aber Elliot, Hand aufs Herz, du hörst mir auch zu. Laß uns ehrlich sein und dem Leben ins Gesicht sehen. Ich rede, und du hörst zu. Erschrecke ich dich, mein Lieber? Das will ich nicht. Versuch es als etwas ganz Natürliches zu betrachten. Klar, daß du mich nicht kennst, ich bin ja erst fünf Monate alt. Aber dafür kenne ich dich. In- und auswendig, bis auf den Grund. Du bist ein offener Mensch, aber auch ein bißchen verwirrt, du fällst leicht in Tagträumereien und kannst deine Gefühle nicht steuern. Es stört dich, daß du nicht sonderlich musikalisch bist, vielleicht zweifelst du auch an deiner Begabung. Faß Mut, mein Freund. Du trägst Träume in dir, die du in deinem Leben verwirklichen wirst. Du mußt ihnen nur freien Lauf lassen. Woher ich das weiß? Oh, Elliot, warum bist du so mißtrauisch? Warum kneifst du immer die Augen zusammen, warum hängst du dich an einen Typ wie Max Denholm? Mißversteh mich nicht. Ich halte wirklich viel von Max, aber wir wissen doch beide, was du im Grunde deines Herzens wirklich willst. Nicht wahr, Elliot? Deine Neugier verwirrt dich. Vertraue ihr. Folge ihr. Aber jetzt mußt du mich entschuldigen. Ich bin müde und will ein Nickerchen machen. Das liegt an der frischen Luft. Es nimmt mich sehr mit, das Grab meines Vaters zu besuchen. Ihm so nah zu sein. Ihm, der mir das Leben geschenkt hat. Ich trage sein Bild an meiner Brust. Es ist schwer wie ein Joch, wird aber doch Tag für Tag leichter. Ich erinnere mich an die erste Begegnung mit dir. Du saßt mit meinen Schwestern unter der Eiche. Max Denholm war auch dabei, aber du bist mir zuerst aufgefallen. In einem blauen Liegestuhl. Nimm es als Kompliment. Dein Gesicht war ein fester Haltepunkt, als die Welt plötzlich kippte, die Fensterbrüstung verschwand und Himmel und Erde den Platz tauschten. Und als ich auf dem toten Brustkasten meines Vaters lag, waren es deine Augen, die ich suchte, und während die Frauen das hübsche Lied zu Ehren des Toten und des Neugeborenen sangen, wußte ich, daß du lauschtest und dich immer an unsere Freundschaft erinnern würdest. Doch jetzt bin ich müde. Adieu, Elliot. See me in your dreams.«

Er schließt die Augen, und ich schaue Ingeborg an, die gegen den Wind, der sie wegblasen will, ankämpft. Plötzlich lacht sie kurz auf, schnappt sich den Kinderwagen und marschiert zur Brücke hinunter. Über die Eisenbahnschienen laufen wir besonders rasch, um dem kalten Atem des Gespensterzugs zu entgehen.

Mir kommt die Taufe in den Sinn, auf der Alf sich mir und Frau Asmussen zuwandte, die für einen Tag, völlig unerwartet, in einem Korbstuhl saß und ganz sie selbst war. Sonnenverbrannt und gutgelaunt.

»Guten Tag, Elliot. Komm hierher, mein Lieber.«

Sie saß allein mit einem Becher schwarzem Johannisbeersaft da. »Weißt du noch, wie schön du mir vorgelesen hast? Ich habe es genossen.«

Zur Taufe war sie nach Hause gekommen. Wie lange sie bleiben wird, weiß niemand von uns. Amalie hat sogar gesagt, man müsse sich fragen, inwieweit sie überhaupt zu Hause sei. »Jeden Tag sitzen wir bei ihr im Gartenzimmer. Ingeborg hält die eine und ich die andere Hand. Ich bin sicher, daß wir uns in ihren Gedanken befinden, genau wie zu der Zeit, als sie noch in Bad Schandau war. Niemand von uns sagt etwas; Ingeborg und sie versuchen zu lächeln. Sie sagen, sie würden die Zeit aufsaugen, und ich sehe die Sekunden in ihnen verschwinden wie ein langer grauer Streifen. Das raubt mir den letzten Nerv. Einmal, nachdem Mutter nach oben gegangen war, um sich auszuruhen, kam Grande zu uns, und ich sagte, daß Mutter sich verändert habe. Ingeborg meinte, wir müßten bloß geduldig sein, als Grande uns plötzlich zu sich zog. Wir saßen auf dem geblümten Sofa mit dem verblichenen Bezug, der angeblich ein Motiv aus Polynesien zeigt. ›Eure Mutter hat die Gegenwart verlassen‹, sagte Grande leise. ›Wenn ihr in Kontakt mit ihr treten wollt, müßt ihr euch zurückbegeben oder zumindest dort bleiben, wo ihr seid.‹

Genau das hat unsere Großmutter an dem Nachmittag gesagt, als wir im verblichenen Polynesien unter den Palmen saßen.«

Wir sitzen in der Kirche; Ingeborg trägt ihren kleinen Bruder. Pastor Wolle lächelt den Anwesenden glücklich und rotbackig zu, die ihrerseits seinen turbanartigen Kopfverband angaffen, der auch den kleinen Alf zu verwirren scheint. Ausnahmsweise sieht er nicht mich, sondern Wolle an, der Max zufolge beim Tünchen der Decke im Speisezimmer von der Leiter gefallen war. Alf hat ein langes, hellblaues Taufkleid mit kleinen Söckchen an und trägt eine haubenartige Kopfbedeckung. Als Ingeborg ihn zum Taufbecken trägt, wo sich schon Pastor Wolle und Onkel Harry befinden, dreht Alf seinen Kopf und sieht mich an: »So weit sind wir also gekommen, Elliot. Jetzt soll ich mit einem Namen bedacht und getauft werden. Aber ich bin ja so klein. Viele würden sagen unschuldig. Doch auch wenn man die Gewalt über seine Stimme noch nicht hat, kann man sich so seine Gedanken machen. Glaubst du, Gott kann sie hören, Elliot? Ich glaube, ja. Gott sieht alles. Er kennt uns. Er weiß, wer du bist. Er hat gesehen, wie du im Wohnzimmer deiner Eltern das Gemälde angestarrt hast. Als du glaubtest, du seist allein, stand er im Eingang und hat beobachtet, wie du die große Frau mit den fleischigen Hüften, den schweren Brüsten und dem dunklen Dreieck zwischen den Beinen angeglotzt hast. Du siehst durch den Stoff des Kleids, genau wie Gott durch dich hindurchsieht. Aber du sollst nicht traurig sein oder dich dessen schämen. Gott weiß, wie natürlich das ist. Jetzt will Wolle mir Wasser über den Kopf gießen. Ich liebe den Klang seiner Stimme. Er ist so sanft, fast hätte ich gesagt, so gut wie der Tag lang ist. Mein Onkel Harry ist bewegt. Er räuspert sich unentwegt, doch meine Schwester Ingeborg, die angeblich in einer Glasbläserei hergestellt wurde, hält mich, wie der Wind das Herbstlaub hält, sanft und sicher. Jetzt habe ich wirklich einen Namen und einen Gott erhalten. Du findest, ich sehe albern aus in den hellblauen Socken. Und du denkst an deine eigene Beziehung zu Gott. Selbst alle Könige der Welt ... Erinnerst du dich an das Lied? Ja, das tust du, ich sehe es dir an. Aber du bist doch ein Taschenspieler, Elliot. Du sitzt bei Frau Wolle und übst für das Herbstkonzert, denkst aber weder an den Herbst noch an Gott, sondern an das Gemälde von Marilyn Monroe. Ich weiß, daß Max Denholm behauptet, ich hätte die Anlage zum Kleptomanen. Vielleicht hat er recht. Jedenfalls habe ich deine Aufmerksamkeit gestohlen, nicht wahr?«

Hinterher gibt es Frühstück im Zimthaus. Das hübsche Trankebarporzellan steht auf dem Tisch, und Oda Nielsen bedient, unterstützt von Ingeborg und Amalie. Draußen in der Küche steht der seltsame Otto und wäscht ab, nach und nach, je nachdem, wie das Besteck und die Teller ankommen. Er trägt orangefarbene Gummihandschuhe und eine grüne Schürze. Er lächelt mich und Max an, als seien wir Freunde.

»Geh nur zu ihnen, Otto Nielsen«, sagt Max. Otto nickt und sagt, er baue gerade ein neues Kanu mit seinem Großvater. Als ob uns das interessieren würde. Frau Asmussen hat ihren Sohn bei sich, der endlich eingeschlafen ist. Überall befinden sich Blumen. Pastor

Wolle schlägt vor, ein Lied zu singen, und Ingeborg hält die Käseplatte hoch. Sie sucht sich »So schreiten wir zur Tat« aus. Pastor Wolle lächelt und murmelt: »Aber das ist doch ein Abendlied, liebe Ingeborg.« Doch Ingeborg sagt, das hätten sie gesungen, als Vater gestorben sei. In dem großen Raum wird es ganz still; nur Misjas ewiges Schmatzen ist zu hören. Die Mutter der Mädchen sitzt da, als hätte sie dem Gespräch nicht zugehört, als sei sie weit weg. Ich glaube, Amalie hat recht, aber Frau Asmussen ist immer sehr weit weg gewesen, viel weiter als ihr Schwiegervater, der bis zum Kilimandscharo gekommen ist. Grande kneift die Augen zusammen und schaut von Wolle zu Ingeborg. Dr. Denholm starrt auf die Tischdecke. Meta sitzt zwischen ihren Eltern und saugt die Wangen nach innen, während Onkel Harry Luft holt, als wolle er etwas Bedeutungsvolles sagen, das nie nach außen dringen wird. Ich brauche meinen Vater nicht anzusehen, um zu wissen, wie er aussieht, aber ich habe die Hoffnung, daß meine Mutter ihn mit der Übersetzung verschont. Kurz darauf schallen Oda Nielsens und besonders Frau Denholms Stimme durch den Raum. Wir singen: »Du zeigst uns Tag und Nacht ...«

Alf erwacht und lächelt seine Mutter an, deren klare Tränen auf sein hellrotes Gesicht tropfen. Sie hat nicht mitgesungen, und ich glaube auch nicht, daß sie das Lied so bewegt hat. Bei ihr weiß man nie. Rechts von mir steht Otto und gafft Misja ungeniert an, der begonnen hat, sich mit dem Eisensplitter die Zähne zu reinigen. Selbst Pastor Wolle hat sich von den zähen Bemühungen des Männleins gefangennehmen lassen. Mit ungläubiger Faszination betrachtet er Misja, der halb liegend, mit einem Bein über der Armlehne, in den Stuhl zurückgesunken ist und gurgelnde Laute von sich gibt. Frau Denholm wendet sich ab, und Tante Kisser dreht das Gesicht ihrer Tochter in eine andere Richtung, während Otto Nielsen mit breitem Grinsen über die Versammlung hinwegschaut. Ich frage mich, was in seinem runden Kopf vor sich geht.

Onkel Harry schlägt vor, sein Patenkind zehnmal hochleben zu lassen, und während die Hurrarufe durch den Raum schallen, verschwindet Grande nach oben auf ihr Zimmer, um unmittelbar darauf mit der furchteinflößenden doppelläufigen Büchse in den Händen zurückzukehren. Der Anblick der Waffe löst eine gewaltige Reaktion bei einigen der Gäste aus, die sich voller Grauen daran erinnern, wie Grande das letzte Mal die gewaltige Kanone abgefeuert hatte.

»Auf die Terrasse!« kommandiert die Alte.

Die Türen werden aufgerissen. Es ist ein schöner Herbsttag mit ruhig dahinziehenden Wolken am weiten Himmel. Dr. Denholm hält seine Frau an sich gepreßt, und meine Mutter und Oda Nielsen haben bereits das Weite gesucht. Ich betrachte den armen Misja, der ahnungslos neben seiner Freundin Aufstellung genommen hat, sie mit dem Gewehr, er mit drei Brotscheiben, die er alle auf einmal in den Mund hineinzumanövrieren versucht. Die übrige Versammlung zieht die Schultern ein und hält sich die Ohren zu, als Grande Alfs vollen Namen ausspricht und abdrückt. Hinterher sprachen Max und ich davon, daß sie wohl nicht auf die Dohlen in der Libanonzeder geachtet, aber dennoch ins Schwarze getroffen hatte. Die drei Dohlen, die sich immer über Gott weiß was amüsierten, hatten das Zeitliche in einem Umkreis gesegnet, der sich von Bagsværd bis nach Fiskebæk erstreckte. Grande selbst hatte es in den indischen Königinnenstuhl geworfen, in dem sie immer noch etwas benommen von dem dröhnenden Krachen und dem enormen Rückstoß das Gewehr in den Händen hielt. Die übrigen Gäste waren im großen und ganzen vorbereitet gewesen und daher in recht guter Verfassung; nur den unschuldigen Misja hatte es in zehn Meter Entfernung auf den Boden geschleudert. Er wankte mit allen Anzeichen eines Schocks durch die Gegend, wobei ihm zweieinhalb Käsebrote aus dem Mund quollen. Mein Vater machte sich auf den Weg zu ihm, während sich Amalie und Ingeborg um ihre Großmutter kümmerten, die sich gnädig ins Eßzimmer zurückführen ließ. Dort saß Pastor Wolle am Ende des Tisches und hatte den Blick auf die Unendlichkeit gerichtet. Was Misja angeht, so gewann er erst nach zwölf Tagen sein Gehör zurück, und es hieß, das Ereignis habe die Beziehung zu Grande so abkühlen lassen, daß Misja damit gedroht habe auszuziehen. Es war aber bei der Drohung geblieben.

Der einzige, der sich sowohl Ansprachen als auch Salutschüssen gegenüber ziemlich unbeeindruckt zeigte, war natürlich der kleine Alf, der sich bei Frauen einfach gehenließ und sich genötigt sah, auf Frau Denholms Kleid zu speien. Er selbst roch stark nach einem speziell für ihn abgekochten Absud, den man aus Fenchel, Engelwurz und Blutwurz gewonnen hatte, um ihn gegen das Sonnenlicht zu schützen.

Wir haben uns ins Gewächshaus gesetzt, Max, Ingeborg, Amalie und ich. Gudrun, der Orkan, hat vom See Besitz ergriffen, dessen Wellen Schaumkronen tragen wie ein richtiger Ozean. Ingeborg sagt, nun sei der Sommer wirklich vorbei. Jetzt ist es Herbst, und in einer braunen Bierkiste findet Amalie drei gelbe Apothekerflaschen mit lateinischen Etiketten, die sie sofort entziffert.

»Wir haben die Wahl zwischen Danziger Aqua Vitae, auch Mutwasser genannt (Anissamen, Kalmuswurzel,

Lakritzenwurzel, Ingwer, Engelwurz, Pomenranzenschale, Zitrone, Kardamom und Salz), einem anständigen dänischen Schlehenschnaps und einem roten Johanniskrautschnaps (Enzianwurzel, Wermut, Tausendgüldenkraut, Wacholder, Nelke und Johanniskrautknospen), der gut gegen Skorbut ist. Ich glaube, wir nehmen den Schlehenschnaps.«

Amalie füllte vier verstaubte kleine Gläser, und während der tosende Sturm die Scheiben erzittern ließ, kippten wir den Schnaps hinunter, der uns von den Zehenspitzen aufwärts mit Wärme erfüllte. Das Licht verging so schnell, als habe der Sturm es ausgeblasen. Ein metallisch blauer Himmel mit schwelender Wolkendecke sog die gedeckten Farben des Waldes und des Sumpfes auf, als wollten sie sich ein letztes Mal von ihrer besten Seite zeigen, bevor sie farblos wie Fischgräten dem Winter entgegengingen.

In dem großen Gewächshaus war man gleichermaßen draußen und drinnen. Es roch nach Erde, Feuchtigkeit, Tomaten, Gurken und zwei- bis dreihundert anderen Dingen, deren Namen ich nicht kannte, die aber zusammen eine Aura der Sicherheit und Geborgenheit schufen. Niemand konnte uns hier etwas anhaben, nicht einmal Gudrun. Wir waren unverwundbar. Max saß in einem alten, abgenutzten Lehnstuhl mit curryfarbenem Bezug, und Ingeborg auf einer Kiste, in der normalerweise Äpfel aufbewahrt wurden. Amalie stand auf und blickte über den See, während ich in einem wackeligen Korbstuhl, der für die Veranda zu gebrechlich geworden war, hin und her schwankte. Ich bemerkte, daß Ingeborg uns ansah. Mich und Max, eingehend und ernst, als hätten wir etwas geäußert, worüber sie gründlich nachdenken müsse.

»Wir alle sollten hier anwesend sein«, sagt sie leise.

»Sind wir das denn nicht?« brummte Max und rekelte sich.

Amalie dreht sich zu ihrer Schwester um. Als ob sie diesen Kommentar von ihr erwartet hätte.

»Alf fehlt«, sagte Ingeborg und zog ihr Umhängetuch fester um sich zusammen.

Max sagte, es sei doch schon lange Schlafenszeit für den Prinzen.

»Und Otto Nielsen«, ergänzte Amalie.

Ingeborg ging zu ihr und fuhr mit den Fingern durch Amalies kurzes Haar.

»Wolltest du sie wirklich abschneiden?« fragte sie.

»Wenn Mutter nicht nach Hause gekommen wäre, hätte ich mich kahlgeschoren.«

Max sah mich verstohlen an, hob die Augenbrauen und lächelte schwach.

»Warum?« fragte Ingeborg.

»Weil ...«

Amalie stand auf und öffnete, wie zum Trotz, die Tür hinaus zum Sturm. Ingeborg schaute von mir zu Max, und zum ersten Mal, seit ich die Asmussen-Schwestern kannte, beschlich mich ein Gefühl, nicht willkommen zu sein. Im Laufe von fünf Sekunden zog mein gesamtes Leben an den schmutzigen Scheiben des Gewächshauses vorbei. Ingeborg und Amalie waren die ganze Zeit anwesend. Hinter ihnen schien das Zimthaus auf, und am Bildrand machte ich Max Denholm aus. Als Fünfjährigen auf seinem ersten Fahrrad, als Siebenjährigen mit seiner Angelrute und später mit seinem Kanu. Beim Film gibt es Leute, die Statisten heißen. Max war so einer. Ich war so einer, und jetzt bat das Mädchen mit der Hauptrolle die Statisten, die Szene zu verlassen. Den Wind im Rücken, gingen wir den Hang hinauf, an der Eiche vorbei, die angeblich in der Heiligen Nacht zu sprechen beginnt. Max sagte irgendwas über die hirnverbrannten Mädels. Ich hörte ihm nicht zu. In der Magengrube spürte ich eine merkwürdige Angst. Ich ging sofort nach Hause, legte mich in meinem Zimmer auf die Fensterbank und starrte zum großen braungrauen Zimthaus hinüber, dessen Fenster schwarz und leer waren. Der Orkan entfernte sich bereits, um sich in der Nacht irgendwo im nördlichen Seeland auszutoben. In einer Stunde würde sich auch das Laub in der Sankt-Laurentius-Allee nichts mehr zuflüstern. Ich konnte kaum einschlafen in dieser Nacht. Stand immer wieder auf und sah aus dem Fenster, als wollte ich sichergehen, daß alles noch an seinem alten Platz war. Daß die Welt noch Bestand hatte. Und bevor ich schließlich in einen traumlosen Schlaf fiel, hockte Otto Nielsen auf meiner Netzhaut. Er lächelte, während er abwusch. Man sagte, er habe als Kind einen Stein verschluckt. Man sagte so viel über den Enkel von Oda Nielsen. Einmal hatte er dem neugeborenen Alf ein Geschenk gemacht. Ein Geschenk, das am selben Abend verbrannt worden war.

Ich schließe die Augen, und alles wird schwarz, aber Otto steht immer noch da. Irgend etwas führt er stets im Schilde.

Am folgenden Tag aß Max bei uns. Er bekam sein Leibgericht, nämlich Frikadellen mit gedünsteten Zwiebeln und Senfgurken. Während des Desserts, das aus Ananas mit Schlagsahne bestand, erzählte er uns von seinen Versuchen an einer Kröte, und als er gehen wollte, schüttelte er meinem Vater die Hand und sagte: »Quisque suae fortunae est faber, vitello tonnato.«

Mein Vater schloß die Tür und schlug begeistert die Hände zusammen: »Was für eine Begabung! Ich bin so froh, daß ihr zwei euch kennt und so gute Freunde seid,

Elliot. Hoffentlich ziehst du daraus Nutzen. Hol das Wörterbuch, mein Junge.«

»Ich habe schon nachgeschlagen«, sagte meine Mutter, »einen Teil konnte ich sogar selbst übersetzen.«

»Wirklich?« sagte mein Vater.

Meine Mutter nickte mit einem sonderbaren Lächeln.

»Okay, was hat er gesagt?« fragte ich ängstlich und war mir darüber im klaren, daß meine Mutter noch ein As im Ärmel hatte. Sie sah meinen Vater an, der sich gegen den Türrahmen lehnte und ungefähr wußte, was jetzt passieren würde.

»Max Denholm sagte: ›Jeder ist seines Glückes Schmied‹ und fügte hinzu: ›Kalbfleisch in Thunfischsauce.‹«

Das Lächeln meines Vaters erstarb. »Verblüffende Kombination zweier scheinbar unvereinbarer Aussagen«, erklärte er in zögerlicher Zeichensprache.

»Bekanntlich habe ich im letzten Winter einen italienischen Kochkurs besucht, Omaha«, meine Mutter knallte das Wörterbuch zu, »und ich gebe nicht fünf Öre auf Denholm juniors lateinische Phrasen. Komm, Elliot, wir machen uns eine Tasse ganz gewöhnlichen Tee mit Zitrone, um den unangenehmen Geschmack der Protzerei loszuwerden.«

Wir setzten uns gerade an den kleinen Tisch mit der karierten gelben Decke, als ein Papierflieger zwischen uns landete. Mit kritischem Blick hob meine Mutter ihn auf und faltete die Tragflächen auseinander, auf denen stand: *Können wir das auch mal essen? Kalbfleisch in Thunfischsauce. Fragt Dein geliebter Omaha.*

Frau Wolle steht am Fenster und betrachtet den Herbst, während Ingeborg »Es dämmert über den Feldern« spielt. Die Flasche mit dem »Stimmenfeger« gluckert.

Max spielt Altflöte und trifft wie gewöhnlich den Ton nicht. Er hat kein Interesse an Musik. »Romantik«, sagt er, »taugt für diejenigen, die partout unglücklich sein wollen.«

Eine Woche später ist das Gemeindehaus bis auf den letzten Platz gefüllt. Wir aus der Sankt-Laurentius-Allee sitzen in der ersten Reihe und lauschen Pastor Wolle, der das Gleichnis von den Arbeitern im Weinberg vorliest.

»Siehest du darum scheel«, trägt Wolle eintönig vor, »daß ich so gütig bin? So werden die Letzten die Ersten und die Ersten die Letzten sein.«

Hinterher gibt es das Konzert eines Blockflötenquartetts, und später singen Frau Denholm und der Chor »Still mein Herz, die Sonn' geht unter«.

Ich sehe heimlich Onkel Harry an, der zu Misja hinüberstarrt, der abseits sitzt und gerade ein Schweinekotelett verschlingt. Dabei denke ich an Max, der Meta einen Liebesbrief geschrieben hat. Er sagt, sie paßten zusammen. Wie mein Vater eines Tages bemerkte, sind Schönheit und Grausamkeit untrennbar miteinander verbunden.

Anschließend lädt das Gemeindehaus zu Kaffee und Zimtgebäck ein. Erst gegen zehn Uhr gehen wir nach Hause. Es ist Freitag, der 16. Oktober, und die Sonne ist um sechs untergegangen. Über uns leuchtet der Sternenhimmel; die Erwachsenen sprechen vom wundervollen Konzert und von Frau Denholms schönem Sopran. Grande und Misja gehen vorneweg. Sie halten sich an der Hand, und der Tscheche gleicht mehr denn je einem Geisteskranken. Hinter ihnen geht Frau Asmussen zwischen Onkel Harry und Tante Kisser. Sie versuchen Kassiopeia zu finden. Harry und Misja streiten sich den ganzen Tag und weichen einander nicht von der Seite. Misja zieht über Harrys Bilder her, und Harry genießt jedes Wort dabei. Ihnen folgt die Familie Denholm, alle in grauen Mänteln; der von Frau Denholm hat einen schmalen Pelzkragen.

Hinter ihnen gehen meine Mutter, mein Vater sowie Herr und Frau Nielsen, und ganz am Ende befinde ich mich mit Amalie und Ingeborg, die den Kinderwagen mit dem schlafenden Alf schiebt. Als wir die Schienen überqueren, denke ich an den Gespensterzug und höre Onkel Harry über irgend etwas lachen. Jetzt können wir den blanken See und den Wald sehen, der langsam seine grüne Farbe verliert. Still liegt Åmosen da. Die Welt schläft geborgen in der hohlen Hand des Universums, wie es in den Groschenromanen heißt – da erhebt sich ein heiseres Flöten über der Gegend, wie eine Rauchsäule irgendwo zwischen Frederiksdal und Sorgenfri. Vor uns sind alle stehengeblieben. Grandes entschiedener Blick trifft auf Ingeborgs. Sie nicken einander zu. Frau Denholm sieht aus, als ob sie friere. Amalie schaut in den Kinderwagen, in dem Alf erwacht ist. Meine Mutter nimmt meine Hand und lächelt mich aufmunternd an. Niemand sagt etwas. Wir stehen da, als ob wir darauf warteten, daß jemand die Zeit weiterlaufen ließe. Dr. Denholm hat seiner Frau beschützend den Arm um die Schultern gelegt. Sein Blick ist ernst, fast zurechtweisend. Frau Asmussens Gesicht hingegen sieht aus, als würde es von innen beleuchtet. Meine Mutter sagt, sie wirke immer noch ein wenig verwirrt, sei allerdings nie völlig normal gewesen. Mein Vater meint, Frau Asmussen sei eine ungewöhnlich vornehme Frau, ein Kristall zwischen Tonscherben.

Erst als der letzte Ton verklungen ist, setzt sich Grande, nun gemeinsam mit ihrer ältesten Enkelin, wieder in Bewegung. Und wie immer nach dem Herbstkonzert trinken die Erwachsenen im Zimthaus ein Glas Lagerbier und essen Roggenbrot mit Salami und gestocktem Bratensaft.

Onkel Harry sucht die Platte mit Django Reinhardt heraus, zündet sich eine Zigarre an und lächelt seiner Frau zu, die ein Glas Tee trinkt. Sie und Meta hocken dicht beieinander auf einem Stuhl. Sie gleichen sich wie zwei Dohlen.

Ansonsten sitzen wir wie immer auf unseren festen Plätzen um den großen ovalen Mahagonitisch herum. Frau Asmussen hat sich zur Ruhe begeben. Ich betrachte den großen leeren Fleck an der Wand, wo sich früher eine hohe Anrichte mit Kristallkaraffen und venezianischem Glas befand. Wenn das Nachmittagslicht auf die grünen, roten und rauchfarbenen Sherrygläser aus Venedig fiel, segelte das Zimthaus mit einem Mal aufs weite Meer hinaus, nach Ceylon, Siam, Indochina und Sansibar. Die Decksplanken knirschen, und die Segel halten lärmend Zwiesprache mit dem Monsun. Das Meeresleuchten glitzert silbern auf der Galionsfigur mit den fruchtartigen Brüsten, und das geheimnisvolle Lächeln der Meerfrau zeigt sich auf den Lippen ihrer glücklichen Nachkommen, die eines Tages aus roten, grünen und rauchfarbenen Sherrygläsern den holländischen Kräuterschnaps oder den goldenen Krambambuli kosten werden.

»Äh, jetzt muß ich doch um die Rote-Bete-Suppe bitten«, sagt Misja und langt nach der Schüssel. »Ja, das ist Essen, das ist Nahrung.«

»Lieber Misja«, Onkel Harry wippt energisch auf den Fußballen, »gestern habe ich an dich gedacht, als ich am Südhafen stand und einen Arbeiter beim Schlammaufsaugen beobachtete. Abgesehen davon, daß die Maschine nicht so viel verkleckerte.«

»Du bist ein wertloser und niederträchtiger Mensch, Harry.« Misja spricht gedämpft, ohne Harry dabei anzusehen. »Ein erbärmlicher Lump, ein Tagedieb, ein armer Schlucker. Wenn ich dich betrachte, kommt mir die Geschichte von der ältesten Frau des Sultans in den Sinn, die sich eines Tages eine Warze am Hintern entfernen ließ, in der Hoffnung, ihr Herr und Meister würde sie anschließend von der Seite betrachten. Der Sultan hatte aber noch hundertsiebzehn weitere Frauen in seinem Harem, die hübscher, klüger und jünger waren. Er scherte sich also einen Dreck darum, was die Alte trieb, aber diese hielt so lange bei ihm aus, bis der Sultan ihr schließlich ins Gesicht sagte, daß die Warze an ihr noch das schönste gewesen sei.«

»Es ist die Frage, ob die Tschechen im allgemeinen nicht etwas rückständig sind«, setzte Harry gutgelaunt fort und sah sich in der Runde um. »Dabei denke ich an ihren ausgeprägten Mangel an Manieren, Bildung und Moral, ganz zu schweigen von der persönlichen Hygiene, die so viel zu wünschen übrig läßt. Aber vielleicht tut man ja auch einem ganzen Volk Unrecht, vielleicht bist es ja nur du, lieber Misja, der vollkommen neue Maßstäbe hinsichtlich menschlicher Erniedrigung und besinnungsloser Gefräßigkeit setzt.«

»Ich war«, sagte Misja, indem er verstimmt das letzte Stückchen Wurst betrachtete, »vor ein paar Tagen unten beim Trödelhändler. Dort fand ich unter anderem Gerümpel eine Leinwand, bemalt im Jahre 1948, die den Titel ›Modell an glasiertem Strand‹ trug.«

Das gerötete Gesicht Onkel Harrys wurde mehr und mehr purpurfarben.

»Hier war Talentlosigkeit mit einer selten zu sehenden Prüderie gepaart. Eine nackte Frau ohne Geschlecht, ohne Formen, ohne Fruchtbarkeit, so flach und impotent gemalt, daß man gut verstand, warum das Bild nur zehn Kronen kosten sollte, den Rahmen inklusive.«

»Diese Familie, lieber Misja«, ruft Harry aus, indem er versucht, die Fassung zu bewahren, »braucht keine künstlerische Belehrung von einem Kosaken, der einst seinem Bandwurmleiden erlag, so daß wir jetzt dem Wurm allein ausgesetzt sind!«

Diese Schlammschlacht dauerte Amalie zufolge die ganze Nacht und kulminierte, als die Sonne um Viertel vor acht aufging, in ein gemeinsames Lied, das sich ebenso laut wie versoffen anhörte.

Mein Vater bringt mich ins Bett. Er lobt mein Blockflötenspiel. Wie merkwürdig, für seine musikalische Begabung von einem Mann gelobt zu werden, der noch nie etwas gehört hat.

Meine Mutter ist zur Arbeit gefahren.

»Wo ist die Anrichte geblieben?« frage ich. »Die mit den Karaffen.«

Mein Vater küßt mich auf die Stirn. »Die wurde verkauft, Elliot.«

»Verkauft? Aber was ist mit den Gläsern, denen aus Venedig? Und den Kristallkaraffen?«

»Auch verkauft. Schlaf gut, mein Junge, und träum was Schönes.«

Kurz darauf höre ich ihn auf seiner Schreibmaschine klappern.

Ich starre an die Decke, die immer das letzte ist, das ich sehe, bevor ich in Schlaf falle. Eine graue Mauer: Kalk, Stein und Kreide, von Nässe durchfeuchtet und fleckig, doch mit dem allmählich kommenden Schlaf und den Träumen tritt die Wüste hervor. Schnell folgt eine Reihe rastloser Wolken, und nun ist es an der Zeit, das Fabeltier zu rufen und aufzusatteln, bevor alles verschwindet.

Am letzten Sonntag im Oktober steht Herr Nielsen um Punkt acht mit seinem Lastwagen vor der Tür. Die Sonne ist gerade aufgegangen; es ist ein strahlender Tag. Ich sehe aus meinem Zimmer auf den See hinaus, um eventuell herauszufinden, warum mir so sonderbar zumute ist. Im Zimthaus hat man immer gewisse Traditionen gepflegt, wie zum Beispiel nach Rørvig zu fahren, um Mittsommer zu feiern. Solange ich denken kann, haben wir das gemacht, aber im Oktober sind wir noch nie dort gewesen. Dennoch ist alles wie sonst auch. Ich schließe die Augen und höre den dumpfen Dieselmotor unten auf dem Weg, wo Herr Nielsen wie immer den Namenszug der Firma an der Tür des Wagens poliert.

Dann drehe ich mich um und beobachte meinen Vater, der vergeblich versucht, seine Fliege zu binden.

»Ich kann meine Bewegungen nicht kontrollieren«, sagt er und putzt sich die Nase. Normalerweise beachten wir das nicht weiter, ich meine, so geht es ihm schließlich immer, wenn wir nach »Sansibar« fahren wollen, aber heute ist meine Mutter enorm fürsorglich und tröstet ihn ausgiebig. Lange Zeit stehen sie dicht aneindergeschmiegt, umarmen sich und scheinen sich Mut zuzusprechen. Es wäre normal, sie nach dem Grund zu fragen, aber das tue ich nicht. Statt dessen betrachte ich Herrn Nielsen, der mit der Hand und dem Lappen immer die gleichen kreisförmigen Bewegungen ausführt; der große, kräftige, zuverlässige Herr Nielsen mit Haaren auf dem Rücken und lockeren Händen. Was er macht, wenn er uns nicht fährt, weiß ich nicht. Und was sein Enkel Otto macht, wenn er nicht abwäscht, Mörtel anrührt oder sich in Åmosen herumtreibt, weiß ich auch nicht. Vielleicht tut er einfach nichts anderes, vielleicht ist das sein ganzes Leben. Ich bekomme ein flaues Gefühl im Magen, wenn ich darüber nachdenke, weiß aber nicht, ob das mit Otto oder mir selbst zu tun hat.

Wie immer, wenn wir uns in Schale geworfen haben, um zu einer großen oder wichtigen Veranstaltung zu gehen, stehen wir eine halbe Minute vor dem Spiegel im Eingangsbereich. Ich stehe zwischen ihnen und tue, was meine Mutter sagt, atme nämlich dreimal tief ein. Diese Atemübung hat eine beruhigende Wirkung auf meinen Vater. Wir halten seine Hände. »Ich bin ein glücklicher Mann«, flüstert er.

Danach setzt er den Strohhut auf und sagt, meine Mutter sei die schönste Frau der Welt. Er sagt dies wie ein Mantra, das ihm vom Leben selbst geschenkt wurde. Das Dasein meines Vaters ist angefüllt mit solchen unveränderlichen Redewendungen und Ritualen, und es ist mir nicht entgangen, daß er Gott gegen Vorabsprachen und alte Wechsel eingetauscht hat. Kein Teufel, kein Dämon, keine Donnergott oder mythischer Riese, bei dem er sich nicht einschmeichelt. Omaha Mortensen hat mit allen Absprachen getroffen und Verträge geschlossen. Bevor er sich in sein Arbeitszimmer begibt, um die geheime Geometrie der Pyramiden zu erforschen, pocht er dreimal an den Türrahmen, murmelt irgendwas auf griechisch, wackelt vor der Schreibmaschine mit den Ohren und küßt tatsächlich die Zeitungsausschnitte von Marilyn Monroe. Und sicherheitshalber klopft er auch noch unter den Tisch. Ich will nicht leugnen, daß er noch dreimal so viele andere Rituale befolgt, die für ihn unerläßlich sind, und ständig kommen neue hinzu. Ich sehe ihn panisch zwischen all diesen Ganz- und Halbgöttern hin und her jagen, kleine und große Absprachen eingehen, während er schwindelt und betrügt. Seine Seele ist verpfändet und sein Herz zerteilt, aber den tauben Omaha, der ganz tief in seinem stummen Universum so große Schulden bei der Vorsehung hat, daß ihn kleinere Beträge oder Versehen nicht erschüttern können, stört das nicht.

Wir gehen hinunter zu den anderen, die nur noch auf die Familie Asmussen warten. Auch Dr. Denholm hat seinen Strohhut aufgesetzt, und als Grande aus der Gartenpforte tritt, trägt sie, genau wie vor vier Monaten, den Hut ihres Sohnes. Ingeborg kommt als letzte mit Alf auf dem Arm. Der Stoff ihres Kleids stammt von einer verblichenen dänischen Fahne. Widerstrebend schiele ich zu Alf hinüber, der mich mit halb geschlossenen Augen ansieht: »Guten Morgen, Elliot. Du siehst so traurig aus, mein Freund. Aber was soll man dazu schon sagen. Ich persönlich verabscheue auch jede Veränderung guter Gewohnheiten. Doch wie du weißt, hat ja alles eine Ursache, und es ist natürlich sie, die du fürchtest. Faß Mut, mein Lieber, wir sind ja immer noch zusammen, alle miteinander. Wir haben eine Verpflichtung, Elliot. Halt dich aufrecht, und freu dich auf die gemeinsame Zeit. Bis bald, mein Freund.«

»Kleptomane«, murmle ich.

»Hast du etwas gesagt, Elliot? Du bist mir einer. Nein, sieh nicht weg, übrigens kannst du mich ja immer noch verstehen. Im Grunde deines Herzens bist du ein guter Kerl. Denk nicht mehr an die Weisheitszähne deines Vaters. Schon dein Großvater war schließlich ein Hochstapler, der sich am Tag seines Todes einbildete, er hätte in Nebraska nach Gold geschürft. In Wirklichkeit aber hat er in Tappernøje den Löffel abgegeben, nach einem langen und ziemlich glücklichen Leben, Arm in Arm mit der Lüge. Vielleicht sollten wir das als Vision ansehen. Kannst du mir folgen, Elliot? Du bist doch selbst mit Visionen vertraut, nicht wahr?«

»Kleptomane.«

»Adieu, mein Freund, see me in your dreams.«

Otto ist gekommen. Mit einer Kiste Wiibroe-Pilsener. Er trägt seinen blauen Schlips, den mit dem Gummiband im Nacken. Dann kommt Misja mit einer verwaschenen grünen Mütze heraus, die er über seinen runden unrasierten Kopf gezogen hat. Er ist gerade damit beschäftigt, ein hartgekochtes Ei abzupulen.

Auf der Ladefläche haben wir feste Plätze. Auf der rechten Seite sitzen mein Vater, meine Mutter und ich neben der Familie Denholm, und gegenüber sitzen Harry, Meta und Tante Kisser neben Grande, Ingeborg, Amalie und Otto. Aber heute sind noch zwei weitere Personen dabei, also preßt sich Frau Asmussen zwischen Grande und Ingeborg, und Misja bekommt den Platz von Otto, der hinunter auf den Boden muß.

Ich betrachte sie. Es ist, als würden sie irgend etwas suchen. Vielleicht den Ton, den alten und wohlbekannten, der sich aber nicht einstellen will.

Schon sind wir startklar. Mein Vater nimmt meine Hand, und ich schaue zu Ingeborg, die geradeaus in die Luft stiert.

Herr Nielsen zieht die helle Plane über unseren Köpfen nach unten, denn es ist polizeilich verboten, sich während der Fahrt auf der Ladefläche aufzuhalten. Der Motor startet. Es kitzelt im Magen. Dr. Denholm unterhält sich mit Harry über das Licht zu dieser Jahreszeit, sonst spricht niemand, aber exakt als wir in Glostrup um die Ecke biegen, singen wir wie immer »Die Tage sind jetzt voll Gesang«. Wir flüstern alle fünf Strophen, und mein Vater, der ja nicht singen kann wie wir anderen, dirigiert den Chor, und bei der letzten Strophe: »Gib mir ein Vergißmeinnicht / bevor das Spiel ist aus / und mit der Krauseminze / ziehn fröhlich wir nach Haus« singt Frau Denholm die zweite Stimme. Hinterher zündet Onkel Harry seine Zigarre an, Grande macht ein Nickerchen, und Meta, der vom Fahren immer übel wird, legt sich zwischen ihren Eltern nieder.

Beim Elverdam-Wirtshaus in Tølløse machen wir eine kleine Pause, und die Erwachsenen bekommen ein Pils. Grande sitzt auf dem Trittbrett des Lasters und schaut starr in die Luft. Vielleicht betrachtet sie Otto, der aus welchem Grund auch immer auf den Händen geht. Ingeborg ist bei Alf, dem man die Windeln gewechselt hat. Amalie und Herr Nielsen schauen in den Motorraum des Lasters, wo das Kühlwasser erneuert wurde. Kurz darauf sind wir in Richtung Vig unterwegs, und Tante Kisser erzählt eine ihrer zahlreichen Unglücksgeschichten, die niemand hören will, die aber jedem eine Gänsehaut über den Rücken jagen. Diesmal geht es um einen Busunfall südlich von Odense, bei dem zwei Familien an einem Wegweiser ums Leben kamen. Nur ein kleiner Junge in Alfs Alter hatte überlebt. Tante Kisser stellt in der Runde die Frage, was aus dem Jungen jetzt werden solle. Alle blicken auf Alf, und das Ganze endet damit, daß meine Mutter Herrn Nielsen bittet, doch etwas langsamer zu fahren.

Nach zwei Stunden sind wir in Korshage angekommen. Als der Lastwagen beginnt, auf dem unebenen Schotterweg heftig hin und her zu schaukeln, ruft Dr. Denholm, jetzt könne er das Meer riechen, und schon brüllen wir hurra. Onkel Harry schlägt die Plane zur Seite, und wie immer springen Max und Otto aus dem Wagen, um das letzte Stück zu laufen. Mein Vater und ich halten die Augen geschlossen. Wir beide sind große Genießer des salzigen Geruchs des Kattegats.

Die Tür des Hauses wird aufgeschlossen, und Amalie darf es als erste betreten. In der Hand hält sie den großen, glänzenden Schlüssel, um die Standuhr aufzuziehen. Noch bevor der erste Uhrenschlag verklungen ist, vernimmt man einen schnarrenden, trockenen, beinahe widerwilligen Laut. Nun atmet »Sansibar«, und Ingeborg geht zu ihrer Großmutter und legt ihren Arm um die Hüfte der Alten.

Ich laufe mit Max zum Meer hinunter, wo wir flache Steine über das Wasser springen lassen, bevor es Frühstück geben soll. Dann sitzen wir mit unseren Jacken an dem großen Tisch und tun so, als wäre Sommer. Die Stimmung ist normalerweise bestens, und Onkel Harry tut auch alles, was in seiner Macht steht, aber niemand ist heute für seine Witze empfänglich. Wir bleiben nicht sehr lange. Schließlich ist ja auch nicht Sommer, wie Tante Kisser bemerkt. Also sind wir nach einer Stunde schon wieder zur Abreise bereit, aber bevor es dazu kommt, ruft uns Grande am Hauseingang zusammen. Sie hält Ingeborgs Hand und schaut niemand ins Gesicht, als sie sagt, »Sansibar« sei verkauft.

## *Zwölftes Kapitel*

An dem Tag, als Grande erkrankte, kamen Onkel Harry und Dr. Denholm mit ihren Aktentaschen zu uns und gingen unverzüglich in den Keller hinunter, wo sie mit meinem Vater und mir als Übersetzer über die alte Frau Asmussen sprachen, als wäre sie schon gestorben. Dr. Denholm begann mit seiner Lieblingsgeschichte aus der Zeit, als der Putz des Zimthauses frisch und die Fensterläden noch grün waren, nicht zu reden von dem großen, gutmütigen Winston Asmussen, der an dem Tag herüberkam, als die Familie Denholm in das Arzthaus einzog, um sie mit dem holländischen Kräuterschnaps, der später zur Tradition wurde, willkommen zu heißen. »Ein großzügiger Mensch«, sagte Denholm, während sich mein Vater die Nase putzte. Onkel Harry, der die Familie schließlich am längsten kannte, kramte eine Erinnerung aus der Zeit hervor, als Grandes Haare grün und blond zugleich gewesen seien und ihre Augen schiefergrau wie die Klippen bei Hoburgen an der Südspitze Gotlands.

»Majestätisch«, polterte Onkel Harry, der nur einmal in seinem Leben dem alten Globetrotter W. A. Asmussen begegnet war, der an einem späten Abend im Juli mit seinem unentbehrlichen Daiquiri auf der Veranda gesessen hatte. Er trug seine alte, etwas verblichene Uniform mit Patronengurt und Pistolenhalfter, Reitstiefel und ein blaues Halstuch. »Absolut heimatlos, von geradezu furchterregender Geistesabwesenheit«, fügte Harry hinzu. »Von seiner Umwelt kaum Notiz nehmend.«

Mein Vater, der in dieser Hinsicht nichts beizutragen hatte, holte die Flasche mit dem Gordon Gin, zwei Zitronen und einen halben Liter Peter Heering. Eine Stunde später fuhr meine Mutter zur Arbeit, und ich legte mich schlafen. Niemand hatte etwas darüber gesagt, was Grande fehlte, aber als ich die entfernten Töne Django Reinhardts vernahm, der mit seinen nur acht Fingern »Dinah« spielte, und später – als ich um drei aufstand, weil ich pinkeln mußte – immer noch die Musik hörte, dachte ich, das Ganze würde sich schon wieder einrenken. Im Wohnzimmer verkündete Dr. Denholm, daß mein Vater den besten und erlesensten Singapore Gin Sling mixe und daß der Rumba in Onkel Harry einen seiner elegantesten Tänzer gefunden hätte. Im Halbschlaf purzelte ich die Treppe hinunter und sah, wie mein Vater – der bekanntlich keinen Mucks hören kann, selbst wenn er sich um zwölf direkt unter die Rathausglocken stellt – mit Onkel Harry, der aus irgendeinem Grund einen braunen Bastrock angezogen hatte, durch den Raum tanzte. Dr. Denholm stand in den Rauch seiner Zigarre gehüllt neben dem Grammophon. Er trug eine Schürze und sprach von Josephine Baker.

»Wir sind auf dem Montmartre!« ruft Harry aus. »Auf der Rue Ravignon, von der aus man ganz Paris überblicken kann. Django sitzt auf der Bank, und seine Musik spiegelt sich im Kopfsteinpflaster des Boulevards und entzündet Lichter in den Kastanien über dem Café mit den rotkarierten Tischdecken.«

Ich ging nach draußen, setzte mich auf die Stufen und dachte mit Grauen an Django Reinhardt, der seine Finger bei einem Brand in dem Zigeunerlager verlor, in dem er als Kind gelebt hatte. Unwillkürlich kam mir Ruzanta in den Sinn, die gnadenlose Wahrsagerin mit ihren unerbittlichen Prophezeiungen. Ich glaube, ich war auf dem Treppenabsatz eingeschlafen; auf jeden Fall wachte ich auf, als die Haustür sich öffnete. Es war immer noch nicht hell geworden, denn im November ist das Licht ebenso selten wie kraftlos. Jetzt stand meine Mutter im Eingangsbereich und starrte ins Wohnzimmer, in dem Xaviar Cugat & His Waldorf-Astoria-Orchestra »One, Two, Three, Kick« spielten. Ein Stück, das wir eigentlich zu Silvester hörten. Onkel Harry, Dr. Denholm und mein Vater hüpften in Unterhosen, Socken und Schuhen herum. Ganz vorne hopste mein Vater, gefolgt von Dr. Denholm, der ihn an den Hüften hielt, und hinten befand sich Onkel Harry, der immer noch seinen braunen Bastrock trug. Sie bewegten sich im lateinamerikanischen Rhythmus des Stücks und warfen im Takt erst das linke und dann das rechte Bein hoch. Alle drei rauchten Zigarren, und die Musik war so laut aufgedreht, daß mein Vater den Rhythmus mühelos am Beben der Holzdielen erkennen konnte. Meine Mutter zog langsam ihr Regencape aus. Sie blickte von den Tanzenden zu mir hinüber und lächelte verhalten, bevor sie die Tür zum Wohnzimmer schloß. Fünf Minuten saßen wir in meinem Zimmer, wo die schweren Congas und die trichterförmigen Trompeten samt einem Meer von Rasseln aus einer anderen Welt zu kommen schienen. Oder vom Montmartre. Das hatte jedenfalls nichts mit dem trostlosen Dunkel des Novembers zu tun. Erst jetzt fiel mir auf, daß meine Mutter eine ganze Stunde später als üblich nach Hause gekommen war. Sie wickelte mich in die Decke ein und sagte, sie sei auf einen Sprung drüben im Zimthaus gewesen. Bei Grande, die in ihrem Zimmer lag. Ich fragte, ob Dr. Denholm bei ihr gewesen sei, und meine Mutter sagte, Dr. Denholm und ein weiterer Arzt hätten sich den ganzen Nachmittag dort aufgehalten.

»Was ist mit ihr?«

»Ich glaube, die Krankheit heißt Alter, Elliot.«

Meine Mutter tritt ans Fenster. Es ist Viertel nach sieben. Der Himmel ist grau und diesig. Mißmutig lösen sich Tropfen aus der Lärche, und eine Möwe, die Bagsværd entgegenfliegt, schreit verzweifelt nach der Sonne, die schon längst andere, weit von der Sankt-Laurentius-Allee entfernte Dächer vergoldet. Meine Mutter beginnt vom Zimthaus zu sprechen. Von seinem Verfall. Den windschiefen Fensterläden, den Rissen im Mauerwerk und all den losen Dachziegeln. Ich höre mich fragen, warum in aller Welt das nicht repariert wird. Sie setzt sich aufs Fensterbrett, hält diesem herzergreifenden Morgen ihren Rücken entgegen und sieht mich lange an, bevor sie antwortet.

»Im Oktober«, murmelte sie, »haben sie das Dach abgedichtet, damit das Wasser nicht länger in den Dachboden eindringt. Kurz darauf war Trankebar verschwunden.«

»Trankebar?«

»Ihr schönes Geschirr, Elliot, das Eßservice.«

»Und wovon essen sie jetzt?«

»Jetzt essen sie halt von denselben Tellern wie wir alle. Vom Alltagsservice. Damit kann man wohl leben.«

»Ja, das glaubst du.« Ich setzte mich im Bett auf.

»Jetzt sprichst du genauso wie dein Vater.«

»Was ist mit ›Sansibar‹?«

Sie hebt die Schultern und spitzt den Mund. »Weißt du, daß wir nie wieder dorthin fahren werden?«

»Ja, ich weiß. Mein Gott, das ist zwar … traurig, aber nicht der Untergang der Welt.«

Ich weiß nicht, was ich sagen soll. Natürlich wäre es unsinnig, zu behaupten, der Verkauf des Sommerhauses sei der Untergang der Welt, aber trotzdem … Wenn es nicht das war, was war es dann?

Die ganze Zeit sehe ich das Bild Ingeborgs vor mir, wie sie auf der Heimreise von Nord-Seeland dasitzt, mit Alf auf dem Arm, der zu ihr aufblickt. Wo sie sich in diesem Augenblick befinden, weiß ich nicht. Jedenfalls sind sie nicht bei uns im Lastwagen und schon gar nicht mit uns anderen zusammen. Ich wünschte, sie würde weinen, aber Ingeborg weint nie. Niemals! Selbst dann nicht, als ihr Vater vor ihren Augen stirbt. Vielleicht besitzt sie keine Tränen. Vielleicht ist sie wirklich aus Glas hergestellt worden. Man wird verrückt, wenn man daran denkt. Später sieht sie uns alle an, Dr. Denholm und meine Mutter, Max und mich. Als wolle sie uns mit ihrem fernen Lächeln aufmuntern und uns von ihrer brüchig gewordenen Stärke etwas abgeben. Das allerletzte, das sie besitzt. Mein Vater hält die Augen geschlossen, Dr. Denholm ist blaß um die Nase, weicht dem Blick von Ingeborg hastig aus, räuspert sich und beißt die Zähne zusammen. Wir sind still und beherrscht. Alle bis auf einen. Bis auf Otto Nielsen, der sich auf dem Boden zusammengerollt hat und mit seinen großen, blanken Augen Grande verloren anstarrt, die stocksteif dasitzt und einen faltigen Finger in Alfs kleine Hand geschoben hat.

»Chaos im Himmel mit Apfelsinen.« So hieß Onkel Harrys Rørviggemälde.

»Papa, bekomme ich im nächsten Jahr auch einen Strohhut, so wie Max?«

Ich erinnere mich, wie ich meinem Vater vor vier Monaten diese Frage stellte. Die helle Nacht stand im Zimmer wie ein Geist. Wir sprachen von Alf. Und von Wiedergeburten.

»Wiedergeburten«, sagte mein Vater und küßte mich auf die Wange, »Wiedergeburten gibt es nicht. Wir sind nur das eine Mal hier. Das ist es, was das Leben so großartig macht. Denk daran, Elliot.«

Denk daran, Elliot.

Ich denke daran und schaue meine Mutter an. Sie sagt das eine oder andere über Frau Asmussen, und ich bitte sie, es zu wiederholen.

»Ich sagte, es bestehe ja auch die Möglichkeit, daß unsere kleine Frau Asmussen sich eine Arbeit sucht. Ich weiß, dieser Gedanke scheint abwegig, aber andererseits ist es das, was auch wir anderen tun müssen. Es wäre ja sogar möglich, daß ihre sogenannte Krankheit verschwinden würde, wenn sie gezwungen wäre, etwas beizutragen.«

»Du meinst, wenn sie eine Stellung im Kreiskrankenhaus fände?«

»Zum Beispiel. Aber vielleicht bist du der Meinung, daß sie zu fein ist, um in den Waschräumen zu arbeiten, Elliot.«

»Ich glaube, sie täte mir leid.«

»Ach ja, natürlich, das fände dein Vater sicherlich auch. Am liebsten würde er eine Spendensammlung ins Leben rufen. Omaha, der selbst nicht eine Krone besitzt und tagein, tagaus Bücher übersetzt, die kein Mensch lesen, geschweige denn drucken möchte.«

»Vielleicht löst er eines Tages das Rätsel. Das Rätsel der Pyramiden.«

»Jetzt fängst du auch damit an. Dein Vater hatte schon immer eine merkwürdige Auffassung von Erziehung. Mein Gott, Elliot. Ist in dir nicht auch ein klitzekleines Molekül deiner Mutter?«

»Ich denke schon.«

»Und was passiert, wenn er eines Tages wirklich ins Allerinnerste vordringen sollte? Was ist, wenn Omaha endlich die elende mathematische Formel, den Code oder den Knopf gefunden hat, der ihm das Allerheiligste aufschließt? Was ist dann, Elliot?«

»Vielleicht gibt es wirklich wichtigere Dinge«, murmle ich unsicher.

Meine Mutter reißt sich die Schuhe von den Füßen. »Es geht einfach nicht in meinen Kopf hinein, warum in aller Welt sie sich nicht eine Arbeit suchen kann, so wie alle anderen auch. Frau Asmussen!«

»Vielleicht… vielleicht sind wir doch nicht alle… gleich.«

»Wer sagt denn das? Das habe ich auch nie behauptet. Okay, Grande stirbt. Aber die Menschen sterben eben, Elliot. Niemand lebt für immer. Heute nacht waren es zwei auf meiner Station, die gestorben sind. Und Grande ist mindestens achtzig. Vielleicht älter. Sie hat keine Lust mehr zu leben. Sie ist müde. Todmüde. Warum hältst du dir die Ohren zu?«

Ich schüttle den Kopf. Sie entfernt meine Hände.

»Weil ich dir nicht zuhören will.«

»Weil du genauso taub, blind und verstockt sein willst wie dein romantischer Vater. Meinetwegen.«

Sie läßt sich in einen Sessel fallen. Ich weiß, daß ihre Füße schmerzen. Und daß sie Schlaf braucht.

Unter uns ist das Waldorf-Astoria-Orchestra von Caruso abgelöst worden. So weiß man jedenfalls, worauf alles hinauslaufen wird.

Ich stehe auf, schlafen kann ich ohnehin nicht mehr. Meine Mutter kommt zu mir ins Badezimmer, wo sich Caruso anhört, als singe er unter Wasser. Sie steht hinter mir und kämmt mir die Haare. Wir sehen uns im Spiegel an. Meine Mutter kann zur gleichen Zeit sehr alt und sehr jung aussehen.

»Ich habe Grande immer für unsterblich gehalten. Alterslos. Mit solchen Bagatellen schien sie sich gar nicht befassen zu müssen.« Sie sprach jetzt mit vollkommen veränderter Stimme.

Ich drehe mich um und sehe ihr direkt in die Augen. »Aber sie stirbt doch nicht, oder?«

Sie antwortet nicht, sondern läßt das Badewasser einlaufen, was selbst Caruso übertönt.

Ich gehe in mein Zimmer und schließe die Tür. Es ist hell geworden, zumindest so hell, wie es eben werden kann. Kurz darauf sitze ich auf dem Hocker neben der Badewanne und schrubbe ihr den Rücken. Unten im Wohnzimmer ist es jetzt ganz still. Vielleicht sind Onkel Harry und Dr. Denholm nach Hause gegangen. Vielleicht schlafen sie.

»Wieso können sie die ganze Nacht lang feiern, sich verkleiden und Singapore Sling trinken, wenn Grande dabei ist zu sterben?«

Meine Mutter läßt sich unter das Wasser gleiten, wie sie es immer tut, um sich das Krankenhaus aus den Haaren zu spülen. Ihr Gesicht wird weiß mit einem grünlichen Schimmer.

Jetzt sind ihre Züge von Falten, Trauer und Freude befreit. In zehn Sekunden wäre sie tot, aber sie taucht wieder auf, nimmt das Handtuch und sagt: »Genau deswegen. Es gibt viele Arten zu trauern, Elliot.«

Später an diesem Sonntag saß ich oben bei Max. Er sprach von einer neuen Methode, den Äther zu dosieren, als ich Amalie entdeckte, die unten auf dem Weg neben der Rasenfläche stand. Max wollte gerade das Fenster aufstoßen, da tauchte Otto Nielsen auf. Er sagte irgend etwas zu Amalie, überreichte ihr einen ärmlichen Blumenstrauß und ging wieder.

»Macht dieser Otto Nielsen nicht alles noch schlimmer?«

Max zerstückelte ein Blatt weißes Papier mit seinem Skalpell.

»Ich glaube, sie wird es überleben«, sagte ich.

»Grande? Nein, sie stirbt.« Er warf sich auf sein Schlafsofa.

»Wie kannst du das wissen?«

»Mein Vater ist Arzt, Elliot. Er ist drüben gewesen. Grande liegt im Sterben. Sie weiß es selbst. Weißt du, wer heute nacht bei ihr geschlafen hat?«

Ich starrte ihn an. Er legte seine Hände hinter den Kopf und sah an die Decke.

»Alf!«

»Alf?«

»Yes Sir. Sie hat auch begonnen zu phantasieren. Du errätst nie, was sie zu meinem Vater gesagt hat. Sie ist wirklich eigenartig. Als er ihre Lungen abhorchte, sagte sie plötzlich: ›In Afrika riecht es nach verbrannten Pferdeäpfeln und alten Häuten.‹« Max schüttelte den Kopf. »Was zum Teufel soll das bedeuten? Moment!«

Er sprang auf, ging zum Kleiderschrank, öffnete die Tür und holte einen kleinen blauen Trichter hervor. Dieser war mit etwas verbunden, das wie ein Staubsaugerschlauch aussah.

»Früher«, sagte er, »hatte ich das über der Lüftungsklappe zum Sprechzimmer angebracht. Aber seit einem Monat habe ich einen neuen Horchposten. Jetzt führt das hier zu einem Loch hinter dem Bücherregal im Wohnzimmer. Mein Vater ist aufgestanden. Er hat Kopfschmerzen.« Max lauschte angestrengt und grinste bis über beide Ohren. »Zum Teufel mit dem Singapore Sling!«

»Du belauschst deine Eltern?«

»Ich halte mich auf dem laufenden. Willst du auch?« Er hielt mir den Trichter entgegen.

Ich schüttelte den Kopf

»Sie sprechen von ihr.«

»Ich will nicht hören, was sie sagen.«

»Sei mal still! Sie will unter der Libanonzeder liegen. Bei dem Sauwetter.«

Max horchte mit großen Augen. Ich hingegen schaute nach draußen zu Amalie, die Gesellschaft von meiner Mutter bekommen hatte, die gerade aufgestanden war. Sie begannen, zur Bahnlinie hinunterzugehen. Arm in Arm. Amalie trug ihren braunen, umgearbeiteten Mantel, und zum ersten Mal fiel mir auf, daß die Ärmel zu kurz waren.

Ich dachte an die große Zeder. So oft hatte ich davon geträumt, bis zu ihrer Spitze hinaufzuklettern. Aber das erforderte mehr als gewöhnlichen Mut. Denn von dort aus erblickte man den Großteil der Welt und sein eigenes Unglück.

Max kommt zu mir. »Wolle ist vor einer Stunde dagewesen. Aber sie wollte ihn nicht sehen. ›Haben Sie Gott dabei, Wolle?‹« Max machte seinen Vater nach, der Grande imitiert hatte. »›Oder sind Sie nur ein Bote? In diesem Fall muß ich Ihnen die Tür weisen.‹«

»Sei ruhig, Max!«

»›Ich bin einfach gekommen, um Sie zu besuchen, Frau Asmussen‹«, säuselte Max mit Wolles Stimme.

»›Man sollte Sie abtasten, Wolle, um nicht Gefahr zu laufen, daß Sie doch Ihren boshaften Alten eingeschmuggelt haben.‹«

Max legte den Kopf zurück und lachte: »Ich hätte zu gern das Gesicht des alten Wolle gesehen, als sie das sagte.«

»Was sagt dein Vater über ihre Krankheit?«

»Es ist das Herz. Es will nicht mehr. Arterienverkalkung, irgend so was. Auch mit den Lungen stimmt es nicht. So kommt eins zum andern.«

Als er wieder den Trichter nahm, ging ich hinaus.

Unten, im Vorraum, stieß ich mit Dr. Denholm zusammen, der mir den Arm um den Rücken und später die Hand in den Nacken legte. Wie oft hatte er mich nicht schon untersucht. Mit seinen kalten Fingern und seinen noch kälteren Instrumenten. Der Schmerz im Gehörgang und der Spatel im Rachen. Seine Knöchel auf meinem Rücken, der Geruch seines Rasierwassers. Wußte er überhaupt irgend etwas?

Im Wohnzimmer saß seine Frau in einem roten Hosenanzug auf dem Ecksofa und preßte drei Zitronen aus. Sie trug eine Sonnenbrille. Mitten im November. Dr. Denholm sagte nichts. Wir standen einfach dort im Vorraum, blickten aus den kleinen Fenstern, und ich dachte, daß er trotz allem ein guter Kerl wäre. Ich sah ihn an, und er sagte, er habe schreckliche Kopfschmerzen.

»Singapore Sling«, meinte ich.

Er seufzte und nickte: »Du bist ein ... du bist ein ...«

Ich glaube, er verlor den Faden oder begann mit einem Mal zu zweifeln, was ich für einer war. Schließlich sagte er: »Ein außergewöhnlicher Bursche. Mein Sohn sollte sich glücklich schätzen.«

Er öffnete die Tür zur feuchten, rachedürstenden Stille des Novembers.

»Grüß deine Eltern. Wir würden uns freuen, sie heute abend bei uns zu sehen, wenn sie noch nichts anderes vorhaben.«

Die nächsten vier Tage geschah nichts. Max und ich standen abwechselnd vor der Rasenfläche und warteten vergeblich darauf, daß uns Amalie oder Ingeborg irgendwelche Neuigkeiten mitteilen würden. Grande schlief die meiste Zeit über, und so trat der Gedanke, sie nach unten zur Libanonzeder zu tragen, etwas in den Hintergrund. Erst am nächsten Sonntag bekamen wir Amalie wieder zu Gesicht. Sie erzählte, Ingeborg sei oben bei ihrer Großmutter, die damit begonnen habe, sie zu unterrichten.

Wir standen auf dem Badesteg, Amalie, Max und ich.

»Was unterrichtet sie denn?« fragte Max.

»Das Leben«, antwortete Amalie.

Ich fragte, wie Misja auf alles reagiert habe, und sie antwortete, der Tscheche habe sich eingeschlossen.

»Wie bekommt er dann was zu essen?« wollte Max wissen.

»Er hat sich in der Speisekammer eingeschlossen.«

Später berichtete sie, Ingeborg habe alle Bücher von Grande bekommen, auch die handschriftlichen, alle Rezepturen, Lebenselixiere und Aphrodisiaka.

Wir gingen zum Gewächshaus hinunter, in dem es noch kälter zu sein schien als draußen. Amalie holte die alte Flasche mit Danziger aqua vitae, auch Mutwasser genannt, als draußen eine schemenhafte Gestalt auftauchte.

»Otto!« flüsterte Max, der schon das staubige Glas in der Hand hielt. »Der Trottel schreibt bestimmt wieder Nummernschilder ab.«

Amalie öffnete die Tür und rief seinen Namen. Otto Nielsen hatte wie gewöhnlich sein graues Drillichzeug an, seine langen Gummistiefel und seine Sturmhaube.

»Tag zusammen«, sagte er leise.

»Willst du einen Danziger haben?« fragte Amalie.

Otto sagte: »Ja, danke«, während Max erklärte, er trinke nicht mit Otto Nielsen.

»Ja, dann mußt du eben nach Hause gehen, Max Denholm«, sagte Amalie seelenruhig und füllte die drei Gläser.

Die Luft stand still. Åmosen hielt den Atem an.

Max fragte, ob Amalie ernsthaft meinte, was sie sagte, und Amalie antwortete, sie meine immer, was sie sage.

Kurz darauf war Max verschwunden. Im Gewächshaus war es still. Wir prosteten uns zu und kippten den Schnaps hinunter.

»Die Idee, eine Medizin zu finden, die alle Krankheiten heilen und den Menschen Unsterblichkeit verleihen könnte, war ein Traum, von dem mein Großvater besessen war«, sagte Amalie und drehte das Glas zwischen ihren Fingern. »Die Chinesen behaupteten, diese Medizin gefunden zu haben, und zweitausend Jahre lang versuchten die Alchimisten des Westens, in ihren Besitz zu gelangen. Viele behaupteten, sie entdeckt zu haben, aber das waren nur Hochstapler, Schaumschläger und Betrüger.«

Amalie sah durch die trüben Scheiben hinaus, ihre Schultern senkten sich, genauso die Stimme: »Letzte Nacht rief uns Grande zu sich. Ingeborg, mich und den kleinen Alf, den wir wecken mußten. Er ist ein außergewöhnlich gutmütiges Kind. Zwei Stunden lang erzählte sie uns von Großvater, von ihrer Begegnung mit ihm, ihrer gemeinsamen Arbeit und den zahlreichen Reisen. Von allem, das er mit nach Hause gebracht hatte. Und von den weit entfernten Plantagen. Myrte oder Nelkenöl wandte man, zusammen mit Opium und Kampfer, bei Zahnschmerzen an, aber die Menschen wurden taub davon; Muskat benutzte man gegen Impotenz, Enzian gegen Bandwürmer, Anis gegen Wanzen. Doch Großvater war weder den Gewürzen noch diesen Rezepten auf der Spur.« Amalie schaute träumerisch in die stillstehende Luft. »Sondern der einzig wahren Medizin, der, die unsterblich macht.«

Sie legte den Kopf zurück und leerte die Flasche bis auf den letzten Tropfen. Ich sah Otto an, der aufgestanden war.

»Hat er sie gefunden?« fragte ich.

»Das hat Ingeborg auch gefragt, und Grande antwortete, ja, er habe sie gefunden.«

Wir starrten sie an. Sie kräuselte die Brauen, nickte ernst und stellte die Flasche beiseite: »Nur einen Augenblick«, sagte sie und ging hinaus, ließ sich unter der Eiche nieder, um zu pinkeln, verschwand im Zimthaus und kam nach zwei Minuten mit einem braunen Tongefäß wieder, auf dem geschrieben stand: »Omnis qui bibit honc aquam si fidem addit, salvus erit.«

»Nehmt eure Gläser«, sagte sie.

Wir hoben die Gläser, während sie den lateinischen Text übersetzte. »Jeder, der dieses Wasser trinkt und daran glaubt, wird gesund.« Ich schielte zu Otto, der sie glücklich und erwartungsfroh anlächelte. Und wieder einmal fiel mir auf, wie sonderbar er zusammengesetzt war, mit einer lächelnden und einer dunklen Hälfte. Vielleicht lag das an dem Stein, den er damals verschluckt hatte.

Amalie zog den Pfropfen aus dem braunen Gefäß, und ich dachte, das hier sei eine Begebenheit, deren Existenz Max Denholm bis zum Ende seines Lebens quälen werde.

»Bevor wir unsere Gläser leeren«, sagte Amalie, »will ich die Geschichte zu Ende erzählen. Die Haut meiner Großmutter ist weiß wie Schnee geworden, und ihre Augen haben alle Farbe verloren. Faßt man ihre Hände an, dann meint man, eine Kröte zu berühren. Sie sind eiskalt wie Moorwasser. Gestern fragte ich mich, ob sie nicht vielleicht schon tot sei und ob es ihr Wille wäre, der aus dem Grab zu uns sprach. Jedenfalls nahm sie Alf in die Arme. Er glotzte sie so an, daß man sich nicht sicher war, ob er Angst vor ihr oder Angst vor ihrem Verlust hatte. ›Nur Mut, junger Mann‹, sagte sie, ›in dieser Familie werfen wir nicht so schnell das Handtuch. Denk daran, daß dein zweiter Vorname Winston ist, und ein Winston nimmt alles so, wie es kommt. Dein seliger Großvater stand einst am Fuße des Kilimandscharo, durchstreifte Afrikas Savanne, in der Löwen, Hyänen und Buschmänner wohnen und wo es nach verbrannten Pferdeäpfeln und alten Häuten riecht. Er war von Kopf bis Fuß ein ganzer Kerl, und dafür liebte ich ihn Tag für Tag. Aber er war ein Mann, der von seinen Sehnsüchten gesteuert wurde und auf einem heimlichen Pfad wanderte. Den letzten Brief, den ich von ihm erhielt, hatte er aus Daressalam abgeschickt. Es stand nicht viel darin, der Text war im Telegrammstil abgefaßt. Er schrieb, er hätte gefunden, wonach er gesucht hatte. Und ich wußte sofort, was er meinte. Wir haben nie wieder etwas von ihm gehört. Ein Jahr später wurde eine Schiffskiste in die Sankt-Laurentius-Allee geliefert; in ihr befanden sich einige wenige seiner Sachen, seine doppelläufige Büchse, ein großer Haufen Kleidungsstücke, seine Lesebrille, die mit einem Heftpflaster repariert worden war, ein Fernglas, fünf Tagebücher und eine portugiesische Feldflasche. Das Ganze befindet sich immer noch in diesem Haus. Auch die Flasche mit dem Wasser des ewigen Lebens, die ich dir schenken möchte, Amalie, denn du gleichst weder mir noch deiner Mutter, sondern deinem ruhelosen Großvater. Wenn ich sterbe, mein Kind, dann will ich verbrannt werden. Am liebsten so, wie sie es in Indien machen, aber das erlauben die Behörden nicht. Meine Asche soll über der Bottnischen Bucht verstreut werden; dort ist das Wasser so, wie ich es liebe. Wartet ruhig, bis ihr alt genug seid, um selbst die Urne in die Hand zu nehmen und nach Visby zu reisen. Dann leiht ihr euch ein Boot, rudert in die Bucht hinaus und streut meine grüne Asche in die Wellen zwischen Schweden und Lettland. Am liebsten an einem diesigen Morgen, aber das sollte eigentlich kein Problem sein, weil es auf Gotland immer neblig ist. Versprich mir das.‹«

Amalie betrachtete ihr Glas. »Und das versprach ich ihr. Die portugiesische Feldflasche, die vor vielen Jahren in einer Schiffskiste hier ankam, ist die, die ihr jetzt vor euch seht. In ihr befinden sich die letzten Tropfen des Lebenselixiers, die ich jetzt mit dir, Elliot Omaha Mortensen, und dir, Otto Nielsen, teilen will. Ob dies Grandes Wille ist, weiß ich nicht, auf jeden Fall ist es meiner.«

»Aber was ist mit Ingeborg?« flüsterte ich. »Und deinem kleinen Bruder?«

Amalie lächelte, wurde aber schnell wieder ernst: »Die beiden brauchen kein Elixier«, sagte sie. »Um uns ist es schlechter bestellt. Hoch die Tassen!«

Wir hoben die Gläser zum Mund, und ich bemerkte einen leichten Schimmelgeruch, bevor ich die Flüssigkeit hinunterspülte, die im Mund einen zugleich trockenen und frischen Geschmack hinterließ.

Amalie sah von mir zu Otto und fragte, ob es uns geschmeckt hätte.

»Ja, danke«, sagte ich.

»Otto?« Sie sah ihn freundlich an.

Er schaute auf sein Glas und sagte: »Leitungswasser, reines Leitungswasser.«

Amalie stand auf und ging zu ihm hin. Sie blieb eine Weile dort stehen, während sie das Gewicht von einem auf den anderen Fuß verlagerte. Dann nahm sie seinen Kopf zwischen ihre Hände und küßte ihn auf die Stirn.

»Unseres trägt das Geheimnis«, flüsterte sie.

Am Tag darauf wurden wir alle ins Zimthaus gerufen, wo Oda Nielsen Tee und Kokosmakronen servierte. Die Stimmung war gelinde gesagt besorgniserregend. Nach zwanzig Minuten waren wir alle versammelt, die Familie Denholm, Onkel Harry, Tante Kisser und Cousine Meta, meine Eltern, Max, ich und Otto, der in der Küche half. Niemand sprach ein Wort. Das einzige, was man hörte, war das notorische Schniefen meines Vaters. Bis Amalie mit dem alten Gong der Familie herunterkam, den sie dreimal ertönen ließ. Worauf Frau Asmussen gemeinsam mit Ingeborg die Treppe herabschritt, gefolgt von Misja und zuletzt Grande, die uns verschmitzt ansah, bevor sie als erste am Tischende Platz nahm.

»Bitteschön«, sagte sie mit fester Stimme, »und macht es Ihnen etwas aus, Frau Nielsen, die runden Schnapsgläser zu holen, dann können wir uns alle einen Myrtenschnaps genehmigen.«

Grande blickte im Kreis der sprachlosen Nachbarn herum, die ihre Gläser mit der braungrünen Flüssigkeit gehoben hatten.

»Prost«, sagte die Alte, »ich habe persönlich mit Wolle telefoniert und ihm mitgeteilt, daß die Beerdigung abgesagt ist.«

Wie zu erwarten, endete das Ganze mit zahlreichen spontanen Reden, vielen Gesängen und einem heftigen Streit zwischen Misja und Onkel Harry über die Entstehung der Arten, der damit endete, daß Harry als »missing link« bezeichnet wurde. Mein Vater schwieg. Er saß einfach da und strahlte wie eine Sonne. In der

Küche besorgte Otto mit seinen langen Gummihandschuhen den großen Abwasch. Sein unergründliches Lächeln galt, soweit ich sehen konnte, Meta, die ihn mit zusammengekniffenen Augen und schmalen Lippen anstarrte.

Ansonsten drehten sich die Gespräche um Medusa, die Gerüchten zufolge ihr Unwesen in der Gegend um Vangede trieb, wo man die Suche nach einem Fahrradkurier vorläufig eingestellt hatte.

An diesem Nachmittag erzählte ich Amalie von meinem Fabeltier und meinen langen Reisen durch die Steppen Persiens. Sie nickte ernst.

»Wer weiß, Elliot«, sagte sie leise. »Vielleicht werden wir uns dort eines Tages begegnen.«

Ich nahm es als ein Versprechen.

Die Sterne leuchteten über der Sankt-Laurentius-Allee, als wir das Zimthaus verließen. Dr. Denholm hatte eine Hand in die Hosentasche gesteckt und betrachtete hochzufrieden seine Zigarre.

»So ein verdammtes Frauenzimmer«, sagte er zu meinen Eltern, die eng beieinanderstanden, wie ein Liebespaar.

Max ging mit seiner Mutter zusammen nach Hause. Mein Vater legte Dr. Denholm den Arm um die Schultern und fragte via meine Mutter, ob er vom Rätsel der Cheops-Pyramide hören wolle. Dr. Denholm sagte, nichts in der Welt würde er lieber tun. Ich weiß nicht, woher es kommt, aber vielleicht hat Dr. Denholm so viel Gebärdensprache gelernt, daß er und mein Vater ohne einen Dolmetscher auskommen. Jedenfalls schlenderten sie hinunter zum Prinzessinnenpfad, während meine Mutter und ich nach Hause gingen.

Ich sitze auf meinem Fensterbrett und sehe zum Zimthaus hinüber, in dem das letzte Licht gelöscht worden ist. Öffne das Fenster einen Spaltbreit. Sage zu mir selbst, daß ich eigentlich auf nichts und niemanden warte. Dennoch müßte das merkwürdige Flöten zu hören sein, dessen Ursache wir alle zu kennen glauben. Über die aber niemand laut sprechen will. Man könnte ja schließlich falsch raten oder, schlimmer noch, richtig.

*Ihre Satteltaschen sind gefüllt*
*mit all den Blättern,*
*die sie nie mehr an einem Strunk*
*anzubringen vermochten.*

## *Dreizehntes Kapitel*

Manchmal, in der Regel am Sonntag, werden einem in unserer Familie die größten Wünsche erfüllt. Ich sitze am Fußende im Bett meiner Eltern, in dem wir Kaffee getrunken und gefrühstückt haben. Wir sprachen über das Wetter und die vergangene Nacht.

Meine Mutter legt los: »Ich wünsche mir drei Dinge. Erstens: Eine Villa am Gardasee. Zweitens: Eine Waschmaschine. Drittens: Ein paar neue Füße. Erfüllt sie mir einfach, und ich werde euch nie wieder in den Ohren liegen.«

Danach ist mein Vater an der Reihe. Er hat eigentlich immer nur einen Wunsch, nämlich das Geheimnis von Cheops zu lüften. Der Mann zu werden, der das Rätsel des Lebens löste.

»Dann tragen sie Omaha auf ihren Händen. Die Luft ist erfüllt vom Duft nach Datteln und Feigen, von schönem Gesang und dem Begehren der Frauen.«

»Dem Begehren der Frauen, Omaha?«

»Eine fachlich begründete Wertschätzung. Das wollte ich sagen.«

»Sie werden dich lynchen, und außerdem würdest du lieber zwei Stunden mit dem Flittchen aus Hollywood verbringen als irgendein Rätsel zu lösen. Hör auf, dem Jungen Rosinen in den Kopf zu setzen. Elliot, du bist dran!«

»Muß ich jetzt auch noch meine Träume verzollen?«

»Verzollen?«

»Wenn ich nach der Plackerei des Tages endlich

meine Augen schließe und mich den Träumen hingebe, was ist dann das erste, das ich sehe? Ein weiblicher Zöllner, der mich wiedererkennt. ›Guten Abend, Herr Omaha Mortensen‹, sagt sie, ›willkommen im Land der Träume, schauen wir mal, was Sie dabeihaben, sicher eine Menge nutzloses Zeug.‹«

»Omaha, ich möchte gerne hören, was mein Sohn zu sagen hat. Warum muß es sich denn ständig um dich drehen? Elliot, was wünschst du dir?«

»Gar nichts.«

»Gar nichts?« Meine Mutter sieht mich mit sanftem Vorwurf an. »Wünschst du dir wirklich nichts? Letzte Woche sprachst du noch von einem Aquarium mit einer Pumpe.«

»Der Junge ist zufälligerweise glücklich und zufrieden.«

»Würdest du bitte deine Hände stillhalten, Omaha?«

»Ich wünsche mir, die Zeit würde stehenbleiben.«

Sie sehen mich an. Vielleicht war es falsch, genau das zu sagen. Es wäre wohl besser gewesen, mir ein Kanu, ein Mikroskop oder »Reise um die Welt in achtzig Tagen« zu wünschen.

»Ich dachte, du freust dich auf Weihnachten?« Meine Mutter wischt die Krümel von der Decke.

Mein Vater wirft die Hände in die Luft: »Verstehst du denn nicht, daß der Junge seiner Lebensfreude Ausdruck verleiht, seiner Geborgenheit. Elliot, sieh deinen Vater an ... Ja, der Bursche strotzt vor Lebensenergie, es singt in seiner Brust.«

Meine Mutter starrt ihn an: »Es singt in seiner Brust? Omaha, gibt es nicht irgendwas im Keller, womit du dich beschäftigen kannst? Elliot, mein Schatz, erzähl mir, wovor du Angst hast.«

Sie sieht mich durchdringend an.

»Ich fürchte mich vor nichts.«

»Fürchtest du dich davor, erwachsen zu werden?«

»Überhaupt nicht. Das ist es nicht. Ich will gerne erwachsen werden und alles, was dazugehört.«

»Aber was ist es dann? Irgendwas muß es doch sein.«

»Ich kann es nicht erklären. Außerdem möchte ich gerne ein Aquarium.«

Sie schließt die Augen und nickt vielsagend mit dem Kopf.

»Hast du ihm irgend etwas eingeredet, Omaha?«

Fünf Minuten später stehe ich im Badezimmer. Ihre Stimmen werden vom Rauschen des Wassers verschluckt, das in die Badewanne einläuft. Ich ziehe mich aus. Lasse mich ins warme Wasser gleiten und lege mich flach auf den Rücken. Ich hole tief Luft und sehe das Wasser sich über meinem Gesicht schließen. Als ich klein war, dachte ich immer, so würde es sich im Kopf meines Vaters anhören. Ein Dröhnen weit entfernter Schläge, schwarze geheimnisvolle Signale unter faserigen Inseln, die sich von Küste zu Küste fortpflanzen. Aber auch der größte Wal muß von Zeit zu Zeit an die Oberfläche – wie ungern er sich auch trennt von seinen schwerelosen Träumen.

Er kommt mir schwimmend entgegen. Es sieht wahnwitzig aus. Die Windel wird von einer Sicherheitsnadel zusammengehalten; die hellroten Flimmerhärchen auf seinem Rücken und um seinen Mund schlängeln sich wie Seegras.

»Aloha, Elliot!« sagt er. »So sehen wir uns wieder.«

»Sei so gut und laß mich in Ruhe, Alf. Außerdem kannst du weder gehen noch schwimmen. Und schon gar nicht sprechen.«

»Aber du kannst zuhören. Zuhören, Elliot. Das macht dich so außergewöhnlich. Ich hörte, was du zu deinen

Eltern gesagt hast. Du bist ein mutiger Junge. Und ehrlich. Du besitzt den Schlüssel.«

»Schlüssel, Alf? Welchen Schlüssel?«

»Ich denke, du weißt, wovon ich spreche. Natürlich hast du keine Angst vor dem Erwachsenwerden.«

»Natürlich nicht.«

»Du hast nur Angst davor, alleingelassen zu werden.«

»Hör auf!«

»Nimm meine Hand, mein Freund.«

»Nie im Leben.«

»Nimm meine Hand und laß uns eine Weile miteinander schwimmen. Oder willst du lieber auf deinem geliebten Fabeltier ausreiten?«

»Ich bin im Badezimmer. Würdest du so freundlich sein und meine Badewanne verlassen?«

»Für immer, Elliot? Meinst du, für immer?«

Ich setze mich keuchend auf. Es brennt in meiner Lunge. Die Tür ist geöffnet. Meine Mutter sieht mich an und fragt, was in aller Welt ich treibe.

»Ich wasche meine Haare. Ich wasche meine Haare. Wirklich, ich wasche nur meine Haare. Entschuldige!«

Mein Vater hat damit begonnen, den Spülkasten zu reparieren. Dabei kann er gar nicht hören, wie das Wasser die ganze Zeit läuft. Zu meiner Mutter sagte er, es sei nur eine Bagatelle, eine Frage des Wasserstands, wie bei jeder dänischen Toilette. Eisblumen sind an meinem Fenster, und wir warten darauf, daß der See freigegeben wird. Ich ziehe meine wollene Kniebundhose an und schließe die Tür zum Schlafzimmer, in dem meine Mutter tief und fest schläft. Kurz darauf stehe ich draußen vor dem Zimthaus, wo die Eiszapfen in der fahlen Sonne tropfen.

Ich gehe ums Haus herum zur Veranda und erblicke

Frau Asmussen, die mit der Bibel im Schoß und geschützt von einer langen, curryfarbenen Decke dasitzt. Sie trägt Ohrenschützer und ein großes graues Halstuch. Grande und Ingeborg sind selten zu Hause. Amalie sagt, sie seien in der Fabrik, in der man mit der Curryproduktion begonnen habe. Mit Koriander, Curcuma und Chili, das von einem Gärtner aus Sengeløse bezogen wurde. Drinnen im Zimthaus stauen sich die Krüge und Flaschen, Dosen und Pulver. Getrocknetes Katzenkraut gegen Schlaflosigkeit, Roß-Minze gegen Atemwegserkrankungen und getrockneter Dill gegen Blähungen. Auf dem Boden steht ein Ballon mit Holundersaft. Soll gut sein bei Blasenentzündungen.

»Sie haben die Tiere geholt.«

Ich drehe mich um und schaue in das kühle Dunkel. Frau Asmussen trägt fingerlose Handschuhe. In einer Hand hat sie einen Becher. Sie sieht sehr blaß aus, aber das tun wir wohl alle zu dieser Jahreszeit. Widerwillig gehe ich zu ihr und spähe zur Tür hinein, in der Hoffnung, Amalie zu erblicken, die ich seit mehreren Tagen nicht gesehen habe.

»Die Tiere, Frau Asmussen?«

»Setz dich ein bißchen zu mir, Elliot. Ich liebe die letzten Tage im November, bevor der Weihnachtstrubel beginnt. Diese stillen und kurzen Tage. Wir kommen zu uns selbst. In Bad Schandau gibt es Routine und Disziplin, hier zu Hause sind wir ganz anderen Kräften ausgesetzt. Aber es ist, wie es ist.«

»Vermissen Sie Bad Schandau, Frau Asmussen?«

»Um halb sechs werden wir geweckt. Ich schlafe mit sieben anderen Frauen im Zimmer ›Eberhardt‹, das nach einem berühmten Dresdner Chefarzt benannt ist. Im Speisesaal ist es immer kalt, besonders an den Füßen. Als würde man in einem Milchgeschäft arbeiten.

Kalt und klamm. Die Farben sind cremeartig – grau, mattgrün und küchengelb. Alle tragen dieselbe Kleidung. Die Pfleger sind groß und dick, mit Oberarmen wie Kugelstoßer. Während des morgendlichen Ausgangs ist es verboten zu sprechen. Die Tage sind vollkommen gleichförmig, alles läuft nach einem vorgegebenen Schema ab. Die Mahlzeiten bestehen aus gekochtem Fisch, Gemüsesuppe und schwarzen Pflaumen. Wir trinken zwei Liter Wasser am Tag. Am Abend, wenn die Sonne untergeht, liege ich dann in meinem Bett und lausche dem Zug, der durch das Sudetenland in Richtung Prag unterwegs ist. Vollkommen durchgespült und gereinigt bin ich bereit, in einen traumlosen Schlaf zu fallen. Ja, ich vermisse Bad Schandau.«

Sie blickt über den See.

»Sie haben etwas von Tieren gesagt. Was sind das für Tiere?«

»Ach, die Tiere ... Die sind jetzt fort. Ich glaube, viele hatten Ungeziefer. Besonders die Thomsongazelle. Sie sah so ängstlich aus. Obwohl sie doch ein rumpfloses Leben nach dem Tod bekommen hatte, das ihr die Möglichkeit gab, sich ausschließlich mit geistigen Dingen zu beschäftigen. Aber jetzt ist sie fort. Meine Schwiegermutter meint, wir hätten zu wenig für sie bekommen, aber wahrscheinlich hat Harry recht, daß wir froh sein sollten, sie überhaupt losgeworden zu sein.«

»Meinen Sie die Tiere auf dem Dachboden, die ausgestopften?«

»Auch die auf dem Treppenabsatz und in der Vorhalle. Das Zoologische Museum hat sie vorgestern abgeholt. Nur der Jäger ist noch da. Setz dich doch, mein Lieber. Ich werde so nervös, wenn ich sehe, wie du von einem Bein auf das andere trittst.«

»Ja aber – alle Tiere?«

»Amalie hat sich eingeschlossen. Sie ist so reizbar im Moment. Grande meint, das sei das Alter. Aber im Grunde war Amalie schon als Embryo reizbar. Hast du die Amsel bemerkt? Sie hält ihre gute Laune aufrecht und singt auch im Winter. Und der arme kleine Misja ist krank. Der Magen. Aber er will nichts einnehmen. Und Denholm will er schon gar nicht sehen. Warum er Seife ißt, dieser Tscheche, weiß ich nicht.«

Erst jetzt kapiere ich, daß sie von den Tieren im Ballettraum redet. Von der Gazelle, dem Wildschweineber und dem Reh. Ob sie wohl auch das Grammophon und die Schallplatte mit »Clair de lune« verkauft haben? Vor mir sehe ich zwei dicke Möbelpacker mit Oberarmen wie Kugelstoßer, zerknitterten Kitteln und flachen Schirmmützen; sie tragen den vollkommen starren Debussy die breite Treppe hinunter, aus der Terrassentür hinaus und in den Umzugswagen hinein. Jetzt soll er im Zoologischen Museum einen kleinen Sockel mit Messingschild im Saal 124 bekommen, wo er dann für immer und ewig bedeutungslose Blicke mit der ängstlichen Thomsongazelle und dem mausetoten Wildschweineber wechseln kann.

Frau Asmussen schlägt in der Bibel nach.

»Lies für mich, Elliot. Ich habe es so gern, wenn du mir vorliest. Der Psalter: Psalm 49, Vers 8.«

Das dicke Buch ist eiskalt, und die Seiten sind glatt wie Eiszapfen. Bei Psalm 49 liegt ein gehäkeltes Lesezeichen mit blauen und roten Glasperlen, die den Namen Ingeborg bilden.

Ich betrachte Frau Asmussen: Ihre Augen sind mattgrün, und ihre Haut ist weiß wie Molke. Ihre Finger hingegen sind küchengelb, und ihre Nägel haben die Farbe von Bernstein.

»Kann doch keiner einen andern auslösen oder für

ihn an Gott ein Sühnegeld geben – denn es kostet zuviel, ihr Leben auszulösen; er muß davon abstehen ewiglich –, damit er immer weiterlebe und die Grube nicht sehe. Nein, er wird sehen: auch die Weisen sterben, so wie die Toren und Narren umkommen; sie müssen ihr Gut andern lassen. Gräber sind ihr Haus immerdar …«

»Überspring das Weitere, mein Lieber, und lies Vers 21 – danke!«

»Ein Mensch in seiner Herrlichkeit kann nicht bleiben, sondern muß davon wie das Vieh.«

Sie nimmt das Buch, legt es in ihren Schoß und nippt an dem warmen Tee. Ich suche nach einer glaubhaften Entschuldigung, um mich schnell verabschieden zu können.

»Wer, glaubst du, hat dies geschrieben, Elliot? Den Psalter, Psalm 49.«

»Ich weiß nicht, Frau Asmussen. Darüber gibt's wohl keine Gewißheit.«

»Könnte es Gott gewesen sein?«

»Gott? Ja, vielleicht, aber andererseits …«

»Natürlich war es nicht Gott.«

»Aber wer dann?«

»Na ja, es gibt da einige alte Männer. Einige uralte Männer, die man schon längst aus den Tempeln hätte entfernen sollen, weil ihre Augen tot sind und sie voll von Ungeziefer waren. Und weil ihr Mund nach Fäulnis stank.«

Als ich nach Hause kam, stand das gesamte Erdgeschoß unter Wasser. Meine Mutter telefonierte mit Klempner Nielsen, und mein Vater saß klatschnaß mit einer Rohrzange und einem Scheuerlappen im Badezimmer. Ich weiß nicht, wie das passieren konnte, aber als sie anfingen, über Marilyn Monroe zu diskutieren, war ich hinunter zum See gegangen. Ich wurde die Bilder der Tiere nicht los, die das Zimthaus verlassen hatten. Wie eine auf den Kopf gestellte Arche Noah. Der Tag hatte soeben erst angefangen, dennoch begann es bereits zu dämmern. Selbst die Geräusche schienen festgefroren.

Im Behandlungszimmer saß Dr. Denholm einem Mann gegenüber, in dessen Mund er hineinleuchtete, während er mit einem Spatel die Zunge herunterdrückte. Rechts vom Fenster sah ich Frau Denholm mit Hut und Mantel vor dem Kamin stehen. Ich überlegte, ob ich zu Max gehen solle, ließ es aber bleiben und trottete zum Pfad hinunter, auf dem fünf Enten saßen, die auch nichts mit sich anzufangen wußten.

Er kam vom See her. Direkt über das Eis. Er ging im Zickzack, um den Eislöchern auszuweichen. Otto Nielsen war wohl verrückt geworden.

»Elliot!« rief er vergnügt. »Willst du mitkommen?«

»Es ist verboten, sich auf das Eis zu begeben«, sagte ich. »Das ist lebensgefährlich.«

Er kam zu mir und schneuzte sich. Wie gewöhnlich hatte er nicht besonders viel an, schien jedoch nicht zu frieren. An den Füßen trug er ein Paar Skischuhe, die vier Nummern zu groß aussahen.

»In einer Stunde wird es dunkel«, sagte er. »Wenn wir Glück haben, schaffen wir es noch, aber wir müssen uns beeilen.«

»Wovon redest du?«

Er sah mich mit einem rätselhaften Lächeln an.

»Das wirst du schon sehen. Vielleicht. Komm, Elliot, komm mit mir!«

Es war ein merkwürdiger Tag. Entweder blieb man unbeteiligt oder wurde hineingezogen. Mitten hinein.

Ich lief hinter ihm her, am Anfang den Prinzessinnenpfad entlang, bis er plötzlich zum Åmosenpfad abbog, wo die Luft gleichermaßen trocken und feucht, säuerlich und scharf war. Die harte Erde war mit einer dünnen Kruste überzogen. An manchen Stellen kam es einem so vor, als liefe man über den Rücken eines großen Tieres. Als wir den Nybrowald erreichten, hatte ich die Orientierung verloren. Aber Otto wußte ganz genau, wo er hinwollte. Am Møllebach, gegenüber vom Bagsværdsee, machten wir eine Pause. Mir war warm geworden. Ich knöpfte den Mantel auf und überlegte, ob ich überhaupt Lust hatte, noch weiterzulaufen.

»Was ist es, das du mir zeigen willst?« fragte ich außer Atem.

Otto erhob sich: »Wir haben nicht mehr viel Zeit«, sagte er. »Mit dem Licht zusammen verschwinden sie wieder, und wir haben leider noch ein ganzes Stück vor uns.«

»Wo gehen wir hin?«

»Wir müssen am Kulhusvej vorbei in die Gegend zwischen Schloß Frederiksdal und dem Hulsee.«

Jetzt ging es am gefrorenen Bach entlang, kleine und größere Abhänge hinauf oder hinab, tiefer und tiefer in den Wald hinein. Die fahle Wintersonne war längst verschwunden, und die Kälte kam hinter unseren Rücken herangekrochen. Als wollte sie uns einholen. Otto lief schneller. Es schien, als könne er bis nach Slangerup laufen, ohne außer Atem zu geraten. Ich hingegen hatte Seitenstechen bekommen und rief nach ihm. Er drehte sich widerwillig um und schaute zurück. Kniff die Augen zusammen und wischte sich mit dem Handrücken die Nase ab. Jetzt wußte ich, wo ich mich befand. Ich war in Ottos Reich. Wo er jeden Pfad und jeden Baum kannte. Wenn er jetzt verschwand, würde ich nie wieder zurückfinden. Ich hatte keine Ahnung, wo Norden, Süden, Westen oder Osten lagen, hatte aber das Gefühl, als seien wir im Kreis oder jedenfalls im Zickzack gelaufen. Vielleicht, um einem ganz bestimmten Pfad zu folgen, vielleicht, um die schlimmsten Fallgruben zu umgehen, vielleicht, damit ich nie mehr zurückfinden sollte. Bei Otto Nielsen wußte man nie.

»Kommst du?«

»Ich hab' Seitenstechen.«

»Dem läufst du einfach weg.«

»Wo zum Teufel sind wir?« Mein Atem stand wie Tabakrauch vor meinem Mund.

Er lächelte. »Ja, wo sind wir eigentlich? Wir sind im Niemandsland.«

»Im Niemandsland?« fragte ich und trat näher an ihn heran. Er legte mir die Hand auf die Schulter.

»Genau«, sagte er. »Im Niemandsland.«

»Es gibt kein Niemandsland, Otto.«

»All diese Pfade und die gesamte Gegend verändern sich ständig. Bleiben nie, wie sie sind. Man glaubt, die Wege zu kennen, aber auch die wechseln ständig. Man ist im Niemandsland.«

»Na großartig! Wo müssen wir hin? Was willst du mir zeigen?«

Er trat ganz dicht an mich heran, so dicht, daß sich unsere Nasenspitzen fast berührten.

»Du wirst sie sehen, Elliot. Sie sehen.«

»Wen sehen?«

»Erinnerst du dich an das Lied, das Ingeborg und Amalie immer gesungen haben?«

»Sie singen so viele Lieder.«

»Ein ganz bestimmtes; es ist jedenfalls das einzige, das ich kenne.«

Otto ging ein paar Meter zurück, legte den Kopf in den Nacken und schickte ein heiseres Flöten in die frostklare Luft. Anfangs klang es wie eine Waldtaube, wurde dann aber zu einer Melodie, die mir aus irgendeinem Grund durch Mark und Bein ging.

»... vermögen nicht auch nur ein Blatt anzubringen an dem Strunk.«

Jetzt wich ich ihm nicht von der Seite, und er achtete darauf, nicht so schnell zu laufen. Wir fanden unseren Rhythmus, und die Seitenstiche verschwanden. Ich stellte fest, daß ich lange und angestrengt laufen konnte, ohne daß es schmerzte. Sagte zu mir selbst, daß ich laufen konnte, so lange ich wollte. Und daß es das war, was wir taten. Nach einer halben Stunde stoppte Otto plötzlich. Ich sah ihn an. Er schien zu lauschen. Seine runden Augen bekamen einen seltsamen, fast betrübten Ausdruck, so als bereute er die ganze Expedition. Als habe er sich selbst zu ihr überredet und nun entdeckt, daß es zur Umkehr zu spät war.

»Sie sind hier«, flüsterte er, »sie sind hier, Elliot.«

Ich ging zu ihm. »Wer ist hier, Otto?«

Er wies auf ein dichtes Gestrüpp, zwischen dessen Zweigen der Nebel hing. Aus der Mitte schien ein helles Licht zu kommen.

»Wir müssen ganz still sein«, flüsterte er, »sonst verschwinden sie.«

Ich ergriff seinen Arm. »Von wem sprichst du eigentlich, Otto?«

»Von den Königen«, sagte er, »von allen Königen.«

In diesem Moment erblickte ich sie. Insgesamt waren es ungefähr fünfzehn. Sie stapften im eiskalten Wasser durch das gefrorene Schilf. Verschwanden und tauchten im Nebel wieder auf. Alle in langen, verschlissenen rotweißen und gelbblauen Mänteln. Ihre gezackten Kronen sehen gefährlich aus. Die Könige sind alt und jung, faltig und erschöpft. Sie raunen und fluchen. Ihre Harnische rasseln und scheppern. Sie drohen einander, während sie sich, mit den wenigen braunschwarzen Blättern in der Hand, die noch an den Ästen verblieben sind, herumkommandieren. Ein Stück entfernt kann ich ihre Pferde schnauben hören, doch die bekommen wir nicht zu sehen. Der Nebel wird dichter, und die Könige fallen in ein gemeinsames eintöniges Gemurmel, während sie sich langsam in Richtung ihrer Tiere entfernen. Kurz darauf ist es völlig still.

Misja wurde am ersten Dezember morgens um fünf vor neun eingeliefert. Warum, wußte wohl niemand genau, aber Dr. Denholm erklärte den Vorgang damit, daß der Tscheche in den letzten drei Tagen zwei Tuben Zahnpasta gegessen habe samt zehn Seifenstücken, einem Fingerphilodendron, zehn Seiten eines lateinischen Wörterbuchs und dem Inhalt aller Einmachgläser, die er in der Speisekammer hatte finden können. Im Laufe des Winters war er kugelrund geworden, und da er schon vorher an Verstopfung gelitten hatte, wurde es zu einem beliebten Gesellschaftsspiel, Misja heimlich in seinem Zimmer zu beobachten. Mit aufgeknöpfter Hose saß er dort auf einem Stuhl, während seine großen, pflaumenfarbenen Augen von einem erschrockenen, aber hungrigen Ausdruck erfüllt waren.

Wir besuchten ihn im Kreiskrankenhaus von Gentofte, wo man ihm in einem Acht-Bett-Zimmer die Hände festgebunden hatte. Man hatte Misja eine Diät verschrieben, die laut Grande sein Leben retten sollte. Dem Patienten zufolge war sie der systematische Versuch des Krankenhauses, ihn umzubringen. Onkel Harry versprach, ihn täglich zu besuchen, und legte den unentbehrlichen Eisensplitter neben den Blumentopf mit dem Weihnachtsstern, den Misja mit allen Anzeichen eines krankhaften Appetits anglotzte. Dr. Denholm sagte später, Misja brauche wohl eher einen Psychologen, und meine Mutter fügte hinzu, daß in dieser Hinsicht eine Zwangsjacke ganz praktisch wäre.

Ich kann es nur schwer erklären, aber mit der Familie Denholm ging in dieser Zeit eine Veränderung vor sich. Vielleicht lag es am Wetter, der Dunkelheit oder der Kälte, ich weiß es nicht. Später an diesem Tag war ich mit Amalie, Ingeborg und Max zusammen. Wir unterhielten uns über den Gespensterzug, und Max fragte, wann zum Teufel wir endlich aufhören wollten, solchen Unsinn zu reden.

»Unsinn, Max?« fragte Ingeborg, die wie Amalie einen schwarzen Mantel mit Pelzkragen trug. Beide sahen sehr dünn aus. Vielleicht, weil die Ärmel zu kurz geworden waren, die Mäntel an der Taille aber keinesfalls zu eng wirkten.

Ich weiß nicht, wer sich die Geschichte vom Gespensterzug eigentlich ausgedacht hatte. Max wich vor uns zurück. Er schrie, während er sich vornübergebeugt entfernte, als müsse er sich erbrechen: »Das ist wieder so ein Unsinn, wie all der andere Quatsch, die Erfindungen und Lügen, mit denen ihr euch drüben in dem braunen Haus beschäftigt. Lügen von Anfang bis Ende. Lügen, Lügen, Lügen!«

Die Schwestern antworteten ihm nicht und sahen so aus, als würden sie sich mit einem völlig anderen, viel wichtigeren und ernsteren Thema beschäftigen.

Kurz darauf saßen wir im eiskalten Gewächshaus. Otto tauchte draußen auf, und Amalie ließ ihn herein. Er war nicht mit im Krankenhaus gewesen und hatte seine gewohnten Sachen an. Ingeborg entschuldigte sich, daß sie uns nichts anbieten könne. So saßen wir einfach da, bis Grande plötzlich die Tür öffnete. An ihrem Arm hing ein kleiner Korb.

»Ich hatte mir gedacht, euch hier zu finden«, sagte sie leise. »Man wird so melancholisch davon, mit den anderen zusammen zu sein. Besonders mit Harry.«

Sie stellte verschiedene kleine Gläser auf den Marmortisch und zog zuletzt eine staubige Flasche aus dem Korb.

»Damit wollten Misja und ich uns stärken, wenn der Winter ernstmachen würde. Das ist ein Bristol Bitter mit fünfzehn ganzen Gewürznelken, den wir mit zwei Löffeln Honig gesüßt haben. Mit diesem Schnaps ist die letzte Pomeranzenschale verbraucht.«

Sie schenkte ein und zwinkerte Otto zu, der tatsächlich zurückzwinkerte.

Das hätte die Alte beinahe aus der Fassung gebracht, jedenfalls verschüttete sie ein paar Tropfen des kostbaren Getränks, die Ingeborg schnell mit dem Handrücken wegwischte.

»Fehlt hier nicht einer?« Grande sah sich im Kreis um. »Wo ist der junge Denholm?«

»Er ist nach Hause gegangen«, sagte Amalie. »Wir haben über den Gespensterzug gesprochen.«

»Ja?«

»Er sagte, das sei Unsinn.«

»Ist es ja auch. Aber wir glauben schließlich steif und fest an Unsinn, nicht wahr, Mädchen? Ausgezeichnet. Na dann prost!«

Wir legten den Kopf in den Nacken und leerten die Gläser. Ich dachte, ich hätte mich nach und nach an die verschiedenen Hausrezepte des Zimthauses gewöhnt, aber dieser Magenbitter schien mit Widerhaken ausgestattet zu sein, machte die Luft besonders kalt und den Körper besonders warm.

Ich saß da und fingerte an meinem Glas herum, als ich entdeckte, daß mich alle ansahen. Selbst Otto. Als ob ich etwas Falsches getan oder gesagt hätte. Aber weder Grandes noch Ingeborgs Blicke waren vorwurfsvoll, sondern eher bemitleidend. Das war unangenehm und beunruhigend. Kurz darauf erhob sich Grande, und Ingeborg legte ihrer Großmutter den Arm um die Hüften. Wir sahen sie zum Haus hinaufgehen.

Lange Zeit saßen wir einfach da und versuchten mit dem englischen Magenbitter fertig zu werden, bis Amalie fragte, ob wir sie auf ihr Zimmer begleiten wollten.

Dort könnten wir, wie sie sagte, zusammensitzen, über den See schauen und vom Sommerhaus in Korshage sprechen. Wir antworteten nicht, folgten ihr aber, als sie mit langen, trägen Schritten zur Veranda des Hauses ging, auf der ihre Mutter unter ihrer dicken Decke neben einem türkisfarbenen Transistorradio saß, aus dem ein Lied von Elvis Presley drang.

Es geschah sehr selten, daß man die Erlaubnis bekam, sich in Amalies Zimmer aufzuhalten. Vielleicht lehnte man deshalb nie ab, sondern setzte sich andächtig unter die grüne Eisenleuchte, die schon Kap Hoorn umrundet hatte, und die Ölgemälde aus der Karibik und Ostafrika mit den bonbonfarbenen Häusern und den schwarzen Menschen, die einen anstarrten, als hätte man auf alles eine Antwort. Vielleicht als Entgelt für die Gewürznelken, den Muskat und die getrockneten Zimtstangen. Die Bilder waren alt und die Farben vergilbt, die nackten Eingeborenen längst gestorben und begraben, und das Schiff, das die Gewürze transportiert hatte, war in seine Einzelteile zerlegt worden. Zurückgeblieben waren nur die ursprünglichen Decksplanken, denen als Fußbodendielen ein zweites Leben zuteil geworden war. Und der Duft nach trockenem Kandis, Rosinen und Nelken sollte offenbar niemals vergehen.

Otto und ich setzten uns auf Amalies Bett, während sie selbst in einem karamelfarbenen Korbstuhl Platz nahm, wo sie in aller Ruhe ihre Finger betrachtete, so als wäre sie vollkommen allein. Nach fünf Minuten legte Otto sich hin. Einen Augenblick fürchtete ich, er sei eingeschlafen, da klopfte es an der Tür. Amalie blickte auf, als Ingeborg mit Alf auf dem Arm hereintrat. Alf war hellwach, konnte inzwischen alleine sitzen und hatte angeblich auch schon die ersten Schritte gemacht. Ich hatte ihn seit mehreren Wochen nicht gesehen und wunderte mich darüber, wie kahlköpfig er immer noch war, im Gegensatz zu seinem fürchterlich – besonders um den Mund herum – behaarten Gesicht.

»Ich hatte mir gedacht, daß ihr hier seid«, sagte Ingeborg und setzte ihren Bruder auf den Fußboden.

»Ich könnte mir gut vorstellen, seine Zehen zu betrachten«, sagte Otto unverblümt.

Amalie antwortete, dem stünde nichts entgegen und zog dem Kleinen seine Schuhe und die hellblauen Söckchen aus, so daß wir, und Otto insbesondere, seine neun Zehen studieren konnten. Ich weiß nicht, warum, aber sie schienen Otto zu interessieren, der Alfs Füße offensichtlich noch nie zuvor gesehen hatte.

Lange Zeit saßen wir schweigend da, bis Amalie fragte, ob wir Alf stehen sehen wollten. Otto nickte.

Kurz darauf stand Alf mit wackelnden O-Beinen vor seiner Schwester. Es schien ihm Spaß zu machen. Amalie hielt seine Hände.

»Laß ihn doch alleine stehen!« sagte Ingeborg.

Amalie ließ ihren Bruder los, der einen Augenblick schwankte, bevor er die Balance fand; dann drehte er sich langsam herum, so daß er mir direkt in die Augen schauen konnte. Sein Blick war stolz, fast triumphierend. »Guten Abend, Elliot«, sagte er auf deutsch. »Du bemerkst den deutschen Einschlag. Ich spreche sudetendeutsch mit meiner ›Mutti‹. Du bemerkst zugleich, daß ich auf eigenen Beinen stehe. So geschieht immer irgend etwas. Schau nicht so traurig, mein Freund. Misja wird es schon schaffen. Man kann viel über ihn sagen, aber ein Kostverächter ist er nicht. Ich persönlich habe gesehen, wie er das Shampoo in sich hineingeschüttet hat. Mein Shampoo, wohlgemerkt. Aber wie du siehst, habe ich wenig Verwendung für diesen Artikel. Ich soll offensichtlich glatzköpfig durchs Leben gehen. Aber das stört mich nicht. Ich bin dir dankbar, daß du meiner Mutter Gesellschaft leistest, die deine Gegenwart schätzt. Du liest ihr vor. Sogar aus der Bibel. Sagt dir das etwas? Beeinflußt es dich? Nein? Du denkst vielleicht über die alten Männer nach. Die verrotteten alten Männer. Die das dicke Buch verfaßt haben. Glaub ihr bloß nicht. Ich zähle nur die hellen Stunden. Was sagst du? Ach so, du bist in Ottoland gewesen und hast die Könige gesehen, die in einer Reihe umherzogen. Machten sie dich unglücklich? Du mußt schließlich lernen, damit zu leben. So ist es mit der Einsicht, sie fordert ihren Tribut. Möge sie dir eines Tages von Nutzen sein. Wir nähern uns Weihnachten, und so geht das Jahr seinem Ende entgegen. Tut es dir leid um die Tiere auf dem Dachboden? Mein Gott, Elliot, sie waren ausgestopft, hatten Augen aus Glas und einen Verstand aus Holzwolle und Kapok. Natürlich darfst du gerne sentimental sein. Die Sentimentalität ist ein unehelicher Vetter des Glücks. Vorigen Sonntag saß ich bei Pastor Wolle auf dem Schoß. Wie es in seinem Magen doch rumorte. Sein Atem roch vertraut nach Gemüsesuppe. Er hat sie wirklich selbst zubereitet. Und sich beim Karottenhacken in den Finger geschnitten. Pastor Wolle trägt seinen Kopf in den Wolken. Ich glaube, er sucht etwas. Aber sieh selbst, ob er etwas anderes als schlechtes Wetter entdeckt. Du möchtest etwas über den Gespensterzug erfahren? Was willst du wissen, Elliot? Ach so, ob er wirklich existiert. Ob es wahr ist. Tja, das muß die Zeit ans Tageslicht bringen. Guten Abend, mein Freund.«

Alf ließ sich mit einem dumpfen Geräusch auf den Hintern fallen.

Amalie half ihm wieder auf und blickt Otto an, der mit der Hand unter der Wange tief und fest schlief.

Unten im Wohnzimmer schlug die Schiffsuhr sechs Glasen; es war elf Uhr.

Zeit nach Hause zu gehen.

Ich schließe mich ein und höre das Geräusch der Schreibmaschine meines Vaters. Er hämmert heftig auf die Tasten. Ich gehe teilnahmslos die Treppe hinauf und lege mich aufs Bett, das in ein blaues Licht getaucht ist. Die Zimmerdecke hat einen neuen Riß bekommen, der in Wirklichkeit eine Schlucht in den Ebenen Persiens bildet. »Komm und hol mich«, flüstere ich, »du albernes Fabeltier; komm und hol mich aus diesem Dunkel.«

## *Vierzehntes Kapitel*

Mitte Dezember nahm die Kälte zu, und am sechzehnten gab die Polizei den Møllebach frei. In meinem Adventskalender befand sich ein Abziehbild von Jesus. Er stand mit zwei anderen beisammen, die entweder seine Eltern waren oder irgendwelche Passanten. Die eine Hand hielt er in die Höhe, als wäre sie verstaucht. Wie er so dastand, wirkte er ziemlich haltungslos, um nicht zu sagen schlapp. Handelte es sich nicht um ihn, würde ich sagen, ein Herumtreiber. Über dem Kopf schwebte ein Heiligenschein in Form eines Ufos. Wenn ich sein Gesicht unter der Lupe betrachtete, löste es sich in Tausende von kleinen Punkten auf. Aus so geringem Abstand konnte man unmöglich entscheiden, ob es sich um ihn oder König Frederik oder einen Fingerabdruck handelte. Aber schließlich war es auch ein alter Adventskalender. Alle Türen waren schon früher geöffnet worden, und ich weiß ganz genau, was sich hinter ihnen verbirgt. Mein Vater fragt jedes Jahr, ob ich nicht einen neuen Kalender haben möchte, einen, den man selbst zusammensetzen kann, vielleicht in der Form einer Rennbahn, aber das will ich nicht. Denn obwohl ich weiß, daß sich hinter der zwölften Tür ein Weihnachtsmann auf einem Schlitten verbirgt, so sitzt er doch jetzt etwas anders da als im vorigen Jahr und im Jahr davor. Zuerst glaubte ich, es seien die Farben, die von Jahr zu Jahr mehr verblassen, aber das ist es nicht. Es sind die Bilder hinter den Türen, die sich verändern. Vor allem das Mädchen mit den gelben Zöpfen und dem tiefroten Kleid hinter der

Tür Nummer sieben; sie sieht mir direkt in die Augen. Am Anfang war sie nur ein Kind, das sich auf Weihnachten freute. Im Jahr darauf war ihr Kleid schon abgenutzt und ein bißchen zu kurz, aber immer noch locker um die Taille. Sie sagte, sie hieße Laura Berngaard und hätte keine Eltern. Ich schloß die Tür sofort. Erlag aber der Versuchung, sie gleich wieder zu öffnen. – »Mein Name ist Laura Berngaard. Ich habe keine Eltern.«

In der Nacht streckte ich die Hand aus und tastete mich vor bis zu ihrer Tür. Verharrte lange im Dunkeln und erwog die Situation, bevor ich entschieden die Augen schloß und die Tür öffnete. – »Mein Name ist Laura Berngaard. Ich habe keine Eltern.«

Im letzten Jahr habe ich die Nummer sieben übersprungen, aber in diesem Jahr nahm ich mich zusammen und öffnete vorsichtig die Tür zum Mädchen, das zwei Jahre älter geworden war. Sie trug natürlich immer noch dasselbe Kleid, aber ihr Gesicht war durch Tränen und Entbehrung gealtert. »Vergiß mich nicht«, flüsterte sie. »Vergiß mich nicht, Elliot.«

Draußen regt sich kein Windhauch. Der Schnee hängt schwer in den nackten Zweigen, die über dem gefrorenen Bach vor sich hin tropfen. Das Geräusch fahrender Schlitten schneidet scharf durch die Stille und zieht ein schwaches Echo nach sich, als befänden sie sich direkt vor der Tür. Wie Gespenster oder Marsmenschen bewegen sich die Leute auf dem See, kleine, graue Nebelbilder, die sich merkwürdig gebärden und auf der gefrorenen Kruste herumtrampeln, als wollten sie dem See mitteilen, wie wehrlos er sei.

Meine Mutter sagt, sie habe das Weihnachtsgeschenk für meinen Vater gekauft. Er verhält sich in diesem

Punkt ziemlich kindisch und durchforstet das ganze Haus, nachdem sie zur Arbeit gefahren ist.

»Bist du für so etwas nicht zu alt?«

Er sieht mich an und sagt, daß sein Wille von außen gesteuert werde. Von einer Kraft, die er nicht lenken könne. Vom Unbewußten.

»Als hätte ich einen tiefen Brunnen in mir«, flüstert er, »aus dem es plötzlich hervorbricht. Ich kann es nicht kontrollieren. Das muß etwas mit meiner Kindheit in Nebraska zu tun haben.«

»Papa, wir wissen doch beide, daß du nie in Nebraska gewesen bist.«

»Ja, aber trotzdem.«

Ich frage arglos, ob dies eventuell auch die Ursache für sein enormes Interesse an Marilyn Monroe sein könne.

»Gäbe es nicht diese Dinge, die tief in einem schlummern, würde Miss Baker alias Miss Monroe immer noch Baumwolle pflücken oder ihre Zeit in einer Kaffeebar in Los Angeles verplempern. So ist das, Elliot. Wie weit reicht eigentlich deine Erinnerung zurück?«

»Nicht besonders weit.«

»Versuche es!«

»Das erste, an das ich mich erinnere ...«

Ich gerate ins Stocken. Er sieht mich aufmerksam an.

»Mach weiter, Elliot, mach weiter, mein Junge – die erste Erinnerung?«

»Ist meine Zimmerdecke.«

»Deine Zimmerdecke?«

»Ich muß wohl in einer Wiege gelegen haben.«

»Man kann sich doch wirklich nicht an eine Zimmerdecke erinnern.«

»Na gut, möglicherweise gibt es da noch mehr. Ich weiß es nicht. Aber vielleicht komme ich eines Tages darauf.«

Er faßt mich am Arm und sieht mich durchdringend an. Der Mann hat wirklich etwas Abgründiges an sich, etwas Freischwebendes. Ohne Verbindung zur Erde. Vor einigen Jahren hatte ich die fixe Idee, er sei womöglich gar nicht taub, hätte alles bloß erfunden, um sich das Mitleid seiner Mitmenschen zu sichern und sich einen freien Raum, eine Nische zu schaffen, in die er sich zurückziehen und von der Welt zu Ramses' Zeiten träumen konnte, einer Welt, in der Geheimnisse noch Bestand hatten. Ich dachte, Menschen wie mein Vater wären in der Lage, möglicherweise so lange Taubheit zu simulieren, bis am Ende wirklich das Gehör in Mitleidenschaft gezogen würde.

In seinem Blick kann man es sich immer bequem einrichten und hat quasi freie Auswahl.

»An dem Tag«, flüstert er, »an dem deine Welt auseinanderbricht und du sie wieder zusammensetzen mußt, an diesem Tag wirst du dich an dein allererstes Bild, deinen ersten Gedanken zurückerinnern. An deinen Ursprung.«

»Wenn meine Welt auseinanderbricht? Warum sollte sie auseinanderbrechen? Warum sagst du so was?«

Er starrt mich hilflos an. Vielleicht habe ich ihn unterschätzt.

Am selben Abend helfe ich ihm, nach seinem Geschenk zu suchen, aber wir können nichts entdecken. Nun weiß ich, daß es sich im Schwesternzimmer des Krankenhauses befindet.

Mein Vater hat mir im Gegenzug gezeigt, was meine Mutter von ihm bekommen wird. Nämlich eine Schallplatte mit ihrer Lieblingsoper: »Die Perlenfischer.«

»Ich sehe die Musik in ihren Augen«, sagt er, und ich denke, daß er beständig ihr gemeinsames Leben verändert, was aber nur aus einem gewissen Abstand zu erkennen ist. Genau wie die Punkte, aus denen sich das Jesus-Bild zusammensetzt.

Nach dem Abendessen ziehen wir die Schlittschuhe an, Max, Amalie und ich.

»Danke, Otto Nielsen«, sagt Amalie.

»Ich kann auf dem Pfad am Bach entlanglaufen«, meint Otto. »Dann können wir uns vielleicht irgendwo treffen.«

»Das schlag dir aus dem Kopf«, antwortet Max.

Ich schaue Otto an, mit dem ich nicht geredet habe, seit er mir die unglücklichen Könige zeigte. Wenn er mich jetzt ansieht, geschieht dies mit einer Vertrautheit, die ich ignoriere. Ich wünschte, die Welt, die er mir gezeigt hatte, würde sich wieder verschließen. Die Tür zu ihr wollte ich nie wieder öffnen, doch in der Nacht kann ich sie hören. Der Traum ist staubgrau und kalt, und zwischen ihnen und mir befindet sich eine Art Haut. Daher kann ich sie nur hören. Ihre schweren Harnische und das Geschirr ihrer Pferde. Das Licht kommt nicht von oben, sondern entspringt ihrer Verzweiflung.

Ingeborg hält nicht viel davon, aufs Eis zu gehen, so daß sie immer vor dem Stampeteich stehenbleibt und auf uns wartet.

In der Dunkelheit verschwindet Ottos Silhouette.

Am Fuglevadsee hat man Lampen angebracht. Kinder und Erwachsene laufen umher, und ein dicker Mann sitzt auf einem Baumstumpf und spielt Ziehharmonika. Drei große Mädchen halten einander an den Händen und singen »Es gehen immer Schiffe nach Dänemark zurück«. Ich schaue Max hinterher, der in Richtung Brede davonläuft. Er gleitet schnell und leicht vornübergebeugt mit weiten, rhythmischen Armschwüngen.

Amalie überholt mich, macht eine halbe Drehung und läuft, wie nur sie es kann: rückwärts und ohne Fahrt zu verlieren. Auf dem Stück zwischen der Fuglevadsmühle und Brede trifft man kaum Menschen, aber auf dem Bredesee befinden sich dagegen mehrere hundert.

»Toblerone!« ruft Max. »Jetzt sollte man einen Brandy und ein Stück Toblerone haben. Wie die Leute in den Alpen. Das ist Luxus, das ist Leben. Da geht's zu!«

Seine Stimme fliegt über die Hügel. Fast hätte ich gesagt, über alle Berge. Vielleicht wird er eines Tages ihrem Echo folgen, über alle Berge. Während ich selbst zurückbleibe, alt und grau, mit einer Ansichtskarte aus Garmisch-Partenkirchen von Dr. Denholm junior, der endlich zu seiner eigenen Stimme gefunden hat, deren Jodeln über den Großglockner schallt. Max Denholm ist ein geborener Schlittschuhläufer. Vor ihm erstreckt sich der Horizont wie eine unendliche Linie. Er braucht ihr nur zu folgen. Unter ihm wispert der Abgrund, die Tiefe mit den schwarzen Stimmen, aber Max ist dabei, seinen Horizont zu erweitern, so daß er sich nicht darum kümmert. Genauso wenig wie um den Himmel über ihm, der sprachlos den von Kontinent zu Kontinent eilenden Jungen anstarrt, der auf stets neuen, schnurgeraden Bahnen dahinsaust. Dr. Brandy von der Tobleroneklinik.

Ich betrachte Amalie, die ihre alte, braungraue Eislaufgarnitur trägt sowie ein rotes Halstuch und schwarze Ohrenschützer. Wir schnallen die Schlittschuhe ab, überqueren den Weg und laufen das kleine Stück an der Kantine der Textilfabrik entlang zum Bach hinunter, auf dem wir unseren Weg in Richtung Ørholm fortsetzen. Wir gleiten jetzt ruhiger über das Eis und spüren unsere Beine und den Rücken. Max beginnt furios, wird dann langsamer und schließlich wieder schneller. Amalie hingegen behält immer dieselbe Geschwindigkeit bei. Wir haben Mühe, ihr zu folgen, während wir Ravnholm passieren, wo fünf junge Männer mit Fackeln in den Händen über die Brücke gehen. Nachdem der Feuerschein verschwunden ist, wird es dunkel über dem Wald bei Stampe. Als seien die Fackeln das allerletzte Licht gewesen, das letzte dieses Winters überhaupt. Nur noch das kratzende und kalte Geräusch der Kufen auf dem blauen Eis ist zu hören. Wir sind die einzigen Menschen auf der Welt, die einzigen in diesem dunklen Land, und wir laufen Tag und Nacht, um einen Schimmer der Sonne zu erhaschen. Doch dieses Land hat keine Sonne, nur einen Mond, so daß wir Lampen und Fackeln entzünden und zur Unzeit Sommerlieder anstimmen müssen, um nicht den Mut zu verlieren.

Wir laufen zwischen den schwarzen Bäumen von Hjortekærs hindurch, und das ist, als liefe man auf dem Boden des Lebens selbst durch sein eigenes Grab. Unter einem schwarzen Himmel, dessen Pforten verschlossen sind. Zwischen eiskalten Wurzeln hindurch, blinden Regenwürmern und farblosen Maden. Hier unten ist man für die Zeit unerreichbar, hier unten herrscht einzig das ewige Dunkel, denn nur das Licht und die Wärme haben ihre Zeit, und nur sie wissen um Sehnsucht und Entbehrung, Hoffnung und Verzweiflung.

Ingeborg wartet wie verabredet am Stampeteich. Unter den Lampen. Neben ihren Stiefeln steht ein geflochtener Korb mit Tee und Kuchen und drei Tropfen Walnußschnaps. Sie hat ihre Hände in einen Muff gesteckt und sieht sehr klein aus in ihrem viel zu großen Persianermantel. Sie ist ganz allein. Wie lange sie gewartet hat, weiß ich nicht. Ingeborg tut stets das, was von ihr erwartet wird. Sie enttäuscht einen nie. Aber im

Gegensatz zum Jesus-Bild muß man ihr sehr nahekommen, um zu sehen, wie sie wirklich aussieht. Ingeborgs Augen fixieren selten etwas Bestimmtes, sondern erfassen alles auf einmal. Auf diese Weise wird man in ihrem Blick ein Teil des Ganzen. Soweit mir das klar ist, zwar nur ein kleiner Teil, aber das ist besser als nichts. Ich weiß nicht, ob sie, was mich angeht, jemals scharfgestellt hat. Ich würde es mir wünschen. Das wäre wirklich kein schlechtes Weihnachtsgeschenk. Für drei Minuten ihre volle Aufmerksamkeit zu erlangen.

»Kommt, ich habe etwas zur Stärkung für euch.«

Max spricht von seinen Plänen, das Wintertraining betreffend. Zweimal pro Woche mißt er den Umfang seiner Oberschenkelmuskeln.

Währenddessen füllt Ingeborg die bauchigen Gläser.

»Die Walnuß des vorigen Jahres«, sagt sie ernst. »Erst ist sie hell-, dann dunkelgrün, trübe und pechschwarz, später braun wie Sirup und klar wie Brandy.« Wir sprechen den Rest des Merkspruchs im Chor:

»So ist die Walnuß des vorigen Jahres
wechselhaft wie die Jahreszeiten.
Sie gleitet durch einen wie die Tage durchs Leben,
schmeckt etwas nach Sonne,
etwas nach Regen,
etwas nach Tau und etwas nach Brot,
erinnert ans Leben,
handelt vom Tod.«

Hinterher lacht Max rauh und sieht hinauf in den dunklen Himmel: »Dort in der Ferne erkenne ich eine Herberge, Maria. Dort können wir uns zur Ruhe begeben.«

Unter Anleitung von Frau Wolle proben wir das jährliche Krippenspiel. Ingeborg ist die Jungfrau Maria, und Max ist Josef. Amalie, Meta und ich sind die Heiligen Drei Könige aus dem Morgenland, und Wolles Enkel spielen Hirten. Ich denke an Otto, der eine Rolle als Esel bekommen hat, und an Alf, der natürlich das Jesuskind ist.

Nach den Proben trinken wir Saft und essen Rosinenkuchen mit Herrn und Frau Wolle. Im Kamin prasselt das Feuer, und draußen dunkelt es. Pastor Wolle trägt seine weinrote Hausjacke, summt Weihnachtsmelodien und kitzelt Alf, der ihn mit engelsgleicher Geduld anschaut.

»Oh, wie wunderbar ist diese Zeit«, seufzt der Pastor. »Eine erwartungsvolle Stimmung liegt in der Luft. Fort ist die Rastlosigkeit des Sommers und die Wehmut des Herbstes. Ja, ich schätze diese Zeit des Jahres sehr. Weihnachten hat in Wahrheit einen himmlischen Klang, wie es in den Psalmen heißt: ›Oh, trage uns wie Kinder in das Paradies.‹«

»Sieht Gott alles?« fragt Max und wischt die Krümel von seinem Josefskostüm.

Wolle lächelt, sieht auf den Boden und fragt, ob Max jetzt wirklich darüber sprechen wolle.

Max zuckt mit den Schultern. Pastor Wolle legt Ingeborg die Hand auf den Kopf und lächelt uns alle zusammen an: »Ich zum Beispiel hätte gerne gewußt, was Kinder sich heutzutage so zu Weihnachten wünschen.«

»Sieht Gott alles, Pastor Wolle?«

Der Pfarrer zieht energisch an seiner schönen Meerschaumpfeife und antwortet – wie mir scheint, ein wenig abwesend –, daß Gott alles sehe und alles verzeihe.

»Heißt das, er sieht jetzt gerade auf uns herunter?«

Max schlägt die Beine übereinander und schaut zur Decke empor.

Wolle antwortet gemessen, das sei wohl der Fall.

Ich schaue zu Frau Wolle hinein, die sich auf die Bank im Eßzimmer gelegt hat. Sie hat einen ihrer Schwindelanfälle bekommen, die eine Nachwirkung der extrem trockenen Luft in den Rundfunkstudios sind. Damals, als sie die Fischereinotizen verlas. Und ich frage, ob es sich so verhält, daß Gott bei mir zum Fenster hereinschaut, wenn ich mich allein in meinem Zimmer befinde.

Mit leichtem Kopfschütteln nimmt Wolle den Schürhaken, als ob ihn irgend etwas irritiere.

»Also, Gott ist immer bei dir, Elliot«, murmelt er.

»Hat man denn überhaupt kein Privatleben?« Amalies Stimme hört sich direkt vorwurfsvoll an.

Wolle starrt in die Flammen.

Ich sehe die Augen vor mir. Draußen vor dem Fenster. Es ist gleichgültig, was man tut, sie werden immer da sein. Gott öffnet alle Türen. Hebt alle Decken. Ich spüre den Blick von Alfs blauen Augen auf mir und schaue verstohlen zu ihm hinunter. Hinunter, weil er in seiner Tragetasche liegt und mit den Armen fuchtelt. Aber sein Blick ist zielbewußt: »Fürchte dich nicht, Elliot Omaha«, sagt er. »Gott ist in dir. Er hat dein Gewissen. Und vor dem kann man ja bekanntlich nicht davonlaufen. Das schleppst du immer mit dir herum. Aber faß Mut, mein treuer Freund; du kannst nichts tun, das Gott nicht verzeihen würde.«

Alf redet, wie es ihm paßt.

Und wird von Max unterbrochen, der sagt, daß er leider die Logik des Ganzen nicht verstehe.

»Das hat Josef auch nicht«, meint Ingeborg und beginnt sich anzuziehen.

Auf dem Heimweg knirscht das Eis unter den Schlittschuhen. Wir haben ziemlich viel Fahrt drauf. Immer noch habe ich den Geschmack des Walnußschnapses im Mund und spüre seine Wärme in der Brust. Die Kälte hat zugenommen, und bei Brede ist keine Menschenseele. Ich laufe als letzter und entdecke plötzlich einen Schatten unter mir. Unter dem Eis. Ein spiegelverkehrter Eisläufer. Dessen Kufen meine berühren. Dessen Bewegungen sind wie meine. Ich erhöhe das Tempo. Amalie und Max sind verschwunden. Warum haben sie es nur so eilig? Aber ganz gleich, wie schnell ich auch laufe. Der unter mir hält Schritt. Behält mich im Auge. Wartet vielleicht darauf, mit mir allein zu sein.

Das Schilf klappert im Nachtwind wie eine Jalousie. Der Mond ist hervorgekommen. Und jetzt erkenne ich ihn, ihn unter dem Eis. Er ist algengrün, ansonsten gleicht er mir. Er lächelt. Nein, er lacht. Ich rutsche aus, drehe mich im Kreis und verliere das Gleichgewicht. Ich richte mich wieder auf und verlangsame die Fahrt. Er ist immer noch da.

»Max!« rufe ich. »Max, warte!«

Ich laufe wie ein Wahnsinniger, hämmere die Kufen gegen das Eis, doch schließlich bremse ich ab und schaue nach unten. Wir starren einander an. Wie lange, weiß ich nicht. Ich weiß auch nicht, warum er sich so amüsiert, vielleicht, weil ich so überrascht aussehe. Vielleicht, weil ich ihn erst jetzt zu Gesicht bekommen habe. Möglicherweise hat er auf diesen Augenblick gewartet, darauf, entdeckt zu werden, um endlich ein Teil von mir zu sein.

»Elliot, was machst du da?«

Ruhig dahingleitend, mit den Händen in den Taschen, kommt sie auf mich zu. Ich starre nach unten.

Dort verschwindet er. Wie eine Kugel, die man aus großer Höhe fallenläßt.

»Amalie.«

»Was ist? Hast du dir weh getan?«

»Nein«, stöhne ich, »nein, aber da war einer, unter dem Eis. Wie ein Läufer in einer … umgekehrten Welt.«

Sie nimmt meinen Kopf in ihre Hände und küßt mich hart auf den Mund. So hart, daß ich durch die Lippen ihr Zähne spüre. So hart, daß man es kaum als Kuß bezeichnen kann. Wie eine Mischung aus Kuß und Backpfeife. Danach schaut sie mich an.

»Hast du das erst jetzt herausgefunden?«

»Wovon redest du?«

Amalie sieht nach unten. »Sie ist immer da, auch wenn ich gehe. Auf dem Bürgersteig, dem Weg, dem Pfad. Aber nur wenn der Untergrund durchsichtig, zum Beispiel wenn der See gefroren ist, kann man sie erkennen.«

»Amalie«, stöhne ich, »warum sagst du so was?«

»Was siehst du, wenn du nach unten auf die Erde schaust, Elliot?«

»Ich sehe nichts, gar nichts.«

»Was siehst du, wenn du dich im Sommer aus dem Kanu lehnst, was siehst du dann?«

»Dann sehe ich mein Spiegelbild.«

»Nächstes Mal, Elliot, nächstes Mal mußt du besser hinschauen.«

Ehe ich bis eins zählen kann, ist sie verschwunden.

Ich lausche den stockenden Schreibmaschinengeräuschen meines Vaters, die sich durch ganze und halbe Sätze stottern. Das ist ein schönes Geräusch. Er selbst bezeichnet es als ägyptischen Steptanz. Im Heizkörper gluckern die Luftblasen so wie immer. Meine Mutter ist zur Arbeit gefahren. Der Tag ist längst vorüber. Draußen steht die Nacht bereit. Ich schaue nach Gottes Augen, sehe aber nur den Mond und den Nebel unter der Straßenlaterne. Vorsichtig öffne ich das Türchen für den neuen Tag. Hinter dem sich, wie ich weiß, eine Garbe und drei kleine Vögel verbergen. Wie alt sie geworden ist, das Mädchen hinter der Tür Nummer sieben. Wir sehen einander an. Ich kann die Tür wieder schließen, es liegt ganz bei mir. Aber ich weiß, daß sie da ist. Also kann ich genausogut die Tür offenstehen lassen.

»Gute Nacht, Laura Berngaard.«

»Schlaf gut, Elliot.«

Im Gänsemarsch gehen wir die Sankt-Laurentius-Allee hinunter. Wir sind auf dem Weg zur Kirche. Heute morgen habe ich die Tür Nummer vierundzwanzig geöffnet. Die Sonne strahlt wie ein Goldzahn von einem babyblauen Himmel, was bereits mit dem neuen Jahr zusammenzuhängen scheint. Otto und sein Großvater haben seit sechs Uhr Schnee geschaufelt, und im Garten des Zimthauses wurde die Flagge gehißt.

Wir gehen immer am Nachmittag in die Kirche. Zur Matinee, wie Dr. Denholm zu sagen pflegt.

An der Gartenpforte treffen wir uns, und Grande fragt: »Sind alle versammelt? Hervorragend, laßt das Schauspiel beginnen.«

Ingeborg geht genauso, wie sie es als Jungfrau Maria getan hat. Es ist die Art, wie sie die Füße voreinandersetzt. Ein bißchen so, als ob sie schwebe. Wie Balthasar die Füße voreinandergesetzt hat, weiß ich nicht, also gehe ich wie immer. Und denke an Alf, der während des gesamten Krippenspiels so viel gegrinst hat, daß Max es hinterher als direkt unpassend bezeichnete.

Auf dem Weg in die Stadt hinunter spricht fast nie jemand ein Wort. Grande schreitet voran, zusammen mit ihrer Schwägerin und Ingeborg. Amalie schiebt den Kinderwagen. Sie geht neben meiner Mutter. Hinter ihnen trotten Onkel Harry und Misja (Arm in Arm), Tante Kisser und die erkältete Meta. Dann kommt die Familie Denholm, und den Schluß bilden mein Vater und ich. Die Nachhut könne sich schließlich benehmen, wie sie wolle, sagt er immer.

Als wir die Kirche erreichen, steht Otto bereits vor ihr. Man hat ihm einen Anzug anfertigen lassen, der offensichtlich einige Jahre halten soll. Aber er sieht aus, als würde er sich über ihn freuen. Wir begrüßen Frau Wolle, den Küster und Ottos Großmutter, bevor wir unsere festen Plätze einnehmen. Es riecht nach Tannennadeln, Damenparfüm und Schimmel. Oben am Altar hat uns Pastor Wolle den Rücken zugewandt, und als er sich endlich umdreht und uns ansieht, sehe ich, daß er Tränen in den Augen hat. Meine Mutter beugt sich zu mir und flüstert: »Wie ein leibhaftiger Weihnachtsmann.«

Wolles Weihnachtspredigt handelt von der Freude zu geben und der Verpflichtung zu nehmen. Er spricht gedämpft und langsam, seine Hände zittern ein wenig, wenn sie im Manuskript blättern. Während wir »Es ist ein Ros entsprungen« singen, reicht mir Max einen zusammengefalteten Zeitungsausschnitt, der aus der Gentofter Zeitung stammt. Die Überschrift lautet »Der Heimwehr sei Dank!« Darunter sieht man zwei uniformierte Männer mit einer anderthalb Meter langen Schlange in den Händen. »Das Untier starb am Gentoftesee, wo es der Heimwehr gelang, das schreckliche Reptil unschädlich zu machen.«

Als wir die Kirche verlassen, kommt Max zu mir. Ich

gebe ihm den Zeitungsausschnitt zurück. Er lächelt: »Das da ist nie im Leben Medusa gewesen.«

Ich schüttele den Kopf und sehe Otto mit seiner Großmutter in Richtung Dorfteich verschwinden.

Wir geben Pastor Wolle die Hand und danken ihm für die schöne Predigt.

»Frohe Weihnachten, Elliot«, sagt er, putzt sich die Nase und nimmt den kleinen Alf auf den Arm. »Richtig frohe Weihnachten, kleiner Alf«, flüstert er. »Du warst ein prachtvolles Jesuskind neulich.«

Die kleinen wasserblauen Augen wenden sich in aller Ruhe mir zu, aber es gelingt mir, mich rechtzeitig umzudrehen und Max hinterherzulaufen, der bei der Wassermühle gerade Schneebälle formt. Otto und Amalie befinden sich gemeinsam mit Ottos Großmutter auf dem Eis. Sie nehmen mit dem Schlitten eine Abkürzung. Otto zieht seine Großmutter, und Amalie schiebt von hinten. Sie scheinen ihren Spaß daran zu haben. Ihr Lachen fliegt auf in die klare Luft wie drei Vögel von einer Garbe. Ich spüre einen Anflug von Neid. Vielleicht ist Neid auch der falsche Ausdruck; es ist eher ein bohrendes Verlangen nach ihrer Gesellschaft. Sie haben es eilig, denn heute abend werden viele Gäste erwartet. Frau Nielsen soll Ente und einen Braten zubereiten, Amalie den Tisch decken und Otto für alles andere sorgen. Ganz so, wie er das immer macht. Max berichtet von dem Baum, den er und sein Vater besorgt haben; Herr Nielsen hat den Ständer montiert. Als ich nach Hause komme, gehe ich in mein Zimmer, setze mich aufs Fensterbrett und warte darauf, daß es halb sieben wird. Meine Mutter hat die Schallplatte mit Caruso aufgelegt, und mein Vater unternimmt den zehnten Anlauf, eine Schleife zu binden, die ihn zufriedenstellt.

In allen Fenstern des Zimthauses brennen die Lichter, und auch von draußen, mitten aus dem gefrorenen Schnee, dringt ein Lichtschein. Woher er kommt, weiß ich nicht. Vielleicht vom neuen Jahr, vielleicht aus der Tiefe, wo die Unterirdischen sicher auch Weihnachten feiern. Vielleicht befinden sich die Könige auf dem Heimweg. In langer Reihe reiten sie nach einem weiteren mißglückten Kreuzzug auf dem Grunde des Sees entlang. Ihre Satteltaschen sind gefüllt mit all den Blättern, die sie nie mehr an dem Strunk anzubringen vermochten. Mein Vater kommt zu mir herein und umarmt mich. Er duftet nach Rasierwasser. »Ich bin so glücklich, Elliot!« sagt er. »So glücklich.«

Unten auf dem Weg steht Dr. Denholm und winkt zu uns herauf. Er hat eine Flasche und drei Gläser dabei. Mein Vater öffnet das Fenster.

»Fröhliche Weihnachten, Herr Mortensen!« ruft der Arzt. »Fröhliche Weihnachten, Herr Doktor«, antwortet mein Vater in seiner monotonen Sprechweise.

Zwei Minuten später stoßen sie mit meiner Mutter an, die ihr neues dunkelblaues Kleid mit Puffärmeln trägt. Sie ist beim Damenfriseur gewesen und hat kleine Locken neben den Ohren bekommen. Mein Vater sagt, sie sähe aus wie Judy Garland. Sie trinken Denholms Sloe Gin, der aus Schlehen, Zucker und englischem Gin zubereitet wurde.

»Jetzt ist Weihnachten«, sagt der Arzt und klopft meinem Vater auf den Rücken, der plötzlich den Arzt und meine Mutter an sich zieht.

Da gibt es weiter nichts zu sehen, also gehe ich in mein Zimmer hinauf und packe den Adventskalender wieder in den Pappkarton, in dem die kleinen Spielzeugweihnachtsmänner des letzten Jahres schon als Staubfänger fungieren. Die Tür Nummer sieben steht halb offen. Sie laßt sich nicht mehr schließen. Ich drehe mich um und entdecke Misja, der in seinem Zimmer steht und irgend etwas aus einer großen Schüssel ißt. Ich hoffe, es handelt sich nicht um den beim Weihnachtsessen obligatorischen Mandelreis. Jetzt geht Ingeborg zur Giebelseite des Hauses und schlägt auf den großen Gong, dessen Ton dumpf über den See hallt.

Unten im Wohnzimmer haben sie begonnen »Jamaica Farewell« zu singen, und meine Mutter muß mindestens zwei Schnäpse getrunken haben, denn sie trommelt auf irgend etwas herum. Das ist das einzige Lied, das mein Vater so einigermaßen mitsingen kann, aber natürlich ist er immer noch stocktaub und grölt doppelt so laut wie die anderen: »And I'm sad to say I'm on my way, won't be back for many a day.«

Niemand von ihnen hört, als es an der Tür klingelt, also gehe ich hinunter und lasse Frau Denholm ein, die vor dem Spiegel im Entree stehenbleibt, ihr Haar richtet und mit den Schultern zuckt. Das macht sie jedes Jahr. Ich glaube, es liegt daran, daß sie sich aus der Tradition mit dem Sloe Gin und »Jamaica Farewell« nichts macht.

Im Eßzimmer des Zimthauses hat man mit einem Besteck gedeckt, das mir unbekannt ist. Wie sich herausstellt, stammt es aus der Küche von Oda Nielsen. Die edlen Kristallgläser wurden gegen Alltagsgläser ausgetauscht, und die zwölf Tropenholzstühle sind von Klappstühlen aus dem Keller abgelöst worden. Sonst ist alles wie immer, besonders die vielen Reden. Onkel Harry preist das Haus für seine Gastfreundschaft, Grande für ihre Großzügigkeit und Misja für seinen Appetit. Dr. Denholm hält eine lange Rede über Feundschaft und Tradition und erhebt sein Glas schließlich auf alle Frauen in dieser Runde. Und wie immer ist es

Frau Denholm, die die Mandel im Milchreis gefunden hat und dafür den diesjährigen Preis kassiert: eine Flasche Sherry. Ich spähe in die Küche zu Otto und seiner Großmutter und überlege mir, wie groß wohl ihre Chance war, die Mandel zu finden. Otto hat seinen neuen dunkelblauen Anzug an; seine Haare sind streng zur Seite gekämmt. Er sieht mich lächelnd an, aber sein Bild verschleiert sich. Ich muß das von meinem bemitleidenswerten Vater geerbt haben. Ich senke den Kopf und huste kleinlaut, höre Grande etwas über Weihnachten und Pastor Wolle sagen, schaue wieder auf und trockne mir die Augen. In der Küche hat Otto damit begonnen, die Schüsseln abzuwaschen. Er trägt eine Schürze. Max wischt sich den Mund mit einer Serviette ab und lächelt Meta an, die ihren Mund spitzt. Aber die Augen lächeln zurück. Ich glaube, sie werden ein Paar. Viel Vergnügen, Max.

Amalie und Frau Nielsen räumen den Tisch ab. Meine Mutter hilft ihnen. Ich stehe auf und beginne die Dessertschalen zu stapeln. Ich sehe niemanden an, während ich das tue, schon gar nicht Max, der mich, wie ich weiß, mit einem leichten Grinsen beobachtet. In der Küche stelle ich den Stapel auf den Tisch, bekomme von meiner Mutter einen Kuß auf die Wange, gehe wieder hinaus und hole den Rest. Otto steht immer noch an der Spüle und trägt jetzt eine lange Gummischürze.

Im Wohnzimmer hält Misja eine Rede auf tschechisch. Ich ziehe die andere Gummischürze über und bitte Otto, mir eine Schleife auf dem Rücken zu binden. Er sagt nichts, sondern reicht mir stillschweigend ein Geschirrhandtuch. Als wir das Wasser austauschen, lächelt er mich an und meint, daß es hier in der Küche doch sehr gemütlich sei. Ich denke an das Geschenk für Max, ein Taschenmesser. Für Amalie habe ich eine Schachtel mit farbiger Kreide und für Ingeborg eine Haarspange gekauft. Alf bekommt Bauklötze. Ich weiß auch, daß meine Mutter für Meta einen kleinen Flakon mit Parfüm besorgt hat, aber niemand von uns hat etwas für Otto Nielsen gekauft. Ich weiß, daß er nichts erwartet und somit alles so ist wie immer. Aber trotzdem ist es grundverkehrt. Im Wohnzimmer hat man die Flügeltür zur großen Blautanne geöffnet, die in diesem Jahr bis zur Decke reicht. Frau Asmussen hat sich ans Klavier gesetzt und spielt Auszüge aller bekannten Weihnachtslieder. Dr. Denholm und Onkel Harry qualmen Zigarren. Misja hat sich hingelegt, findet aber trotz seiner Magenschmerzen noch die Kraft, mit seinem krummen Eisensplitter herumzufuhrwerken. Meine Mutter kommt zu uns in die Küche.

»Ich glaube, es ist Zeit, Elliot.«

Sie lächelt Otto und mich an und wirft einen Blick hinaus auf den Weihnachtsbaum, dessen Kerzen gerade von Ingeborg und Grande angezündet werden. Otto hilft mir aus der Schürze, als meine Mutter plötzlich unsere Hände nimmt und nickt. »Jetzt gehen wir hinein«, flüstert sie, »alle drei.«

Aber Otto will nicht. Er schüttelt den Kopf. »Ich bleibe hier, Frau Mortensen«, sagt er, »ich bleibe hier.«

»Warum eigentlich, Otto?« frage ich. »Warum eigentlich?«

»Weil ...«, er geht zu dem Hocker, auf dem er zu sitzen pflegt, »weil es mir so am liebsten ist.«

Fünf Minuten später gehen wir um den Baum herum. Ich befinde mich zwischen meiner Mutter und meinem Vater und schaue Amalie an, die ihren kleinen Bruder trägt, der einen Matrosenanzug anhat.

»Elliot!« flüstert er. »Elliot, mein rechtschaffener Freund, du singst ja gar nicht mit. Heb deine Stimme, mein Lieber, halt dich nicht länger zurück. Was quält dich? Sag nicht, du wärst nicht glücklich und zufrieden, wie es sich am Weihnachtsabend gehört. Ich habe dich beobachtet, lieber Freund. In der Küche. Und als du die Sachen hinausgetragen hast. Wir haben dich alle beobachtet. Dein Vater sah so stolz aus wie nie zuvor, und Dr. Denholm starrte auf eine Art die Tischdecke an, die mir fast die Laune verdorben hätte. Elliot, Elliot. Du bist ein kleiner Träumer. Ich weiß, was dir zu schaffen macht. Komm herüber. Nimm mich auf den Arm. Sag nicht nein. Ich werde ja ohnehin ständig herumgereicht.«

Onkel Harry schlug vor »Die gesegnete Botschaft ist überbracht« zu singen, worauf Frau Denholm sofort anfing zu falsettieren. Amalie kam zu mir. Mit Alf.

»Was soll ich mit ihm«, flüsterte ich und ließ die Hand meines Vaters los.

»Du sollst ihn tragen.«

Er war leichter als erwartet. Ich hielt ihn eng an mich gepreßt, nicht weil mir so viel daran lag, sondern weil ich Angst hatte, ihn fallenzulassen,

»Ich spüre dein Herz, Elliot. So dicht an meinem. Sie schlagen im Takt. Nun ja, also sagen wir, sie schlagen nicht im Takt. Du singst immer noch nicht mit. Das ist natürlich deine eigene Entscheidung. Ich wünsche mir nur, du würdest etwas fröhlicher aussehen. Ach so, jetzt verstehe ich, du hast kein Geschenk für Otto Nielsen. Habe ich recht? Natürlich habe ich recht. Aber, Elliot, du hast Otto schon das schönste Geschenk gemacht, das man sich nur wünschen kann. Sieh mich an. Ich kenne dich, und ich kenne Otto. Ich garantiere dir, daß du ihn heute abend sehr, sehr glücklich gemacht hast. Weißt du, was ich jetzt mache, Elliot? Ich lasse mein Wasser.«

Ich starrte ihn an. Er schloß halb die Augen.

Onkel Harry bekam den Job als Ausrufer. Eine Aufgabe, die er genoß. Und kurz darauf waren wir voll im Gang. Um Max und Meta herum wuchsen die Papierberge. Was die Erwachsenen sich schenkten, weiß ich nicht. Misja bekam bestimmt die Spritze zum Ohrenspülen, die er sich gewünscht hatte. Mein Vater überreichte meiner Mutter die Schallplatte mit »Die Perlenfischer«. Ich erhielt ein Dreißig-Liter-Aquarium mit einer Pumpe und blickte zu meinem Vater hinüber, der damit beschäftigt war, das Papier des Geschenks, das er von meiner Mutter erhalten hatte, zu zerfetzen. Das Geschenk lag in einem Pappkarton und war in Unmengen von Zeitungspapier gehüllt. Mein Vater schaute in den Karton und dann auf zu meiner Mutter.

»Wo hast du das her?« fragte er.

»Das habe ich selbst gemacht«, antwortete sie leise, während alle Gäste darauf warteten, daß sie ihre Geheimsprache übersetzte. Nur ich verstand, was sie redeten.

»Aber ... wann denn nur?« fragte mein Vater.

»Jede Nacht. Eine Stunde in jeder Nacht.«

Mein Vater hob die Pyramide aus dem Karton, und ein kleines Aufseufzen ging durch die Versammlung. Sie war ungefähr dreißig Zentimeter hoch und bestand aus Hunderten von kleinen Klötzen, die meine Mutter gelb und braun angemalt hatte.

»Ich habe sie maßstabgetreu nachgebaut.« Meine Mutter sah meinen Vater an. »Sie hat die richtige Höhe, allerdings in Zentimetern und mit zwei multipliziert. Ihre Höhe beträgt also 29,2 cm, und die Seiten der Grundfläche sind 46,6 cm lang. Man benötigte über zwei Millionen Steinblöcke, die 100 000 Sklaven in 20 Jahren übereinanderschichteten. Cheops lebte 2600 v. Chr. und war ein ägyptischer Pharao der 4. Dynastie.

Innerhalb der Pyramide befindet sich eine Galerie, eine Königskammer mit einem schwarzen Granitsarkophag und darunter noch eine Königinnenkammer.«

Meine Mutter hob die Spitze ihres Modells in die Höhe.

»Die Cheops-Pyramide war schon immer geheimnisumwittert. Im letzten Jahr fand man ein dreißig Meter langes Boot, ein sogenanntes Kultschiff, das aus … aus dem Lieblingsbaum meines Mannes hergestellt worden war … einer Libanonzeder.«

In dem großen Raum war es vollkommen still geworden. Der Mund meines Vaters stand halb offen. Mit funkelndem Blick sah er meine Mutter an.

»Die Pyramide orientiert sich an den Himmelsrichtungen und hat ein Loch an der Spitze. Archäologen, Mathematiker und Astronomen haben Jahrzehnte nach der sogenannten ›geheimen Passage‹ gesucht, die erscheint, wenn die Sterne an einem bestimmten Tag eine Konstellation bilden, in deren Zentrum die Pyramide steht.«

Meine Mutter ging vor meinem Vater in die Hocke und nahm seine Hände. Tränen standen in seinen Augen.

»Ich habe dieses Modell«, sagte sie leise, »nach genauen Vorschriften und im richtigen Maßstab angefertigt; jetzt liegt es an dir, mein Liebster, den Weg zu Ende zu gehen.«

Eine Stunde später laufen Ingeborg, Amalie, Max und ich zur großen Eiche, wie wir das am Heiligen Abend immer tun. Sofort legt Max sein Ohr an den Stamm und kichert: »Tja, leider höre ich keinen Mucks.«

Sie sehen ihn an, Ingeborg und Amalie. Und gleichzeitig auch nicht. Aus irgendeinem Grund halten sie einander an den Händen, und mir fällt auf, daß ich sie nie zuvor so stehen gesehen habe. Vorsichtig läßt Ingeborg ihre langen, glasartigen Hände die Rinde hinabgleiten, bevor sie und ihre Schwester ihre Arme um den Baum schlingen. Sie lächeln sich zu. Ich schiele zu Max hinüber, der mit den Augen rollt. Und ich blicke zur Krone des mächtigen Baumes hinauf, dessen gewundene Äste ein feines Muster bilden, das bis in den Nachthimmel emporreicht. Plötzlich schlagen die Blätter aus. Das Licht wird entzündet, und der Tag erscheint in völlig neuen Farben. Die Luft ist mild und süß. Auf dem Dachfirst des Zimthauses krächzt eine Dohle. Ein Fenster wird so heftig aufgestoßen, daß die Fensterhaken klappern. Ein großer Mensch mit einem Bündel zwischen den Händen kommt zum Vorschein.

»Du siehst mich zum ersten Mal, Elliot. Nur für einen Augenblick, bevor mein Vater und ich durch die Luft wirbeln. Vor deinen Augen nimmt er Abschied. Fort ist er, an dessen Brust ich lebe.«

Ich schloß die Augen und hörte ein Stimmengeräusch. Flüsternde Stimmen, die unter einem Viadukt oder in einem Schacht zu sprechen schienen. Weit entfernt scheint jemand zu lachen und jemand zu schreien, kleine laufende Schritte, und jetzt kommt es, das Geräusch eines langen Zuges. Schwerer Harnisch und verrostetes Zaumzeug, vor allem der Ton des Mißlingens. Ihre Satteltaschen sind gefüllt mit all den Blättern, die sie nie mehr an einem Strunk anzubringen vermochten.

Ich lehne den Nacken gegen den Stamm und sehe eine Gestalt in Richtung des Hauses verschwinden. Max Denholm.

Es war eine außergewöhnlich schöne Nacht mit einer verschleierten Sternenschar.

Ingeborg und Amalie halten ihre Wangen an die Rinde geschmiegt, als wären sie eingeschlafen.

Eine Stunde später saß ich auf der Fensterbank und betrachtete die Sichel des Mondes, die schlaftrunken über dem gefrorenen Schnee schaukelte. Am Heiligen Abend ziehen wir nie die Vorhänge zu. Es ist Zeit für die Ebenen Persiens. In der Ferne höre ich das Geräusch der gespaltenen Hufe des Fabeltiers sowie ein Duett aus »Die Perlenfischer«. Meine Mutter sitzt mit halb geschlossenen Augen neben dem Lautsprecher und betrachtet verträumt meinen Vater, der sich stundenlang über die Cheops-Pyramide gebeugt und mit einer Taschenlampe durch das Loch geleuchtet hat. Ich verlasse die Fensterbank und setze mich aufs Bett. Morgen werde ich das Aquarium mit Wasser und später mit vielen kleinen Goldfischen füllen.

In der Kiste mit dem Weihnachtsschmuck brennt ein kleines Licht.

Ich weiß, woher es kommt.

Sie heißt Laura Berngaard und wohnt hinter der Tür Nummer sieben.

## *Fünfzehntes Kapitel*

Max besuchte uns am Silvesterabend. Er hatte seine Raketen und Schwärmer dabei, die in der alten Zigarrenkiste seines Vaters lagen. Die mußten ein Vermögen gekostet haben. Normalerweise legten wir uns noch eine Stunde aufs Ohr, bevor wir zum Zimthaus hinübergingen. Meine Mutter erwähnte dies gerade Max gegenüber, der begonnen hatte, meinem Vater von der Erfindung des Pulvers zu erzählen. Ich übersetzte so schnell ich konnte.

»Es verhält sich so«, sagte Max mit vor der Brust verschränkten Armen, »daß das Pulver, besser gesagt das Schwarzpulver, eine Mischung aus Kohle, Schwefel und Salpeter ist. Wenn ich mich recht erinnere, kannten es die Chinesen schon um das Jahr 900. Doch sollte man sich auch vergegenwärtigen, daß es die Araber waren, die den Europäern zeigten, wie man Pulver herstellt und vor allem, wozu man es benutzen kann.«

»Jaja«, lachte mein Vater. »Es kommt darauf an, das Pulver trocken zu halten. Sagt man nicht so?«

Max nickte sachlich. »Wie eigenartig, daß Sie gerade diesen Satz zitieren, Herr Mortensen, der eigentlich von Cromwell stammt, der ihn 1650 im Krieg gegen Schottland äußerte, als seine Truppen sich anschickten, einen Fluß zu überqueren: ›Vertraut auf Gott, aber sorgt dafür, das Pulver trocken zu halten.‹«

»Du bist ein außergewöhnlich begabter Junge, Max«, sagte mein Vater begeistert.

»Sie sind ein außergewöhnlich scharfsinniger Mensch, Herr Mortensen.«

Max setzte den einen Fuß vor den anderen und sagte: »Ingrata patria, ne ossa quidem habebis, lepre in dolce e forte.«

Die letzten fünf Wörter hatte er mit großer Bitterkeit und zusammengekniffenen Augen ausgesprochen.

Mein Vater starrte ihn sprachlos an, als Max seine Hand ergriff. »Ein frohes neues Jahr, Herr Mortensen, ein frohes neues Jahr für Sie und Ihre Familie.«

Meine Mutter lächelte gemessen und öffnete die Tür. Max schritt mit festen und zielbewußten Schritten hinaus.

»Herrjemine!« stöhnte mein Vater. »Der Junge endet einmal als Ministerpräsident.«

»Zweifellos«, sagte meine Mutter und schloß die Tür. »Er besitzt alle Voraussetzungen.«

Ich ging die Treppe hinauf, um meine eigenen ärmlichen Feuerwerksartikel in Augenschein zu nehmen. Von unten hörte ich meine Mutter rufen, sie wolle das nächste Mal die Tür abschließen, bevor das Genie entwischen könne, so daß es gezwungen wäre, die Übersetzung seiner eigenen Worte mitanzuhören.

Ich ging ins Badezimmer und ließ das Wasser laufen, als mein Vater in seiner kaum verständlichen Aussprache irgendwas im Hinblick auf Cromwell entgegnete.

Ich dachte daran, was Max noch gesagt hatte. Über Frau Asmussen, die nach Silvester ins Sanatorium nach Bad Schandau zurückkehren sollte. Das sei nämlich eine Irrenanstalt.

Wir standen bei der elektrischen Eisenbahn und beobachteten, wie die neue Märklin-Lokomotive in der künstlichen Landschaft mit Schafen, Ziegen und schneebedeckten Alpengipfeln herumsauste.

»Sie ist meschugge, Elliot! Das ist zwar traurig, aber nicht zu ändern.«

»Das kann ich mir nicht vorstellen. Sie ist nur über das Unglück mit ihrem Mann noch nicht hinweggekommen.«

»Elliot, mein Vater ist Arzt. Er kennt die Anstalt in Bad Schandau. Weißt du, was er sagt? Er sagt, die haben dort alle einen Dachschaden, einer wie der andere. Im Grunde hatte sie doch schon einen Dachschaden, als ihr Mann noch lebte. Sie ist mit einem Webfehler zur Welt gekommen. Mein Vater sagt, sie hätte eine andere Wirklichkeitsauffassung. Na, dann gute Nacht!«

Wir betrachteten die immergrünen Berge und die kleinen roten Plastikhütten mit den Weichen und Bahngleisen.

»Sie ist eben anders.«

»Du sagst es! Erkennst du, daß es sich um ein Modell des Brennerpasses handelt? Stell dir vor, wir würden ein Modell des Lyngbysees und der Sankt-Laurentius-Allee bauen, mit Åmosen und Frederiksdal. Das Zimthaus könnten wir aus Furnierholz machen, Grande wie einen Storch auf den Schornstein setzen und Frau Asmussen auf die Veranda mit einem Zweig in den Ohren. Und Medusa? Medusa könnten wir aus Wachs modellieren. Wie ein Würstchen.«

»Frau Asmussen ist nicht verrückt, höchstens ein bißchen verwirrt.«

»Laß uns von etwas anderem reden. Ich glaube, du verstehst das nicht, Elliot.«

»Ich glaube, du verstehst hier etwas nicht. Frau Asmussen ist ...«

»Ist was, Elliot?«

Plötzlich wußte ich nicht, was ich sagen sollte. Er

klopfte mir auf den Rücken. »Sonst würde sie doch wohl kaum zurückfahren, oder?«

»Aber sie hat schließlich zwei normale Kinder bekommen.«

»Sagtest du normal? Ingeborg und Amalie? Da kann ich ja nur lachen. Okay, sie sind nicht ganz so durchgedreht wie die Mutter, aber verschroben genug. Die werden es einmal sehr schwer haben, das verspreche ich dir. Du bist nie im Ausland gewesen, Elliot, du weißt nicht, was da heutzutage gefordert wird.«

»Wovon redest du?«

»Ich rede davon, daß die Welt größer als das hier ist. Größer als die Sankt-Laurentius-Allee. Und das ist wirklich kein Zuckerschlecken. Hier, hier passiert ja nie irgend etwas. Aber was willst du in der Zukunft mit zwei solchen Phantasten anfangen? Wenn sie älter werden … Wozu sollen wir sie dann gebrauchen? Das geht nicht, kleiner Elliot. Das geht einfach nicht.«

»Geht nicht?«

»Nein, das geht weiß Gott nicht.«

»Aber was dann?«

»Ja, was dann, was dann? Dann müssen sie sich entweder den Erfordernissen anpassen oder verschwinden.«

Er zuckte bedauernd mit den Schultern.

»Hast du schon mal die Könige in Åmosen gesehen, Max?«

»Was für Könige, Elliot?«

»Du hast sie also nicht gesehen.«

Sein Mund lächelte, aber sein Blick war kalt. »Erzähl mir von ihnen.«

»Sie gehen im Schilf umher, alle die alten Könige. Ich hörte ihre Pferde und sah, wie sie …«

»Wie sie was? Wie sie was, Elliot?«

»Wie sie vergeblich versuchten, die Blätter wieder dort anzubringen, wo sie hingehörten.«

»Haben sie dir was zu trinken gegeben? Willst du mir weismachen, du hättest die Könige im Moor gesehen?«

»Bei Bøndernes Hegn. Otto weiß, wo die Stelle ist.«

»Otto Nielsen?« Max schloß die Augen und lachte in sich hinein, stemmte die Hände in die Hüften und sah mich freundlich an. »Okay, okay, Elliot. Wir sprechen nicht mehr davon. Komm, gehen wir. Wir sind doch noch Freunde?«

»Ja, natürlich.«

Aber er hatte mich zornig gemacht. Vielleicht eher verletzt. Ich wußte nicht warum, bis mir am Tag darauf klar wurde, daß mir Frau Asmussens Abreise nicht recht war. Sie sollte zu Hause bleiben. Ganz gleich, ob sie nur auf der Veranda saß und merkwürdige Dinge sagte. Mit größtem Vergnügen würde ich ihr etwas vorlesen. Daran sollte es nicht liegen. Wenn sie nur zu Hause bliebe.

Ich sah zum braungrauen Haus hinüber, wo Otto und sein Großvater gerade damit beschäftigt waren, ein Abflußrohr zu erneuern. Sie arbeiteten rasch und schweigsam. Otto wußte genau, was zu tun war. Er trug das Werkzeug an einem Gürtel. Eigentlich stand sein Großvater nur neben ihm und sah ihm zu. Sie waren es auch gewesen, die die Fensterbrüstung und das Mauerwerk erneuert hatten, nachdem Herr Asmussen aus dem Fenster gestürzt war. Ich höre sie immer noch hämmern und klopfen, am Tag nach dem Unglück, an dem alle anderen Geräusche gedämpft schienen. An dem wir alle im Haus geblieben waren. Als wäre die Pest ausgebrochen. Ich erblickte Frau Asmussen in einem der kleinen, quadratischen Fenster des zweiten Stockwerks. Sie hatte mir die Seite zugekehrt. Als sei das Fenster der Rahmen ihres Porträts. Erst jetzt sah ich die Bürste und die Hände, die ihre langen, hellen Haare frisierten. Sie saß völlig still. Mit einem schwachen Lächeln auf den Lippen. Während die Hände ihr Haar in zwei lange, schmale Zöpfe teilten, die geflochten und hochgesteckt wurden. Ingeborgs Hände.

Sie legt ihre Wange an die ihrer Mutter. Das Zimthaus verwandelt sich in ein Album. Mit Tausenden kleiner Bilder von Tausenden von Alltagssituationen, in denen Männer Abflußrohre austauschen oder Mädchen die Zöpfe ihrer Mutter flechten. Mit weißer Tinte steht es geschrieben: Frühling, Sommer, Herbst und Winter. Genau, wie es sein soll.

Mein Vater stürzt ins Zimmer herein. Meine Mutter ist immer noch unten. Er kriecht unter mein Bett.

»Dein Mund ist verschlossen mit sieben Siegeln, Elliot!«

Ich stellte mich mit dem Rücken zum Fenster und zählte meine Leuchtschwärmer. Fünfzehn blaue und zehn grüne. Die Lunten waren schwarz und kurz, man sollte sich also die Nägel schneiden.

Zum Glück hatte ich mir auch eine Schachtel mit Sturmstreichhölzern geleistet.

»Omaha, ich weiß, daß du da oben bist! Ich habe die Stelle im Wörterbuch gefunden. Du kannst runterkommen.«

Sie blieb auf dem Treppenabsatz stehen. »Elliot, ist dein Vater im Badezimmer?«

»Nein, ich glaube ... ich weiß nicht, wo er ist.«

Sie hat das Wörterbuch in der Hand. »Elliot, sieh mich an! Was ist das, das unter deinem Bett hervorschaut?«

»Schaut da was hervor?« Ich sah die Füße meines

Vaters, Schuhgröße 45, die tatsächlich unter meinem Bett hervorguckten.

»Sag nicht, er habe sich dort unten versteckt. Erzähl mir nicht, dein Vater habe sich am letzten Tag des Jahres« – sie schob das Bett mit einem Ruck zur Seite – »sag mir nicht, daß ich den Mann, der da liegt, vor vierzehn Jahren geheiratet habe. Den Mann, der in unserer Hochzeitsnacht, in einem Zugabteil zwischen Mailand und Florenz, von seinem eigenen Vater erzählte, dem Goldgräber aus Nebraska, der in Wirklichkeit in Tappernøje wohnte, wo sein einziger Sohn, der stocktaube Omaha, geboren worden und aufgewachsen war, der sich nicht schämte, seiner Braut mitten ins Gesicht zu lügen, und der sich später nicht schämte, sich unter dem Bett seines Sohnes zu verstecken, nur weil er die Wahrheit nicht ertragen konnte. Die Wahrheit, Omaha, du langes Elend.«

Mein Vater drehte sich auf den Rücken und sah uns mit einem Ausdruck freudiger Überraschung an.

Meine Mutter schlug das Wörterbuch auf, ihre Lippen wurden schmal. »Erlaubt mir zu übersetzen, womit uns der zukünftige Ministerpräsident diesmal unterhalten hat: ›Undankbares Vaterland, nicht einmal meine Gebeine sollst du bekommen, Hase in süßsaurer Soße.‹ Zitatende.«

Mein Vater erhob sich und fragte nach seinem weinroten Fes, den er immer zu Silvester trug.

Meine Mutter sah ihn durchdringend an. Ihre Mundwinkel senkten sich nach unten, wie man das normalerweise bei Offizieren der Fremdenlegion beobachten kann.

»Hase, Omaha! Hase in süßsaurer Soße. Das nächste Mal, wenn Max Denholm den Fuß über unsere Schwelle setzt, werde ich ihm mit diesem Buch dermaßen eins überbraten, daß er für den Rest seines Lebens die Wahrheit sagen wird, und zwar auf dänisch. Stell dir vor, du würdest deinem Sohne ein solches Gewäsch zumuten.«

Sie knallte die Tür hinter sich zu.

Ich sah ihn an. Er zog mit Unschuldsmiene an seiner Unterlippe, was stets etwas anderes überspielen sollte. »Hast du schon mal Hase probiert, Elliot? Das essen wir viel zu selten. Moosbeeren schmecken hervorragend dazu.«

Wir sahen einander eindringlich an, und es entstand etwas, das ich den Augenblick der Wahrheit zwischen Vater und Sohn nennen möchte. Das war natürlich nicht das erste Mal, und wie schon früher begann jetzt sein linkes Auge zu schielen, als habe es ein eigenes Gewissen und versuche ängstlich, dieser Konfrontation aus dem Weg zu gehen.

Es ist nicht leicht, seine Aufmerksamkeit auf mich zu ziehen, denn in der Regel trägt mein Vater eine Narrenkappe und hat einen gespaltenen Blick, der in verschiedene Richtungen wandert. Oft hat mich das schon irritiert, aber schließlich lernt man ja sein Leben lang, also stellte ich ihn auf der Flucht und fixierte das Auge, das sich aus dem Staub machen wollte.

»Bist du schon mal in Persien gewesen, Papa?«

»In Persien, laß mich nachdenken, nein, ich glaube nicht, aber ich besitze einen Fes aus Tunis. Ich habe ihn einmal im Kaufhaus gekauft ... aber nein, ich kann mich nicht daran erinnern, schon mal in Persien gewesen zu sein.«

Seine Unsicherheit beruhigte mich. Es war mir zum ersten Mal gelungen, ihn festzuhalten, als er ein Bein schon auf das Trittbrett gesetzt hatte und auf dem Weg weiß Gott wohin war. Aber anstatt ihn mit Gewalt zurück auf den Bahnsteig zu zerren, stieg ich zu ihm ins Abteil, das er bisher für sich allein gehabt hatte.

»Ich bin jede Nacht dort.«

»Wirklich, Elliot?«

»Ich reite auf einem Esel. Oder so etwas ähnlichem.«

»Sei so gut und schau einmal nach, ob ich meinen Fes dort verloren habe, wenn du das nächste Mal aufsattelst. Tust du das, Elliot?«

Alle ziehen sich um.

Die Herren tragen Smoking, sogar Max, der ganz erwachsen aussieht.

Wie immer standen wir zwei Minuten im Freien. Oda Nielsen machte mit einem Tablett und kleinen Gläsern die Runde, und Grande selbst schenkte aus der Karaffe ein.

Jetzt konnte man erkennen, daß das Jahr verbraucht und daß es höchste Zeit war, es gegen ein neues auszutauschen. Der Himmel war schon den ganzen Monat hindurch fahl gewesen und die Wolken so alt und grau, daß der See aussah wie matter Schiefer. Der Abend ist feucht und zäh. Das Jahr will nicht loslassen, sondern kriecht wie dichter Nebel über die harte Erdkruste. Blau wie der zunehmende Mond.

»Der kurfürstliche Ingwer-Bitter«, sagte Grande brüsk.

Der wurde immer zu Silvester getrunken und bestand aus Ingwer, Engelwurz, Galgant, Bitterklee, Nelke, Orangenblüte, Zimt und einer ganzen Pomeranzenschale.

»Alles zieht in einem Liter reinem Wodka und ...«, setzte Grande fort, hob das Glas und wartete darauf, daß die Versammelten den Satz zu Ende sprachen:

»... hilft gegen Kater«, dröhnten die Männer.

Wir essen Kabeljau und trinken Malzbier, Lagerbier und Linie-Aquavit. Während des Essens ist das Deckenlicht gelöscht; nur die beiden siebenarmigen Leuchter erhellen den Raum, dessen Ecken so dunkel wie kubanisches Mahagoni sind. Ein Bild, gemalt mit Sirup, Sahne, Herzblut und Kohle. Frau Denholms Rücken ist nackt; Meta trägt schwarze Netzhandschuhe. Plötzlich entsteht ein Loch in der Konversation, und es herrscht völlige Stille. Als würde man tauchen. Die Welt verschwindet um einen her, schwerelos gleiten wir durch das Meer. Frau Denholms Haare tanzen wie Seegras, und ihre roten Lippen heben sich zu einem Kuß, der sich auf Ingeborgs weiße Stirn legt. Niemand bewegt sich; nur die Pumpe des Aquariums ist zu hören. Doch endlich kommen sie näher, die spröden Töne der akustischen Gitarre von Django Reinhardt. Von weit her aus der Rue Ravignon auf dem Montmartre. Sie passen zum Ozean wie Caruso zu einem Sonntag.

Nach dem Essen nehmen wir einander an den Händen. Ich sitze zwischen Ingeborg und meiner Mutter. Die Hand meiner Mutter ist trocken, stark und rund, gut für den Trost. Ingeborgs ist fein, zart und weiß, gut, um zu trösten.

»Laßt uns an das Jahr denken, das vergangen ist«, sagt Grande, und wir alle denken an Herrn Asmussen, der verschwand, und an Alf, der kam.

Am Tischende auf einem hohen Stuhl sitzt Alf, dem man eine Krone aus Goldpapier auf seinen haarlosen Kopf gesetzt hat. Der Bart um seinen Mund herum ist dichter geworden und leuchtet wie die schwache Nachmittagssonne über den dunklen Bäumen Åmosens.

Wir heben unsere Gläser. Ich nicke Onkel Harry zu, der ganz dicht bei Misja sitzt, als seien sie Zwillingsbrüder oder Idioten, in der Küchentür stehen Frau Nielsen und Otto. Auch sie halten ihre Gläser in die Höhe. Ich denke an das vorige Silvester, als Otto Nielsen anläßlich des neuen Jahres, das Alfs Jahr werden sollte, eine Rakete gebaut hatte. Sie war 49 Zentimeter lang und wog, nach Aussage ihres Konstrukteurs, genau sechs Pfund. »Die wird man noch in Kullen beobachten können«, sagte er unbescheiden.

Mein Blick schweift von Harry zu Tante Kisser und weiter zu Frau Denholm, die aussieht, als würde sie den Atem anhalten. Ihre Wangen hat sie nach innen gesogen, und ihre Augen stieren vor sich hin. Sie hat ausladende Schultern und einen sehr langen Hals. Meine Mutter sagt, sie sei hübsch auf eine ganz besondere Weise. Frau Denholm sitzt neben ihrem Sohn, der neben seinem Vater sitzt, der meinen Vater anlächelt, der seinen roten Fes auf dem Kopf hat. Seine Hände sind gerade damit beschäftigt, dem Arzt etwas über die Frauen in Kairo zu erklären. Er sagt, sie hätten eine ganz spezielle Art zu gehen. Das scheint Dr. Denholm anzuregen. Ich wüßte zu gern, woher mein Vater so viel über die Frauen in Ägypten weiß.

Meta glotzt Misja an, der sich die Senfsoße einverleibt, als wäre sie Suppe.

Frau Asmussen sitzt aufrecht neben ihm und versucht mit ihrer Gabel den glänzenden Kopf des Kabeljaus umzudrehen, als wolle sie Blickkontakt zum Fisch aufnehmen.

Widerwillig lasse ich meinen Blick zu Alf weiterwandern, der mir, nicht unerwartet, direkt in die Augen schaut.

»Oh, wir philosophieren, naja, die Zeit ist ja auch danach. Der letzte Tag des Jahres. Schau, man hat mir ein Lätzchen aus Papier umgehängt mit einer vollbusigen Frau und einem gelben Schwärmer drauf. Gleich werden die Hüte ausgeteilt. Dein Vater hat seinen schon aufgesetzt. Wie sehr ich diesen Mann liebe. Und wieviel er über Ägypten weiß. Ich verstehe, daß er ein Spezialist für den Bauchtanz ist. Wie du siehst, trage ich bereits eine Königskrone. Ziemlich passend, wenn ich das sagen darf. Nun fragst du dich, was das neue Jahr bringen wird. Wir brauchen keine weiteren Weisheitszähne zu zermahlen, um es zu wissen, lieber Elliot. Abgesehen davon, daß Ruzanta nun wirklich zu den falschen Prophetinnen gehört. Aber die sollen ja schließlich auch leben. Sag mir einfach, was du wissen willst über die Zukunft; frag, und ich werde dir antworten. Ach so, du willst überhaupt nichts wissen. Du meinst, ich soll die Klappe halten? Spricht man so mit einem Minderjährigen? Und an diesem Abend? Schon gut, wenn du es so haben willst. Ich bin nicht nachtragend, ziehe mich jetzt aber zurück. Prost Neujahr, Elliot!«

Wir verteilen uns um die Standuhr im Wohnzimmer. Jetzt gilt es nur noch zu warten. Das Radio ist eingeschaltet, alles ist eingeschaltet, denn wenn man in das neue Jahr hineingeht, sollte es mit Pauken und Trompeten sein, wie Grande sagt. Ich denke, daß das Zimthaus vom See aus gesehen einer Fähre gleicht, einem sonderbaren Dampfer, der mit dem Hochdruck aller Maschinen und voller Beleuchtung auf das neue Jahr zuhält. Es befindet sich auf einem noch nicht entdeckten Kontinent, der frisch und grün ist, mit Tau über den Wiesen und keiner einzigen Fußspur. Genauso war es am Anfang der Zeiten, als der alte Winston von Bord ging und das Land Sankt-Laurentius-Allee taufte.

Mein Vater nimmt meine Hand, und ich sehe zu Max hinüber, der zwischen seinen Eltern steht. Frau Denholm schließt in der letzten Minute, bevor es zwölf schlägt, immer die Augen. Warum, weiß ich nicht. Misja liegt auf dem Sofa. Er will in das neue Jahr hineinschlafen. Grande steht zwischen ihrer Schwägerin und Ingeborg, und drüben am Fenster lehnt Amalie und hat uns den Rücken zugekehrt. Onkel Harry küßt seine Frau, und in der Küchentür wartet Otto Nielsen mit seinen zehn selbstgebastelten Raketen. Dr. Denholm schaut auf die Uhr und wippt ungeduldig auf den Fußballen. Harry dreht das Radio lauter. »Zwanzig Sekunden, meine Damen und Herren!« sagt er ernst. Meine Mutter lächelt mich an. Dr. Denholm hebt den Arm.

Mein Vater trocknet seine Augen, schüttelt gewaltig den Kopf und lächelt Grande glücklich an, die ihm gnädig zunickt.

In diesem Moment geht das Licht aus. Nicht nur im Wohnzimmer, sondern im ganzen Haus. Die grünen Augen des Radios verglühen wie ein Meteor am Himmel. Einen kurzen Moment stehen wir wie versteinert da, bis Onkel Harry ruft: »Die Sicherungen sind herausgesprungen!«

Die Erwachsenen laufen durcheinander; Dr. Denholm stolpert im Dunkeln und reißt im Fallen Tante Kisser mit sich. Meta schreit, Misja wacht auf und sagt irgend etwas auf tschechisch, das sich wie ein Schwur anhört. Ingeborg und Grande stürzen zur Kellertreppe, einige fummeln an Streichhölzern herum, andere lachen nervös, und Meta ruft, jetzt sei es zu spät, als Otto Nielsen mit einer Wunderkerze in der Hand aus der Küche auftaucht. Es wird mucksmäuschenstill. Er geht zwischen uns umher. Wie ein König aus dem Märchenland. In Umrissen sehe ich Grande und Ingeborg, die an der Kellertreppe stehen, und meinen Vater, der Dr. Denholm vom Boden aufhilft. Sie alle starren auf den Jungen in dem knisternden Lichtschein. Den Jungen mit der magischen Ausstrahlung. Er entzündet eine weitere Wunderkerze, die er wortlos Amalie reicht, die noch eine anzündet und mir gibt. So schnell wir können teilen wir sie aus, und nach wenigen Sekunden halten wir alle eine Wunderkerze in der Hand. Im Zimthaus ist es still. Ottos Wunderkerze ist abgebrannt, und er ist es, der sagt: »Prost Neujahr, alle zusammen!«

Wir starren einander an, Tante Kisser räuspert sich, und Onkel Harry runzelt die Brauen, bis Grande endlich antwortet. »Prost Neujahr, Otto Nielsen!«

Die Champagnergläser sind in diesem Jahr durch Weißweingläser ersetzt worden. Wir stoßen miteinander an, mein Vater küßt meine Mutter und umarmt mich, und ich sehe, wie Amalie mit ihrer Schwester anstößt und Max seinem Vater zunickt.

Frau Denholm trinkt nur Wasser und erhebt die Stimme: »Wir singen ›Sei willkommen, Jahr des Herrn‹.« Kurz darauf sind die Sicherungen ausgetauscht, und das Licht ist zurückgekehrt.

Draußen auf dem Badesteg hat Max seine Schwärmer in eine lange Reihe gelegt.

Über dem See leuchten die Raketen, und es heult, knallt und pfeift an allen Ecken und Kanten.

Ein eigentümlicher Pulvergeruch erfüllt die Luft, und aus dem Zimthaus dringen die Töne von Django Reinhardts »The Sheik of Araby« zu uns nach draußen. Mein Vater tanzt um Dr. Denholm herum. Soweit ich es erkennen kann, trägt der Arzt eine künstliche Nase und Schnurrbart; mein Vater hat eine Rose im Mund. In einer Ecke stehen Frau Asmussen und Ingeborg, beide mit erhobenen Ellenbogen und getreckten Hälsen. In absolut korrekter Tanzpositur. Warum sie sich nicht bewegen, weiß ich nicht. Vielleicht üben sie nur. Misja sitzt mit Harry in der Küche, der ihn füttert, wenn ich es richtig sehe. In dem tiefroten Sofa sitzt Frau Denholm zwischen meiner Mutter und Tante Kisser, die bestimmt gerade eine ihrer grauenvollen Krankheitsgeschichten zum besten gibt.

Amalie steht allein unten am Gewächshaus und raucht eine Zigarette. Wir haben ihr gesagt, es sei dumm, mit so etwas anzufangen, aber das kümmert sie nicht.

»Davon kann man sterben«, sagt Max.

»Ist das wirklich wahr, Herr Doktor?« Amalie zerknüllt die Packung »Eiffel«, in der sich noch fünf Zigaretten befinden.

»Ich dachte, du wüßtest das.«

Sie legt den Kopf in den Nacken und lächelt den Mond an, während sie leise singt:

»So ist die Walnuß des vorigen Jahres
wechselhaft wie die Jahreszeiten.
Sie gleitet durch einen wie die Tage durchs Leben,
schmeckt etwas nach Sonne,
etwas nach Regen,
etwas nach Tau und etwas nach Brot,
erinnert ans Leben,
handelt vom Tod.«

Es ist nach zwei Uhr. Ich liege im Bett und sehe den Schimmer der letzten Raketen an meiner Zimmerdecke tanzen. Mein Vater schläft, aber meine Mutter sitzt auf meiner Fensterbank. Es fällt ihr schwer, nachts zu schlafen. Gerade hat sie gesagt, daß sie im Zimthaus endlich das Licht gelöscht hätten.

Ich wickele mich in die Decke ein. Sie sitzt im blauen Mondlicht und lächelt versonnen, wird aber plötzlich ernst.

»Komm und schau mal, Elliot«, flüstert sie.

Ich schwinge meine Beine aus dem Bett und laufe zu ihr.

Unten auf dem Weg gehen Oda Nielsen und ihr Enkel Otto. Erst jetzt sind sie mit dem Abwasch fertig geworden. Er hat einen Arm um ihre breiten Hüften und sie einen Arm um seine Schultern gelegt. Es ist eine sonderbare Nacht. Mit einem klaren Himmel und einem eiskalten blauen Mond. Unten auf der Erde treibt ein dünner, wellenartiger Nebel und verschluckt langsam, aber sicher die beiden Gestalten.

Ich lege mich auf dem Rücken ins Bett, und meine Mutter küßt mich auf die Stirn.

»Gute Nacht, und ein frohes neues Jahr«, sagt sie.

»Für dich auch.«

Sie geht zur Tür.

»Das Zimthaus ...«, beginne ich. »Das Zimthaus gleicht einer Fähre. Vom See aus sah es wie ein Dampfer aus. Ich mußte an den Großvater der Mädchen denken, den alten Winston. Daß er mit diesem Dampfer gekommen war, als alles begann. Bevor wir dazukamen.«

Meine Mutter setzt sich auf die Bettkante. »Und jetzt ist der Dampfer zu einem Haus geworden, meinst du? Ja, das ist gut möglich.«

»Er war es, der die Sankt-Laurentius-Allee entdeckte«, sage ich bestimmt.

Sie fragt mit scheinbarem Ernst: »Wohnten hier vorher keine Menschen, Elliot? Nicht einmal Eingeborene mit Ringen in den Ohren und Knochen in der Nase?«

»Niemand. Das Land war leer. Es gab nur den See, den Bach, das Moor und den Wald. Vielleicht eine einzige kleine Schlange. Aber nur vielleicht.«

Meine Mutter ist aufgestanden. Der Wind spielt mit ihrem Haar, die dünne Pumphose flattert, und auf der großen goldenen Steppe, die so an Persien erinnert, galoppiert mir ein Fabeltier entgegen.

»Aber warum gerade hier, Elliot?« fragt meine Mutter, deren Stimme ein hohles Echo nach sich zieht, das im Winde verweht. »Was in aller Welt brachte Winston dazu, gerade diesen Weg zu nehmen? Hatte er vielleicht eine Seekarte?«

»Nein, er hatte keine Seekarte.«

Ich berühre mein Fabeltier, das schon ungeduldig mit den Hufen scharrt.

»Das eine oder andere muß ihn hierher getrieben haben. Vielleicht die Strömung.«

Meine Mutter ist jetzt ganz verschwunden. Nur ihre Stimme höre ich noch, die immer schwächer werdend über den dunstigen Horizont hallt.

»Nein, es war nicht die Strömung.«

Ich schwinge mich auf den Rücken meines Fabeltiers.

Mit einer Hand unter der Wange.

»Sag mir, was es war«, flüstert der Wind.

»Es war der Ton einer Flöte«, antworte ich.

## *Sechzehntes Kapitel*

Frau Denholm geht auf den Steg, wo der Bademantel von ihren Schultern gleitet. Ihr Badeanzug ist marineblau und ihre Haut olivgrün. Sie zupft ihre Gummibadekappe zurecht, so daß auch das kleinste Haar unter dem Rand verschwindet. Meine Mutter sagt, Frau Denholm habe die Figur eines Mannequins, also völlig ohne runde Formen. Sie setzt die Füße in gerader Linie voreinander, als sei sie unsicher, ob der Steg ihr Gewicht auch tragen könne. Aber so geht sie immer. Wie auf Eiern. Max erzählt, sie presse jeden Morgen und jeden Abend zehn Zitronen aus und reibe sich mit dem Saft den Hals und das Gesicht ein. Das könne eine ganze Stunde lang dauern. Merkwürdigerweise, sagt Max, sehe sie die Zitronen nie an, während sie sie in kleine Schiffchen schneidet und mit abwesendem Blick auspreßt, als stehe sie unter Hypnose. Frau Denholm geht durchs Leben wie ihr eigener Schatten, gesteuert von einem fremden Willen. Das erklärt auch, warum sie in der Lage ist, von Januar bis März im eiskalten Wasser zu baden. Wenn Max über sie spricht, hört es sich an, als spreche er über eine Fremde. »Deine Mutter ist ein Mysterium«, sage ich. Max antwortet, sie sei hoffnungslos in sich selbst verliebt.

Manchmal begegne ich ihr unten in der Stadt. Plötzlich stehen wir uns auf dem Bürgersteig gegenüber. Ich mit einem Einkaufsnetz, in dem sich Zwiebeln, Lauch und Sellerie befinden, sie mit einer flachen lackierten Tasche mit gedrehten Schnüren. Sie sieht immer aus wie die Leute in den Ankunftshallen der Bahnhöfe. Immer unterwegs, vielleicht fort, vielleicht nach Hause, vielleicht weiß sie es selbst nicht.

»Guten Tag, Frau Denholm!«

»Elliot?«

Mich überkommt das Gefühl, jetzt ihren Tag zerstört zu haben.

Auf dem Badesteg schlüpft sie aus den Gesundheitssandalen, dreht sich und geht rückwärts die Treppe hinunter, bis ihr das Wasser zu den Hüften reicht.

Sie ist aus meinem Blickfeld verschwunden.

Es ist acht Uhr, die Sonne ist gerade aufgegangen, es ist Sonntag, der zweite Februar, und wie immer zu dieser Jahreszeit liegt mein Vater mit einer Grippe im Bett und ist dem Tode nahe. Behauptet er. Meine Mutter fragt, ob er eine Erd- oder Feuerbestattung wünsche.

»Ist das Liebe?« fragt mein Vater. »Soll das etwa ein Zeichen von Fürsorglichkeit sein? Oder ist das Mitgefühl dieser Frau nur durch Nierensteine und Beckenentzündungen zu wecken?«

Ich werde fünfmal am Tag und einige Male in der Nacht von ihm hereingerufen, wenn er nicht schlafen kann, weil er vom Geist seiner schwarzen Seele gequält wird, der ihn zwischen Mitternacht und vier Uhr morgens heimsucht. Das ist der Zeitpunkt der Hundewache, zu dem er sich auf der Bark »Laura« befindet, die mit ihm am Ruder auf dem Weg über den Atlantik ist.

Die Nächte im Februar sind verschlossen. Der Tag ist versiegelt mit einem schwarzen Stempel, der ein zierliches Monogramm aus Gold trägt. An diese goldenen Fäden müssen wir Pessimisten unsere Hoffnung knüpfen. Sagt mein Vater. Ich gebe ihm recht. Haben wir etwas gemeinsam, dann ist es der Februar. »Jetzt frieren alle Bettler dieser Welt«, flüstert er. »Jetzt lachen die Zahnlosen dem Tod ins Gesicht. Jetzt schauen die Knochen aus der Erdkruste heraus, und der Mund des Regenwurms formt sich zu einem Trichter, der auf die letzten Tropfen des frostigen Mondes wartet. Im schwarzen Humus krabbeln die neonblauen Würmer, und wir anderen legen uns schlafen mit dem Geruch ihres Atems in unserer Wäsche. Jetzt ist es Mittwinter. – Sitz bei mir, Elliot, sitz bei deinem Vater und laß mich deine kühle Hand auf meiner Stirn fühlen. Ich sehe die schwarzen Wellen und höre die Stimmen der Toten. Sag mir, ob ich dir ein guter und lieber Vater gewesen bin. War ich das, Elliot? Schone mich nicht. Das Fieber hat mich jenseits aller Schmerzen gebracht.«

»Ja, das warst du. Alles in Betracht gezogen.«

»Ist das alles, was du zu sagen hast? Ein Blumenstrauß aus gebundenen Stengeln. Wie dunkel es ist.«

»Es ist Nacht, und Mama hat ein Handtuch über deine Nachttischlampe gehängt.«

Er schaut verloren an die Decke, und jetzt fällt mir auf, daß er nicht besonders krank aussieht.

»Ich denke an mein Leben und an das, was mich erwartet.«

»Du hast eine Grippe, Papa.«

»Hast du mit Dr. Denholm gesprochen? Hat er dich zur Seite genommen und dir die Wahrheit gesagt? Er ist ein guter Freund des Hauses. Ist es immer gewesen. Was würden wir machen ohne die ärztliche Kunst? Schau, er hat mir eine Dose mit Aspirin gegeben. Sag mir, was er gesagt hat, ich werde es ertragen.«

Das linke Auge dreht eine Ehrenrunde, kehrt aber schnell in seine richtige Position zurück, wo es mit dem rechten zu einem Ausdruck zusammenfindet, der sowohl Frömmigkeit als auch Einsamkeit vermitteln soll.

Bei dem gewöhnlichen Übermaß an Tragik kann man das Ganze jedoch nicht besonders ernst nehmen.

»Er sagte, du solltest daran denken, viel zu trinken. In zwei Tagen wärst du wieder gesund.«

»Habe ich dich ordentlich erzogen, Elliot, habe ich das? Habe ich dir etwas vermittelt, das dir im Leben weiterhilft? Habe ich dich im richtigen Moment gestraft und dich getröstet, wenn du traurig warst? Habe ich dir überhaupt etwas von Wert mitgegeben, oder habe ich den Dingen einfach ihren Lauf gelassen und dich in deinem eigenen Meer umhersegeln lassen, ohne Ruder und ohne Kiel?«

»Was hast du da unter der Decke?«

»Kümmere dich nicht um die Launen eines alten Mannes.«

»Ist es die Pyramide? Mamas Pyramide?«

Er dreht mir den Rücken zu.

»Ich lasse sie nicht los. Die will ich bei mir haben, wenn ich gehe.«

»Wohin?«

»Wohin Gott mich haben will.« Er starrt an die Decke.

»Du glaubst nicht an Gott, Papa.«

»Doch, das tue ich. Faktisch.«

Mit seinen fiebrigen Hundeaugen schaut er mich an, und ich sehe sie vor mir, Frau Denholm. Schwimmend unter dem Eis. Mit der Form eines Rochens, ein unterseeischer Todesengel, der mir überallhin folgt. An dem Tag, an dem er meine Füße losläßt, werde ich mich von dieser Erde lösen und schwerelos in den Raum entschweben.

Unten bei Frau Wolle spielt Ingeborg ein Solo, während die anderen singen: »Komm und löse die gebundene Erde.«

»Mariä Lichtmeß«, flüstere ich und betrachte den

Nachmittag, dessen Licht sich mit einem bleichen Lächeln und einer Tanzschulverbeugung verabschiedet. Der Vorhang wird vorgezogen. Mariä Lichtmeß macht ihren Knoten. In mir.

Frau Asmussen ist nach Bad Schandau zurückgekehrt. Wie immer hat sie ihren Töchtern eine Zeichnung der Bahnstation und des Landauers, der sie abgeholt hat, zukommen lassen. Um ihren Kopf befindet sich ein Haufen Striche, die den Strahlen gleichen, die kleine Kinder um die Sonne herum malen. Aus Ingeborgs Blockflöte kommt die Melodie wie ein still dahinströmendes Weinen. Ohne Tränen. Nichts in der Welt ist so traurig wie ein Weinen ohne Tränen. Max kann über Frau Asmussen sagen, was er will, aber sie fehlt ihnen fürchterlich, Ingeborg und Amalie. Sie arbeiten und schuften von früh bis spät, kochen das Essen, kaufen ein, halten den Garten in Ordnung, kümmern sich um Alf, Misja und Grande. Ihre Kleider verkommen zusehends, und ihre Knochen treten immer deutlicher hervor. Dünn sind sie zwar immer gewesen, aber nie mager; stets waren sie bleich, aber nie so fahl. Wir können sie nicht länger erreichen. Ihre Welt ist dabei, sich zu schließen, und das macht mich völlig verzweifelt. Eines Tages werden sie sich vielleicht wie ein kleines verblaßtes Bildchen hinter der Tür Nummer sieben eines Adventskalenders befinden, den man schon längst hätte wegwerfen sollen.

Wir sitzen in unseren Mänteln im Musikzimmer. An den Fenstern sehen die Eisblumen wie gefrorene Küsse aus, und im Wintergarten liegt Franzjosef mit einem merkwürdigen Gesichtsausdruck in seinem Körbchen. Pastor Wolle sitzt an seiner Seite. Franzjosef wurde kurz vor Weihnachten kastriert und hat sich seitdem einen richtigen Wanst angefressen. Mit steifen Beinen geht der Köter neben Pastor Wolle her und glotzt die Leute so unschuldig an, als habe er irgend etwas vergessen, an das er sich zu erinnern versuche.

Wolle und Franzjosef haben sich denselben Gang angewöhnt, jetzt, da Franzjosef nichts mehr zwischen den Beinen hat, auf das er beim Gehen Rücksicht nehmen muß. Sie sehen rührend aus, und selbst wenn der Hund sich hinhockt, um sein Geschäft zu verrichten, kopiert er den Leidensausdruck seines Herrn, um sich sogleich mit einförmigen, hektischen Schritten vom Tatort zu entfernen.

Jetzt, im Februar, zeigt uns Frau Wolle auch die zahlreichen Dias aus der Zeit, als Pastor Wolle und sie jung und frischverheiratet waren. Sie stehen vor dem Dom von Viborg. Wolle präsentiert sich breitbeinig und siegesgewiß. Genau wie Franzjosef. Vor der Operation.

Mit langen, trägen Armzügen schwimmt Frau Denholm unter dem Eis. Mein Vater will wissen, ob er mich ordentlich erzogen hat. Ich beuge mich zu ihm herunter, und er bittet mich, das nicht zu tun.

»Ich will dich nicht anstecken, Elliot, mein geliebter Junge.«

Max schlägt das Magazin mit den nackten Frauen auf. Die meisten sitzen auf großen Steinen und lächeln uns zu. Max meint, die Fotos seien auf Bornholm gemacht worden, wo es viele solcher Felsen gäbe. Vielleicht auch viele solcher Frauen. Wir haben eine Theorie, daß Stockfisch die Brüste größer mache. Auf den Mittelseiten befindet sich ein großes Farbfoto von Chesty Morgan, die sicher nie ihren Fuß nach Gudhjem gesetzt hat, aber mit einem durchsichtigen Tuch bekleidet auf einem Schemel sitzt. Die Brüste erreichen fast den Boden. Sie sehen aus wie Futterbeutel.

»Was schätzt du?« fragt Max. »Fünfzehn Kilo auf jeder Seite; ist das zuviel? Es gibt einen Film mit Chesty, in dem sie einen Mann mit ihren Titten erstickt. Der wurde letztes Jahr im Colosseum gezeigt. Immer ausverkauft. What a way to die.«

Ich sehe nach meinem Vater, der im Liegen die Cheops-Pyramide im Arm hält. Er hat gerade gesagt, sein Vater habe aus Nebraska zu ihm gesprochen. Long distance.

»Ich lege mich wieder ins Bett«, sage ich müde.

Er ergreift meinen Arm. »›Omaha‹, hat Großvater gesagt, ›Omaha, ich habe mein Leben lang nach Gold gesucht und dich und deine Mutter betrogen. Des Mammons wegen. Des schnöden Mammons wegen.‹ So hat dein Großvater zu mir gesprochen. Meine Schritte hingegen sind nie vom Geld geleitet worden.«

»Es wäre auch traurig, das sagen zu müssen.«

»Aber dein Großvater, der alte, gequälte Goldgräber ...«

»Großvater hat Tappernøje nie verlassen.«

»Ich sehe ihn die ganze Zeit vor mir. In der Goldmine. Mit der Hacke.«

»Hast du schon mal ein Foto von Chesty Morgan gesehen?«

Er hebt den Blick vom Boden; seine Augen werden dabei schmal und konzentriert.

»Was sagst du da, Junge?«

»Ich frage, ob du schon mal ein Foto von Chesty Morgan gesehen hast.«

»Gott weiß, daß ich das nicht habe. Wer zeigt dir solche Schweinereien?«

Ich helfe Amalie und Ingeborg beim Austragen des Lokalanzeigers. Ingeborg ist nicht so schnell. Sie transportieren die Zeitungen im Kinderwagen, in dem Alf sitzt, ein großes braunes Halstuch um den Kopf gewickelt, als habe er Zahnschmerzen oder eine Schraube locker. Die Druckerschwärze hat seine Hände verfärbt. In der Regel ist es dunkel, wenn wir über die Bahngleise nach Hause laufen.

»Hütet euch vor dem Gespensterzug!« ruft Amalie und rennt mit dem Kinderwagen davon, an dessen Verdeck sich Alf festklammern muß, um nicht herauszufallen. Er starrt mich mit zwei wasserblauen, angsterfüllten Augen an. Aus irgendeinem Grund rufe ich Amalie zu, sie solle ruhig noch schneller laufen.

»Machen wir ein Wettrennen?«

»Okay!« schreit sie.

Es geht über Stock und Stein. Ich muß alles geben, um mit ihr Schritt zu halten. Aber ich laufe nicht, um zu gewinnen, sondern nur, um sein panisches Gesicht mit den weit aufgerissenen Augen zu sehen.

Amalie bremst, als wir das Zimthaus erreichen, und fällt vor Erschöpfung halb in die Hecke hinein.

Von Ingeborg keine Spur. Dafür ist Alf im Kinderwagen nach hinten gepurzelt, und ich strecke ihm meine Hand entgegen, um ihm wieder aufzuhelfen. Er ist immer noch völlig durcheinander. Ich bin die Hilfe selbst: »Hast du die Hosen voll, Alf?« flüstere ich. »Du siehst wirklich ziemlich mitgenommen aus. Was ist, hat es dir die Sprache verschlagen?«

»Der Gespensterzug, Elliot, der Gespensterzug …«

»Hast du Angst vorm Gespensterzug? Och, das tut mir aber leid.«

»Mach das nie wieder!«

Amalie legt ihn wieder hin. Er soll schlafen. Und

sie muß drinnen das Essen machen. Sie sagt, ich könne gerne mitessen. Es gebe Kartoffeln und Fischköpfe.

Wir stehen auf der Veranda mit den braunen Korbmöbeln aus Indien. Ingeborg ist aufgetaucht und hat begonnen, den Schnee vor der Terrassentür wegzufegen. Ich sehe Grande im Eßzimmer sitzen und Kartoffeln schälen. Aus irgendeinem Grund sitzt sie im Halbdunkel. Oda Nielsen kommt fast nie mehr. »Die Zeit ist vorbei«, sagt Ingeborg.

Am Abend sitzen wir auf dem Dachboden, von dem alle Tiere entfernt worden sind. Zurückgeblieben sind nur die Löcher in den Wänden und das Bild des Großwildjägers, der so zahm wirkt mit seinem Gewehr in einer Savanne ohne Tiere.

Dafür haben wir Debussy. Max und ich schauen Ingeborg zu, die in ihrem verschlissenen und geflickten Trikot über den Boden wirbelt, während ihre Schwester sich mit einem Reinigungsmittel der leeren Flaschen annimmt. Im kühlen Kellerraum sitzt sie auf einem Hocker unter einer nackten Glühbirne und ist von Tausenden von grünen Flaschen umgeben. Stundenlang. Alle sind sie fort: der Holländische Kräuterschnaps, der goldene Krambambuli, das aus Engelwurz hergestellte Tugendwasser, der rote Johanniskrautschnaps, die gelben Danziger-Tropfen – von Ettmüllers abführendem Universalextrakt ganz zu schweigen –, die Tränen Helenas und der einjährige Myrtenschnaps. Jetzt befindet sich Kleingeld in den bauchigen Flaschen, den Karaffen und den gewöhnlichen Malzbierflaschen, auf die Grande einst mit weißer Tinte »Kurfürstlicher Ingwer-Bitter, Anno 1944« geschrieben hatte.

Ich fülle Wasser in ein Glas für meinen Vater, der mit immer noch sonderbarem Gesichtsausdruck in seinem Bett sitzt.

»Es ist merkwürdig«, sage ich, »aber ich habe vollkommen vergessen, wie Herr Asmussen aussah. Ich kann mich nur an seine Kleidung und seine Stimme erinnern. Sein Gesicht ist für mich nur eine weiße Fläche.«

Mein Vater schaut mich entsetzt an.

»Wir sind zu ihm hinuntergegangen, als er tot war. Er lag im Keller. Im Sarg. Ich glaube, ich habe sein Gesicht nicht einmal angesehen, sondern nur auf Ingeborg und Amalie geachtet.«

»Herr Asmussen war ein feiner Mensch, Elliot.«

»Jedenfalls war er tot. Ich erinnere mich, wie sie ihn eingerieben haben. Blüten des Ziegenblatts, in Öl eingelegt und in die Sonne gestellt, sind nämlich eine gute Arznei zum Einreiben eines Körpers, der unempfindlich und kalt geworden ist.«

Mein Vater sieht mich eindringlich an, schwingt plötzlich die Beine aus dem Bett und stapft in mein Zimmer, von dem aus man das Zimthaus, den See und den Halbmond sehen kann.

Kurz darauf höre ich seine brüchige Taubenstimme nach mir rufen.

»Bist du wieder gesund?« frage ich. Nicht sonderlich überrascht.

Er sieht mich nicht an und sagt: »Was für eine wunderbare Aussicht du hast, Elliot. Die Hälfte der Welt kannst du sehen. An dem Tag, an dem du die Spitze der Zeder erreichst, siehst du die ganze.«

Max hatte eine enge dunkelrote Hose und einen roten Schal an. Auf dem Kopf trug er ein schwarzes Käppchen. Er zog eine Schreibtischschublade heraus und legte ein Foto vor mich hin. Ich selbst war als ägyptischer Hirte verkleidet. Mit Ballonhose und einer ägyptischen Kopfbedeckung. Mein Bart war mit einem versengten Korken gemalt worden, und an den Füßen trug ich ein Paar Schnabelschuhe, die mein Vater angefertigt hatte. »Jetzt siehst du wohl aus wie in deinen Träumen, Elliot«, hatte er gesagt, und ich hatte ihm völlig recht gegeben. Er sah aus wie ein Indianerhäuptling. Aus Nebraska. »Ich fühle, wie das Blut meiner Vorfahren durch meine Adern pulsiert«, sagte er zu meiner Mutter.

»Wie schön für dich, Omaha«, antwortete sie.

»Bis zurück zu den Tagen, als wir Büffel in der Prärie jagten.«

»Das muß in Tappernøje ja ganz schön für Aufsehen gesorgt haben.«

»Siehst du, was das ist?« Max zeigte auf das Foto.

»Ist das ein Spiegelei?«

Er lachte. »Ein Spiegelei? Das ist eine Zelle, kleiner Elliot, eine menschliche Zelle. Hier ist die Zellmembran und hier das Zytoplasma, die Zellflüssigkeit, die aus Wasser und Proteinen, Kohlenhydraten und Ionen besteht. Manchmal liege ich mit geschlossenen Augen im Dunkeln und sage es tausendmal vor mich hin.«

»Was, Max?«

»Zytoplasma, Zytoplasma. Kannst du dir einen späten Sommerabend in Svaneke vorstellen; du sitzt auf einer Klippe und guckst nach Westen, und plötzlich taucht sie auf und hat rein gar nichts am Leib. Sie flüstert es in dein Ohr, so daß es deinen Rücken hinunterrieselt: ›Zytoplasma, Zytoplasma.‹«

»Wer?«

»Chesty Morgan. Ich bin auf Bornholm, und vierzehn

Tage lang sagt sie nicht anderes. Was wohl der kleine Herr Mortensen dazu sagen würde?«

»Hase in süßsaurer Soße.«

Max legte seine Hände auf meine Schultern. »Weißt du, was so eine kleine Zelle enthält? Weißt du, Elliot, Sohn einer Nachtkrankenschwester und eines stocktauben Tagediebs – ich sage das mit der allergrößten Sympathie –, weißt du, daß wir aus solchen Zellen bestehen? Der ganze Körper ist gespickt damit, vom Kopf bis zu den Zehenspitzen.«

Ich antwortete ausweichend, ich hätte so etwas schon gehört.

»In so einer kleinen Zelle ist ein Kern, und in dem Kern liegen die Chromosomen.«

Max nahm einen kleinen schwarzen Spitzbart, den er sich ans Kinn klebte.

»Sagt dir das was? Chromosomen?«

»Klingt wie Kokosmakronen.«

»Das sind Erbanlagen, Elliot. Erbanlagen. Woher kommst du?«

»Aus Nebraska.«

»Aus Tappernøje und Umgebung. Hör auf, deinem guten Freund Lügen zu erzählen.«

Ich zuckte mit den Schultern.

Er piekste mich in den Brustkasten.

»Jede kleine Zelle in dir kann den Forschern darüber Auskunft geben, wer du bist. Bis ins kleinste Detail. In deinem Fall würde man sicher Gene sämtlicher Hochstapler aus ganz Südseeland finden. Lustig, nicht wahr?«

»Findest du?«

Er lächelte, nahm einen Stift und malte seine Augenbrauen so schwarz wie Waldschnecken. »Ärzte der Boston University haben herausgefunden, wie man die

Chromosomen entziffern kann. Bei Ratten und Mäusen. Und im Grunde genommen auch bei den Menschen. Das komische ist – hörst du mir zu? – das komische ist, daß sich die Zellen oben in unserem Schädel nicht teilen können. Alle anderen können es, aber die im Gehirn nicht.«

»Wir müssen gehen, Max.«

Er holte eine Art Helm vom Schrank herunter.

»Stell dir vor, wir würden herausfinden, also die Forscher und Ärzte würden herausfinden, wie man die Gehirnzellen dazu brächte, sich zu teilen. Stell dir das vor, Elliot.«

»Ja, das wäre wohl gut«

»Gut! Das wäre die größte Sensation des Jahrhunderts, nein, des Jahrtausends, die größte Entdeckung in der Geschichte der Menschheit.«

Er trat ganz nah an mich heran, während er den Helm mit den zwei Hörnern auf seinen roten Kopf setzte. »Wir hätten das ewige Leben geschaffen. Die Wissenschaft hätte dem Tod ins Gesicht gespuckt. Stell dir vor, Elliot, das ewige Leben!«

»Hätte das Herrn Asmussens Sturz aus dem Fenster verhindert?«

Max sah mich an, seufzte und stemmt die Hände in die Hüften. »Darf man fragen, was das sein soll?«

»Eine Art Hirte, glaube ich. Aus Persien. Oder Ägypten. Du kannst es dir aussuchen.«

»Also fehlt dir nur ein Esel.«

Ich nickte. In diesem Moment klopfte es an der Tür. Der Vater von Max öffnete. Er trug seine alte Tiroler Tracht.

»Kommt ihr, Jungs?«

Hinter ihm konnte ich seine Frau erkennen, die einen gelben Rock anhatte, der aus Bananenschalen bestand.

Sie sah unglaublich sonnenverbrannt aus. Auf dem Kopf hatte sie eine braune Perücke. Sie mußte wohl die Höhensonne benutzt haben.

»Ein Mikroskop«, sagte Max und spritzte sich etwas Menthol in den Mund, »das in dich hineinsehen könnte, Elliot. In deine Zellen. In deine Seele. Was sagst du dazu? Gott sieht alles? Quatsch. Mikroskope sehen alles.«

»Würden sie etwas über die Zukunft sagen können?« fragte ich.

»Sie würden über alles etwas sagen können, Kamerad, über alles, weißt du.«

Ich wandte ihm den Rücken zu und sah sie vor mir, die furchteinflößende Ruzanta, die ich auf das schändlichste betrogen hatte.

Aus der Tiefe des Brunnens kam ihre tabakheisere Stimme: »In der Liebe kannst du einen Kampf erwarten, ein Heulen und Zähneklappern, aber keine Gnade. Reichtum wird dein Leben nie versüßen, und bis ans Ende deiner Tage wird dich eine elende Gesundheit plagen, an Gliederschmerzen und Verstopfung wirst du leiden, und um auch für den Spott nicht sorgen zu müssen, kannst du dich auf einen frühen Verlust deiner Haare einstellen. So offenbart sich dein Schicksal.«

Wir trafen uns mit den anderen Familien in der großen Eingangshalle bei Pastor Wolle, in der er uns selbst begrüßte. Er war, wie er sagte, als Vogel Phönix verkleidet, und seine Beine wirkten in den großen orangefarbenen Filzschuhen schrecklich dünn.

»In einer dunklen Zeit ist es wichtig, ein Licht am Ende des Tunnels zu sehen«, sagte er und nickte Misja zu, der mit einem großen Buckel auf dem Rücken herumhinkte. Als Glöckner von Notre Dame sah er wirklich schauerlich aus. Grande trug einen dunklen Anzug und sollte wohl einfach ein Mann sein; Ingeborg war eine Fee mit hohem, spitzem Hut und Schleier, während Amalie sich als Einbrecher verkleidet hatten. Frau Wolle ging als Schnapstrinker.

Nach dem Mittagessen wurde getanzt. Wir begannen immer mit dem Lieblingstanz meines Vaters und von Dr. Denholm, standen in einer langen Reihe und warfen die Beine zu »One, Two, Three, Kick«, gespielt von Xaviar Cugat & His Waldorf-Astoria-Orchestra. Mein Vater und Frau Denholm hatten noch einige Rasseln mitgebracht. Wir hüpften vom Eßzimmer in die Eingangshalle und weiter ins Musikzimmer, um den Flügel herum und ins Wohnzimmer hinein, wo Franzjosef mit leerem Blick in seinem Körbchen lag. Die einzigen, die nicht mitmachten, waren Misja, der immer noch am Tisch saß, und Onkel Harry, der den schmerzenden Nacken des Glöckners massierte.

Später wurden Glenn Miller und der alte achtfingrige Django Reinhardt aufs Grammophon gelegt. Frau Denholm brachte ein Solo, mein Vater war sehr gerührt, und Amalie zog mich inmitten des Trubels ins Musikzimmer, um mir zu sagen, daß Otto Nielsen nach Kopenhagen gereist sei.

»Was macht er da?« fragte ich.

»Seine Mutter holt ihn dort ab.«

»Seine Mutter? Hat Otto eine Mutter?«

»Sie ist zurückgekommen. Aus Kanada. Sein Vater ist immer noch dort. In einer Stadt, die Vancouver heißt.«

Wir warfen einen Blick in die Eingangshalle, in der Alf in seinem Kinderwagen schlief. Im Wohnzimmer war die Musik leiser gestellt worden. Pastor Wolle rollte den Diaprojektor herein.

Ingeborg kam zu uns.

»Soll Otto denn nach Kanada?« fragte ich.

Amalie zuckte mit den Schultern. »Vorläufig ist er irgendwo in Kopenhagen.«

»Wir werden schon wieder von Otto hören.« Ingeborg ging hinaus und deckte Alf richtig zu.

Im Wohnzimmer sagte Pastor Wolle: »Wir beginnen auf Capri. Hier können Sie meine Frau am Hafen stehen sehen.« Ich sah in die Dunkelheit hinaus. Zwei Schatten standen unter Pastor Wolles großen Pappeln. Der eine rauchte eine Zigarette, deren Glut sein rötliches Gesicht erhellte, der andere trug ein Ballkleid. Max und Meta. Vielleicht sprachen sie über Chromosomen. Ich schaute mich um und sah Amalie und Ingeborg auf einer Bank in der Eingangshalle. Sie schaukelten den cremefarbenen Kinderwagen und sahen sehr müde, vielleicht sogar etwas verbraucht aus.

Kanada ist ein sehr großes Land. Sicher ideal für einen Typ wie Otto Nielsen. Wirklich ideal.

Ich blickte in den großen Rachen des Flügels, öffnete den Mund und streckte die Hand aus. Genau in dem Moment, als die Gäste in spontanen Beifall ausbrachen, schlug ich den Stab weg, der den blanken Deckel gehalten hatte.

Es war bereits spät.

Bevor wir nach Hause gingen, las Wolle wie immer aus der Offenbarung des Johannes vor. Einige der Gäste hatten bereits ihre Mäntel angezogen, denn im Pfarrhaus sparte man mit der Kohle.

»Fürchte dich nicht! ich bin der Erste und der Letzte und der Lebendige. Ich war tot, und siehe, ich bin lebendig von Ewigkeit zu Ewigkeit und habe die Schlüssel der Hölle und des Todes. Schreibe, was du gesehen hast, und was ist, und was geschehen soll danach.«

Wolle schloß seine Bibel und lächelte uns an: »Danke für diesen Abend, liebe Freunde.«

Er glich wirklich einem Vogel.

Auf dem Rückweg zur Sankt-Laurentius-Allee gehen mein Vater und Dr. Denholm Arm in Arm. Ingeborg und Frau Denholm singen vor, während wir anderen zu dem eiskalten und sternklaren Februarhimmel aufblicken und mitbrummen: »Du zeigst uns Tag und Nacht, Sonne und Sterne Richtung. Des Lebens wundervollen Schatz empfingen wir von dir. In jede Kinderseele auf Erden legst du einen Kern für eine Blume mit himmlischem Flor, herrlich wie ein Stern.«

Mein Vater drückt mich an sich und sagt, ich hätte immer noch ein bißchen Bart aus meiner Zeit als persischer Hirte zurückbehalten.

»Das Tal der Könige«, flüstert er. »Eines Tages wirst du deinen alten Vater zum Tal der Könige mitnehmen.«

»Otto geht nach Kanada«, sage ich.

Er lächelt und seufzt: »Wie sehr Frau Denholm doch Josephine Baker ähnelte. Soll ich die Gardinen vorziehen?«

»Nein, das brauchst du nicht. Ich werde sowieso diesen Weg nehmen.«

»Was wirst du?«

»Nichts. Gute Nacht, Papa.«

»Gute Nacht, mein Junge.«

Er geht zur Tür. Immer noch in seinem Indianerkostüm aus Nebraska.

»Ist dir schon mal das Gemälde im Zimthaus aufgefallen?« frage ich.

»Im Zimthaus gibt es viele Gemälde.«

Ich lege meine Hand unter die Wange. Denke an das

Bild, das Onkel Harry von Grande gemalt hat. Ihre Haare sind grün wie die Fensterläden des Hauses und füllen fast das ganze Bild aus. Ein Urwald mit Pinseläffchen und limonenfarbenen Geckos, Wellensittichen und gemusterten Schlangen. Das große Bild liegt meist im Dunkel des Zimmers verborgen.

»Ingeborg behauptet, wenn der Winter seinem Ende entgegengeht und die Sonne ziemlich tief steht, etwa um Mariä Lichtmeß, dann fließe das Wasser mit den Raddampfern, Grandes Haare begännen zu wachsen, und in den Gummibäumen leuchteten die Geckos wie Limonen und die Schnecken wie Aprikosen.«

Ich blicke zu meinem Vater auf. »Das stimmt! Gestern habe ich es gesehen. Als ich Amalie half, im Wohnzimmer sauberzumachen. Alle Teppiche sollten draußen geklopft werden. Erst am Nachmittag waren wir fertig, und die Sonne ging bereits unter, als ihre letzten Strahlen auf das Gemälde fielen. Plötzlich begann das Ganze sich zu bewegen. Im Urwald hingen die Affen an ihren Schwänzen. Die limonenfarbenen Geckos krabbelten auf den Ästen herum und streckten ihre hellroten Zungen heraus. In Grandes Haar saßen unzählige Wellensittiche, die sich putzten, und auf der Erde zu ihren Füßen lag eine schläfrig lächelnde Schlange, die aussah wie Medusa. Ich weiß nicht, wie lange ich das Bild angestarrt habe.«

»Was geschah dann?«

»Dann ging die Sonne unter.«

*Was soll man mit einer Muschelschale*
*aus Polynesien auch anderes anfangen,*
*als ihren Absender zu vermissen*
*und das Heimweh der Schale zu spüren.*

## *Siebzehntes Kapitel*

Wie zufällig radle ich durch Lundtofte. Über mir hört es sich an, als würde der Tag nach Luft schnappen. Drei große Schwäne sind auf dem Weg zum See. In der Luft sehe ich sie nur selten, aber wenn ich einmal das Glück habe, ist es immer im April. Das Geräusch ihrer Flügel übermittelt dem Moor, dem See und den Bäumen eine Nachricht. Bald wird es Regen geben. Es sieht aus, als sei die Werkstatt geschlossen. Ich stelle das Fahrrad ab und gehe um den Hof herum, vor dem sich ein Lastenfahrrad und eine Bank, fünf braune Bierkästen und ein rostiges Waschbecken befinden. Herr Nielsen tritt mit einer Rohrzange in der Hand aus dem Dunkel der Garage. »Elliot?«

Er schützt sich mit der Hand vor der Sonne und wischt sich die Hände mit einem Putzlappen ab. Ich sage, ich sei einfach so vorbeigekommen. Herr Nielsen ist nicht besonders redselig.

»Es wäre etwas anderes, wenn Otto hier wäre, aber das ist er wohl nicht.«

»Otto, nein, der ist nicht hier.«

Ich schaue verstohlen zu den vier kleinen Fenstern, besser gesagt, Glasscheiben, die über der Werkstatt blinken. Dort hat er gewohnt. Sagt man. Wenn er nicht im Moor herumstreifte.

»Ich will ihm nur eine Nachricht hinterlassen.«

»Wem, Otto?«

»Nur ein Stück Papier.«

Die Tür schwingt auf; hinter mir höre ich Herrn Nielsen die schmale Treppe hinaufpoltern. Ich gehe ins

Zimmer hinein. An der Wand steht ein Eisenbett ohne Matratze. Die hat er wohl mitgenommen. Unter den kleinen Glasscheiben befindet sich ein selbstgemachter Tisch und ein cremefarbener Stuhl ohne Armlehnen. In den Tisch ist, vielleicht mit einem Zirkel, etwas hineingeritzt worden. Viele Kreise und einzelne Zeichen oder Buchstaben. Ich öffne die Schubladen der kleinen weißen Kommode, aber sie sind natürlich leer. Darüber hängen drei Bleistiftzeichnungen von drei verschiedenen Vögeln: eine Lachmöwe, eine Dohle und eine Waldelster. Ziemlich gut gezeichnet, muß man zugeben. Über der Tür hängt ein Regal, auf dem ein Feuerstein und eine Feder, möglicherweise eine Eulenfeder, sowie etwas Flaches liegen. Ich steige auf den Stuhl, um zu sehen, was es ist. Es ist Ottos Nummernschildheft.

Das er immer bei sich trug.

Ich schlage es auf, finde aber keine einzige Autonummer. Ich blättere die Seiten durch. Ottos Schrift ist kantig, schräg und eng, nicht ein Millimeter Platz geht zwischen ihren Buchstaben verloren. Es ist Otto Nielsens Tagebuch. Aus irgendeinem Grund bekomme ich eine Gänsehaut.

*Ich war mit meinem Freund Elliot in Åmosen.*

Und an einer anderen Stelle:

*Jetzt dauert es nicht mehr lange, bis meine Mutter nach Hause kommt.*

Unter diesem Satz kleben mehrere hundert Briefmarken, Seite um Seite. Alle aus Kanada.

Ich schlage das Heft zu und lege es wieder an seinen

Platz. Warum hat er es nicht mitgenommen? Weil sie zurückgekommen ist. Weil sie jetzt zusammen sind.

»Wozu benutzt du das Schreibheft?« fragt Max.

»Ich schreibe Nummernschilder auf«, antwortet Otto.

*Im kleinen Nest des Rohrsängers lag ein Kuckucksei.*

Auf dem Heimweg lege ich meine ganze Kraft in die Pedalen. Fast habe ich das Gefühl, verfolgt zu werden. Ich bin schweißnaß, als ich mein Fahrrad an die Hausmauer lehne. Ich sage es laut, aber außer mir kann es niemand hören: »Es ist Otto, der flötet. Es ist Otto Nielsen, der flötet. Und er hat die Flöte bekommen, um sie zu sich zu rufen. Nach Hause. Es gibt keine Melodie, kein Dur und kein Moll, aber der Klang erhebt sich über den Wald, über Åmosen, wo der Wind ihn davonträgt. Weit, weit weg.«

Es klingelt an der Haustür. Aus irgendeinem Grund zucke ich zusammen, verstecke mich und lausche. Meine Mutter öffnet. Es ist Max, der nach mir fragt. Ich höre meine Mutter sagen, ich sei mit dem Fahrrad unterwegs, werde aber bald zurücksein. Kurz darauf höre ich ihre Schritte auf dem Kies, aber ich bin schon verschwunden. Laufe ums Haus herum, aus der Pforte hinaus und über den Weg. Hinter der Hecke des Zimthauses beobachte ich ihn. Er sieht sich nach allen Seiten um. Zytoplasmamax.

Ich warte, bis er gegangen ist.

»Elliot!«

Ich drehe mich um und schaue nach oben. Grande steht am Fenster. Im Dunkel des Hauses.

»Komm herauf, Elliot!«

Während ich die Treppe hinaufsteige, hoffe ich, daß

sie mich nur gerufen hat, weil sie etwas aus der Stadt benötigt. Was sollte es auch sonst geben? Es ist ein merkwürdiger Tag, aber die Tage im April sind immer merkwürdig, unzuverlässig und falsch. Mein Vater sagt, verführend. Er will nach Vesterhavet, und meine Mutter ist Feuer und Flamme. Sie wollen ein Auto mit Fahrer mieten und quer durch Dänemark fahren. Im Mai. Aber jetzt ist April, der falsche Monat, der mich allein zurückläßt. Alles und jedem bin ich ausgeliefert im April. Ich weiß, wovon ich spreche. Jetzt also Grande. Oder Otto.

Sie öffnet die Tür, die lautlos zur Seite schwingt. Ich war nie in Grandes Zimmer und rätselte immer, wo es sich befand.

Im Haus ist es still. Ich habe das Gefühl, daß wir ganz alleine sind. Vor einem Jahr hätte das bei mir Panik ausgelöst, aber so ist es nicht mehr. Sie wendet mir mit hängenden Armen die Seite zu; vielleicht tut sie das, damit das Licht auf ihr Gesicht fällt.

»Das erste Mal, daß ich dich gesehen habe, Elliot, war auf einem roten Feld in der Toskana. Das war 1423, gegen Ende einer schrecklichen Hitzewelle. Du warst sehr aufmerksam und gabst mir Brunnenwasser auf der kühlen Veranda, wo die Schwalben sich benahmen, als seien wir anderen nur Untermieter. Drinnen hoben sich die Zitronen leuchtend von den faulen Weintrauben ab. Der Geruch von gebranntem Ton und reiner Wäsche erfüllte die Luft. Du gingst barfuß, deine Hose war aus Wolle und dein Hemd zu klein. Du sagtest nie etwas, kamst jedoch immer vorbei, um die kleinen, blaßgrünen Geckos zu fangen, die im feuchten Schatten der Arkaden wohnten und so diskret waren, sich nur zu bewegen, wenn man ihnen den Rücken zukehrte. Erst als wir weiterziehen wollten, fiel mir auf, daß wir nie miteinander gesprochen hatten.«

»Sagten Sie 1423?«

»Mit der Jahreszahl brauchen wir es nicht so genau zu nehmen.«

Ich gehe hinein. Das Zimmer ist viereckig und hat eine hohe Decke. Wenn es eine Farbe in diesem Raum gibt, dann ist es die Farbe einer Aubergine. An der Wand steht ein Bett mit schwarzen Beinen und einer braunen Bettdecke. Drei der Wände werden vom Boden bis zur Decke von Regalen bedeckt, die mit Büchern gefüllt sind. Ganz oben kann ich einen Sextanten und einen ausgestopften Papagei erkennen. Über dem Bett hängt das bräunliche Foto eines Mannes, bei dem es sich nur um den alten Winston handeln kann, der neben einem Esel an einem Brunnen steht. Der Rahmen ist perlmuttfarben und so verstaubt, daß dies fast Absicht sein muß. Auf einem maschinenbeschriebenen Stück Papier steht: *W. A. i patio, Columbia 38.* Ich starre auf die Ohren des Esels, als Grande sagt, das Zimthaus sei ein Kloster, in dem man im Angesicht Gottes Kräuter ziehe und in dem die Trauer, die Liebe und die Sehnsucht ein lebenslängliches Asyl erhalten hätten. Sie bietet mir einen französischen Mandellikör an. Unter dem Fenster steht ihr Schreibtisch, auf dem sich Berge von Papier, eine Reiseschreibmaschine, ein Tablett mit einer Tasse, einem Teller und ein Glas mit einer kleinen Blume befinden. Ganz oben auf den Regalen erkenne ich die braunen Apothekerflaschen zwischen den großen und kleineren zylinderförmigen Gläsern, die sonderbare Tiere in Spiritus enthalten. Aber das schreckt mich nicht. Nicht im geringsten. Das Zimmer ist von einem angenehmen Geruch erfüllt. Wie die Walnuß des vorigen Jahres. Ein wenig nach Sonne, ein wenig nach Regen, ein wenig nach Tau und ein wenig nach Brot. Bei den Bildern an den Wänden handelt es sich um gelbliche oder bräunliche Blätter, die mit unleserlichen Rezepten beschrieben sind; einzelne ähneln auch handgeschriebenen Briefen mit fremdartigen Poststempeln. Mein Blick fällt auf ein Foto von Ingeborg und Amalie, die dicht beieinander auf dem Badesteg sitzen. Das Licht, fällt mir auf, ist so klar, wie es nur im April sein kann. So klar wie Süßwasser. Ihre Augen sehen mich so direkt an, als sei ich das Motiv.

Grande hat sich in einen großen schwarzen Schaukelstuhl gesetzt. Sie sieht mich abwägend an. Ich habe einmal Hosen angefertigt bekommen. Der Schneider hat mich genauso gemustert.

»Wir fahren nach Vesterhavet«, sage ich.

»Wer?«

»Meine Eltern und ich.«

»Wann?«

»Im nächsten Monat. Wir mieten ein Auto mit Fahrer.«

»Gute Idee, Elliot! Gute Idee. Es ist wunderschön da oben. Nein, eigentlich weiß ich gar nicht, ob ich es so schön finde, aber du findest es bestimmt. Wenn wir auf Reisen sind, kommt es nicht auf das Ziel an, sondern auf den Ausgangspunkt der Reise. Das wirst du eines Tages verstehen. Komm hierher, mein Junge.«

Sie nimmt meine Hand. Ihre ist kühl und rauh. Groß und trotzdem weich. Sie studiert meine Finger. Meinen Handrücken und mein Handgelenk. Streicht mir die Haare aus der Stirn und läßt ihre Fingerspitzen den Nasenrücken, die Lippen und das Kinn hinabgleiten, bevor ihre Hand auf der Schulter liegenbleibt. Und plötzlich, plötzlich lächelt sie. Das bringt mich dermaßen aus der Fassung, daß mir Tränen in die Augen steigen. Sie wird ein völlig anderer Mensch. Tief im Brustkasten spürt man ein Gefühl der Dankbarkeit. Es wird Frühling im Herzen. Ihre Augen verändern die Farbe; aus ihrem normalen Schiefergrau wird etwas Warmes und Unbestimmbares, genau wie das mit der Farbe der Decke geschieht, die über mich hinweggleitet, unmittelbar bevor ich in Schlaf falle. Man schließt die Augen und vertraut darauf, daß sie sich in einigen Stunden wieder öffnen werden; die Reise kann beginnen.

»Du hast schon Sommersprossen bekommen.«

Ich zucke mit den Schultern.

»Du weißt doch, daß man vom Lachen Sommersprossen bekommt. Lachst du viel, Elliot?«

»Eigentlich nicht. Ich glaube, ich lache ganz durchschnittlich viel.«

»Gibt es so was?«

»Was?«

»Einen Durchschnitt.«

Ich hebe hilflos die Schultern.

»Aber dein Blick ist auch etwas verschleiert.«

»Tatsächlich?«

»Absolut. Du mußt irgend etwas vermissen?«

»Ja, das muß ich wohl.«

Sie läßt meine Hand los und öffnet eine Schreibtischschublade. In diesem Moment klatschen die ersten Regentropfen gegen die Fensterscheibe. Sie hält den Kopf schräg. »Es regnet herein. Überall. Das Haus zieht die Feuchtigkeit an. Ingeborg stellt Eimer auf dem Dachboden auf, aber das ist eine Sisyphusarbeit. Wasser macht, was es will. Und jetzt will es herein. Auf dem Dachboden pfeift der Wind, und in den Kohlenkeller dringt das Grundwasser ein. Die Decksplanken in den kleinen Zimmern ächzen. Jetzt müssen wir nur noch den Anker lichten.«

Ich nicke und weiß nicht, was ich sagen soll.

»Als du ungefähr ein Jahr alt warst, kam mein Sohn mit dir auf dem Arm herüber. Ich sah dich das erste Mal. Winston meinte, du seist der prächtigste Junge, den er je gesehen habe. Der prächtigste kleine Junge. Mein Sohn hielt sehr viel von deinen Eltern. Und er wollte, daß ich dir eine Zeichnung schenke, die über seinem Bett hing, als er noch ein Kind war. Er behauptete, die Zeichnung sei das erste gewesen, das er gesehen habe, seine früheste Erinnerung. Mein Sohn hatte sein Zimmer dort, wo Amalie jetzt wohnt. Ich sagte zu ihm, ich hätte keine Ahnung, wo das Bild geblieben wäre. Unsere Schiffstruhen und Kommoden waren bis zum Rand gefüllt mit Logbüchern, Tagebüchern, alten Rechnungen, veralteten Seekarten und hoffnungslos falschen Pastellzeichnungen von Gewürzpflanzen aus aller Welt samt einigen anonymen Federzeichnungen, die von allein entstanden sein müssen. Ohne Signatur und ohne Absender. Ich sagte ihm also, ich wüßte nicht, wo sich die Zeichnung befinde. Aber ich log. Die Lüge ist nur ein uneheliches Kind der Phantasie; du brauchst also nicht so erschrocken zu schauen. Normalerweise halte ich mich an die Wahrheit, aus dem einfachen Grund, weil die Lüge viel beschwerlicher ist, in jedem Fall erfordert sie ein gutes Gedächtnis. Ich hatte die Zeichnung versteckt. Warum, weiß ich nicht. Die Jahre vergingen, und sie kam mir völlig aus dem Sinn. Bis Alf geboren wurde. Er sollte sie haben. Man plant ja so vieles. Alte Frauen besonders. Die Sache ist die, daß Alf sie nicht braucht. Also möchte ich sie jetzt dir schenken, Elliot.«

Aus der Schreibtischschublade zieht sie eine dicke Papierrolle mit ausgefransten Rändern, die von einem Gummiband zusammengehalten wird.

»Ich habe, wie gesagt, keine Ahnung, wo sie herkommt. Mein Mann hat uns oft Päckchen geschickt. Meistens alten Plunder. Was soll man mit einer Muschelschale aus Polynesien auch anderes anfangen, als ihren Absender zu vermissen und das Heimweh der Schale zu spüren.«

»Rainfarn«, murmle ich, »soll gut gegen Heimweh, Fernweh und Bandwürmer sein.«

Sie schaut mich an. »Ja, das ist wohl richtig. Heimweh und Fernweh sind im Grunde ein und dasselbe Gefühl. Darunter habe ich nie gelitten; einen Bandwurm hingegen habe ich ein einziges Mal gehabt. Ich war so davon überzeugt, sterben zu müssen, daß es fast enttäuschend war, als das Leben weiterging. Pastor Wolle, das gutmütige Schaf, hat so große Angst vor dem Tod, daß er das ewige Leben quasi per Abonnement bezieht.«

»Mein Vater ...«, begann ich.

»Dein Vater?«

»Er kennt ein Zitat. Von den Pyramiden.«

»Wirklich?«

»Du schläfst, um zu erwachen, du stirbst, um zu leben.«

»Ja, die Welt ist voll von solchen Weisheiten.«

Für einen Augenblick schien sie in Gedanken versunken zu sein. Dann wechselte sie ihren Ausdruck, und der alte, furchteinflößende Blick kehrte zurück. Ich wandte mein Gesicht ab, als sie mich an den Schultern packte und einen festen Kuß auf meine Wange drückte, ihre Lippen nur langsam entfernte, die Augen schloß und mir die Zeichnung gab, die immer noch zusammengerollt war.

»Geh jetzt, Elliot!« sagte sie mit fester Stimme. »Geh jetzt, mein Junge.«

Ich öffnete die Tür. Sie hielt immer noch die Augen geschlossen, und ihr Hals wirkte eingefallen. Der Geruch nach Walnußschnaps war nun intensiver als je zuvor.

Am hellen Abend ist ein Kanu auf dem Weg von Lyngby nach Nybro. Ein beunruhigender Duft liegt über der Gegend, jetzt, wo der Regen weitergezogen ist. Es ist Max, der paddelt, und am Steven sitzt Meta mit einem kleinen orangefarbenen Sonnenschirm. Ich beobachte sie durch das einäugige Fernglas vom Dachboden des Zimthauses aus, wo Ingeborg für uns und den kleinen Alf chinesischen Tee zubereitet hat. Ich blicke auf die alten Liegestühle hinunter, die unter der großen Eiche stehen. Die Stühle wurden während des Ersten Weltkriegs angefertigt, und man sagt, ihre Farbe passe sich der Stimmung ihrer Benutzer an. Gerade jetzt sind sie beunruhigend grün.

Ich schaue mich nach dem Grammophon um, sehe es aber nicht.

»Jetzt kommt der Mai«, sagt Ingeborg. »Übermorgen.«

Sie lehnt sich über die Fensterbrüstung. »Man sieht ihn schon warten, besonders am Abend. Ich höre ihn auf der Treppe. Der Mai lacht. Ganz für sich. Flüchtig und hübsch wie meine Cousine.« Ingeborg hebt ihr Gesicht zur Decke und schließt die Augen: »Im Mai treibt der Schatten einer großen Wolke mit der Form eines unbekannten Lands über Kongens Lyngby hinweg und auf Tibet zu. Unterdessen verwandelt sich das Land von einer Ellipse in einen Kontinent. Als die Wolke den höchsten Berg der Erde passiert, steigt ein Mönch an Bord und wird der erste Bewohner des Landes.«

»Ingeborg.«

»Elliot! Willst du sehen, was mein kleiner Bruder kann?«

Sie hebt Alf, der auf dem Boden sitzt, hoch und trägt ihn zu einem Klappstuhl, auf dessen Sitzfläche sie seine kleinen, pummeligen Hände legt. Alf kann stehen. Und damit nicht genug.

»Alf!« ruft sie. »Alf, komm zu Ingeborg!«

Er schaut sie begeistert an. Der Mund öffnet sich zu einem Lächeln, in dem sich Unsicherheit, Angst und der Glaube an die eigenen Fähigkeiten mischen.

»Komm jetzt, Alf!«

Ich lege das Fernglas beiseite, als er die ersten Schritte macht. Er wackelt gewaltig mit den Beinen, setzt sie aber mit großer Entschlossenheit auf den Boden. Drei Schritte, vier Schritte, fünf Schritte.

»Elliot, siehst du mich? Wenn du wüßtest, wo ich trainiert habe. Vor allem im Kopf. Eigentlich kann es einem ja ziemlich gleichgültig sein, ob man nach zwölf oder fünfzehn Monaten gehen kann, aber glaub mir, das hat nichts mit den Beinen zu tun. Stell dir die Freiheit vor, die ich plötzlich bekomme. Ich kann gehen. Wohin ich will. Wohin ich soll. Der Gedanke, mit dem Laufen anzufangen und bis ans Ende der Welt zu gehen, macht mich schwindlig. Das Ende der Welt, Elliot. Bist du schon mal dort gewesen? Na, warst du nicht? Spüre ich einen Widerwillen? Doch, du bist dort gewesen, alter Freund. Du warst dort. Hat man einmal die verlorenen Könige gesehen, kann man nicht mehr weiter kommen. Hinter ihnen gibt es nämlich nichts. Weißt du, wie man das nennt? Das nennt man Einsicht. Ja, das weißt du noch nicht. Du lernst nämlich auch gerade zu gehen. Schau mich doch nicht so an; ich meine es gut mit dir. Wovon ich rede? Von eigenen Beinen. Du mußt lernen, auf eigenen Beinen zu stehen. So, jetzt fehlt nur noch ein Meter. Unglaublich, wie müde man auf so einem kurzen Weg werden kann. Dabei bin ich schon von der

Antarktis bis nach Paris gegangen, wo ein achtfingriger Mann in der Rue Ravignon auf einer akustischen Gitarre spielt. Bald, Elliot, schon bald werde ich ein Meister im Navigieren sein. Ich, der sein ganzes Leben unter Otto Nielsens Sternenhimmel gelegen hat, sowohl dem südlichen als auch dem nördlichen, ich werde niemals die Orientierung verlieren.«

Alf ändert plötzlich die Richtung und steuert direkt auf mich zu.

»Nimmst du ihn, Ingeborg?«

»Aber er ist auf dem Weg zu dir.«

»Nimm ihn doch.«

»Komm her, Alf!« sagt Ingeborg mit Entschiedenheit.

Aber den Mistkerl kümmert das nicht. Mit sicheren Schritten kommt er direkt auf mich zu, wirft sich förmlich nach vorne und landet in meinem Schoß.

»Phantastisch«, flüstert seine Schwester.

»Elliot, was ist mit einer Umarmung, alter Freund?«

Eine Stunde später hat man ihn ins Bett gelegt. Draußen ist es immer noch hell. Wir sitzen auf dem Steg, Amalie, Ingeborg und ich.

»Toskana«, sage ich. »Wart ihr schon mal in der Toskana?«

Nach dem Mittagessen nahm ich meinen Schulatlas zur Hand.

»Was suchst du?« fragt meine Mutter, die gleich zur Arbeit fahren will.

»Nichts Besonderes. Ich wollte nur sehen, wo die Toskana liegt.«

Sie sieht mich an und fragt leise, warum ich das wissen möchte.

»Weil Grande von der Toskana gesprochen hat.«

Meine Mutter lächelt. Sie sieht fast erleichtert aus, zieht den Mantel an und holt die Fahrradleuchte. »Jetzt ist es so herrlich, mit dem Fahrrad nach Hause zu fahren. In der Helligkeit. Du bist in der Toskana zur Welt gekommen, Elliot.« Sie lacht: »In einem Eisenbahnwaggon. Nein, so was darf man nicht erzählen. Wir waren auf dem Rückweg von unserer Hochzeitsreise in Rom. Auf der mir dein Vater so viele herrliche Schallplatten von Caruso geschenkt hatte. Wir lebten von Obst und der Sonne. Und sprachen von dir.«

»Von mir? Ich war noch gar nicht geboren. Erzähl mir doch keine Märchen.«

Ich lege den Atlas zurück an seinen Platz.

»Wir hatten uns so sehr einen kleinen Jungen gewünscht. Eigentlich hättest du Enrico heißen sollen, genau wie er, aber schließlich hatte dein armer Vater ja noch nie Caruso gehört und wird ihn auch nie hören. Zum Ausgleich las er T. S. Elliot. Das war in seiner literarischen Periode, bevor er sich auf Marilyn Monroe stürzte.«

»Ich gehe jetzt lieber.«

»Nein«, sagt Amalie, »wir sind noch nie in Italien gewesen. Nicht wahr, Ingeborg?«

Ihre große Schwester schüttelt den Kopf

Ich erzähle ihnen, daß ich Grande in ihrem Zimmer besucht habe. »Sie sagte, sie wäre mir früher schon einmal begegnet. Im Jahr 1423. Das ist doch der reine … wie soll ich es sagen …«

Sie schauen mich an, und ich begreife, daß ich keine Ahnung habe, was ich dazu noch sagen soll. Es ist wohl auch gleichgültig. Erst jetzt bemerke ich ihre graugrünen Schlafsäcke.

»Wollt ihr auf die Insel?«

Ingeborg schüttelt den Kopf und schaut in den marineblauen Himmel, mit dem es die Dunkelheit nicht aufnehmen kann.

Amalie sagt: »Wir haben beschlossen, heute nacht draußen zu schlafen.«

Ich betrachte sie. Sie sind blaß, fast durchsichtig.

»Adieu, Elliot«, sagt Ingeborg und schenkt mir ein schwaches Lächeln.

Ich warte darauf, daß sie wegschaut oder irgend etwas anderes tut, aber nichts dergleichen geschieht. Also trete ich ein paar Schritte zurück und hebe vorsichtig die Hand. »Also dann, gute Nacht.«

Amalie hat ein dünnes Kleid an und ihre alten, viel zu großen Militärstiefel, die ohne Schnürbänder.

Es verwirrt mich, daß sie mich fortwährend anschauen. Wie zwei, die nur auf mein Verschwinden warten, um mit ihrem eigentlichen Vorhaben beginnen zu können.

Ich gehe zum Haus hinauf, in dessen Wohnzimmer ein bernsteinfarbenes Licht brennt. Durch die offene Tür sehe ich Grande und Misja am Schachtisch sitzen. Es ist still. Nur die Saatkrähen haben sich noch etwas zu erzählen, bevor die Nacht hereinbricht. An der Giebelseite des Hauses drehe ich mich um. Und das nur, weil ich weiß, wo sie sich befinden. Weil ich Amalie und Ingeborg sehen kann, die sich unter die große Libanonzeder gelegt haben.

Ich habe meinen Pyjama angezogen und mir die Zähne geputzt. Doch ich bin nicht müde. Der Tag ist noch nicht beendet. Irgend etwas Wichtiges fehlt. Ich rede mir ein, ich wüßte nicht, was das ist, gehe aber zielstrebig die Treppe hinunter und ins Wohnzimmer hinein, von dem aus ich ins Tal der Könige blicken kann. Dort hat mein

Vater mir den Rücken zugekehrt und klappert auf seiner Schreibmaschine. Neben ihm steht eine Thermoskanne und liegt ein Stapel Wörterbücher. Die Abende sind still im Tal der Könige. Der Wind fegt hindurch, aber andächtig, fast geheimnisvoll. An der roten Felswand steht geschrieben, das Leben sei im Wasser entstanden, wie die Lotusblüte. Ich betrachte meine Füße, sie sind nackt. An ihnen krabbelt ein Skarabäus mit einer Mottenkugel vorbei. Es ist dieser kleine Mistkäfer, der die Sonnenkugel über den Himmel rollt und mit ihr im Westen verschwindet, um sie des Nachts durch das dunkle Wasser wieder nach Osten zu transportieren.

»Papa«, sage ich, »ich habe beschlossen, Amalie zu heiraten, wenn ich erwachsen bin. Falls sie mich haben will.«

Er schenkt sich eine Tasse Kaffee ein, streckt die Arme und schüttelt sich.

»Amalie ist mein bester Freund. Ich glaube, ich liebe sie. Ich weiß, ich liebe sie. Vielleicht liebt sie mich auch. Wir werden immer zusammen sein. Jetzt weißt du es also, du tauber Radaumacher.«

Ich knipse das Licht über meinem Bett an und lausche im Liegen den Saatkrähen, den Waldtauben und meines Vaters Schreibmaschine. Über der Stuhllehne hängt meine Jacke, aus deren Innentasche eine weiße Papierrolle hervorschaut.

Ich setze mich auf. Entferne das rote Gummiband und betrachte die Schwarzweißzeichnung mit den feinen Goldfäden, die wie Falten kreuz und quer über dem schwarzen Fabeltier und seinem Herrn liegen, der unter dem scharfen Segel des Halbmonds ruht, dem Symbol des Himmels, das bedeutet, daß der Tod dem Leben vorausgeht.

## *Achtzehntes Kapitel*

Wir fanden keinen Bernstein. Obwohl wir stundenlang suchten. Meine Mutter saß in Winterkleidung oben in den Dünen und rief uns etwas Aufmunterndes zu, aber ohne Erfolg. Ein Stück entfernt stand unser Chauffeur bis zu den Knöcheln im Wasser und rauchte eine Zigarette. Mein Vater sagte, die Wellen seien normalerweise dreimal so hoch. Er streckte die Arme aus und schloß die Augen. Ich dachte, jetzt könnte er weder hören noch sehen, und legte die Arme um seine Taille. »Ich passe schon auf dich auf«, flüsterte ich gegen seinen Rücken. In der Tasche hatte ich eine ockerfarbene Muschelschale, die ich mit nach Hause zu Amalie nehmen wollte.

Später steuerten wir auf Vejle und Fredericia zu. In Odense aßen wir mit unserem Chauffeur zu Abend, der erzählte, er lehre Philosophie an der Universität in Kopenhagen. Mein Vater legte die Hand auf seinen Arm und sagte, mit der Weisheit sei es wie mit den Pyramiden: »Ab einem bestimmten Punkt kommt man nicht mehr weiter.«

Der Chauffeur sagte, leider wisse er nicht sehr viel über das ägyptische Altertum, worauf mein Vater – nicht ohne einen gewissen Stolz – erwiderte, er habe »Mit Carter und Lady Evelyn im Tal der Könige« und das 350 Seiten starke »Der Spiegel der Sonne« übersetzt.

Auf der gesamten Fahrt über den Großen Belt bis nach Seeland standen wir an der Reling. Mein Vater zog meine Mutter an sich, während er mich mit der anderen Hand gegen seine Hüfte drückte. »Was für ein Land, in dem wir leben!« sagte er. »Wie reich wir sind.«

Er kramt seine flache Brieftasche hervor und fragt mich, ob ich mich an das Foto erinnere, das Dr. Denholm vor ziemlich langer Zeit aufgenommen hatte.

»Ich habe es immer bei mir; naja, es ist schon ein bißchen zerknickt.«

Ich nehme das Foto in die Hand und kann mich sehr gut an diesen Tag im Mai vor genau einem Jahr erinnern. Wir waren alle versammelt, Frau Asmussen und Alf ausgenommen. In der Mitte thronte natürlich Grande. Ihr zur Linken stand Amalie, zur Rechten Ingeborg. An ihrer Seite konnte man Frau Denholm mit ihrem Sohn Max sehen, auf der anderen Seite hatte man meiner Mutter und mir einen Platz zugewiesen. Hinter uns standen mein Vater, Herr Asmussen und Oda Nielsen, letztgenannte auf einem Schemel, und vor uns allen lag ihr Enkel Otto, der irgendwie aussah wie ein Hund.

»Es gehört dir, wenn du es haben willst, Elliot.«

»Nein danke.«

»Nimm es doch.«

»Aber was soll ich denn damit anfangen?«

Sein Blick ruht auf mir. Wandert quer durch das Tal der Könige. Er legt das Foto in die Brieftasche zurück.

Bei Sorø schlief ich ein und wachte erst wieder auf, als der Wagen in der Sankt-Laurentius-Allee anhielt. »Nimmst du ihn, Omaha?« hörte ich meine Mutter fragen.

In nur vier Stunden würde es hell werden.

Mein Vater zog den Vorhang vor und deckte mich zu.

»Ich bin überhaupt nicht müde.«
»Schließ die Augen, Elliot.«

Ich muß geschlafen haben. Denn es ist hell, als ich die Augen aufschlage. Ich kann nicht verstehen, wo mein Vater geblieben ist. Er war doch eben noch da. Ich stehe auf, gehe ans Fenster und blicke über den See. Wie Vesterhavet sieht es nicht aus. Aber ganz wie immer. Es ist Sonntag. Die Gartenpforte des Zimthauses steht sperrangelweit offen. Ich ziehe etwas an, schleiche die Treppe hinunter und gehe in die Küche, wo ich ein Glas Milch trinke.

»Bist du es, Elliot?«

Meine Mutter kommt nach unten. Sie sieht aus, als hätte sie überhaupt nicht geschlafen. Jedenfalls ist sie vollständig angezogen. Aber es fällt ihr immer schwer, nachts zu schlafen.

»Warum bist du aufgestanden.«

»Ich will zum Bäcker.«

»Jetzt? Es ist halb sechs. Geh wieder ins Bett.«

Mein Vater kommt herunter. Auch er ist vollständig angezogen. Er sieht müde aus. Sein Kopf ist ganz weiß. Er sagt zu meiner Mutter, sie solle mir sagen, daß ich wieder ins Bett gehen müsse. Meine Mutter sagt, das habe sie. Was ist mit ihnen los? Warum reden sie so dummes Zeug?

»Ich gehe in den Garten hinüber«, sage ich entschieden, »und sehe nach Amalie und Ingeborg. Sie haben unter der großen Zeder übernachtet. Das muß ziemlich kalt gewesen sein.«

»Elliot!«

Meine Mutter nimmt mich am Arm und sieht meinen Vater an.

»Ich glaube, dein Vater geht mit.«

Die Gartenpforte steht wie gesagt sperrangelweit offen. Ich laufe zielstrebig zur Giebelseite des Hauses, wo Otto Nielsen nach der größten Hitzewelle des Jahrhunderts einst die Fenster geputzt hat. Unwillkürlich muß ich lächeln.

»Es wird Regen geben«, sagte er.

»Jaja, ist schon gut, Otto.«

Er bekam recht.

Mitten auf dem Rasen bleibe ich stehen. Ich sehe den Steg, den See und die große Zeder. Aber sie sind nicht da. Es wurde ihnen wohl zu kalt.

Ich spüre die Hand meines Vaters auf der Schulter.

»Elliot.«

»Es wurde zu kalt«, sage ich. »Sicher sind sie hineingegangen.«

Er schaut mich an und nimmt meine Hand. Manövriert mich langsam, aber sicher zur Veranda des Hauses, auf der wie immer die braunen Korbmöbel stehen. Die Terrassentür ist geöffnet. Ist das normal? Ich lasse die Hand meines Vaters los und blicke ins Gartenzimmer. Es ist leer. Wir gehen vom Speiseraum ins Wohnzimmer und an der Anrichte vorbei in die Küche.

»Wo in aller Welt sind denn bloß die Möbel geblieben?«

»Sie sind weg, Elliot.«

»Weg? Aber – haben sie denn alle verkauft? Haben sie etwa alle Möbel verkauft?«

Er beugt den Kopf, wirft ihn aber plötzlich in den Nacken und fuchtelt mit den Armen.

Ich halte seine Gegenwart nicht aus. Er verunsichert mich. Also stürme ich die Treppe hinauf, wo einst in einer Reihe die Köpfe verschiedener afrikanischer Tiere hingen, deren tote Glasaugen das Tageslicht reflektierten, wenn sich die Haustür öffnete.

»Hallo!« rufe ich. »Hallo zusammen!«

Mein Vater steht unten in der Halle. Die gefalteten Hände auf dem Scheitel.

Ich beginne die Türen aufzureißen. Eine nach der anderen. Irgendwo müssen sie doch stecken. Ich lasse den Treppenabsatz zum ersten Stock hinter mir und öffne die Tür zu Frau Asmussens Zimmer, in dem ich ihr aus dem Buch Hiob vorgelesen hatte.

*»›Es begab sich aber eines Tages‹«, sagte Frau Asmussen und schloß die Augen.*

*Ich räusperte mich und begann zu lesen: »›Es begab sich aber eines Tages, da die Gottessöhne kamen und vor den Herrn traten, kam auch der Satan unter ihnen. Der Herr aber sprach zu dem Satan: Wo kommst du her?‹«*

*Ich machte eine kleine Kunstpause, als eine Stimme vom Gang her antwortete: »Ich habe die Erde hin und her durchzogen.«*

»Grande!«

Ich öffne die Tür zu ihrem auberginefarbenen Zimmer, in dem sich nur noch die Regale befinden. Aber nach Walnußschnaps duftet es weiterhin.

Im zweiten Stock stehen alle Türen offen. Die sieben Schiffstruhen sind verschwunden. Auch die Aquarelle mit den verblichenen Gewürzpflanzen. Und ganz oben in Amalies Zimmer ist nur der leberfarbene Boden in der alten Kajüte, die man so selten betrat, zurückgeblieben. Unter dem Deckenbalken baumelte früher eine grüne Eisenleuchte, die schon Kap Hoorn umrundet hatte, und an den Wänden hingen kleine Ölgemälde unbekannter Künstler Ostafrikas und der Karibik. Die meisten stellten kunterbunte, bonbonfarbene und von Palmen umgebene Häuser an einem türkisfarbenen Meer dar.

Eine Kajüte, eine schmale, knirschende Kajüte unter den schwankenden Schatten der grünen Eisenleuchte. Vom Bett aus kann man ein Stück des Himmels und die Spitze der großen Zeder sehen, aus deren Holz die Ägypter ihre Schiffe bauten. Aber das Meer, das Meer kann man nicht sehen, also stecke ich meine Hand in die Tasche und lege die ockerfarbene Muschelschale an die Stelle, wo ihr Kissen gelegen hat, wo ihre Wange ruhte, nachts, wenn der Mistkäfer mit der Sonne verschwunden war.

*»Der erste Kuß wird bis zuletzt auf deinen Lippen haften bleiben«, sagte sie leise. »Bis zum allerletzten Kuß, bevor du stirbst. Erst dann wirst du seine Bedeutung verstehen und den Sinn deines Lebens begreifen.«*

Vorsichtig schließe ich die schmale Tür und gehe zum Dachboden hinauf, wo es, abgesehen von Debussy, immer leer gewesen ist. Eines der runden Fenster steht offen und klappert. Es ist das Fenster, von dem aus man diese grandiose Aussicht hat. Wie oft habe ich hier gestanden und über Åmosen hinweggeschaut, so weit der Blick reichte, während Ingeborg sich zu »Clair de lune« auf einem Bein um die eigene Achse drehte?

Draußen hat das Licht eine hellrote Färbung angenommen. Genau wie die Melodie. Ich spüre, daß mein Vater hinter mir steht, und bemerke die kleine, verstaubte Flasche vor der Holztäfelung unter dem Fenster. Sie ist leer. Genau wie der Rest des Hauses. Weiße Tinte auf der bauchigen Flasche gibt Auskunft über ihren Inhalt.

*»Das sind«, sagte Ingeborg feierlich, »die Tränen Helenas, hergestellt aus Alant, Engelwurz, Rosmarin, Pomeranzenschale, Minze, Zitronenschale und, sofern man es beschaffen kann, drei Gramm Bibergeil. Prost, Elliot Omaha Mortensen, Prost, Max Denholm, und danke, daß ihr uns begleitet habt. Das werden wir nie vergessen.«*

»Elliot!«

Ich sehe ihn an. Er streckt die Hand aus. Aber ich zögere, sie zu ergreifen.

Darum also mußten wir unbedingt nach Vesterhavet fahren. An genau diesem Sonntag.

»Ich wußte es«, flüstere ich. »Ich wußte es.«

Wir sitzen mit dem Rücken zum offenen Fenster. Der Tag zeigt sich an den Wänden, und die Geräusche von Kindern, die um den See herumlaufen, klingen unter dem Dach wie das Klicken verlorener Perlen auf einem Fußboden. Einsame Stimmen aus dem Universum.

Ich dachte an den Stein, den Otto Nielsen als Kind angeblich verschluckt hatte.

Vielleicht hatte er nie einen Stein verschluckt. Vielleicht war das nur Gerede gewesen.

Viele Stunden später kletterte ich die große Zeder hinauf. Man sagt, wer unter diesem Baum übernachtete, werde verschwinden und niemals zurückkehren.

*»Wir haben beschlossen, heute nacht draußen zu schlafen.«*

*»Adieu, Elliot«, sagt Ingeborg und schenkt mir ein schwaches Lächeln.*

*Amalie hat ein dünnes Kleid an und ihre alten, viel zu großen Militärstiefel, die ohne Schnürbänder.*

*Es verwirrt mich, daß sie mich fortwährend anschauen.*

*Wie zwei, die nur auf mein Verschwinden warten, um mit ihrem eigentlichen Vorhaben beginnen zu können.*

Ich bin ganz oben an der Spitze des Baumes angelangt, von wo aus man den Großteil der Welt überblicken kann.

Und noch etwas mehr.

Die Nacht und der Tag haben in einer großen blauen Umarmung, zwischen den Bäumen Åmosens und dem stillen Wasser des Sees zueinandergefunden.

Der Wind treibt einen Geruch von Erde, Jod und Asche vor sich her.

Eine dünne Rauchsäule steigt aus dem Moor auf, verläßt die Erdoberfläche und entschwindet über dem Wald. Selbst alle Könige der Welt … Ihre Verzweiflung entzündet ein schwaches Licht zwischen den Buchen.

An irgendeinem Ort dieses Planeten schlafen Grande und ihre zwei Mädchen, die helle Ingeborg und die dunkle Amalie. Vielleicht hat Ingeborg endlich eine Spieldose gefunden, in der sie sich für immer auf einem Bein um die eigene Achse drehen kann, und vielleicht hat Amalie den Seeweg nach Indien entdeckt. Alles hat seine Zeit.

Von Alf ist nur seine Stimme zurückgeblieben; das reicht aber auch.

Ich schmiege meine Wange an die Rinde und lausche dem Wind. Sehe zur alten Eiche hinüber, die in der Heiligen Nacht spricht. Um den Stamm herum bildeten Steine einst einen Kreis, an dem die Ältesten sich niedersetzten, um dem Regen zu lauschen, der vom Himmel Kurs auf die Erde nahm.

»Schlaf gut, Django Reinhardt. Gute Nacht, Debussy. Paßt gut auf euch auf, lebt wohl.«

In diesen Sekunden kann ich die ganze Welt überblicken, doch ich begnüge mich damit, Frau Denholm mit leerem Blick zu beobachten, die auf der Terrasse steht und ihren Hals mit Zitronensaft einreibt. Ihr zur Linken kann ich ihren Mann ausmachen, der im weißen Kittel einen Karteikasten durchforstet. Im Zimmer über ihm sitzt Max, der gerade sein Skalpell schleift, das für den Rest seines Lebens so scharf wie ein Rasiermesser sein wird. Meine Mutter ist zur Arbeit gefahren, und mein Vater hat mit einem neuen Buch über Ramses begonnen, aber er behandelt die Tasten heute so sanft, daß ich fast Ottos Flöten hören kann. Irgendwo da draußen.

Das erste, an das ich mich erinnere, ist eine graue Mauer: Kalk, Stein und Kreide. Am Anfang war sie von Nässe durchfeuchtet und fleckig, später grauweiß unter dem Licht der Sonne. Eine Wüste. Dann kam die Welt hinzu – Kontinente, Ozeane und die ruhelos dahinziehenden Wolken –, die sich nach und nach mit Gesichtern, Namen und Sprachen anfüllte. Ein Leben mit einem Anfang und einem Ende. Vieles wiederholte sich.

Nur nicht Alf, Ingeborg und Amalie aus der Sankt-Laurentius-Allee.

Sie kehrten nie wieder zurück.